IN MILAS LEBEN

ist nichts mehr so, wie es früher war. Durch eine Reihe von Naturkatastrophen ist die Welt zu einem feindlichen Ort geworden und Mila muss in ihrer neuen Heimat Kanada allein für sich sorgen. Wo sie hinschaut, gibt es keine Hoffnung mehr. Bis eines Tages ein junger Mann in ihr Leben tritt. Er ist ihr Nordstern in der Dunkelheit. Doch die Finsternis macht auch vor dem Licht der Liebe nicht halt. Es stellt sich heraus, dass er nicht der ist, der er zu sein vorgibt. Und dass nur sie beide die Welt – und einander – retten können …

Umschlaggestaltung: formlabor
Umschlagillustrationen: shutterstock.com © Boris Znaev / Ruslan Kokarev / Banan / Peratek
Lektorat: Ulrike Schuldes
Satz: Pinkuin Satz und Datentechnik, Berlin
Herstellung: Gunta Lauck
Litho: Margit Dittes, Hamburg
Druck und Bindung: CPI books GmbH, Leck
ISBN 978-3-551-58435-9
Printed in Germany

JOHANNA
DANNINGER

BLUE SKY BLACK

Ohne Dunkelheit keine Sterne

CARLSEN

DIENSTAG

Die Fahrzeugkolonne schob sich träge über die Interstate 15. Mila zwirbelte angespannt eine Strähne ihres hellbraunen Haars zwischen den Fingern ihrer linken Hand. Mit der anderen hielt sie das Lenkrad so fest umklammert, dass ihre Fingerknöchel weiß hervortraten. Ihr Dad saß auf dem Beifahrersitz und starrte schweigend geradeaus. Dunkle Schatten lagen unter seinen geröteten Augen. Er hatte seit gestern nicht mehr geschlafen, weshalb Mila sich kurzerhand hinters Steuer gesetzt hatte. Ihre Mum und ihr jüngerer Bruder Sam saßen auf der Rückbank des Vans. Auch sie sprachen kein Wort. Nur leise Popmusik erklang aus dem CD-Spieler des Wagens.

Noch fünf Meilen bis zur kanadischen Grenze.

Mila kannte die Strecke vom amerikanischen Great Falls zum kanadischen Redwood Meadows wie ihre Westentasche. Seit sie denken konnte, hatte sie einmal im Jahr die knapp 400 Meilen Fahrt mit ihrer Familie auf sich genommen, um ihren Großvater zu besuchen.

Doch diesmal war alles anders.

Der Ansturm auf die Grenze war enorm. Ganz Montana schien sich nach Kanada in Sicherheit zu bringen. Unzählige Fahrzeuge, beladen bis unters Dach und darüber hinaus, schoben sich in Richtung Grenze. Immer wieder kam der ohnehin stockende Verkehr für mehrere Minuten komplett zum Erliegen. So wie in diesem Moment auch.

Ein Militärhubschrauber donnerte über den Highway hinweg. Bei dem Geräusch zuckte Mila zusammen. Der Anblick der schweren Kampfmaschinen war beängstigend und irreal zugleich. Dabei war das US-Militär bereits seit zwei Tagen allgegenwärtig, um der Bevölkerung zu helfen und die Situation unter Kontrolle zu halten. Die ersten Soldaten hatten schon bereitgestanden, bevor die Menschen überhaupt begriffen, was die Meldungen aus den Nachrichten eigentlich zu bedeuten hatten.

Vor ungefähr sechs Monaten ging eine Meldung durch die Medien, dass unerklärliche seismische Aktivitäten auf dem gesamten Globus im Gange seien. Als würde die Erdkruste plötzlich verrücktspielen. Alle paar Wochen erschütterten Beben vereinzelte Gebiete zahlreicher Kontinente. Mal in Japan, dann in Russland. In der Türkei, in Südafrika und Frankreich.

Geologen und Geophysiker stritten sich öffentlich über die Tragweite dieser Vorkommnisse. Die einen waren überzeugt davon, dass die Anomalien von temporärer Natur und nicht weiter bedenklich seien, während andere davor warnten, das Ganze könne von tiefergehenden Veränderungen im Erdkern ausgehen, deren Auswirkungen weder messbar noch vorauszusehen seien.

Im Endeffekt war nur klar, dass niemand wusste, was mit dem Planeten gerade geschah. Vielleicht waren die unzähligen widersprüchlichen Theorien auch der Grund dafür, dass die breite Masse der Bevölkerung ihr Leben trotz der massiven Naturkatastrophen einfach weiterlebte. Für die meisten Menschen waren sie zu abstrakt, als dass sie ihren Alltag beeinflusst hätten. Vielleicht ignorierte man das Bevorstehende aber auch, weil der Großteil mit dem Begriff »globale Katastrophe« nichts anfangen konnte. Weil die meisten Leute solche Szenarien einzig aus dem Fernsehen kannten und sich diese in der Regel fernab der eigenen Heimat ereigneten.

Mila hatte ähnlich reagiert und die Nachrichten einfach ignoriert. So wie all ihre Freunde am College auch. Der Unterricht dort war anspruchsvoll wie immer gewesen, die Partys fröhlich und ausgelassen wie eh und je. Sie hatte sogar noch mit den Augen gerollt, als ihr Vater vor drei Wochen beschlossen hatte, dass die ganze Familie zu Großvater Joe nach Kanada ziehen sollte, denn der lebte auf dem Land, wo bessere Überlebenschancen bestanden. Sie hatte nicht nur mit den Augen gerollt, sondern sich mit ihren achtzehn Jahren aufgeführt wie ein störrischer Teenager. Hatte ihren Dad als Weltuntergangsfanatiker bezeichnet und überhaupt nicht eingesehen, das Schuljahr vorzeitig zu beenden. Und was wäre dann überhaupt mit ihrem Freund David? Nach langem Hin und Her hatten sie endlich zusammengefunden, und nun sollte sie Hals über Kopf nach Kanada umziehen, nur weil ein paar Wissenschaftler seltsame Thesen von sich gaben?

Gequält biss Mila sich auf die Unterlippe. Es war allein ihre Schuld, dass der geplante Umzug zu einer überstürzten Flucht geworden war und sie jetzt inmitten einer wahren Flüchtlingswelle im Stau standen. Nur Mila zuliebe hatten ihre Eltern den Umzug verschoben. Trotz aller Achtsamkeit hatte sogar ihr Dad geglaubt, dass ihnen die Zeit dazu bleibe.

Doch das war nicht so.

Nun befanden sie sich inmitten der wohl größten Evakuierung aller Zeiten. Der Grund dafür war die rasant angestiegene vulkanische Aktivität im Yellowstone-Nationalpark. Genau genommen war der gesamte Nationalpark ein einziger Supervulkan, dessen drohender Ausbruch ähnlich verheerende Folgen wie die eines Kometeneinschlags haben könnte. Hierüber waren sich die Wissenschaftler ausnahmsweise einig.

Milas Heimatstadt Great Falls befand sich gut zweihundert Meilen nördlich von Yellowstone. Die befürchtete Reichweite einer Eruption überstieg Milas Vorstellungskraft. So wie fast die gesamte Situation ihre Vorstellungskraft überstieg.

Über dem Highway erstreckte sich ein strahlend blauer Himmel. Die Sonne lachte. Nichts wies auf die geologischen Vorgänge hin, die angeblich tief unten in der Erde stattfanden. Vielleicht irrten sich die Wissenschaftler ja? Vielleicht interpretierten sie ihre Messungen falsch?

Mila strich die Haarsträhne hinter ihr Ohr und lehnte den Kopf nach hinten. Dabei fiel ihr Blick auf den braunen Caravan, der sich auf der Überholspur an ihnen vorbeischob. Ein kleiner Junge saß auf dem Rücksitz und sah durch das heruntergelassene Fenster zu ihr. Seine blonden Locken tanzten in einer sanften Brise. Die gegenwärtige Sorge schien ihn kaum zu kümmern. Er wirkte eher aufgeregt. Als wäre er mit seinen Eltern auf dem Weg in einen spannenden Urlaub.

Sein Anblick beruhigte Mila auf seltsame Weise. Sie grinste ihn an und streckte ihm frech die Zunge heraus. Der Junge lachte. Dabei sah er aus wie ein kleiner Engel.

Plötzlich rollte ein Dröhnen über die Autodächer. Erst glaubte Mila, ein weiterer Hubschrauber würde seine Runden drehen, doch das dunkle Grollen wurde immer lauter. Mila spürte, wie es den ganzen Wagen zum Vibrieren brachte. Jemand schrie. Ihr Vater fuhr herum und blickte durch die Heckscheibe.

In seinem Gesichtsausdruck spiegelte sich blankes Entsetzen. Auf dem Rücksitz stieß ihre Mutter ein verängstigtes Keuchen aus.

Mila wagte es nicht, nach hinten zu sehen. Sie war wie versteinert und starrte nur ihren Dad an. Einige aus den umstehenden Fahrzeugen stiegen aus. Der Wehlaut einer Frau drang durch die geschlossenen Fenster herein und ließ Milas Nackenhaare zu Berge stehen.

Ihr Dad wandte sich wieder nach vorn und stellte das Autoradio auf einen Nachrichtensender um.

»*... noch ist unklar, ob es sich um eine Eruption der gefürchteten Hauptcaldera handelt. Die Aschewolke ist gewaltig. Experten schätzen, dass sie sich in einem Umkreis von zweihundert Meilen ausbreiten könnte. Vielleicht sogar noch weiter ...*«

»Dad?«, fragte Sam heiser. »Wie weit sind wir von Yellowstone entfernt?«

Milas Vater schloss kurz die Augen, bevor er mit ruhiger Stimme antwortete: »Fast vierhundert Meilen. Also weit genug.«

»Alles klar.« Sam räusperte sich und versuchte wohl, ebenso beherrscht zu klingen wie sein Vater. »Schaut euch das an! Wie hoch muss die Wolke sein, dass man sie bis hierher sehen kann?«

»Gott, steh uns bei«, hörte Mila ihre Mutter flüstern.

Immer mehr Menschen tauchten neben den Fahrzeugen auf dem Highway auf und blickten schockiert nach hinten. Manche weinten, anderen stand nur der Mund offen vor Erschütterung.

Sam öffnete die Tür und stieg aus. Milas Dad wirkte einen Moment so, als wollte er seinen Sohn zurückhalten, doch dann langte er ebenfalls nach dem Türgriff. Er sah Mila fragend an, die stumm den Kopf schüttelte und ihren Blick zur Windschutzscheibe wandte. Ihr Vater zögerte. Schließlich drückte er in einem Versuch, sie zu trösten, ihre rechte Schulter, bevor er aus dem Van kletterte.

Erst als die Beifahrertür ins Schloss fiel, bemerkte Mila, dass ihre Mum ebenfalls ausgestiegen war. Sie war allein im Wagen. Nur die Stimme des aufgelösten Nachrichtensprechers erfüllte den Innenraum. Mit zittrigen Fingern stellte sie das Radio auf CD-Wiedergabe und blickte dann weiter stur geradeaus.

Sie wollte nicht sehen, was sich hinter ihrem Rücken gerade abspielte. Sie wollte nicht Zeuge davon werden, wie ihr Zuhause zerstört wurde.

Was machte David wohl im Moment? Wie erging es ihm bei seiner Verwandtschaft in Ohio? War er überhaupt schon angekommen?

Er und seine Familie hatten sich ein paar Stunden vor Mila auf den Weg gemacht. Bevor ihr Gespräch unterbrochen worden war, vermutlich weil das Mobilfunknetz überlastet war, befanden sie sich irgendwo in North Dakota. Das bedeutete, dass er sich in jedem Fall außerhalb der Reichweite des Yellowstone-Vulkans befand.

Automatisch nahm Mila ihr Handy aus der Ablage und überprüfte den Funkstatus, obwohl ihr klar war, dass sich an der Situation nicht viel geändert haben dürfte. Was auch der Fall war. Sie legte das Smartphone zurück und kratzte sich fahrig an der Stirn. Dabei traf ihr Blick auf den Rückspiegel.

Ihr Atem stockte. Absolutes Entsetzen kroch durch ihre Glieder.

Die Aschewolke war in aller Deutlichkeit am Horizont zu sehen. Wie ein dunkelgrauer Turm ragte sie in den Himmel. Das Ende verschwand hinter einer Schicht aus leuchtend weißen Kuschelwolken.

Erschreckend und faszinierend zugleich war es, dieses Naturschauspiel, dessen Ausmaße unbeschreiblich waren. Mila war gänzlich gefangen von diesem Anblick. Unfähig, sich abzuwenden.

Eine fremde Frau ging am Heck des Vans vorbei und holte sie schließlich zurück in die Gegenwart. Mila schöpfte einige Male tief Luft, um den Schock zu überwinden. Dabei suchte sie über den Rückspiegel nach ihrer Familie. Sie entdeckte ihre Mutter und Sam ein gutes Stück hinter ihrem Wagen neben einem Wohnmobil. Ihr kleiner Bruder stand aufrecht und tapfer da. Er schirmte mit einer Hand seine Augen gegen die Sonne ab, einen Arm hatte er schützend um seine Mutter gelegt, die sich stumm über ihre tränennassen Wangen wischte. Ihr Vater unterhielt sich ein wenig abseits mit einem älteren Mann. Beide deuteten immer wieder auf die gigantische Rauchwolke, als würden sie sich gegenseitig erklären, was dort gerade geschah.

Mila tastete nach der Gurtschnalle, um sich doch noch zu ihrer Familie zu gesellen. Kaum streifte ihr Zeigefinger den Plastikknopf, da erfasste plötzlich eine Erschütterung den Wagen. Ein ähnliches Grollen wie vorhin erklang. Diesmal weitete sich das anfängliche Vibrieren jedoch innerhalb eines Wimpernschlags zu einem gewaltigen Beben aus.

Der gesamte Highway geriet ins Wanken. Schreie von

Menschen vermischten sich mit knirschenden Geräuschen und ohrenbetäubendem Krachen.

Bevor Mila wusste, wie ihr geschah, wurde sie nach vorn in den Gurt geschleudert. Ihr Kopf prallte hart auf die Seitenscheibe.

Dann wurde es dunkel.

DONNERSTAG

Caithlyn watete durch das knietiefe Wasser. Bei jedem Schritt tastete sie zuerst mit der Fußsohle über den Boden, um nicht versehentlich auf eine scharfe Kante oder sogar in einen offen stehenden Gully zu treten. So bahnte sie sich unermüdlich einen Weg durch das Treibgut, das in der trüben Brühe schwamm. Ihre Stiefel waren schwer wie Blei, die durchnässten Füße eiskalt. Der Stoff ihrer Feuerwehruniform war bis zur Hüfte vollgesogen, doch immerhin schützte er sie vor Schnitten und Kratzern.

Sie hatte längst aufgehört, die Dinge genauer zu betrachten, die sie mit ihren Oberschenkeln von sich wegschob. Genauso wie sie auch aufgehört hatte, über den Albtraum nachzudenken, in dem sie sich gerade befand.

Cait funktionierte einfach. Kämpfte sich seit mehreren Stunden durch das vollkommen zerstörte Los Angeles auf der Suche nach Überlebenden.

Weite Teile der Stadt waren immer noch nicht zugänglich. Nur in wenigen Gebieten hatte sich der Pazifik so weit zurückgezogen, dass die Rettungskräfte vordringen konnten.

Gespenstische Stille lag über dem überschwemmten Wohngebiet, das Caithlyn mit ihrem Team zugeteilt worden war. Zwei ihrer Kollegen führten ein Schlauchboot neben sich her, dessen Motor aufgrund der herumschwimmenden Trümmerteile nicht benutzt werden konnte. Obwohl es früh am Nachmittag war, zeigte sich der Himmel in einem seltsamen Dämmerlicht. Ein grauer Dunst verschleierte das Licht der Sonne. Was auf den ersten Blick wie eine dichte Wolkenwand anmutete, war in Wirklichkeit Vulkanasche, die sich den weiten Weg vom Yellowstone-Park bis hierher gebahnt hatte. Als vor zwei Tagen die Meldung des Vulkanausbruchs kam, waren alle Augen auf Montana gerichtet. Niemand hatte geahnt, was noch bevorstand.

Der Planet spielte verrückt.

Die Eruption des Yellowstone war nur der Startschuss für eine ganze Reihe von unvorstellbaren Naturkatastrophen gewesen. Mehrere Erdbeben erschütterten den gesamten Kontinent. Ein gewaltiges Seebeben im Pazifik rief einen Tsunami hervor, der die amerikanische Westküste überrollte. Vor knapp einer Stunde meldeten die Nachrichtendienste, dass sich ein Hurrikan der Kategorie vier auf die Ostküste zu bewegte.

Und das waren nur die Ereignisse in den USA …

»Cait? Alles klar bei dir?«

Caithlyn zog ihren blonden Zopf fester und setzte ein Lächeln auf, bevor sie sich zu ihrem Kollegen Mike umwandte. »Klar.«

Er musterte sie eingehend. »Du solltest vielleicht mal eine Pause einlegen.«

»Nein«, antwortete sie bestimmt.

Sie sah kurz zu den anderen beiden Mitgliedern ihres Teams, dann wieder zu Mike. Alle waren aschfahl im Gesicht. Übermüdet, erschöpft und fassungslos. Trotzdem standen sie aufrecht in der dreckigen Brühe, den Blick wachsam auf die Umgebung gerichtet. Keiner von ihnen würde jetzt nach einer Pause verlangen.

Dabei war wohl jedem ihrer Kollegen klar, dass die Überlebenschancen in diesem Gebiet verschwindend gering waren. Die Siedlung hatte vorwiegend aus schlichten Einfamilienhäusern bestanden, die von der Flutwelle einfach fortgespült worden waren. Die meisten Bewohner hatten vermutlich gebannt vor dem Fernseher gesessen und sich die erschreckenden Bilder aus dem Rest der Welt angesehen, als der Tsunami ohne jegliche Vorwarnung über die Stadt hereingebrochen war.

Caithlyn war seit fünf Jahren bei der Berufsfeuerwehr von Los Angeles und seit einem Jahr in der Fire Station 76 stationiert, nahe den Hollywood Hills. Ihre Schicht hatte ihr das Leben gerettet, denn in ihrer eigenen Wohnsiedlung sah es sicher ähnlich aus wie hier. Ein Kloß bildete sich in ihrem Hals, als sie an ihre Nachbarn dachte.

Sie blinzelte die Trauer hartnäckig weg und straffte ihre Schultern. Mike nickte ihr zu und watete an ihr vorbei. Die Gruppe setzte sich wieder in Bewegung.

Caithlyn betrachtete nachdenklich Mikes Gestalt vor sich. Seine Frau war bei der Arbeit gewesen, als die Flut über sie hereingebrochen war. Ihre Firma befand sich in einem der am schwersten betroffenen Gebiete, das für die Rettungsteams im Augenblick noch unerreichbar war. Erste Luftaufnahmen hatten gezeigt, dass das Gebäude zwar noch intakt war, aber immer noch bis zum zweiten Obergeschoss unter Wasser stand. Niemand konnte sagen, wie es in seinem Inneren aussah, geschweige denn, ob sich die Leute rechtzeitig in die höheren Etagen hatten retten können. Die Luftrettungen mittels Hubschraubern waren im vollen Gange, doch aufgrund des ungeheuren Ausmaßes der Zerstörung musste nach einem strengen Plan vorgegangen werden. Straße für Straße, Gebiet für Gebiet. Das dauerte. Und Mike konnte nur hoffen, dass seine Frau zu den Überlebenden gehörte.

Doch anstatt sich in seiner Sorge zu verlieren, kämpfte er sich verbissen mit Caits Team durch das Katastrophengebiet. Er würde vermutlich durchdrehen, könnte er nicht wenigstens irgendwem helfen.

Eine Bewegung zu ihrer Rechten lenkte Caithlyns Aufmerksamkeit in diese Richtung. Dort steckte ein verbeultes Auto in einem Trümmerhaufen, der wohl einmal ein Haus gewesen war. Zwischen den Brettern und Balken lugte ein menschlicher Arm hervor. Und – er bewegte sich!

Caithlyn verengte die Augen und sah genauer hin. Ihre Aufregung legte sich, kaum dass sie aufgekommen war. Das Gesicht des Opfers befand sich vollständig unter Wasser. Die Bewegung des Arms rührte nur von der leichten Wellenbewegung des Wassers her. Hastig wandte Caithlyn sich von dem Anblick des Toten ab.

Im Laufe der Jahre hatte sie einige Leichen gesehen. Das brachte ihr Beruf unweigerlich mit sich. Normalerweise konnte sie auch einigermaßen gut damit umgehen. Doch das hier? Es waren so viele.

So unvorstellbar viele.

Logan fuhr mit der Hand über sein dunkles Haar und starrte die schlichte Betonwand vor sich an. Nur das leise Surren der Umluftventilatoren erfüllte die bedrückende Stille im Flur des Bunkers. Auf der Metalltür neben ihm prangte das Emblem der Vereinigten Staaten von Amerika. Der Raum dahinter war völlig abgeschottet. Nichts ließ erahnen, dass sich darin gerade die wichtigsten Männer der USA befanden und über das weitere Vorgehen beratschlagten.

Dem Secret Service war der Zutritt nicht erlaubt. Deshalb stand Logan nun mit seinen Kollegen vom Personenschutz im Flur herum und wartete. Diese Tatenlosigkeit war nicht gut, denn dabei bot sich unweigerlich Zeit zum Nachdenken und man versuchte, das alles zu begreifen.

Es musste ungefähr drei Monate her sein, dass der Leiter des Katastrophenschutzes plötzlich täglicher Gast im Weißen Haus geworden war. Unzählige Konferenzen fanden statt. Der Präsident wurde mitsamt seiner Familie zu einem geheimen Ort gebracht. Fernab der Öffentlichkeit trafen auch die anderen Regierungen sämtlicher Staaten der Welt ihre letzten Vorbereitungen.

Natürlich bekam Logan all diese Vorgänge mit. Und natürlich schwante ihm, dass etwas Außerordentliches bevorstand. Die Wahrheit wurde allerdings bis zuletzt sogar den Mitarbeitern des Secret Service verschwiegen. Ein paar Tage vor den Aktivitäten im Yellowstone-Park wurden nur wenige ausgewählte Personenschützer informiert und in einen speziellen Evakuierungsplan eingewiesen.

Dass Logan zu diesen Auserwählten gehörte, hatte ihn selbst verwundert. Er hatte seine Ausbildung zwar mit Bravour abgeschlossen, war jedoch einer der jüngsten Agenten im Haus. Da er nur ein Jahr aktiven Dienst vorweisen konnte, hatte er wenig Berufserfahrung im Vergleich zu den alten Hasen seines Teams. Aber inzwischen ahnte er, dass genau dieser Umstand der Grund für seine Beförderung gewesen war, denn sein Job hatte sich in den letzten Tagen vollkommen verändert.

Früher hatte seine Hauptaufgabe darin bestanden, Vizepräsident Straton gemeinsam mit sechs anderen Agenten vor einem Attentat zu bewahren. Nun war er allein für das Wohl seines Schützlings verantwortlich – was durchaus machbar war, denn während die Welt aus den Fugen geriet, hatten selbst Terroristen andere Probleme, als ein Attentat durchzuführen. Im Grunde war Logan nur dafür zuständig gewesen, den Vizepräsidenten zu dieser geheimen Bunkeranlage in Massachusetts zu begleiten und dafür zu sorgen, dass er heil hier ankam.

Sie waren vor fünf Tagen hier angekommen, und inzwischen hatte sich Logans Aufgabengebiet erweitert. Er war zu einer Art persönlichem Assistenten von Straton geworden, denn seine vorige Assistentin hatte ihn verlassen, um ihre eigene Familie in Sicherheit zu bringen. Ihr Verhalten war kein Einzelfall. Eher im Gegenteil.

Logan vermutete inzwischen, dass dies ein weiterer Grund gewesen war, der für seine Person gesprochen hatte. Seit dem Attentat am elften September war er Vollwaise. Der Terroranschlag war ein prägendes Ereignis für ihn gewesen – wie für viele andere Amerikaner –, das ihn bereits als Jugendlicher den Entschluss fassen ließ, für den Heimatschutz tätig zu werden. Fleiß, Durchhaltevermögen und seine unangefochtene Loyalität gegenüber dem amerikanischen Staat hatten ihn letztlich ins Weiße Haus gebracht. Ebenjene Loyalität, die er nach wie vor für sein Land hegte.

Aber gab es dieses Land überhaupt noch?

Das Weiße Haus lag in Schutt und Asche. Ganz Amerika war zerstört und im Rest der Welt sah es genauso aus, wenn nicht sogar noch schlimmer. Ein paar Inselstaaten waren gar von der Landkarte verschwunden.

Logan hatte keine Ahnung, wie es nun weitergehen sollte. Mit den Menschen, die noch übrig waren. Es gab keinen Notfallplan dieser Größenordnung.

Nur wenige Städte innerhalb der USA waren so weit intakt, dass sie kurzerhand als Flüchtlingslager umfunktioniert werden konnten. Doch auch dort waren die Lebensbedingungen katastrophal. Es gab keinen Strom, kaum Nahrung, von medizinischer Betreuung ganz zu schweigen.

Das System war innerhalb weniger Tage vollständig zusammengebrochen, ohne eine reelle Chance, dass man es in naher Zukunft wiederaufbauen könnte. Nachdem die Erde sich wieder beruhigt hatte, bahnte sich nämlich schon die nächste Katastrophe an – ein vulkanischer Winter.

Die Eruptionen rund um den Erdball hatten so viel Asche in die Luft geschleudert, dass sie wie ein Nebelschleier in der Stratosphäre hing. Das würde fatale Folgen für das Klima haben. Man ging jetzt schon davon aus, dass sich eine weltweite Erdabkühlung ereignen würde, die sich regional zu einer Eiszeit entwickeln könnte.

Soweit Logan wusste, hatte die Regierung zwar geheime

Nahrungsmittelspeicher angelegt, doch zum einen war es fraglich, ob diese Vorräte überhaupt noch verwendbar waren, und zum anderen, wie lange sie reichen würden. Die Überlebenden würden also während des vulkanischen Winters verhungern, sofern sie vorher nicht schon erfroren waren.

Logan war so tief in seine düsteren Zukunftsgedanken versunken, dass er unwillkürlich zusammenschrak, als sich die Tür neben ihm aufschob. Der Leiter des Bundeskatastrophenschutzes und Vizepräsident Straton traten auf den Flur. Sie verabschiedeten sich per Handschlag voneinander. Dann wandte Straton sich nach links und Logan heftete sich schweigend an seine Fersen.

»Geben Sie dem Piloten Bescheid, dass er sich in zwei Stunden bereithalten soll«, wies Straton ihn an.

»Mit welchem Ziel, Sir?«, fragte Logan.

»Das wird er rechtzeitig erfahren.«

»Verstanden.«

Trotz der ruppigen Antwort wirkte Straton entspannt. Zumindest äußerlich. Logan hatte inzwischen gelernt, dass der schlanke Mann mit dem grau melierten Haar schwer zu durchschauen war. Es gab nur wenige Momente, in denen der Vizepräsident seine Sorge durchscheinen ließ. Die meiste Zeit strahlte er abgeklärte Besonnenheit aus, als hätte er alles im Griff.

Straton war überhaupt ein bewundernswerter Mann. Er war wortgewandt, charismatisch und über alle Maßen intelligent. Logan hatte sich oft gefragt, ob er nicht der bessere Kandidat für die Präsidentschaft gewesen wäre als der amtierende Präsident. Bis er verstanden hatte, dass Stratons Einfluss auch so weitreichender war, als der Normalbürger ahnte. Im Grunde funktionierte die gesamte Demokratie der USA anders, als der Normalbürger dachte.

Wenig später erreichten die beiden Männer einen der Büroräume der Bunkeranlage. Straton betätigte den Türöffner und gab Logan einen dezenten Wink, ihm weiter zu folgen. »Wir müssen etwas besprechen, Logan.«

Das war an sich nichts Ungewöhnliches, doch etwas in Stratons Stimme ließ Logan nervös werden. Angespannt betrat er hinter dem Vizepräsidenten das enge, aber voll ausgestattete Büro und setzte sich ihm gegenüber an den Schreibtisch. Straton lehnte sich ungezwungen zurück, doch seine grauen Augen ruhten mit Rasiermesserschärfe auf Logan.

»Wussten Sie, dass ich Sie persönlich ausgewählt habe?«, fragte der Vizepräsident plötzlich. »Für Ihren aktuellen Posten, meine ich.«

»Nein«, antwortete Logan und versuchte zu ergründen, worauf dieses Gespräch hinauslaufen sollte.

»Ich habe Sie beobachtet, Logan Moore, und ich erkenne Ihr Potenzial. Sie sind klug. Um einiges klüger, als so ziemlich jeder Ihrer kanonengeilen Kollegen.« Stratons Mundwinkel zuckte amüsiert. »Entschuldigen Sie den Ausdruck, aber anders kann man es kaum beschreiben.«

Logan schmunzelte.

»Sie haben Ihre Ausbildung überdurchschnittlich gut abgeschlossen«, fuhr der Vizepräsident fort. »Zwei Fremdsprachen, herausragender Schütze, Kenntnisse in vier verschiedenen Kampfsportarten. Eine Anfrage der CIA, die Sie jedoch abgelehnt haben. Ja, ich kenne Ihre Akte. Was jedoch nicht darin steht, Sie aber in meinen Augen zu einem der vielversprechendsten Kandidaten macht, ist Ihre Treue. Ihre außerordentliche Überzeugung, dieses Land beschützen zu wollen. Damit haben Sie sich vor allem in den letzten Tagen meinen Respekt und mein uneingeschränktes Vertrauen verdient.«

Diese überschwängliche Lobeshymne weckte automatisch Misstrauen in Logan. Solche Reden waren untypisch für Straton.

Logan hob eine Braue. »Einen Kandidaten wofür?«

Straton lachte leise, wurde aber sofort wieder ernst. »Ich will es Ihnen erklären«, sagte er und sah Logan wieder mit einem durchdringenden Blick an. »Sie wissen vermutlich längst, dass die Welt nie wieder so sein wird wie zuvor.«

»Ja«, bestätigte Logan knapp. Er legte den Kopf schräg. »Die eigentliche Frage lautet, wie die neue Welt sein wird.«

Der Vizepräsident beugte sich vor und stützte sich mit den Ellbogen auf den Schreibtisch. Er musterte sein Gegenüber jetzt mit einem zufriedenen Lächeln.

»Und genau darüber will ich mit Ihnen sprechen.«

KAPITEL 1

ZWEI JAHRE SPÄTER

Schnee.

Überall nur Schnee, so weit das Auge reichte. Er glitzerte im Schein der Nachmittagssonne, schimmerte wie ein weißer Seidenschal unter dem Horizont und lag wie Zuckerwatte auf den buschigen Fichtenästen.

Mila hatte für den hübschen Anblick nichts übrig, während sie angestrengt durch eine Schneewehe stapfte und den alten Holzschlitten hinter sich herzog. Bei jedem Schritt sank sie bis zu den Knien in das glitzernde Weiß ein und musste sich wieder emporkämpfen, nur um dann abermals zu versinken.

Dieser Abschnitt ihres Weges war der mühseligste. Sobald sie die Senke überwunden hatte, würde es leichter vorangehen.

Der Schlitten wurde mit einem Mal merklich schwerer. Genervt drehte Mila sich um und scheuchte den blinden Passagier von Bord.

»Ricco! Immer dasselbe mit dir! Du bist nicht so leicht, wie du glaubst.«

Der Waschbär keckerte beleidigt. Er sprang von dem Holzschlitten und verschwand sofort bis zur Nasenspitze im Schnee. Anklagend reckte er sein pelziges Gesicht zu Mila, die seufzte.

»Ich weiß. Aber wir haben es gleich geschafft. Wir sind fast oben.«

Mila zog mit einem Ruck an dem Schlitten, den der Waschbär mit seinem Gewicht tief in den Schnee gedrückt hatte. Immerhin wog er sicher doppelt so viel wie die eigentliche Ladung.

Die heutige Ausbeute war spärlich gewesen. In der alten Obstkiste befanden sich nur drei kleine Dosen eingelegtes Gemüse, eine Packung Zwieback und ein halbes Kilo Mehl. Hootch, der inoffizielle Bürgermeister von Redwood, hatte Mila aber versichert, dass er bei der nächsten Lieferung eine großzügige Ration für sie zur Seite legen würde. Sie zweifelte nicht an diesem Versprechen, denn der gutmütige Mann mit dem buschigen Bart hatte sie noch nie enttäuscht.

Auf der Anhöhe angekommen, gönnte Mila sich eine kleine Verschnaufpause. Sie schob das Jagdgewehr auf ihrem Rücken zurecht und blickte hinunter in das Tal. Ricco kletterte wieder auf den Schlitten. Während ihrer Pause ließ sie ihn gewähren, damit er seine ausgekühlten Pfoten ein wenig aufwärmen konnte.

Zwischen vereinzelten Bäumen konnte man die eingeschneiten kleinen Häuser von Redwood Meadows erkennen. Es war eine idyllische Kulisse, die man damals wohl auf eine Postkarte gedruckt hätte.

Damals.

Damals schien eine Ewigkeit her zu sein. Damals, als Milas größte Sorge darin bestand, die passenden Schuhe zu einem neuen Outfit zu finden. Oder den neuesten Kinofilm ja nicht zu verpassen. Oder wie sie an eine Einladung zur angesagten College-Party der Stadt herankommen sollte.

Wirklich bescheuert, mit welch lächerlichen Problemen sie sich früher herumgeschlagen hatte. Wie selbstverständlich ihr ein behütetes und komfortables Leben vorgekommen war. Wie oft sie wegen irgendwelcher dummen Lappalien mit ihren Eltern und ihrem Bruder gestritten hatte.

Der Gedanke an ihre Familie versetzte Mila einen Stich in die Magengrube. Sie zog ruppig an dem Schlittenseil und stapfte weiter, als könnte sie so vor den schmerzhaften Erinnerungen fliehen.

Die Schuldgefühle lasteten schwer auf ihr. Sie allein trug die Verantwortung dafür, dass sie auf dem Highway in den Stau geraten waren. Hätte sie den Plan ihres Vaters nicht durchkreuzt, wären sie längst bei Opa Joe gewesen, als das Erdbeben die Straße vor der kanadischen Grenze im wahrsten Sinne zerbersten ließ.

Und ihre Familie wäre jetzt noch am Leben …

Mila erinnerte sich nur lückenhaft an die Tage nach dem verheerenden Erdbeben. Es war, als hätte sie der Schock in eine Art Trance versetzt. Sie war in einem provisorischen Camp aus ihrer Ohnmacht erwacht. Dort hatte man sie medizinisch versorgt und irgendwann nach Calgary gebracht, wo nach den gröbsten Aufräumarbeiten ein Evakuierungslager eingerichtet worden war. Wie durch ein Wunder hatte ein paar Tage später plötzlich Opa Joe vor ihrer Pritsche gestanden.

»Da bist du ja«, hatte er geflüstert.

Sie konnte seine Worte hören, als wäre es erst gestern gewesen. Seine Stimme hatte sie aus dem dumpfen Schleier des Traumas geweckt und in die Realität zurückgeholt. Er hatte sie bei sich aufgenommen, mit ihr gemeinsam getrauert und gleichzeitig neuen Lebenswillen in ihr geweckt.

Ohne Opa Joe hätte Mila längst aufgegeben.

Das letzte Wegstück führte sie durch einen dichteren Wald. Einzelne Sonnenstrahlen drängten sich durch das verschneite Geäst und warfen goldene Muster auf den Boden. Es kam Mila vor wie ein Hoffnungsschimmer.

Die grauen Schlieren der Vulkanasche hatten sich in den letzten Monaten vom Himmel verzogen. Die Sonne gewann immer mehr Kraft und die Menschen sahen dem Ende des vulkanischen Winters entgegen. Doris, die rechte Hand des Bürgermeisters, meinte sogar, es könne zu einem vagen Frühling kommen, eine baldige Schneeschmelze halte sie für wahrscheinlich.

Mila betrachtete im Vorbeigehen die Bäume und versuchte sich vorzustellen, wie sie den Schnee abschüttelten und junge Triebe gen Himmel streckten. Sie hoffte inständig, dass die Natur sich von den Ascheregen erholt und dass die Erde sich unter der dichten Schneedecke regeneriert hatte.

Früher hatte sich Mila nie für Flora und Fauna interessiert. Bäume waren einfach da gewesen, wie eine Art Dekoration. Inzwischen war das anders. Nicht zuletzt, weil ein ausgeprägtes Wissen über die Natur heutzutage unabdingbar geworden war, um zu überleben. Opa Joe hatte Mila beigebracht, den Wald und all seine Bewohner als ihre Verbündeten zu betrachten. Es ging darum, mit der Natur zu leben, und nicht nur in ihr.

Manchmal fragte sich Mila, ob die Erde vielleicht nur deshalb verrücktgespielt hatte, weil der Mensch sich derart rücksichtslos über das gesamte Ökosystem gestellt hatte. Vielleicht sollte der allgemeine Kollaps ihn daran erinnern, dass er nicht so mächtig war, wie er gern glaubte.

Mit diesen Gedanken war Mila nicht allein. Niemand hatte bisher erklären können, was wirklich der Auslöser all der Katastrophen gewesen war. Die Theorien reichten von Erdachsenverschiebung über Polumkehr bis hin zum Jüngsten Gericht. Vor allem letztere These hatte eine ganze Welle von Selbstmorden ausgelöst. Da sich die Welt allerdings immer noch weiterdrehte, hatten sich die religiösen Fanatiker inzwischen wieder beruhigt.

Das alles wusste Mila nur aus Erzählungen. Das Telekommunikationssystem war nämlich noch nicht wiederaufgebaut worden, und auch die allgemeine Stromversorgung nicht. Es gab ein paar wenige Radiosender, die einzelne Informationen zum Weltgeschehen verbreiteten, doch die gehörten allesamt zur Union.

Union. So nannte sich die Obrigkeit inzwischen. Ein komplett neuartiges System war damit entstanden. Etwas, das noch nie da gewesen war.

Eine Weltregierung.

Anfänglich klangen die Ziele der Union noch vielversprechend. Die Völker der Erde sollten vereint werden, damit man gemeinsam eine neue Welt aufbauen könne. Die Umsetzung war jedoch fragwürdig. Zumindest, was den Kontinent Amerika betraf. Wie es andernorts funktionierte, wusste niemand.

Die erste Maßnahme der Union bestand darin, jegliche Landesgrenzen aufzuheben. Übergeordnete Militäreinheiten wurden geschaffen und die Polizei aufgelöst. Dann gab es neue internationale Gesetze und eine Weltwährung wurde eingeführt. Sogar ein einheitliches Schulsystem hatte man inzwischen eingerichtet.

Gleichzeitig wurden sogenannte Safetowns angelegt. In diesen Städten, die völlig abgeschirmt von der Umgebung waren, wurde den Bewohnern unter der strengen Führung der Union ein bequemes Leben ermöglicht. Es handelte sich dabei um autarke Systeme mit eigener Elektrizität und Wasserversorgung, und angeblich sogar mit einem internen Fernsehsender.

Dem Normalbürger war der Zutritt zu einer Safetown strikt untersagt. Darin lebten nur Menschen, die einen speziellen Eignungstest bestanden hatten, den inzwischen nur noch Leute bis zum Alter von einundzwanzig Jahren überhaupt absolvieren durften.

Der Rest der Bevölkerung war weitgehend auf sich selbst gestellt. Die Union betrieb zwar einige Versorgungszentren außerhalb der Safetowns, aber das wirkte eher wie der klägliche Versuch, den Menschen ein Interesse an ihrem Wohlergehen zu suggerieren. Die Nahrungsmittel, die die Union den noch existierenden Siedlungen dort zur Verfügung stellte, waren so knapp bemessen, dass sie niemanden satt machten. Vor ein paar Monaten waren die Rationen sogar noch gekürzt worden, weil die Lagerbestände angeblich zu schnell schrumpften. Dabei hatte die Union im letzten Jahr gewaltige Gewächshäuser aus dem Boden gestampft, die inzwischen sicher reichliche Erträge lieferten.

Das Versprechen, die Energie- und Wasserversorgung schnellstmöglich wiederherzustellen, wurde nicht eingehalten. Obwohl die Ressourcen durchaus vorhanden waren. Sie wurden jedoch ausschließlich für die Erweiterung der Safetowns genutzt.

Mila käme mit ihren zwanzig Jahren für den Eignungstest durchaus infrage. Aber etwas in ihr sträubte sich dagegen, Teil des Unionssystems zu werden. Sie hatte grundsätzlich kein großes Vertrauen in diese neuartige Regierungsform, und das Leben in einer Safetown kam ihr viel mehr wie die Mitgliedschaft in einer ausgeklügelten Sekte vor. Doris pflegte in diesem Zusammenhang gern den Begriff »Gehirnwäsche« zu verwenden – wobei Doris dieses Wort grundsätzlich gern benutzte.

Die verschrobene Frau war Mila sehr ans Herz gewachsen. Sie mochte die unverfälschte Art, mit der die Mittfünfzigerin ihren Mitmenschen gegenübertrat. Doris musste man einfach vertrauen, auch wenn sie oftmals wie eine verrückte Wissenschaftlerin mit einer Tendenz zur Verschwörungstheoretikerin anmutete. Der alte Hootch mit seinem grauen Bart bildete mit seiner diplomatischen Besonnenheit einen guten Gegenpart zu ihr. Die Bewohner von Redwood Meadows hatten die beiden außergewöhnlichen Menschen stillschweigend zu ihren heimlichen Oberhäuptern gemacht. Doris und

Hootch war es zu verdanken, dass die Gemeinde auch heute noch als Einheit funktionierte und ein echtes Miteinander lebte.

Mila war so tief in Gedanken versunken, dass sie das zusätzliche Gewicht des Schlittens gar nicht bemerkte. Dabei hatte Ricco sich die ganze Zeit still und heimlich von ihr ziehen lassen. Erst als der Weg in eine Senke führte und der Schlitten sie überholte, sah Mila den Waschbären zufrieden darauf herumlümmeln.

»Du Faulpelz!«, schimpfte sie ihn, musste aber gleichzeitig kichern, weil er ertappt die Augen aufriss. »Na warte! Du willst fahren? Dann fahr!«

Sie lachte schadenfroh und ließ das Seil los. Sofort nahm der Schlitten Geschwindigkeit auf und sauste schnurstracks aus dem Waldstück hinaus. Dahinter breitete sich eine Wiese vor Grandpas Haus aus, wodurch dem Waschbären keine Gefahr durch eine ungewollte Kollision drohte. Ricco sah das allerdings anders und gab erschrockene Quieklaute von sich, während er die letzten Meter hinunterglitt. Fehlte gerade noch, dass er sich die Augen zuhielt.

Wenige Meter vor der Veranda des gemütlichen zweistöckigen Holzhauses kam der Schlitten schließlich unversehrt zum Stehen, und der Waschbär hüpfte mit anklagenden Lauten von dem Gefährt. Mila folgte ihm grinsend.

Das Anwesen ihres Großvaters lag an einem großen See, den man wegen der dichten Schneedecke kaum vom Festland unterscheiden konnte. Aus dem Kamin des Blockhauses stieg eine dünne Rauchsäule empor und versprach gemütliche Wärme im Inneren.

Bevor Mila zur Veranda schritt, machte sie noch einen kurzen Abstecher zum See und betrat seine zugefrorene Oberfläche. Ein kleines Stück vom Ufer entfernt ragte einsam und verlassen eine Angel aus der schneebedeckten Ebene. Mila hob den Stock auf, der danebenlag, und durchstach damit die hauchdünne gefrorene Schicht, die sich über einem kreisrunden Loch in der Eisplatte gebildet hatte. Dann zupfte sie an der Angelschnur und prüfte, ob ein Fisch angebissen hatte. Leider nicht, aber sie würde später noch einmal nachsehen.

Mila ging zurück zum Haus und hob die Kiste mit den Nahrungsmitteln von ihrem Schlitten. Sie betrachtete kopfschüttelnd den Inhalt. Wäre Redwood ausschließlich auf die Rationen der Union angewiesen, wären sie vermutlich längst verhungert. Welch ein Glück sie doch hatten, sich zusätzlich selbst versorgen zu können. Jeder Dorfbewohner trug seinen Teil dazu bei. Mila und Joes Job war die Fischerei. Andere betrieben selbst gezimmerte Gewächshäuser oder gingen auf die Jagd.

Ja, den Einwohnern von Redwood Meadows ging es wirklich gut. Zu gut, um es an die große Glocke zu hängen. Auf Doris' Rat hin erwähnten sie ihre Selbstversorgung keinem Fremden gegenüber. Zum einen, weil sonst vermutlich die Unterstützung der Union ganz ausgefallen wäre, und zum anderen, um sich vor Plünderern zu schützen. Durch die nahe Versorgungsstation der Union in Calgary war diese Gefahr zwar relativ gering, doch man durfte sie nicht unterschätzen. Immer wieder hörte man von anarchistischen Clans, die durch die Lande zogen und alles raubten, was sie brauchen konnten. Die Union verhinderte dies mit härtester Waffengewalt, aber nur in ihrem direkten Umkreis. Was sich fernab der offiziellen Einrichtungen abspielte, schien ihr egal zu sein. Darum bestand Milas Großvater auch darauf, dass sie stets eine Waffe bei sich trug, sobald sie das Haus verließ.

Wohltuende Wärme schlug Mila entgegen, als sie mit ihren vollgepackten Armen umständlich die Haustür aufstieß. Sofort flitzte Ricco an ihr vorbei und hinterließ mit seinen nassen Pfoten kleine Pfützen auf dem Dielenboden.

Die Ausstattung des Hauses hatte man früher wohl als rustikal bezeichnet. Jetzt ermöglichte sie einen unwahrscheinlichen Luxus. Nicht nur wegen des Holzofens im Wohnzimmer. Es gab auch noch einen Küchenherd, der mit Holz zu befeuern war und gleichzeitig als eine Art Warmwasserboiler fungierte. Außerdem war der alte Brunnen vor dem Haus intakt, an dem man mit einer manuellen Pumpe Wasser fördern konnte. Selbst das uralte Plumpsklo hinter dem Schuppen hatte sich inzwischen bewährt. Wieder etwas, worüber Mila sich vorher nie Gedanken gemacht hatte. Denn auch eine Toilette funktionierte ohne Strom einfach nicht.

Mila stampfte sich vor der Schwelle den Schnee von den Füßen, bevor sie eintrat. Sie stellte die Kiste ab und zupfte sich die Handschuhe von den Fingern.

»Hat die Union schon wieder gekürzt?«, hörte sie Joe fragen.

Ihr Großvater saß in eine Decke gehüllt auf dem Ohrensessel vor dem offenen Kamin und betrachtete stirnrunzelnd die halb leere Kiste.

»Offiziell nicht«, antwortete Mila. Sie tauschte ihre schweren Stiefel gegen Filzpantoffeln und schälte sich aus ihrem Parka.

»Und inoffiziell?«

Sie deutete vielsagend auf die Kiste. Joe seufzte schwer.

Sein Seufzen ging in ein rasselndes Husten über. Er bemerkte Milas besorgten Blick und winkte ab.

»Nur eine kleine Erkältung«, sagte er heiser und räusperte sich mehrmals. »Das vergeht bald wieder.«

»Das hast du letzte Woche schon gesagt.«

»Eine Erkältung dauert nun mal ein paar Tage.«

Mila verzog missmutig das Gesicht. »Ich weiß nicht, Grandpa. Dein Husten klingt nicht gerade nach einer harmlosen Erkältung. Hast du noch Fieber?«

»Nein.«

Sie kniff die Augen zusammen und ging zu ihm hinüber, um seine Stirn zu fühlen. Joe ließ es erschöpft geschehen.

»Du glühst ja förmlich!«, rief Mila.

»Kein Wunder«, brummte er und schloss die Augen. »Deine Finger sind eiskalt, Schätzchen. Dagegen glühen ja sogar die Fensterscheiben.«

Allein dass er ihre kühlende Hand offenbar als angenehm empfand, strafte ihn Lügen. Mila ließ sie eine Weile auf seiner verschwitzten Stirn liegen und musterte ihn nachdenklich. Die »harmlose« Erkältung hatte Joe erheblich zugesetzt. Er schien in wenigen Tagen um Jahre gealtert zu sein. Seine Hautfarbe war trotz des Fiebers fast so weiß wie sein Haar und die dezenten Fältchen in seinem Gesicht waren zu ausgeprägten Furchen geworden. Joe hatte abgenommen und wirkte insgesamt kraftlos und ausgemergelt. Sein Atem ging schwer und jeder seiner Atemzüge war von einem kaum hörbaren Rasseln begleitet. Auch ohne Medizinstudium wusste Mila, dass es sich um eine Lungenentzündung handeln musste. Für einen Mann von über siebzig Jahren war das nicht auf die leichte Schulter zu nehmen.

»Du brauchst Medizin«, sagte sie leise und tauschte ihre Hand gegen die andere. »Penicillin, oder wie das Zeug heißt.«

»Die Union würde mir nichts geben, das weißt du genau. Ich bin zu alt.«

»Dann sage ich ihnen eben, dass ich die Medikamente für mich brauche.«

Joe lächelte sanft und blickte zu ihr auf. »Mila, du weißt doch, wie das läuft. Zum einen erkennen die sofort, dass du kerngesund bist, und zum anderen würden sie dir die Medikamente vor Ort verabreichen.«

»Ich könnte die Tabletten gleich wieder ausspucken«, überlegte sie. »Die wirken dann trotzdem noch, oder?«

»Und wenn sie dir eine Spritze verpassen?«

Darauf wusste sie keine Antwort. Schweigend nahm sie die Hände von seinem Gesicht und erwiderte sein Lächeln. »Dann muss der Zwiebelsud wohl ausreichen.«

Sie wandte sich von ihrem Großvater ab, um die Tränen zu verbergen, die in ihren Augen brannten. Ihn so zu sehen war unerträglich. Sie hatte große Angst um ihn und musste hilflos mit ansehen, wie seine Erkrankung immer schlimmer wurde. Inzwischen wusste sie viel über Naturheilkunde, aber Kräuter reichten bei seinem Zustand einfach nicht mehr aus.

Nur die Union konnte ihm jetzt noch helfen.

Wut und Unverständnis schnürten ihr beinahe die Kehle zu, während sie die Kiste mit den Lebensmitteln in die Küche trug. Die Union machte kein Geheimnis daraus, dass sie über einen großen Vorrat an Medikamenten verfügte. Sie hatte allerdings beschlossen, dass diese Medikamente nur unter strenger Kontrolle und maximal bis zu einem Alter von siebzig Jahren ausgegeben wurden. Was darüberlag, wurde als lebensverlängernde Maßnahme bezeichnet, und dafür gab es keine Ressourcen.

Das hatte die Union entschieden. Einfach so.

Und niemand konnte etwas dagegen tun.

KAPITEL 2

Zwei Tage später wachte Joe nicht mehr auf.

Am Vorabend war Hootch bei ihnen gewesen und hatte Mila noch zur Seite genommen, bevor er sich verabschiedete. Es sei unvermeidlich, hatte er gesagt.

Nun saß Mila auf dem Boden neben Joes Bett und streichelte seine Hand. Sie war eiskalt. Es war eine andere Art von Kälte als jene, die man sich draußen im Schnee holte. Eine endgültige Kälte.

Mila wusste nicht, wie viel Zeit vergangen war, seit sie versucht hatte, ihren Großvater heute Morgen wach zu rütteln. Es konnten Stunden sein, vielleicht auch nur Minuten. Nachdem sie verstanden hatte, dass Joe die Augen nicht mehr aufschlagen würde, hatte sie seine Bettdecke zurechtgezupft, sich hingesetzt und nicht mehr von der Stelle gerührt.

Wie versteinert kauerte sie da, gefangen von Trauer und Schmerz. Sie bewegte sich nicht einmal, als sie gedämpfte Stimmen aus dem Erdgeschoss vernahm. Irgendjemand rief ihren Namen. Mila hatte nicht die Kraft zu antworten. Aber Ricco flitzte aus dem Zimmer in den Flur und begrüßte die Besucher mit einem aufgeregten Keckern. Der Waschbär schien nicht zu begreifen, was mit seiner menschlichen Familie heute los war, und klang fast so, als würde er um Hilfe rufen.

Schritte knarzten über die Holztreppe herauf. Kurz darauf betrat Doris das Schlafzimmer. Mila sah mit dumpfem Blick zu ihr auf.

Doris erfasste die Situation sofort. Sie nahm ihr Basecap ab und steckte es in die Brusttasche ihrer verschlissenen Latzhose. Seufzend strich sie ihr ergrautes Haar zurück.

»Es tut mir so leid«, flüsterte sie und kniete neben Mila nieder, um sie in den Arm zu nehmen.

Erst da brachen die Tränen aus Mila heraus. Als hätte die sanfte Umarmung plötzlich sämtliche Schleusen geöffnet. Sie schluchzte ungehemmt an Doris' Schulter und ließ sich von ihr wiegen, bis der Schmerz einigermaßen verklungen war.

Doris wartete geduldig ab, bis Mila sich aus der Umarmung löste. Sie streichelte ihr übers Haar, auch ihre eigenen Wangen waren mit Tränen bedeckt.

»Komm«, sagte sie und zog Mila behutsam hoch. »Lass uns hinuntergehen.«

Mila hakte sich dankbar bei Doris unter und ließ sich von ihr ins Wohnzimmer führen. Dort drückte Doris sie auf die Couch und breitete eine Decke über sie aus. Dann entfachte sie ein Feuer im Kamin und verschwand in der Küche.

Mit trübem Blick sah Mila dabei zu, wie die Holzscheite sich gegen die züngelnden Flammen wehrten. Sie krachten und zischten, als hätten sie Schmerzen.

Übelkeit stieg in Mila auf. Sie musste sich von dem Feuer abwenden, weil es sie daran erinnerte, was nun unweigerlich bevorstand. Die Erde war gefroren, man konnte Joe nicht darin bestatten.

Ricco sprang neben Mila auf die Couch. Er hielt ein Stück Brot in seinen Pfoten und knabberte daran. Doris stellte eine dampfende Tasse Tee auf den Couchtisch und reichte Mila ebenfalls eine Scheibe Brot. Mila nahm es entgegen und starrte es an, ohne davon abzubeißen.

Doris setzte sich in den Ohrensessel und schaute schweigend in das knisternde Feuer.

»Danke«, murmelte Mila belegt.

»Gern geschehen«, antwortete Doris.

Mila brach ein Stück von ihrem Brot ab und hielt es dem Waschbären hin. Erst dann biss sie selbst hinein, doch ihr kam es vor, als würde sie auf einer modrigen Baumrinde herumkauen. Sie würgte den Bissen hinunter und gab Ricco auch noch den Rest davon.

»Du könntest mit zu mir kommen«, schlug Doris unvermittelt vor. »Und Ricco auch.«

Mila hob verständnislos den Kopf.

»Natürlich nur, wenn du willst«, sprach Doris weiter. »Überleg es dir einfach mal. Meine Tür steht dir immer offen.«

»Okay.«

Mit zitternden Händen zog Mila die Decke enger um sich, als auf einmal schwere Schritte auf der Veranda draußen zu hören waren. Wenig später kam Hootch herein. Er hatte einige Dorfbewohner mitgebracht, deren betretene Mienen genügten, um Milas Tränen erneut fließen zu lassen. Ricco kuschelte sich eng an ihre Seite, während sie die Beileidsbekundungen über sich ergehen ließ. Die Worte kamen nicht wirklich bei ihr an, weshalb sie nur stumm nickte und die Geschehnisse um sie herum wie aus weiter Ferne verfolgte.

Hootch kümmerte sich um alles Notwendige. Er und ein paar andere Dorfbewohner errichteten eine Feuerstätte inmitten des zugefrorenen Sees. Zwei Frauen wuschen den Leichnam und kleideten ihn an. Verschiedenste Menschen gingen im Haus ein und aus.

Mila blieb unterdessen reglos sitzen. Sie wagte nicht aufzublicken, als man ihren Großvater die Treppe hinuntertrug. Erst als Hootch leise verkündete, es sei nun an der Zeit, stand sie auf und straffte ihre Gestalt.

Doris begleitete sie nach draußen. Ein strahlend blauer Himmel leuchtete über dem verschneiten See, auf dem sich zahlreiche Leute versammelt hatten. Ganz Redwood schien gekommen zu sein, um Joe die letzte Ehre zu erweisen.

Ergriffen schritt Mila neben Doris auf die Trauergemeinde zu. Die Menschen machten ihr Platz und gaben den Blick auf den aufgebahrten Leichnam frei.

Joe so zu sehen war kaum zu ertragen. Trotzdem zwang Mila sich, in der ersten Reihe stehen zu bleiben und den herzergreifenden Worten zu lauschen, mit denen Hootch sich im Namen der Gemeinde von Redwood Meadows von Joe verabschiedete. Er erzählte eine kleine Anekdote aus ihrer gemeinsamen Zeit im Fischereiverband und betonte, welch großartiger Mann der gute alte Joe gewesen sei. Und er schloss seine Rede mit den wundervollen Worten: »Du hast diesen See geliebt, alter Freund, darum sollst du genau hier zur Ruhe kommen.«

Als die beiden brennenden Fackeln auf Joes Lagerstätte niedergesenkt wurden, wandte Mila sich ab. Sie wollte nicht dabei zusehen, wie der Körper ihres Großvaters von den Flammen erfasst wurde. Wie das Feuer ihr auch noch das letzte Familienmitglied nahm.

Jetzt war nur noch sie übrig.

Doris blieb drei Tage an ihrer Seite, bis Mila sie davon überzeugen konnte, dass sie nun allein zurechtkam. Dabei brauchte sie ein großes Maß an Schauspielkunst, denn Doris schien genau zu wissen, wie es im Inneren der jungen Frau aussah.

Die Wahrheit war nämlich, dass Mila sich die Frage stellte, ob sie überhaupt allein zurechtkommen *wollte*. Sie fragte sich, warum zum Teufel ausgerechnet sie immer noch lebte und der Rest ihrer Familie tot war. Jeder Einzelne von ihnen hatte das Leben mehr verdient als sie. Grandpa mit seinem großen Herzen. Dad, der stets alles gegeben hatte, um seinen Kindern ein wundervolles Zuhause zu bieten. Mum, die beste Mutter der Welt, die mit ihrem Lachen die Sonne zum Strahlen brachte. Und Sam. Der fleißige, kluge Sam, der Medizin studieren wollte. Nicht um ein gut verdienender Herzchirurg zu werden, nein – er hatte davon geträumt, Arzt zu werden, um armen Menschen in Entwicklungsländern zu helfen. Welcher Teenager hegte schon solche Träume?

Mila hingegen hatte nur von einem Tag auf den anderen gelebt. Sie hatte ihren Alltag mit Oberflächlichkeiten gefüllt und ausschließlich an sich selbst gedacht.

Inzwischen wusste sie das, doch was nutzte es ihr? Es war zu spät. Die Erkenntnis, was wirklich im Leben zählte, war ihr zu spät gekommen.

Und Mila hasste sich dafür.

Sie fühlte sich schuldig, unwürdig und schwach.

Ihre Schultern bebten, als sie nun vor dem rußschwarzen Fleck im Schnee inmitten des zugefrorenen Sees auf die Knie sank. Die Klinge des großen Jagdmessers reflektierte blitzend das Sonnenlicht. Mila betrachtete das Lichtspiel, während sie den Griff leicht hin und her drehte.

Was hatte es für einen Sinn, weiterzuleben?

Wofür?

Schon vor zwei Jahren, nach dem verheerenden Erdbeben, hatte sie keine Antwort darauf gefunden. Erst als Joe vor ihrer Pritsche aufgetaucht war. Er war es gewesen, der sie aufgefordert hatte, nicht aufzugeben. Er hatte ihr immer wieder gesagt, dass sie nicht das Recht hatte, das Geschenk des Lebens abzulehnen.

Bei diesem Gedanken schnaubte Mila verbittert. Das Leben heutzutage war kein Geschenk. Es war eine Last. Ein qualvoller Weg ohne Ziel, den sie fortan vollkommen allein bestreiten sollte.

Also – wo lag der Sinn?

Mila schob ihren Ärmel zurück und legte die Klinge auf ihr linkes Handgelenk. Das Metall fühlte sich eiskalt auf ihrer Haut an. So kalt, dass es brannte. Der Schmerz tat gut. Er lenkte sie von der Pein ihres Herzens ab. Mit nur einem einzigen Schnitt könnte sie allem ein Ende setzen. Sie könnte der hoffnungslosen Einsamkeit entfliehen, in der sie ihr Leben führen musste.

Mila drehte das Messer und verstärkte den Druck auf ihre Haut. Ihr Herz pochte wie wild. Ihre Hand zitterte.

Mit einem tiefen Schluchzen ließ sie das Jagdmesser schließlich fallen und legte den Kopf in den Nacken.

»Es tut mir leid, Grandpa«, flüsterte sie in den Himmel. »Ich bin sogar zu feige, dir zu folgen.«

Ja, sie hatte Angst vor dem Leben. Doch noch mehr Angst hatte sie vor dem Tod.

Sie lehnte sich nach vorn und ihre Finger gruben sich tief in den rußverfärbten Schnee. Der bittersüße Schmerz der Kälte begleitete die wenigen Tränen, die sie noch hatte.

Irgendwann hörte sie Ricco aufgeregt hinter sich fiepen. Erst dachte sie, er würde sich nur nach seinem Spaziergang bei ihr zurückmelden, doch dann erkannte sie den typischen Klang, mit dem er normalerweise vor herumstreifenden Raubkatzen warnte.

Sofort richtete Mila sich auf. Ricco tappte auf sie zu, seinen alarmierten Blick auf etwas hinter ihr gerichtet. Eilig drehte sie sich um und suchte den zugefrorenen See nach der drohenden Gefahr ab.

Vor dem hellen Weiß der schneebedeckten Landschaft hob sich am gegenüberliegenden Ufer ein dunkler Umriss ab. Mila bemerkte schnell, dass es sich dabei nicht um ein Wildtier, sondern um einen Menschen handelte. Um Einzelheiten erkennen zu können, war er zu weit entfernt, doch er ging langsam am Waldrand entlang und schien sich nicht um ihre Anwesenheit zu kümmern.

Hektisch steckte Mila das Jagdmesser in die Halterung an ihrem Gürtel und zog ihren Parka darüber. Sie wollte nicht, dass einer der Dorfbewohner Zeuge ihres lächerlichen Versuchs wurde, sich das Leben zu nehmen.

Sie wischte sich verstohlen die Tränen von den Wangen und sah wieder zum Waldrand. Mit zusammengekniffenen Augen versuchte sie zu erkennen, um wen es sich bei dem Spaziergänger handelte. Dass einer der Jäger aus Redwood hier vorbeikam, war nichts Ungewöhnliches. Der Statur nach konnte es sich um den jungen Fred handeln. Ein Detail irritierte Mila jedoch. Der Mann bewegte sich sehr langsam vorwärts und schien immer wieder ins Taumeln zu geraten, als wäre er völlig betrunken. An selbst gebranntem Fichtenschnaps mangelte es Redwood zwar nicht, aber so weit weg vom Dorf torkelte normalerweise niemand herum. Vielleicht war er verletzt?

Noch während Mila überlegte, blieb der Mann stehen und kippte schließlich zur Seite um. Reglos blieb er im Schnee liegen.

Mila sprang auf und rannte los. Mit langen Schritten überquerte sie die Eisfläche und kam schließlich schwer atmend bei dem Mann an. Er lag mit dem Gesicht nach unten und zeigte keinerlei Regung, als sie neben ihm in die Hocke ging.

»Fred?«, fragte sie keuchend und rüttelte an seiner Schulter. »Fred? Was ist los?«

Weil er immer noch nicht reagierte, packte Mila beherzt zu und rollte den Mann auf den Rücken. Sie stockte, als sie sein Gesicht sah. Es war nicht Fred. Und auch kein anderer Dorfbewohner. Diesen Mann hatte sie noch nie zuvor gesehen.

Seine Augen waren geschlossen. Er war kreidebleich und seine Lippen waren bläulich verfärbt. Kleine Eiskristalle klebten an seinem dunklen Bart. Eine kaum sichtbare Atemwolke zeugte jedoch davon, dass er noch lebte.

»Hallo?« Mila rüttelte wieder an seiner Schulter. Seine Lider flackerten kurz, doch er wachte nicht auf. Prüfend tätschelte sie seine eiskalte Wange. Der Mann war völlig unterkühlt.

Inzwischen war auch Ricco bei ihnen angekommen und beschnupperte den Fremden misstrauisch.

Milas Gedanken überschlugen sich, während sie sich panisch umsah. Was sollte sie jetzt tun? Ihn einfach hier liegen lassen?

Ihn in dieser Kälte sterben lassen?

Wer auch immer er war – er brauchte dringend ihre Hilfe. Er musste sich aufwärmen. Sofort.

Aber wie sollte sie den Kerl ins Haus bekommen?

»Ich bin gleich wieder da!«, versprach sie dem Bewusstlosen und rannte davon, um den alten Holzschlitten zu holen.

Ricco versuchte, ihr zu folgen, hatte aber mit seinen kurzen Beinen erst die Hälfte des Weges geschafft, als Mila schon mit dem Schlitten im Schlepptau zurückkam.

Die kalte Luft schnitt stechend in ihre Lungen, während sie nach Atem rang. Erleichtert stellte sie fest, dass der Fremde noch am Leben zu sein schien. Mila packte den bewusstlosen Mann an den Armen und hievte seinen Oberkörper auf den Schlitten. Sein Kopf hing zwar vorn ein Stück nach unten und seine Beine schleiften über den Boden, doch anders hätte Mila ihn niemals bis zur Veranda transportieren können.

Dort stand sie vor dem nächsten Problem: Wie sollte sie ihn über die beiden Stufen schleppen, die hinaufführten?

Mila war bestimmt nicht schwach, aber einen erwachsenen Mann über eine Treppe zu zerren, der mindestens einen Kopf größer und nicht gerade schmächtig war, erforderte alles, was sie an Muskelkraft zu bieten hatte. Sein Leben hing jedoch davon ab und dieses Wissen spornte sie zur Höchstleistung an. Ricco sprang ununterbrochen neben ihnen die Stufen auf und ab. Dabei keckerte er dauernd vor sich hin, als würde er Mila anfeuern.

Die letzten Meter durch das Wohnzimmer kamen ihr wie ein Klacks vor im Vergleich zu den beiden Treppenstufen. Mila schleifte den Mann direkt vor den Kamin. Und erst nachdem sie zurück zur Haustür geeilt war und sie geschlossen hatte, erlaubte sie sich, kurz ihren Rücken durchzustrecken.

Sie schlüpfte hastig aus ihrem Parka und wandte sich wieder dem Fremden zu. Um ihn auf die Couch zu wuchten, fehlte ihr inzwischen die Kraft. Doch der Mann hatte gewiss andere Probleme als den harten Boden unter sich.

Mila tastete nervös nach dem Puls an seinem Hals und war erleichtert, als sie ihn schließlich fand.

Sie atmete tief durch, schob dem Fremden die klatschnasse Kapuze aus dem Gesicht und betrachtete ihn ein wenig genauer. Er war älter als sie, aber vermutlich noch unter dreißig. Das dunkelbraune Haar klebte feucht an seiner Stirn. An seiner linken Augenbraue zeigten sich eine kleine verkrustete Wunde und ein leichter Bluterguss. Die Eiskristalle an seinem Bart schmolzen bereits zu kleinen Tröpfchen. Er musste unbedingt aus den nassen Klamotten heraus. Mila zögerte kurz, bevor sie beherzt nach dem Reißverschluss seines Parkas griff und damit begann, ihn auszuziehen.

Sobald Mila sein Vlieshemd aufgeknöpft hatte, keuchte sie erschrocken. Die rechte Seite seines hellen Shirts war von Blut dunkelrot verfärbt. Außerdem war ein Loch im Stoff auf Höhe seiner Schulter. Es konnte sich also nur um eine Schusswunde handeln. Eilig schob sie ihm das Shirt nach oben.

»Großer Gott«, murmelte sie.

Gleich mehrere Blutergüsse prangten an seinem muskulösen Oberkörper. Sein linker Rippenbogen war mit einer Schürfwunde bedeckt. Und als Mila einen verkrusteten Stofffetzen von seiner Schulter zupfte, fand sie darunter wie bereits vermutet eine Schusswunde. Sie schien mehrere Tage alt zu sein und war deutlich entzündet. Die anderen Verletzungen waren vermutlich zur gleichen Zeit entstanden.

Mila starrte den Mann einen Moment an. Was war ihm zugestoßen? Warum hatte man auf ihn geschossen? Er trug eine Pistole und ein Jagdmesser am Gürtel, doch heutzutage verließ niemand mehr unbewaffnet das Haus, also musste ihn das nicht unbedingt als Verbrecher kennzeichnen. Mehr hatte er nicht dabei. Der einzige persönliche Gegenstand war eine Kette um seinen Hals. Der Schmuckanhänger mutete wie ein keltisches Symbol an.

Unschlüssig kaute Mila auf ihrer Unterlippe und sah zu Ricco, der es sich inzwischen auf der Couch gemütlich gemacht hatte und entspannt Fellpflege betrieb. Der Fremde auf dem Boden kümmerte ihn nicht sonderlich.

Wenn Mila jetzt nicht handelte, würde sie vermutlich nie erfahren, wer dieser Mann war. Darum riss sie sich zusammen und zog ihm hastig auch noch die restliche Kleidung bis auf die Boxershorts aus. Seine Waffen legte sie auf den Couchtisch. Dann wickelte sie den Mann in eine warme Decke und eilte in die Küche, um Verbandsmaterial zu holen. Zum Glück war noch etwas Birkensud eingelagert, mit dem sie die Entzündung behandeln konnte.

Als Mila mit vollen Armen zurückkehrte, hatte der Fremde sich keinen Millimeter bewegt. Sie schob ihm ein Kissen unter den Kopf und schlug die Decke ein Stück zurück, um die Wunde zu behandeln. Seine Haut fühlte sich immer noch eiskalt an und er zuckte nicht einmal mit der Wimper, als Mila begann, die Verletzung mit einer Kompresse zu säubern.

Während sie tupfte, glitt ihr Blick immer wieder prüfend zu seinem Gesicht. Seine Lippen färbten sich allmählich zu einem blassen Rosa. Das war gut, doch er war noch längst nicht außer Gefahr. Es grenzte an ein Wunder, dass er bei all dem Blutverlust und der Unterkühlung überhaupt noch lebte.

Nachdem sie eine mit Birkensud getränkte Kompresse mit Pflasterstreifen über seiner Schusswunde fixiert hatte, deckte sie den Mann wieder fürsorglich zu. Sie räumte die Verbandsutensilien auf, legte ein paar Scheite im Kamin nach und setzte sich zu Ricco auf die Couch. Sie nahm die Pistole des Fremden und überprüfte das Magazin.

Der Schein des Feuers warf warmes Licht auf den Fremden und hob seine markanten Gesichtszüge deutlich hervor. Der Mann war überaus attraktiv. Wäre Mila ihm unter anderen Umständen begegnet, hätte sie sich bestimmt verstohlen nach ihm umgedreht.

Mila richtete sich kerzengerade auf, als plötzlich seine Lider zuckten. Ihr Puls beschleunigte sich vor Aufregung. Vorsichtshalber richtete sie seine Pistole auf ihn, während er langsam zu sich kam.

Der Mann öffnete die Augen und blinzelte benommen in Richtung Zimmerdecke. Dann setzte er sich mit einem Ruck auf. Verstört tastete er über seinen nackten Oberkörper und hielt inne, als er den Anhänger seiner Kette zu fassen bekam.

»Hi«, sagte Mila vorsichtig.

Der Fremde fuhr zu ihr herum. Sein Blick ging ihr durch und durch, denn in seinen grünen Augen lag eine enorme Schärfe. Er fixierte sie nur kurz, bevor er zu der Waffe in ihrer Hand sah und anschließend den gesamten Raum scannte, bis er bei seinem Jagdmesser angelangte, das zwischen ihnen auf dem Tisch lag.

Mila schlug das Herz inzwischen bis zum Hals, denn von dem Mann ging plötzlich eine solche Bedrohung aus, dass auch Ricco neben ihr nervös keckerte. Sie entsicherte hastig die Waffe, um ihm zu zeigen, dass sie sich zu verteidigen wusste. Der Fremde wirkte allerdings nicht sonderlich beeindruckt.

»Das Magazin ist leer«, sagte er.

Mila verengte die Augen. »Drei Schuss sollten reichen.«

Sein Mundwinkel zuckte amüsiert. Er schien sie immer noch nicht ganz ernst zu nehmen. Vielleicht lag das an dem deutlichen Beben ihrer Stimme, das ihre unerschütterliche Miene Lügen strafte.

»Wie heißt du?«, fragte sie.

Eine kleine Falte erschien auf seiner Stirn. Nur ganz kurz, aber doch nicht zu übersehen. Er beobachtete Mila abwägend, bevor er sich merklich entspannte. »Ich bin James. Wie ist dein Name?«

»Mila.«

Er atmete tief durch und schlug einen sanfteren Tonfall an. »Du kannst die Waffe weglegen. Ich werde dir nichts tun.«

»Das würde vermutlich jeder Verbrecher sagen«, antwortete sie nüchtern.

»Du denkst, ich wäre ein Verbrecher?«

»Wer weiß? Immerhin wurdest du angeschossen.«

James blickte auf seine Schulter hinab und betrachtete den Verband, als würde er ihn jetzt erst bemerken. Seine komplette Ausstrahlung hatte sich verändert. Das Kämpferische war komplett verschwunden und offenbarte, wie erschöpft er eigentlich war. Es fiel ihm schwer, aufrecht sitzen zu bleiben.

Mila ließ die Waffe ein Stück sinken. »Ich habe die Wunde mit Birkenrinde versorgt. Das hemmt die Entzündung. Aber ich fürchte, dass zuerst noch die Kugel rausmuss, damit es heilen kann.«

»Die Kugel habe ich schon entfernt.«

Ihr klappte erstaunt der Mund auf. »Was bist du? So was wie ein Supersoldat?«

»Wäre es so, dann wäre ich wohl nicht hier gelandet.« Er lachte freudlos auf. »Wie lange war ich bewusstlos?«

»Knapp zwei Stunden.«

James schaute noch einmal an sich hinab und zog die Decke ein Stück höher. Als er wieder zu Mila sah, lächelte er und dieses Lächeln machte sie auf eigentümliche Weise nervöser als seine Feindseligkeit zuvor.

»Danke«, sagte er leise. »Du hast mir das Leben gerettet.«

Sie antwortete nicht darauf und versuchte zu ergründen, warum sein Blick sie so aufwühlte. Es war keine Angst, die ihr Herz plötzlich höherschlagen ließ. Ganz im Gegenteil. Aus irgendeinem Grund wusste sie längst, dass James ihr nichts Böses wollte und seine Dankbarkeit echt war. Ricco sah das wohl auch so, denn der Waschbär rollte sich an ihren Oberschenkel gekuschelt zusammen und schloss die Augen.

»Was ist dir zugestoßen, James?«, fragte sie schließlich.

»Ich stamme aus der Gegend von Red Deer«, antwortete er ohne Zögern. »Wir standen nicht auf den Versorgungslisten der Union, weil wir zu wenige waren. Bis vor Kurzem konnten wir uns noch einigermaßen selbst versorgen, obwohl es immer schwieriger wurde. Ich beschloss, fortzugehen und mir im Süden eine neue Heimat zu suchen. Vor drei Tagen bin ich einer Gruppe Banditen über den Weg gelaufen. Sie haben mich nicht nur bestohlen, sondern auch noch angeschossen. Tja, und jetzt bin ich hier und weiß nicht mal, wo genau das eigentlich ist.«

»Was ist mit deiner Familie?«, hakte Mila nach. »Hast du sie in Red Deer zurückgelassen?«

»Ich habe keine Familie mehr.«

Ein Schatten huschte über sein Gesicht. Mila erkannte darin ihre eigene Trauer wieder. Den Schmerz, alles verloren zu haben, konnte man nicht vortäuschen.

Mila sicherte die Waffe und legte sie auf den Couchtisch. »Wir sind hier in Redwood Meadows. In der Nähe von Calgary.«

»Wie weit genau von Calgary?«, fragte er schnell.

»Knapp fünfzehn Meilen westlich.«

James atmete hörbar durch und rieb sich über das Gesicht. Dabei wankte er merklich. Er schien sich kaum noch aufrecht halten zu können.

»Leg dich hin, James«, forderte Mila ihn sanft auf. »Dein Kreislauf hat sich noch nicht erholt. Du solltest unbedingt schlafen.«

Einen Moment schien er ihr widersprechen zu wollen, doch dann siegte wohl die Müdigkeit. Er nickte kaum merklich und ließ sich zurück auf das Kissen sinken.

»Danke, Mila«, flüsterte er noch.

Dann war er auch schon wieder eingeschlafen.

KAPITEL 3

Am nächsten Morgen schlich Mila vorsichtig die Treppe hinunter ins Wohnzimmer. Die hölzernen Stufen knarzten unter ihren Füßen – eine recht nützliche Eigenschaft von Holztreppen, wie Mila fand. Es war wie eine natürliche Alarmanlage, die sofort verraten hätte, wenn James sich nachts zu ihr hinaufgeschlichen hätte, um … was auch immer.

Mila hatte nicht wirklich befürchtet, dass James ihr etwas antun könnte, während sie schlief. Sie hatte zwar ihre Schlafzimmertür verriegelt, doch instinktiv gewusst, dass es unnötig war.

Woher dieses Wissen kam, konnte sie sich selbst nicht erklären. Immerhin war James ihr völlig fremd. Daran hatte auch die überraschend entspannte Unterhaltung beim Abendessen nichts geändert. Sie kannte diesen Mann nicht.

Trotzdem spürte sie eine unerschütterliche Gewissheit, dass er ihr nichts Böses wollte. Dass er ein guter Mensch war, der ihre Hilfe brauchte und diese auch sehr zu schätzen wusste. Er hatte sich gestern mehrmals bei ihr bedankt. Nicht nur aus Höflichkeit, sondern weil er es auch so meinte. Da war Mila sich sicher.

Ricco tappte an ihr vorbei und erreichte vor ihr das Ende der Treppe. Er wandte sich kurz in Richtung Couch, wo James schlief, und wackelte dann entspannt zur Haustür, um seinen Morgenspaziergang anzutreten. Der Waschbär hatte James längst als ungefährlich eingestuft.

So geräuschlos wie möglich öffnete Mila die Haustür, um Ricco in die Freiheit zu entlassen. Anschließend ging sie auf leisen Sohlen zum Kamin und kratzte vorsichtig mit dem Schürhaken die oberste Ascheschicht beiseite. Reste von glühender Kohle kamen darunter zum Vorschein. James musste wohl in der Nacht noch einmal nachgeheizt haben. Mila legte zwei frische Scheite darüber und blies in die Glut, um das Holz in Brand zu setzen.

Sobald es knisterte, warf sie einen Blick zur Couch. James lag auf dem Rücken, den unverletzten Arm entspannt unter dem Kopf angewinkelt. Er hatte ihr das Gesicht zugewandt, doch die Augen waren geschlossen. Tiefe und regelmäßige Atemzüge verrieten, dass er tatsächlich noch schlief. Der silberne Anhänger seiner Halskette schimmerte im Sonnenlicht, das durch das Fenster fiel.

Mila blieb einen Moment lang stehen, um ihn zu betrachten. Seine Gesichtsfarbe war immer noch blass, aber bei Weitem nicht mehr so besorgniserregend weiß wie am Abend zuvor, und sie konnte ein leichtes Flattern seiner

Lider erkennen. Mila hätte gern gewusst, wovon er gerade träumte.

James atmete hörbar durch und drehte seinen Kopf zur anderen Seite. Davon aufgeschreckt eilte Mila in die Küche.

Unwillkürlich fragte sie sich, was Grandpa wohl dazu gesagt hätte, dass sie einem wildfremden Mann Obdach gewährte. Wahrscheinlich hätte er ihre Hilfsbereitschaft gelobt und gleichzeitig über ihre Arglosigkeit geschimpft.

Während sie darüber nachdachte, schürte sie ein Feuer im Küchenherd an. Sie füllte den alten Teekessel mit Wasser und stellte ihn auf den Herd. Die gusseiserne Herdplatte brauchte eine Weile, bis sie heiß genug zum Kochen war. In der Zwischenzeit zog Mila wie jeden Morgen das Uhrwerk der alten Pendeluhr auf. Danach stützte sie sich an der Küchenarbeitsplatte ab und betrachtete gedankenverloren die erwachende Winterlandschaft durch das Fenster.

Die Sonne stand als mattgelbe Scheibe tief über den verschneiten Baumwipfeln. Vereinzelte Nebelschlieren verbargen einen Teil des Waldes am gegenüberliegenden Ufer des Sees. Der rußgeschwärzte Fleck in der Mitte der weißen Eisfläche stach Mila schmerzlich ins Auge. Die Trauer schnürte ihr abermals die Kehle zu.

Es war gerade einmal sechzehn Stunden her, dass sie das Jagdmesser an ihr Handgelenk gehalten hatte. Ihr war, als könnte sie die Kälte der Klinge immer noch auf ihrer Haut spüren.

»Guten Morgen.«

Erschrocken fuhr Mila herum. James war unbemerkt im Türrahmen erschienen und sah sich scheu in der Küche um. Er trug die Kleidung, die sie ihm gestern nach einigem Zögern aus Joes Schrank geholt hatte. Allerdings hatte Mila es sich schlimmer vorgestellt, ihn in den Klamotten ihres Großvaters zu sehen. An James wirkten die Sachen absolut nicht vertraut.

Ihr Blick blieb an James' Hüfte hängen, wo sich unter dem Saum seines Hemdes der Waffengürtel deutlich abzeichnete. James bemerkte ihre Skepsis sofort.

»Tut mir leid, aber so fühle ich mich einfach besser«, sagte er beschwichtigend. »Ich kann die Waffen ablegen, wenn du dich damit nicht wohlfühlst.«

Mila dachte einen Moment über sein Angebot nach, doch dann schüttelte sie den Kopf. »Schon okay. Ich vertraue dir.«

James wirkte nicht minder überrascht über ihre spontane Aussage als sie selbst. Die beiden musterten sich mit einer gewissen Ratlosigkeit, bis Mila sich verlegen wegdrehte und geschäftig einen Topf hervorkramte.

»Ich hoffe, du magst Haferbrei«, sagte sie beiläufig. »Ich hab das Zeug früher gehasst, aber inzwischen kann ich mich damit arrangieren.«

Sie trat zu dem Plastikkanister mit dem gefilterten Wasser und hielt den Topf unter den Hahn.

»Ich will dir wirklich keine Umstände machen. Du hast schon genug für mich getan.«

»Das sind keine Umstände. Ich hab sowieso Vorräte für zwei Personen im Haus.«

Sie biss sich auf die Lippen. Bisher hatte sie James noch nicht erzählt, weshalb sie allein in diesem Haus fernab des Dorfes wohnte und Männerkleidung zur Hand hatte. Aber James fragte nicht weiter nach.

»In Ordnung«, sagte er stattdessen. »Dann nehme ich

dein Angebot gerne an. Übrigens pflege ich ein ähnliches Verhältnis zu Haferbrei wie du.«

Er grinste breit. Automatisch musste Mila mitgrinsen. Es fühlte sich seltsam an. Als hätte ihr Gesicht das in den letzten Tagen gänzlich verlernt.

»Kann ich dir helfen?«, fragte James.

»Nein, nein. Setz dich. Ich mach das schon.«

Mila stellte den Topf auf die Herdplatte. Hinter sich hörte sie, wie James einen Stuhl unter dem Küchentisch hervorzog. Sie schüttete eine großzügige Portion Haferflocken in das Wasser und rührte Milchpulver dazu.

»Hast du gut geschlafen?«, erkundigte sie sich, während sie einen Schuss kostbaren Honig in den Brei träufelte.

»Hervorragend sogar«, antwortete James. »So gut wie schon seit einer gefühlten Ewigkeit nicht mehr.«

»Wie geht's deiner Schulter?«

»Na ja, den Umständen entsprechend. Deine Wunderpaste zeigt erstaunliche Wirkung. Danke schön.«

»Gern geschehen«, murmelte Mila und wagte nicht, sich zu ihm umzudrehen. Der sanfte Tonfall seiner Stimme hatte ausgereicht, um ihr eine spürbare Röte auf die Wangen zu treiben. Außerdem hatte sie das Gefühl, James würde jede ihrer Bewegungen genau beobachten, und das machte sie allmählich nervös. Verkrampft rührte sie den köchelnden Brei um und zuckte zusammen, als der Flötenkessel schrill zu pfeifen begann. Hastig zog Mila ihn auf eine kühlere Stelle der Herdplatte.

»Magst du Kaffee?«, fragte sie James.

»Du hast Kaffee da?«, entgegnete er erstaunt.

Im ersten Moment wunderte sie sich über seine Reaktion,

doch dann fiel ihr ein, dass sein Heimatort ja nicht von der Union versorgt worden war.

»Kaffee ist vielleicht der falsche Begriff«, sagte sie. »Es ist ein Instantpulver, das nur entfernt an den Geschmack erinnert.«

»Das klingt vielversprechend.«

James lachte leise. Er hatte ein sehr schönes Lachen, wie Mila fand.

Sie brühte zwei Tassen auf. Dann verteilte sie den Haferbrei auf zwei Teller, holte Besteck aus einer Schublade und brachte alles an den Tisch. Pünktlich zum Frühstück erschien Ricco auf dem Fensterbrett und tappte mit seinen Pfoten Hilfe suchend an die Scheibe.

»Ich hab mich schon gefragt, wo der kleine Kerl abgeblieben ist«, sagte James, als Mila das Küchenfenster öffnete, um Ricco hereinzulassen.

»Er war auf seinem täglichen Morgenrundgang«, erklärte Mila.

Ricco hüpfte plump von der Küchenanrichte und wackelte sofort mit neugierig erhobener Nase zum Esstisch.

»Ich dachte, Waschbären seien nachtaktiv«, überlegte James und sah interessiert zu Ricco hinunter, der sich von dem Fremden jedoch eine andere Aufmerksamkeit erhoffte, als nur angesehen zu werden.

Mila holte ein Stück Trockenfleisch aus dem Schrank. »Eigentlich schon«, sagte sie, »aber Ricco hat sich ziemlich schnell an Grandpa und mich angepasst.«

Sie reichte dem Waschbären sein Frühstück und setzte sich dann an den Tisch.

James hielt seine Tasse mit beiden Händen und musterte

Mila über den Rand hinweg. Seine Augen hatten eine interessante Farbe – Grün, mit ein wenig Braun. Irgendwie erinnerten sie Mila an die weiten Grassteppen Montanas in einem heißen Sommer.

»Wann ist er gestorben?«, fragte James plötzlich.

Mila versteifte sich. »Vor vier Tagen. Lungenentzündung.«

»Das tut mir leid.«

Wieder hinterließ sein sanfter Tonfall Spuren, diesmal trieb er allerdings die Tränen an, die sich in ihren Augen sammeln wollten. Hartnäckig versuchte Mila sie zurückzudrängen. Sie wollte vor James nicht herumheulen wie ein kleines Mädchen.

Scheinbar unbekümmert zuckte sie mit den Schultern und griff nach ihrem Löffel. »Tja, er war leider zu alt, um Medikamente von der Union zu bekommen. Sonst wäre er jetzt vielleicht noch am Leben.«

Ihre Hand zitterte vor unterdrückter Wut, als sie den Löffel in den Haferbrei tauchte. Sie spürte seinen Blick noch einen Moment auf sich ruhen, bevor er sich seiner Tasse zuwandte.

James probierte von der Brühe, die von der Union als Kaffee betitelt wurde, und gab einen genießerischen Laut von sich. »Mmh, köstlich.«

Skeptisch sah Mila ihn an. Seine Augen blitzten und zeugten deutlich von der Ironie seiner Aussage.

Mila lachte laut auf. Lauter, als es für seinen kleinen Scherz vielleicht angebracht war. Aber nach den langen Tagen der Sorge um Joe und nach der tiefen Trauer um ihn war es, als hätte sich dieses Lachen in ihr angesammelt und nutzte nun die erste Gelegenheit, um endlich wieder herauszubrechen.

»Dagegen ist der Haferbrei eine wahre Gaumenfreude, was?«, sagte sie kichernd.

»Auf jeden Fall«, erwiderte er. »Weißt du, früher habe ich nie wirklich gefrühstückt. Bei mir gab es ›Coffee to go‹ auf dem Weg zur Arbeit. Aber was gäbe ich heute für ein üppiges Frühstück …«

»Frische Brötchen und Croissants«, sagte Mila verträumt.

»Mit Erdbeermarmelade und Nuss-Nugat-Creme.«

»Butter und Streichkäse.«

James seufzte. »Bohnen und Speck …«

»Iih!« Mila verzog entsetzt das Gesicht. »Auf diese Mischung kann ich gut verzichten!«

Die beiden lachten. Befreit und unbeschwert, als würden sie sich schon ein Leben lang kennen.

Während sie ihr spärliches Frühstück löffelten, schwelgten sie in kulinarischen Erinnerungen längst vergangener Zeiten. Sie plauderten über dieses und jenes. Dabei erfuhr Mila, dass James ursprünglich aus New York stammte und eine Weile in Washington D.C. gelebt hatte.

»Was hast du beruflich gemacht?«, wollte Mila wissen.

Sein Grinsen stockte ein wenig. Sie hatte es bemerkt, konnte sich aber keinen Reim darauf machen.

»Ich war Steuerberater«, antwortete er schließlich.

Mila runzelte die Stirn. »Wie bitte?«

»Langweilig, ich weiß.«

»Sorry, aber das hätte ich nicht gedacht.« Sie wiegte ihren Kopf. »Ich dachte immer, Steuerberater würden … keine Ahnung.«

»Nicht so gut aussehen wie ich?«, vermutete James schmunzelnd.

»Ja, das könnte es sein«, bestätigte Mila neckisch.

Einen Moment lang verlor sie sich in seinem Blick. Aufregend und spannend war er. So anziehend, dass Mila sich unwillkürlich ein Stück weiter vorlehnte. Sie strich sich eine Haarsträhne hinter ihr Ohr und erwiderte das Lächeln, das seine Lippen umspielte.

Was passiert hier gerade?, schoss es ihr durch den Kopf.

Alle Anzeichen deuteten darauf hin, dass sie sich mitten in einem Flirt befand.

Meine Güte!

Als hätte James ihren Schreck bemerkt, unterbrach er den Blickkontakt und stapelte die inzwischen leeren Teller übereinander. Hastig sprang Mila von ihrem Stuhl auf.

»Lass nur, ich mach das schon!«

Sie schnappte das Geschirr und trug es zur Spüle. Zu spät bemerkte sie, dass James ihr gefolgt war, und prallte beinahe gegen ihn, als sie sich schwungvoll in Richtung Wasserkanister aufmachen wollte. Benommen blinzelte sie zu ihm auf. Sie stand so dicht vor seiner breiten Brust, dass sie den Kopf in den Nacken legen musste, um zu ihm aufzusehen.

»Ist da noch etwas drin?«, fragte er und deutete auf etwas hinter ihr.

Mila brauchte ein paar Sekunden, bis sie kapierte, dass er den Wasserkessel meinte.

»Ja«, sagte sie hastig. »Zum Abwasch sollte es noch reichen.«

Inzwischen hatte James sich ein Geschirrtuch vom Haken geschnappt und schaute schweigend zum Fenster hinaus.

Mila war froh darüber, denn so entging ihm hoffentlich, dass ihre Ohren, die sich glühend heiß anfühlten, vermutlich auch so aussahen.

Was war denn plötzlich in sie gefahren?

Obwohl James gut einen Meter von ihr entfernt stand, wühlte seine Nähe sie zusehends auf. Es war total verrückt, denn dieser Mann war ihr schließlich immer noch völlig fremd.

Ihr früherer Freund David drängte sich in ihre Gedanken, während sie mit abgehackten Bewegungen das Geschirr mit dem lauwarmen Wasser abwusch. Sie hatte keine Ahnung, ob er noch lebte und wie es ihm ging. Obwohl sie das Beste für ihn hoffte, hatte sie sich längst von ihm verabschiedet. Vergessen würde sie David natürlich nie, denn sie war unheimlich verliebt in ihn gewesen.

»Hast du eine Landkarte im Haus?«, fragte James unvermittelt.

Mila biss sich auf die Unterlippe. »Im Gemeindezentrum gibt es einige. Davon kannst du bestimmt eine haben.«

Sie reichte ihm eine tropfende Tasse zum Abtrocknen. »Glaubst du wirklich, im Süden ist es besser?«

»Zumindest habe ich einige Gerüchte gehört, die dafürsprechen.«

»Gerüchte«, betonte Mila.

James wiegte den Kopf. »Fundierte Nachrichten sind heutzutage leider selten.«

»Du könntest hierbleiben«, schlug Mila vor und erschrak selbst über ihre Worte. Auch James stutzte, darum sprach sie hastig weiter: »Also, für ein paar Tage. Wegen deiner Verletzung, meine ich. Momentan hat sich die Entzündung etwas beruhigt, aber das kann sich schnell ändern. Außerdem ist dein Kreislauf noch völlig geschwächt und du warst komplett unterkühlt. Es ist sowieso ein Wunder, dass dir kein Zeh abgefroren ist. Jedenfalls wäre es unklug, wenn du dich jetzt schon wieder auf den Weg machen würdest.«

Nachdenklich drehte er die Tasse in seinen Händen. Mila hätte gern gewusst, was ihm durch den Kopf ging. Automatisch hielt sie den Atem an, als er schließlich nickte.

»Du hast recht, das wäre wirklich unklug.«

James wanderte gemächlich durch den Wald. Die frische Luft tat ihm gut. Nachdem er zwei Tage lang das Haus kaum verlassen hatte, genoss er die frische Luft, die Sauerstoff in seine Lunge spülte und seinen Körper mit wohltuender Energie versorgte. Seine Muskeln fühlten sich beinahe so kräftig an wie zuvor und die Blutergüsse waren kaum mehr zu sehen. Die Schussverletzung an seiner Schulter war inzwischen eher lästig, als dass sie ihm wirklich Probleme bereiteten. Streng genommen hielt ihn nichts mehr in dem kleinen Haus am See.

Streng genommen.

Doch es gab eine Sache, die James von einem sofortigen Aufbruch abhielt. Etwas, das ihm schwer zu schaffen machte.

Mila …

Sie ging ein kleines Stück vor ihm und führte ihn zielstrebig zwischen den verschneiten Bäumen hindurch. Jedes Mal, wenn ein Sonnenstrahl durch das Geäst brach, tauchte das Licht ihre schmale Gestalt in einen fast mystischen Schein. Ihr braunes Haar bekam dann einen rötlichen Schimmer, den man normalerweise nicht sehen konnte. Hin und wieder drehte Mila sich nach ihm um, als wollte sie sich vergewissern, dass er nicht vom Weg abgekommen war. Sobald sie ihn erblickte, legte sich dieses zarte Lächeln auf ihre Lippen, das James in jeder Einzelheit sehen konnte, selbst wenn er die Augen schloss.

Das war nicht gut.

Mila übte eine Anziehungskraft auf ihn aus, wie er sie noch nie erlebt hatte. Ihm kam es vor, als würden sie sich schon ewig kennen, und er konnte nicht sagen, bei wem er sich zuletzt derart wohlgefühlt hatte. Er genoss jeden einzelnen Augenblick in ihrer Nähe, doch seinem Herzen war das längst nicht nahe genug.

In den letzten beiden Tagen war es zu einigen knisternden Momenten zwischen ihnen gekommen, darum wusste James längst, dass Mila sich ebenso zu ihm hingezogen fühlte. Sie war jedoch zu schüchtern, um den ersten Schritt zu machen, und er hatte jedes Mal rechtzeitig die Reißleine gezogen. Dabei verging kaum eine Stunde, in der er nicht den Wunsch verspürte, sie in seine Arme zu ziehen und sie zu küssen. Doch wenn er das tat, so fürchtete er, würde er sie wohl nie wieder loslassen.

Es war, als hätte das Schicksal sich einen derben Scherz erlaubt, dass er ausgerechnet jetzt auf sie traf. Jetzt, wo alles von ihm abhing.

Er konnte nicht bei ihr bleiben, nein, er *durfte* es nicht, weil er Mila allein durch seine Anwesenheit in große Gefahr brachte. Sie hatte nicht die leiseste Ahnung, wer er in Wirklichkeit war.

»Da sind sie auch schon«, verkündete Mila plötzlich und deutete auf eine Gruppe Birken, die sich unter die vorherrschenden Nadelbäume gemischt hatten.

Man konnte die Stellen genau erkennen, an denen ihre Rinde bereits heruntergekratzt worden war. Mila hatte James vorher erklärt, dass man nur so viel mitnehmen durfte, wie man tatsächlich brauchte, um den Bäumen nicht allzu sehr zu schaden.

»Die jungen Blätter im Frühjahr wären noch effektiver für die Wundbehandlung«, sagte Mila und zückte ihr Jagdmesser. »Außerdem könnte man aus dem Birkenwasser einen Sirup machen, der genauso lecker wie gesund ist. Aber ich möchte die Bäume nicht anzapfen. Die haben schon genug Probleme mit diesem ewigen Winter.«

James sah ihr zu, wie sie einen schmalen Streifen Rinde vom Stamm abzog und in ihre Umhängetasche packte. Dann strich sie mit ihren Fingerspitzen sanft über die kahle Stelle, als würde sie sich bei dem Baum für seine Gabe bedanken.

Fasziniert betrachtete James ihren Gesichtsausdruck. Er hatte eine Veränderung bei ihr wahrgenommen, als sie vorhin den ersten Schritt in den Wald getan hatte. Er konnte es nicht genau benennen, aber ein ungewohntes Strahlen hatte ihre braunen Augen erfasst, denen sonst stets ein tiefer Schmerz anhaftete.

»Der Wald ist dein Zuhause, nicht wahr?«, fragte er.

Sofort flammte ein Schatten der Trauer in ihrem Blick auf.

»Er war Grandpas Zuhause«, antwortete sie leise. »Er hat mir alles beigebracht, was ich heute weiß. So habe ich die

Bäume zu schätzen gelernt. Ich fühle mich hier eher wie ein gern gesehener Gast.« Sie runzelte die Stirn. »Das klang jetzt komisch, oder?«

»Eigentlich klang es ziemlich poetisch«, sagte James ernst.

Mila seufzte übertrieben. »Ich fürchte, du hast keine Ahnung von wahrer Poesie.«

James hob eine Braue und zitierte dramatisch: »O wackrer Apotheker! Dein Trank wirkt schnell. Und so im Kusse sterb' ich.«

Mila legte den Kopf schief. »Ein Shakespeare-Zitat zeichnet dich noch lange nicht als Poesiekenner aus. Romeo und Julia ist an vielen Schulen Pflichtlektüre.«

»Tatsächlich habe ich diesen Satz aus dem Film«, gab er schmunzelnd zu.

»Das ist ja noch schlimmer!« Sie grinste frech.

James betrachtete ihr Gesicht – wie wunderschön sie doch aussah, wenn sie so unbeschwert war.

Er hatte Mila nicht danach gefragt, aber er ahnte, dass sie ihre ganze Familie bei der globalen Katastrophe verloren hatte. Sie stammte ursprünglich aus Montana und war vor zwei Jahren ganz allein zu ihrem Großvater gezogen. Der Rest war nicht schwer zu erraten.

James hatte inzwischen viele Menschen mit ähnlichen Schicksalen getroffen. Es gab wohl kaum jemanden, der keinen schweren Verlust erlitten hatte. Doch bei Mila traf es ihn auf eigentümliche Weise mitten ins Herz. Er sehnte sich danach, ihr Trost zu spenden. Sie aus dem tief greifenden Schmerz zu retten, der auf ihr lastete.

Ihr Grinsen war wieder zu diesem sanften Lächeln geworden, das ihn so faszinierte. Sie stand kaum einen Schritt entfernt von ihm. James hätte nur die Hand auszustrecken brauchen, um ihr Gesicht zu berühren.

Als hätte sie seinen Gedanken erraten, trat ein erwartungsvoller Ausdruck in ihre dunkelbraunen Augen. Ihre Lippen teilten sich kaum merklich. Sie lud ihn ein, das wusste er, und es kostete ihn ungemein viel Kraft, dieser Einladung zu widerstehen.

Hätte Ricco sich nicht in diesem Moment zu Wort gemeldet, wäre James vermutlich schwach geworden. Entgegen jeglicher Vernunft hätte er seiner Sehnsucht nachgegeben. Nun war er froh, dass der Waschbär wehleidig fiepte und offenbar zur Rückkehr ins warme Haus drängte.

»Ich hab dir gleich gesagt, dass du daheim bleiben sollst«, tadelte Mila den Waschbären. Ihre Stimme zitterte leicht und sie wich beständig James' Blick aus, während sie das Jagdmesser in ihrer Umhängetasche verstaute.

Sie war enttäuscht. Das war ihm klar. Doch er musste verhindern, dass alles nur noch schlimmer wurde. Für ihn und auch für sie.

Morgen.

Morgen musste er weiterziehen. Bevor es zu spät war.

Mila stellte den Topf mit der gemahlenen Birkenrinde auf das Fensterbrett. Der Sud, den sie gekocht hatte, war noch zu warm, um ihn auf die Wunde aufzutragen.

James war schon vor einer Weile im Obergeschoss verschwunden. Er wolle sich ein wenig ausruhen, hatte er gesagt. Zuvor hatte er sich noch eine Zeit lang im Badezimmer aufgehalten, bis sie die Tür zu Joes ehemaligem Schlafzimmer gehört hatte. Seitdem war es mucksmäuschenstill dort oben.

James' Verhalten gab ihr mehr und mehr Rätsel auf. Seit er buchstäblich in ihr Leben geschneit war, befand sie sich auf einer Achterbahn der Gefühle. Sie fühlte sich so sehr zu ihm hingezogen, dass es beinahe wehtat, und sie war sich ziemlich sicher, dass es ihm genauso erging. In den vergangenen zwei Tagen hatte es diverse Situationen gegeben, in denen das Knistern zwischen ihnen förmlich zu spüren gewesen war. Und jedes Mal hatte er im letzten Moment abgeblockt.

Mila lehnte sich an den Küchentresen und fuhr sich versonnen mit dem Zeigefinger über die Lippen.

Was hielt James davon ab, sie einfach zu küssen?

In ihrem Bauch kribbelte es wie verrückt, wenn sie nur daran dachte, wie sich sein Kuss anfühlen könnte. Und sie dachte sehr oft daran. Eigentlich die ganze Zeit.

Außerdem dachte sie oft darüber nach, warum er ausgerechnet jetzt in ihr Leben getreten war, wo sie doch kurz davor gewesen war, aufzugeben. Als hätte das Schicksal ihr zeigen wollen, dass es durchaus Dinge auf dieser Welt gab, für die es sich zu leben lohnte.

Hatte sie sich deshalb von null auf hundert in ihn verliebt? Weil sie psychisch labil war? Weil sie etwas brauchte, woran sie sich festhalten konnte?

Nein, James hätte sie auch in seinen Bann gezogen, wenn er vor einem halben Jahr hier aufgetaucht wäre. Da war sie sich sicher.

James war anders als die jungen Männer aus Redwood Meadows. Er hatte etwas an sich, das Mila faszinierte. Er strahlte eine Stärke aus, die nichts mit seinen ausgeprägten Muskeln zu tun hatte. Eine andere Art von Kraft. Willensstärke vielleicht. So genau konnte Mila es nicht sagen.

Jedenfalls vermittelte James ihr allein durch seine Anwesenheit ein Gefühl von Sicherheit, wie es nicht einmal Joe ihr hatte geben können. Und genau dieses Gefühl war eine solche Wohltat, dass sie sich bereitwillig hineinfallen ließ und nach mehr verlangte.

Aus dem Augenwinkel nahm Mila eine Bewegung vor dem Küchenfenster wahr. Sie spähte hinaus und erkannte Hootch, der gerade durch den Schnee auf das Haus zustapfte. Sie freute sich aufrichtig über seinen Besuch, denn sie hatte ihm noch gar nicht für seine Bemühungen bei Joes Bestattung gedankt, und das konnte sie jetzt nachholen.

Eilig ging sie zur Haustür und öffnete sie.

»Hallo, Hootch!«, rief sie. »Schön, dich zu sehen.«

Er wirkte leicht irritiert über ihre schwungvolle Begrüßung, was ihm kaum zu verübeln war. Immerhin war sie ein seelisches Wrack gewesen, als er sie zum letzten Mal gesehen hatte.

»Hallo, Mila.« Hootch stieg die Stufen herauf und stampfte sich den Schnee von den Stiefeln. »Ich dachte, ich schau mal kurz vorbei, ob bei dir alles in Ordnung ist.«

Plötzlich hielt er inne und starrte an Mila vorbei in den Flur.

Verdutzt drehte sie sich um und sah James hinter sich stehen. Wie er so schnell und vor allem lautlos die Treppe herunterkommen konnte, war ihr ein Rätsel.

Er fixierte Hootch mit undurchdringlicher Miene. Allein von seiner Körperhaltung ging derart viel Anspannung aus, dass Mila unwillkürlich nervös wurde. Außerdem erkannte sie genau, dass seine Hand knapp über der Stelle schwebte, wo sein Hemd sich über das Pistolenhalfter wölbte.

Mila räusperte sich und versuchte, James mit einem Blick zu verstehen zu geben, dass keine Gefahr drohte.

»James – das ist Hootch, Hootch – James«, stellte sie die beiden Männer einander vor.

Hootch fand als Erster seine Sprache wieder. »Sehr erfreut.«

Er sah Mila fragend an und erwartete offenbar eine Erklärung dafür, dass ein fremder, ziemlich feindselig anmutender Kerl in ihrem Haus herumsprang.

Inzwischen hatte sich James deutlich entspannt. Mila hatte ihm schon einiges von Hootch erzählt und daran schien er sich nun zu erinnern.

Er lächelte entschuldigend. »Tut mir leid, Hootch. Aber Vorsicht ist heutzutage besser als Nachsicht.«

»Das war schon immer so«, antwortete Hootch und sah Mila abermals ratlos an.

»Könntest du schon mal den Teekessel aufsetzen?«, bat sie James, der nickte und in Richtung Küche verschwand.

»Wer zum Teufel ist das?«, flüsterte Hootch, sobald der Fremde außer Sichtweite war.

Mila schob ihn ein Stück zur Seite, damit sie die Haustür schließen konnte. »Jemand, der meine Hilfe gebraucht hat.«

Das reichte Hootch natürlich nicht aus, darum schilderte Mila ihm in knappen Worten, was James zugestoßen war und wie sie ihn halb tot am Waldrand gefunden hatte.

Hootch lauschte mit gerunzelter Stirn. Dabei strich er über seinen Vollbart wie immer, wenn er sorgfältig über etwas nachdachte.

»Er ist sehr anständig«, fügte Mila noch hinzu. »Hätte er mir etwas antun wollen, dann hätte er es längst getan.«

»Eine seltsame Begründung, um jemanden als anständig zu bezeichnen«, sagte Hootch skeptisch.

»Unterhalte dich mit ihm. Dann wirst du schon sehen, was ich meine.«

Sie gingen in die Küche, wo James gerade das mit getrockneten Blättern gefüllte Teesieb in den Kessel setzte, den er auf die Herdplatte stellte. Er hantierte so selbstsicher, als wäre er hier zu Hause.

Hootch setzte sich an den Tisch und ließ James keine Sekunde aus den Augen. Nicht einmal, als Ricco hereinwackelte, um ihn zu begrüßen. Mila holte drei Tassen aus dem Schrank und nahm neben Hootch Platz. James blieb am Herd stehen und nur das leise Zischeln des heißer werdenden Wassers erfüllte den Raum.

Mila knetete nervös ihr Finger. Irgendwie erinnerte die Situation sie an damals, als sie David ihrem Vater vorgestellt hatte.

Aber was für ein Quatsch. Weder war Hootch ihr Vater, noch war James ihr fester Freund.

Sie räusperte sich. »Und? Gibt's irgendwelche Neuigkeiten aus Redwood?«

»Alles wie immer«, antwortete Hootch. Dann verfiel er wieder in Schweigen.

Na toll …

Mila schaute Hilfe suchend zu James, doch der konzentrierte sich auf den Teekessel, als würde ihn das angespannte Schweigen nicht weiter kümmern.

Die Pendeluhr schien mit jedem Schlag lauter zu werden.

»Also«, begann Hootch plötzlich. Er fixierte James mit Argusaugen. »Du kommst aus Red Deer, richtig?«

»Aus der Nähe von Red Deer«, korrigierte ihn James. »Pine Lake.«

»Pine Lake … interessant. Ich kenne den Priester von dort. Reverend Huxley.«

James hob eine Braue und drehte sich zu Hootch. »In Pine Lake gibt es keinen Reverend Huxley.«

»Ach so? Dann habe ich da wohl etwas verwechselt.«

Mila starrte Hootch überrascht an. War das eben ein Test gewesen? James' Miene verriet in keinster Weise, ob er das kleine Spielchen als solches durchschaut hatte. Gelassen nahm er den pfeifenden Teekessel vom Herd und brachte ihn an den Tisch.

»Mila hat mir einiges von dir erzählt«, sagte er freundlich zu Hootch, während er Platz nahm. »Redwood kann sich glücklich schätzen, dich als Gemeindeführer zu haben.«

»Gemeindeführer«, wiederholte Hootch gedehnt. »Ich würde mich eher als beratendes Gemeindemitglied bezeichnen.«

»Allein das deutet auf deine Fähigkeiten hin.«

Hootch stützte seine Ellbogen auf den Tisch und faltete die Hände. »Versuchst du gerade, mich um den Finger zu wickeln?«

»Nein.« James lehnte sich entspannt zurück. »Ich versuche dir aufzuzeigen, weshalb Mila mich als anständig bezeichnet.«

Mila zuckte ertappt zusammen.

Hootch blieb gelassen. »Gute Ohren hast du, da kann man nichts sagen.«

Hootch und James sahen sich reglos an. Gebannt blickte Mila zwischen den beiden hin und her. Ihr war nicht ganz klar, was da eben passierte, aber die beiden schienen zu einer wortlosen Kommunikation übergegangen zu sein. Telepathie unter Männern oder so was. Mit ihren Freundinnen hatte Mila diese Art von Gespräch früher auch des Öfteren geführt, doch hier konnte sie nicht wirklich mitreden.

Nach einer gefühlten Ewigkeit griff James nach der Kanne und fragte Hootch: »Tee?«

»Sehr gern«, antwortete dieser mit einem Lächeln.

Mila atmete leise durch. Hootch schien James sympathisch zu finden. Dass ihr das so wichtig war, hatte einen triftigen Grund, den sie bisher aber noch nie laut ausgesprochen hatte. James suchte eine neue Heimat und Redwood Meadows konnte eine für ihn sein. Allein der Gedanke daran, dass James für immer hierbleiben könnte, beschleunigte ihren Puls.

»Mila?«

Sie blinzelte. James hielt fragend die Kanne hoch.

»Ja«, sagte sie schnell und schob ihre Tasse zu ihm. »Danke.«

Erst jetzt fiel ihr auf, dass er seinen Bart gestutzt hatte und nur noch ein Dreitagebart sein Gesicht zierte – was ihm ganz hervorragend stand. Sie merkte selbst, dass sie ihn unverhohlen angaffte, und wandte sich verlegen ab.

»Ich bin neugierig, James«, begann Hootch schließlich. »Ich bin lange nicht aus Redwood herausgekommen. Wie geht es dort draußen zu?«

»Du meinst, fernab vom Einfluss der Union?« James stellte die Kanne ab. »Ich würde sagen, ›anarchistisch‹ ist wohl die treffendste Bezeichnung dafür.«

»Also stimmt es, was die Leute sagen? Dort gibt es Kolonien und wilde Clans, die nach ihren eigenen Gesetzen leben?«

»Die meisten von ihnen wollen einfach nur überleben. Einige andere sind von Gier und Macht getrieben. So war es schon immer, doch jetzt gibt es niemanden mehr, der das Ganze kontrolliert.« James blies in seine dampfende Tasse, stellte sie dann aber wieder ab und betrachtete gedankenverloren den Inhalt.

Hootch wiegte den Kopf. »Die Union scheint nicht genügend Truppen für das ganze Land zu haben.«

»Nein, sie hat schlichtweg kein Interesse daran, weil sie sich um die Versorgung der Gebiete kümmern müsste, die sie kontrolliert«, erwiderte James. Er zuckte mit den Schultern. »So kommt es mir zumindest vor.«

»Wahrscheinlich hast du recht«, sagte Mila. »Die Lebensmittel reichen ja auch so kaum aus.«

James sah sie einen Moment an, als wollte er widersprechen, doch dann nickte er zustimmend.

Sie unterhielten sich noch eine Weile über die Missstände einzelner Regionen. Dabei kamen sie unweigerlich auf James' momentane Situation zu sprechen. Hootch hörte sich interessiert an, was James sich von einer neuen Heimat im Süden versprach.

Mila wartete hoffnungsvoll darauf, dass Hootch ihm anbot, in Redwood Meadows zu bleiben. Enttäuscht ließ sie die Schultern hängen, als nichts dergleichen geschah. Stattdessen waren die Männer bald beim Thema Jagd angelangt. Mila hörte nur noch mit einem halben Ohr zu und überlegte fieberhaft, wie sie das Gespräch zurücklenken könnte.

»Mila meinte, ich könnte vielleicht eine Landkarte von euch bekommen«, sagte James zu Hootch, was sie sofort wieder aufhorchen ließ. »Bei dem Überfall wurde meine gesamte Ausrüstung gestohlen, darum habe ich im Gegenzug leider nichts anzubieten.«

Hootch sah James lange an, bevor er antwortete: »Wir haben genügend da, um dich zu unterstützen. Wann willst du aufbrechen?«

»Morgen.«

Mila sog hörbar die Luft ein. Sie starrte James an, der ihrem Blick jedoch auswich. Warum hatte er ihr diesen Entschluss nicht mitgeteilt?

»Du kannst jederzeit ins Gemeindehaus kommen«, sagte Hootch. »Dort ist immer jemand anwesend.«

»Okay. Vielen Dank.«

Die beiden Männer standen auf und verabschiedeten sich per Handschlag voneinander. James sammelte die leeren Tassen ein und Mila begleitete Hootch zur Haustür. Sie wartete, während er sich Parka und Stiefel anzog.

»Doris hat mir von ihrem Angebot erzählt«, sagte Hootch. »Ich glaube, du würdest dich bei ihr sehr wohlfühlen.«

»Das glaube ich auch«, antwortete Mila. »Aber ich habe mich noch nicht entschieden.«

»Lass dir ruhig Zeit.«

Sie nickte und sah Hootch fest an. »Danke. Für alles. Ich wüsste nicht, was ich …«

Er lächelte sanft. »Keine Ursache, Mila. Genau das ist es, was eine funktionierende Gemeinde ausmacht – Zusammenhalt.« Hootch öffnete die Tür und trat hinaus auf die Veranda. Dort drehte er sich nochmals zu ihr um. »Scheint mir ein tüchtiger Bursche zu sein, dieser James. Solche Leute können wir in Redwood immer gebrauchen.«

Mila klappte der Mund auf. Hootch lachte und zwinkerte verschmitzt. Er hob eine Hand zum Gruß und überquerte vergnügt die Veranda. Mila sah ihm noch kurz hinterher, bevor sich ihr Erstaunen legte. Sie schloss die Tür und betrachtete die Maserung des Holzes.

Warum traute sie sich nicht, James einfach zu fragen, ob er nicht lieber hierbleiben wollte? Wovor hatte sie Angst? Dass er Nein sagen könnte?

Mila biss sich auf die Lippen. Dann hob sie ihren Kopf und marschierte entschlossen zurück in die Küche, um James jetzt sofort zu fragen. Doch ihr Plan wurde jäh zunichtegemacht, als sie James halb nackt am Esstisch vorfand.

Er hatte die eingekochte Birkenrinde bereits abgegossen und tupfte sich mit einer Kompresse über seine Wunde.

Es war nun wirklich nicht das erste Mal, dass Mila seinen nackten Oberkörper sah. Aber irgendwie brachte sie der Anblick seiner wohlgeformten Muskeln diesmal völlig aus der Fassung.

Mila versuchte sich zusammenzureißen und trat hastig zu ihm. Schweigend nahm sie ihm die Kompresse aus der Hand, tunkte sie in den Birkensud und begann, die Wunde damit zu säubern. Die Entzündung war beinahe abgeklungen.

»Sieht gut aus«, murmelte Mila.

James sagte nichts, doch sie merkte, dass er sie die ganze Zeit betrachtete. Ihre Finger bebten, während sie zwei Pflasterstreifen abriss, um den Verband damit zu fixieren.

Als sie den letzten Streifen auf seiner Haut festdrückte, fasste er plötzlich nach ihrer Hand. Die unerwartete Berührung ließ sie zusammenzucken. Ein leichter Schauer rieselte über ihren Rücken, als sein Daumen sanft über ihre Hand streichelte.

»Ich kann nicht bleiben«, sagte er leise.

Mila brauchte einen Moment, bis sie seinen Blick erwidern konnte. Der Kummer, den sie darin fand, überraschte sie.

»Warum nicht?«, fragte sie.

James führte ihre Hand von seiner Schulter und ließ sie los, was für sie einer Ohrfeige gleichkam. Er stand auf und langte nach seinem Shirt, das über einem Stuhl hing.

»Es tut mir leid«, antwortete er, ohne sie dabei anzusehen. Er zog sich das Shirt über den Kopf. Als er sich wieder zu ihr wandte, erschrak sie über die Härte, die mit einem Mal in seinem Gesicht lag. »Ich kann es dir nicht erklären.«

Ihr war klar, dass die Wut in seinen grünen Augen nichts mit ihr zu tun hatte. Trotzdem wich sie unwillkürlich ein Stück zurück. Der Mann vor ihr erschien ihr plötzlich vollkommen fremd.

Doch die Wut verschwand ebenso schnell wieder aus seinem Blick, wie sie gekommen war.

»Es tut mir leid«, wiederholte James flüsternd.

Dann rieb er sich über das Gesicht und begann schweigend, den Tisch abzuräumen.

Der Lastwagen rollte beständig vorwärts. Seine mit Ketten überzogenen Reifen bahnten sich geräuschvoll ihren Weg über die schneebedeckte Straße. Da es seit einigen Tagen nicht mehr geschneit hatte, waren die Verbindungswege zum Versorgungszentrum VZ9, wie die ehemalige kanadische Stadt Lethbridge inzwischen genannt wurde, einigermaßen bequem zu befahren.

Caithlyn saß auf dem Beifahrersitz, zwirbelte das Ende ihres blonden Zopfs zwischen ihren Fingern und betrachtete gedankenverloren die vorbeiziehende Landschaft. Sie fragte sich, wie es hier im Sommer wohl ausgesehen hatte. Früher, als es noch einen Sommer gab. Vielleicht würde sie es irgendwann einmal erfahren. Die letzten Prognosen zur Klima-Entwicklung klangen vielversprechend.

Neben ihr trommelte Mike im Takt der Musik auf das Lenkrad. Im Gegensatz zu ihr schien er die CD noch nicht sattzuhaben. Caithlyn kannte jeden der zwanzig Songs schon in- und auswendig. Aber immer noch besser als gar keine Musik, und Audio-CDs waren heutzutage nun mal rar.

Cait musterte ihren Kollegen unauffällig von der Seite. Die schwarze Uniform stand ihm gut. Sie war schlicht und praktisch, auf dem linken Oberarm prangte das Wappen der Union, das dem früheren Logo der Vereinten Nationen ähnlich war, und auf dem rechten das Kennzeichen des Versorgungstrupps.

Als die Uniformen vor einigen Wochen ausgegeben wurden, hatte Cait mit gemischten Gefühlen darauf reagiert. Ihre alte Einsatzkleidung war zwar mehr als nur abgenutzt gewesen, doch sie hatte sich gefragt, ob es bei all den Problemen in dieser Welt wirklich so wichtig war, die Regierungstruppen in einheitliche Kleidung zu stecken. Zudem verstand sie nicht, wo plötzlich die Ressourcen herkamen, um mehrere Tausend Uniformen herzustellen. Ihr Führungsoffizier hatte ihr erklärt, dass es diverse Fabriken innerhalb der Safetowns gebe und dass die Bewohner dort schließlich eine Beschäftigung brauchten. Das klang einigermaßen einleuchtend.

Caithlyn wusste es sehr zu schätzen, dass die Union ihr und Mike damals ermöglicht hatte, weiterhin in einem Team zusammenzuarbeiten. Ihr Blick fiel auf den Ehering an seinem Finger. Obwohl inzwischen zwei Jahre vergangen waren, weigerte er sich, ihn abzulegen. Anfangs hatte sie Mikes Stärke nach dem Tod seiner Frau bewundert. Doch mittlerweile sorgte sie sich um sein Verhalten. Im Grunde rannte er davon. Er floh vor der Trauer. Erlaubte sich nicht, mit der Vergangenheit abzuschließen. Cait hatte oft versucht, mit Mike über die ganze Sache zu sprechen, um ihm zu helfen diesen Verlust zu verarbeiten. Aber er hatte jedes Mal abgeblockt.

Eine Bodenwelle ließ den Lastwagen hüpfen. Cait musste ihren Waffengürtel zurechtrücken, weil das Pistolenhalfter ihr in die Hüfte drückte.

Müde rieb sie sich über die Augen und gähnte verhalten. Die Tour heute war anstrengend gewesen. Ein Lawinenabgang hatte die Zufahrt zu einem der abgelegensten Orte abgeschnitten, der zu ihrem Versorgungsgebiet gehörte. Mike und sie hatten sich einen Weg durch die Schneemassen gegraben, um den Dorfbewohnern ein Stück entgegenzukommen. Die Zeit hatte allerdings nicht ausgereicht, um bis zum Dorf vorzudringen. Sie mussten ihre Ladung mitten auf der Straße absetzen und es den Leuten überlassen, die Lebensmittel ins Dorf zu bringen, das noch eine knappe Meile entfernt lag. Ohne entsprechende Hilfsmittel eine mühselige Aufgabe, die sie hoffentlich noch vor Einbruch der Dunkelheit meistern würden.

Cait kannte die Straße, sie führte kurvig und steil bergauf. Das war ein Grund dafür gewesen, dass dieses Dorf vor Kurzem beinahe aus dem Versorgungsgebiet ausgeschlossen worden wäre. Ein Transporter hatte dort einen Unfall gehabt und musste unter riesigem Aufwand geborgen werden. In den Augen der Union stellte die gefährliche Strecke ein allzu großes Risiko dar, das die Belieferung von fünfhundert Dorfbewohnern nicht länger rechtfertigte. Sie hätten ja schließlich die Möglichkeit, in die vielen verlassenen Häuser in der näheren Umgebung des VZ9 umzusiedeln.

Caithlyn hatte sich persönlich gegen den Ausschluss eingesetzt und ihren Führungsoffizier überzeugen können. Aber falls es zu irgendeinem Unfall auf dieser Strecke kam, würde das Dorf definitiv von der Liste fliegen. Darum würden Mike und Cait auch kein Wort darüber verlieren, dass eine Lawine sie dazu gezwungen hatte, rückwärts die Straße wieder hinunterzufahren, und dass sie dabei einmal nur knapp einem unfreiwilligen Ausflug über die Böschung entkommen waren.

Die Union muss zum Wohle der Allgemeinheit handeln, nicht zu dem des Einzelnen.

So lautete der Satz, den jedes Mitglied der Unionsarmee täglich zu hören bekam. Und genau dieser Satz lag Caithlyn inzwischen wie ein Stein im Magen.

Woraus bestand die Allgemeinheit, wenn nicht aus vielen Einzelnen?

Die Union ermöglichte Cait ein verhältnismäßig gutes Leben. Und sie verschaffte ihr die Möglichkeit, etwas Gutes für die Bevölkerung zu tun. Allerdings stellte sie sich schon lange die Frage, ob die Regierung auch wirklich all ihre Ressourcen ausschöpfte. Spätestens seit der letzten Kürzung der allgemeinen Essensrationen nagte diese Frage noch stärker an ihr.

Der Signalton des Einsatzcomputers riss Caithlyn aus ihren Gedanken. Sie griff nach dem robusten Tablet, das in der Mittelkonsole lag, und tippte auf den Bildschirm. Die Funkverbindung dieser Tablets funktionierte über Satellit. Jegliche Datenübertragung via Kabel würde aufgrund der substanziellen Zerstörungen wohl auf lange Sicht nicht mehr stattfinden können. Das altbekannte Internet existierte nicht mehr. Die Unionstruppen erhielten ihre Informationen über das sogenannte U-Net, dessen Datenbanken von der Regierung zur Verfügung gestellt wurden.

»Was ist los?«, fragte Mike, während sie die Nachricht öffnete.

»Eine landesweite Fahndungsmeldung«, antwortete Cait. »Höchste Priorität.«

Sie scrollte weiter hinunter und gelangte zur Täterbeschreibung. Erstaunt betrachtete sie das Bild.

»Wie bitte?«, entfuhr es ihr ungläubig. »Das glaub ich jetzt nicht.«

Mike reckte neugierig den Kopf zu ihr. »Wer ist es denn?«

Cait drehte das Tablet in seine Richtung.

»Interessant«, kommentierte er schlicht und runzelte die Stirn.

KAPITEL 4

Am nächsten Morgen saß Mila im Halbdunkel im Wohnzimmer und beobachtete durch das Fenster den Sonnenaufgang. Ricco schnarchte leise neben ihr auf der Couch. Im Obergeschoss war es ruhig.

Mila hatte in dieser Nacht kein Auge zugetan. Sie wollte nicht, dass James sie verließ. Sie würde seinen Verlust nicht ertragen können, das wusste sie. Mit Vernunft war es nicht zu erklären, doch dieser Mann war ihr Schicksal. James hatte eine Wirkung auf sie, wie sie es noch nie zuvor bei einem Menschen erlebt hatte. Sie hätte nie gedacht, dass so etwas möglich war, doch er hatte ihr Herz schon erobert, als sie ihm zum ersten Mal in die Augen sah. In ihr war eine Sehnsucht erwacht, die über eine kleine Verliebtheit weit hinausging. James war für sie zu einer Notwendigkeit geworden. Sie brauchte ihn.

Aber brauchte er auch sie?

Sein Verhalten war merkwürdig. Mila war sich sicher, dass James sich ebenfalls zu ihr hingezogen fühlte, doch irgendetwas hielt ihn zurück. Was war es, das er ihr nicht erklären konnte?

Sie hatte genau bemerkt, dass ein schweres Geheimnis auf ihm lastete. Er hasste sich selbst dafür, ihr nicht die Wahrheit sagen zu können. Und er hasste es, gehen zu müssen. Das spürte sie ohne jeglichen Zweifel.

Mila horchte auf, als im Obergeschoss Schritte zu hören waren. Ihr Herz schlug unwillkürlich schneller. Noch in der Nacht hatte sie einen Entschluss gefasst und alles vorbereitet. Sie würde mit James gehen. Ganz gleich, wo er hinwollte, sie würde ihm folgen. Er wusste nur noch nichts davon.

Das leise Knarzen der Holztreppe klang unheilvoll. Während James langsam die Stufen herunterstieg, weckte Mila den Waschbären auf, der sich gähnend streckte. Als sie sich umdrehte, stand James am Fuß der Treppe und betrachtete sie schweigend. Ihm war anzusehen, dass er nach passenden Abschiedsworten suchte.

»Ich muss los«, sagte er leise.

Mila nickte nur, ging an ihm vorbei zur Garderobe und reichte ihm einen Rucksack, den sie vorbereitet hatte. »Ich habe dir ein paar Sachen gepackt, die du bestimmt brauchen kannst.«

Er blickte zögernd auf den Rucksack. »Das kann ich nicht annehmen. Du hast ohnehin schon zu viel für mich getan.«

»Tu mir einfach den Gefallen und nimm ihn«, erwiderte sie und schaute ihn eindringlich an, bis er schließlich nach dem Riemen griff.

Dann nahm sie ihren Schal von der Garderobe.

»Was hast du vor?«, fragte James alarmiert.

»Ich begleite dich zum Gemeindehaus. Ich muss sowieso dorthin.«

Dass sie Ricco dort in Doris' Obhut geben wollte, behielt sie vorerst für sich. Sie rechnete damit, dass James ihren Entschluss nicht gutheißen würde. Aber das war ihr egal. Ihre Entscheidung stand fest. Das würde er später schon noch erkennen.

Ohne ein weiteres Wort zu wechseln, brachen sie auf. Mila zog den alten Holzschlitten hinter sich her. Darauf lag ihr eigener Rucksack, verborgen unter einem Tuch.

Schweigend stapften die beiden durch den Schnee. Mila warf einen letzten Blick auf den schwarzen Fleck in der Mitte des zugefrorenen Sees und verabschiedete sich stumm von ihrem Großvater. Ricco schien sich nicht von dem beklemmenden Schweigen seiner Begleiter aus der Ruhe bringen zu lassen. Er marschierte im Zickzack vor ihnen her, machte immer wieder einen Abstecher in das Dickicht des Waldes und beschnupperte interessiert seine Umgebung.

Da es schon länger nicht mehr geschneit hatte, war der Weg nach Redwood Meadows leicht zu bewältigen. Sie brauchten nur der platt gedrückten Schneise zu folgen, die von den vielen Füßen der Trauergäste hinterlassen worden war, und erreichten innerhalb kürzester Zeit die Hügelkuppe, unter der sich die Ortschaft malerisch in der Winterlandschaft ausbreitete. Wenig später erreichten sie auch schon die geteerte Hauptstraße.

James hatte die Kapuze seines Parkas tief ins Gesicht gezogen und den Blick auf den Boden geheftet. Die Wohnhäuser, an denen sie vorbeikamen, schienen ihn nicht zu interessieren. Mila hätte gern gewusst, was gerade in ihm vorging.

Das Gemeindehaus befand sich am Ortsrand und war ein einstöckiger Bau mit dunkelroter Holzfassade. In den Räumlichkeiten wurden allerlei Dinge gelagert, von Lebensmitteln über Kleidung bis hin zu Gebrauchsgegenständen. Die Einwohner von Redwood gaben, was sie selbst nicht brauchten, und konnten sich jederzeit holen, was sie benötigten. Im Grunde war das Gemeindehaus zu einer großen Tauschbörse geworden, die allen Bürgern ein einigermaßen komfortables Leben ermöglichte. Verwaltet wurde das Ganze von Hootch und Doris, denen Redwood dieses System auch zu verdanken hatte.

Es war noch früh am Morgen, aber die schmale Rauchsäule über dem provisorischen Kamin neben der Eingangstür deutete darauf hin, dass schon jemand da war. Mila zog den Schlitten heran und ließ das Seil achtlos fallen. Bevor sie die Tür ganz geöffnet hatte, quetschte Ricco sich auch schon ungeduldig durch den Spalt und verschwand keckernd im Inneren.

Mila lächelte traurig. Der freche Waschbär würde ihr fehlen.

Der Empfangsraum war schlicht und zweckmäßig eingerichtet. Gegenüber der Eingangstür befand sich ein offener Durchgang, den man mit einem schweren Stoff abgehängt hatte, um die Wärme des Schwedenofens im Zimmer zu halten. Hinter einem Tresen stand ein großer Schreibtisch, an dem Doris saß und gerade etwas notierte. Sie trug ihr geliebtes grünes Basecap, unter dem ein paar graue Strähnen hervorlugten, und dazu ein übergroßes Holzfällerhemd und

Latzhosen. Als sie Mila sah, legte sich sofort ein strahlendes Lächeln auf ihr Gesicht.

»Guten Morgen, Herzchen!«, grüßte sie gut gelaunt.

»Guten Morgen, Doris«, sagte Mila. »Ist Hootch schon da?«

»HOOTCH!«, brüllte Doris sofort in Richtung Vorhang und bückte sich nach Ricco, um ihn zu streicheln. Sie hob den Waschbären auf ihren Schoß und musterte James, der hinter Mila das Zimmer betreten hatte. »Du musst dann wohl der James sein, von dem alle reden.«

Er stockte mitten in der Bewegung. »Alle?«

»Na ja, eigentlich hat nur Hootch von dir erzählt.« Sie kicherte, während der Waschbär Aufmerksamkeit heischend mit seinen Pfoten auf ihre Wangen patschte. »Ja, ja, ich freu mich auch, dich zu sehen, Kleiner.«

James ließ seinen Rucksack zu Boden gleiten, streifte sich die Kapuze vom Kopf und sah sich um. Er schien sich nicht gerade wohlzufühlen, und Mila fragte sich, ob es an dem nahenden Abschied lag. Gleich darauf wurde der Vorhang vom Durchgang zur Seite geschoben und Hootch streckte seinen Kopf hindurch.

»Ah, da seid ihr ja schon«, sagte er. »Komm mit, James, ich habe gerade ein paar Karten herausgesucht, die dir nützlich sein könnten.«

James wich Milas Blick deutlich aus, als er an ihr vorbeiging und mit Hootch hinter dem Vorhang verschwand. Doris lehnte sich in ihrem Bürostuhl zurück und betrachtete Mila eingehend, während sie den Waschbären kraulte.

»Du willst mit ihm gehen«, stellte sie nüchtern fest. »Hab ich recht?«

Mila war nicht überrascht von Doris' Scharfsinn. Sie hatte sich schon oft gefragt, ob Doris vielleicht Gedanken lesen konnte, denn sie hatte ein faszinierendes Auge für Details, die anderen verborgen blieben.

»Ja«, antwortete Mila mit fester Stimme und ging um den Tresen herum auf Doris zu. »Ich habe alles gepackt, was ich mitnehmen will. Bitte schick jemanden zur Hütte, der alle Lebensmittel von dort holt und was ihr sonst noch brauchen könnt. Und außerdem möchte ich dich bitten, für Ricco zu sorgen. Wenn du ihn nicht nehmen willst, dann vielleicht Hootch.«

Doris' hellblaue Augen durchbohrten Mila regelrecht. »Wo wollt ihr hin?«

»In den Süden«, erwiderte sie knapp.

»Du weißt es also nicht. Nun, was soll ich dazu sagen? Ich ...« Auf einmal hielt Doris inne und sah überrascht zum Fenster. »Was wollen die denn hier?«

Mila betrachtete stirnrunzelnd den dunklen Geländewagen der Unionsarmee, der in der Auffahrt zum Gemeindehaus angehalten hatte. Zwei Soldaten in schwarzer Uniform stiegen aus. Die beiden Männer sahen sich kurz um, bevor sie zur Eingangstür gingen. Einer von ihnen trug einen Stapel orangefarbener Flugblätter unter dem Arm.

»Schon wieder ein Fahndungsaufruf«, murmelte Doris.

Der Mann mit dem Papierstapel kam als Erster herein, dicht gefolgt von seinem Kollegen. Im gleichen Moment schwang der Vorhang zur Seite und James betrat den Empfangsraum.

Der Soldat hatte den Mund schon zu einer Begrüßung geöffnet, doch die Worte blieben ihm im Hals stecken. Die beiden Uniformierten starrten James schockiert an, der nicht minder erschrocken zurückblickte. Einen Moment herrschte sprachlose Stille. Dann gerieten plötzlich alle drei gleichzeitig in Bewegung.

James sprintete auf den ersten Soldaten zu, der die Papiere wegwarf und nach seiner Pistole griff. Die orangefarbenen Flugblätter flatterten über den Tresen. James erreichte den Soldaten gerade noch rechtzeitig, um den Lauf seiner Waffe mit einer gezielten Bewegung von sich wegzudrücken. Ein Schuss löste sich und schlug krachend in der Decke ein. Mila zuckte zusammen und duckte sich hinter den Tresen, sodass sie gerade noch über die Holzplatte sehen konnte.

Mit pochendem Herzen beobachtete sie, wie James den Soldaten in nur einem einzigen Zug entwaffnete und ihn über seine Schulter warf, sodass er hart auf dem Boden landete. Während der Mann nach Luft schnappte, griff James den zweiten Soldaten an, der gerade in sein Funkgerät sprechen wollte. Er schlug ihm das Funkgerät aus der Hand und hieb mit dem Griff der Pistole auf seine Schläfe, sodass der Soldat bewusstlos zusammensackte. In der Zwischenzeit hatte sich der andere Uniformierte wieder aufgerappelt und schlang nun von hinten einen Arm um James' Hals. James brauchte nicht einmal eine Sekunde, um sich aus dem Würgegriff zu befreien. Er versetzte seinem Angreifer einen heftigen Hieb mit dem Ellenbogen, tauchte unter seinem Arm hindurch und knockte ihn mit einem einzigen Schlag gegen den Kopf aus.

Wieder herrschte für einen Moment Stille im Raum.

Schließlich gab Ricco ein paar empörte Laute von sich und wand sich aus Doris' Armen, die den Waschbären schützend an sich gepresst hatte. Mila bemerkte nur aus dem Augenwinkel, wie Doris ihn auf den Schreibtisch hob, wo er unbekümmert herumschnüffelte. Sie konnte ihren Blick einfach nicht von James abwenden, der reglos die bewusstlosen Männer anstarrte und bei diesem Kampf nicht einmal ansatzweise außer Atem geraten war.

Das Klicken eines Spannhahns erklang. Es stammte von Hootch, der im Durchgang stand und seinen Revolver auf James gerichtet hatte. James schloss kurz die Finger fester um seine Pistole, lockerte sie aber gleich wieder. Dann sicherte er die Waffe und klemmte sie sich hinter den Gürtel, bevor er sich mit erhobenen Händen zu Hootch umdrehte.

»Ganz ruhig, James«, sagte Hootch.

Doris räusperte sich vernehmlich. »Oder sollten wir besser Logan sagen?«

James schloss die Augen. Mila sah verwundert zu Doris, die ihr einen der orangefarbenen Flyer reichte. Es war ein Fahndungsaufruf der Union. Gesucht wurde ein Mann namens Logan Moore wegen Hochverrat und versuchten Mordes. Ein beachtliches Kopfgeld war auf ihn ausgesetzt, doch Mila nahm die Summe nur am Rande wahr. Das abgedruckte Foto zeigte nämlich niemand Geringeren als James.

»Logan Moore?«, fragte sie mit zittriger Stimme und ließ den Zettel sinken. »Was zum Teufel hat das zu bedeuten?«

»Ich kann das erklären«, sagte er. »Hootch, nimm die Waffe runter. Ich werde euch nichts tun.«

Hootch betrachtete unschlüssig die bewusstlosen Soldaten, bevor er sich einen Ruck gab und seine Waffe sicherte. »Na schön«, brummte er. »Dann erklär es.«

Logan ließ seine Hände sinken und atmete tief durch. »Ja,

mein Name ist Logan Moore.« Sein Blick streifte kurz Mila, während er nach einem der Flyer griff und die Zeilen überflog. Tiefe Falten traten auf seine Stirn.

»Scheiße«, murmelte er.

Dann knüllte er den Zettel zusammen und ließ ihn achtlos fallen. »Diese Anschuldigungen sind gelogen. In Wahrheit habe ich der Union Informationen gestohlen, die keinesfalls an die Öffentlichkeit dringen sollen.«

»Unglaublich«, flüsterte Mila fassungslos.

»Also, ich glaube das sofort«, sagte Doris und stand schwungvoll auf. »Nach der Höhe der Kopfgeldsumme hast du denen ja mächtig ans Bein gepisst. Also, raus damit, was sind das für Informationen?«

Logan schüttelte den Kopf. »Ich habe euch schon genug Ärger eingebrockt.« Er fuhr sich ruppig durchs Haar und bückte sich dann nach dem Funkgerät des Soldaten. »Ich muss sofort gehen. Sobald ich durch diese Tür bin, gebt ihr Meldung an die Union. Sagt einfach die Wahrheit. Dass ihr nicht wusstet, wer ich bin, und dass ich geflohen bin, nachdem ich …«

»Stopp!«, rief Doris, ging um den Tresen herum und stellte sich mit verschränkten Armen vor die Tür. »So leicht kommst du mir nicht davon!« Sie fixierte Logan mit verengten Augen. »Logan Moore … jetzt erinnere ich mich an den Namen. Du bist der Leiter der inneren Sicherheit, nicht wahr? Schau nicht so überrascht. Ich bin ein neugieriger Mensch und halte mich auf dem Laufenden, wer bei unserer tollen Regierung so alles mitmischt. Darum weiß ich auch, dass du einer von Stratons persönlichen Beratern bist.«

Mila starrte Logan an und konnte immer noch nicht fassen, was sie da hörte. Straton war der ehemalige Vizepräsident der USA und seit der Regierungsumstrukturierung eines der zwölf Oberhäupter der Union. Sie erinnerte sich, dass James – oder besser gesagt Logan – ihr einmal erzählt hatte, er hätte vor der Katastrophe in Washington gearbeitet. Das entsprach vermutlich der Wahrheit, allerdings bezweifelte sie, dass er dort als Steuerberater tätig gewesen war.

Plötzlich war Mila auf gewisse Weise erleichtert, denn nun ergab Logans Verhalten endlich einen Sinn. In ihren Gesprächen über die Union hatte sie bei ihm stets die gleiche Wut bemerkt, die auch sie selbst empfand. Sie glaubte nicht im Geringsten daran, dass seine Geschichte gelogen sein könnte. Und sie bezweifelte auch nicht, dass er sich um ihre Sicherheit sorgte, denn er hätte Hootch vorhin bestimmt genauso leicht überwältigen können wie die beiden Soldaten – aber er hatte es nicht getan.

»Ich war tatsächlich sein Berater«, antwortete er Doris nun mit gepresster Stimme und hielt ihr das Funkgerät hin. »Und jetzt lasst mich bitte gehen. Euch bleibt nicht viel Zeit, bevor es verdächtig wirkt.« Er sah zu Mila hinüber. »Bitte.«

Sein flehender Blick ging ihr durch und durch.

Doch bevor sie etwas erwidern konnte, schnappte sich Doris das Funkgerät und sagte: »Du hast recht. Uns bleibt nicht viel Zeit.« Sie stieg über die bewusstlosen Soldaten und drückte Hootch das Gerät in die Hand. »Wir brauchen Waffen und Munition.«

»Was hast du vor?«, fragte Logan, doch Doris reagierte nicht auf ihn, sondern verschwand mit Hootch hinter dem Vorhang.

Mila hatte längst verstanden, was Doris plante. Sie beugte

sich hastig zu Ricco hinunter, der immer noch neugierig den Schreibtisch untersuchte. Sie drückte ihr Gesicht in das flauschige Fell des Waschbären und murmelte ein hastiges »Leb wohl«. Dann trat sie hinter dem Tresen hervor und wollte gerade nach Logans Rucksack greifen, als er ihn ihr blitzschnell vor der Nase wegschnappte.

»Das kommt gar nicht infrage!«, stieß er hervor und richtete sich zu seiner vollen Größe auf. »Ihr werdet auf keinen Fall mitkommen!«

Mila blickte unbeeindruckt zu ihm auf. »Ich wäre dir heute sowieso gefolgt. Ich bin nur noch nicht dazu gekommen, es dir zu sagen.«

Logan sog hörbar die Luft ein und rang sichtlich um Beherrschung.

»Hör zu«, begann er mit erzwungener Ruhe, »du kannst nicht mitkommen. Es ist viel zu gefährlich für dich. Hier in Redwood bist du in Sicherheit.«

»Ich habe keine Angst«, behauptete sie steif.

»Das wird kein Spaziergang.«

»Das ist mir bewusst.«

»Gar nichts weißt du!«, rief er plötzlich wütend. »Du hast absolut keine Ahnung, worauf du dich da einlässt!«

Mila reckte trotzig ihr Kinn.

»Ich werde dich nicht mitnehmen«, knurrte er und schulterte den Rucksack. »Damit Ende der Diskussion!«

Er wollte losgehen, doch Mila stellte sich ihm entschieden in den Weg. Ihre Schultern bebten. Sie war mit jeder Faser ihres Herzens überzeugt davon, dass dieser Mann ihr Schicksal war. Nun, nach Enthüllung der Wahrheit, erst recht.

»Es ist mir egal, was dort draußen auf mich wartet«, flüsterte sie heiser. »Ich weiß ganz genau, dass ich nirgendwo sicherer wäre als an deiner Seite.«

Logan blickte stumm auf sie herab. Kaum eine Fußlänge trennte die beiden voneinander und er mahlte angespannt mit seinem Kiefer, während er sichtlich mit einer Entscheidung rang.

Tom Foulder stieg aus seinem Wagen und sah sich um. Mehrere Unionsfahrzeuge parkten vor dem Gemeindehaus von Redwood Meadows. Dutzende Anwohner hatten sich auf der Straße versammelt und tuschelten aufgeregt miteinander.

»Agent Foulder?«, sprach eine Unionssoldatin ihn von der Seite her an.

Er nickte und sie winkte ihn an den parkenden Fahrzeugen vorbei zum Eingang des dunkelroten Gebäudes. In dem schlichten Empfangsraum saßen die beiden Soldaten, die Logan Moore überwältigt hatte. Einer hielt sich einen Kühlbeutel an den Kopf, während der andere versuchte Haltung zu wahren und sofort aufspringen wollte, als er Tom erkannte, was er seinem aschfahlen Gesichtsausdruck nach aber lieber bleiben lassen sollte.

Tom Foulder drückte den Soldaten zurück auf die Bank. »Ganz ruhig, Sergeant, so eine Gehirnerschütterung ist kein Spaß.«

Die beiden Soldaten sahen verunsichert zu ihm auf. Vermutlich hatten sie einen saftigen Tadel von ihm erwartet. Natürlich war Tom alles andere als begeistert darüber, dass sie Logan Moore nicht gefasst hatten, doch er zügelte seine Verärgerung. Was Zeugenaussagen anging, kam er mit Zuckerbrot erfahrungsgemäß weiter als mit der Peitsche.

Er wandte sich zum Tresen um, hinter dem ein bärtiger Mann und zwei Frauen an einem Schreibtisch saßen. Die ältere Frau trug ein dunkelblaues Basecap, und die jüngere, die vermutlich keine zwanzig war, kraulte nervös einen zahmen Waschbären, der auf ihrem Schoß saß.

»Ich bin Agent Tom Foulder«, sagte er, »und ich leite die Ermittlungen im Fall Logan Moore. Können Sie mir bitte erzählen, was genau hier passiert ist?«

Der Mann, der sich als Hootch vorstellte, räusperte sich, bevor er mit ruhiger Stimme die gleiche Geschichte wiedergab, die man Tom bereits am Telefon geschildert hatte. Tom hörte aufmerksam zu und registrierte, dass Hootch eine Spur zu gelassen wirkte. Sein Instinkt sagte ihm, dass hier irgendetwas faul war.

»Logan Moore kam also hier herein und hat um eine Landkarte gebeten«, fasste Tom anschließend nochmals zusammen und musterte die beiden schweigsamen Frauen. »Und ein fremder Mann mit einer Schussverletzung kam euch nicht verdächtig vor?«

Die jüngere Frau blickte zu Hootch, der den Agenten mit hochgezogener Braue musterte. »Er hatte keine Schussverletzung. Zumindest ist mir keine aufgefallen.«

»Verstehe«, sagte Tom Foulder gedehnt. »Trotzdem bin ich etwas überrascht, dass ihr einem völlig Fremden einfach eine Landkarte anbietet. Oder hat er etwas dafür bezahlt?«

Wieder antwortete ihm Hootch, obwohl er die Frage an die Frauen gerichtet hatte.

»Wissen Sie, Agent Foulder, in der heutigen Zeit ist es wichtig, die Menschlichkeit zu wahren.«

»Da haben Sie recht.« Tom rang sich ein Lächeln ab. »Nun, Sie haben angegeben, dass er eine Karte vom östlichen Kanada wollte. Hat er denn gesagt, wo genau er hinwill?«

»Winnipeg«, antwortete Hootch. »Aber ob das stimmt, weiß ich natürlich nicht. Jedenfalls hat er die Ostkarte eingesteckt.«

Tom nickte langsam. »Wann genau hat Moore das Gemeindezentrum betreten?«

»Wir haben hier keine Uhr, Sir«, erwiderte Hootch, und als Tom zu der großen Wanduhr neben ihm blickte, erklärte er hastig: »Die funktioniert nicht, wie Sie sehen. Wir sparen unsere Batterien für wichtigere Dinge.«

»Schon klar«, murmelte Tom und betrachtete die junge Frau mit dem Waschbären, die unter seinem Blick deutlich nervös wurde. »Wie heißen Sie, Miss?«

»Farrow«, antwortete sie heiser. »Susie Farrow.«

»Das hat Ihnen bestimmt einen großen Schrecken eingejagt, oder, Susie?«, sagte er freundlich. »Immerhin hat man es nicht jeden Tag mit einem Staatsfeind zu tun. Aber verlassen Sie sich darauf, wir werden ihn kriegen.«

Agent Foulder ließ seinen Blick durch den Raum schweifen. Dann klopfte er zum Abschied auf den Tresen, gab den beiden Soldaten den Befehl zum Abrücken und ging hinter ihnen zur Tür. Bevor er hinaustrat, wandte er sich noch einmal zum Empfangstresen.

»Ah, das hätte ich beinahe vergessen«, sagte er in unverbindlichem Ton. »Beihilfe für einen Staatsfeind wird bei uns wie Hochverrat geahndet. Nur falls euch jemand einfällt, dem dieses unerhörte Verbrechen zur Last gelegt werden könnte …«

Hootch und die beiden Frauen zuckten nicht einmal mit der Wimper. Damit verrieten sie ihm, was er bereits vermutet hatte.

»Einen schönen Tag wünsche ich noch!«, sagte er zum Abschied und ging nach draußen.

Die Unionstruppe wartete bereits auf seine Befehle. Er winkte den Führungsoffizier herbei, damit er ihn zu seinem Geländewagen begleitete.

»Er hatte definitiv Hilfe«, sagte Tom leise und betrachtete die schaulustigen Bürger auf der Straße. »Ich glaube nicht, dass er noch zu Fuß unterwegs ist, darum dehnen wir den Suchradius auf hundert Meilen aus.«

»Hundert, Sir?«, wiederholte der Offizier. »Dafür reicht meine Truppenstärke nicht.«

»Dann ordern Sie gefälligst mehr Leute!«, bellte Tom ungehalten und senkte dann hastig die Stimme. »Richten Sie Straßensperren ein, konzentrieren Sie sich auf den Südwesten.«

Der Offizier leckte sich nervös die Lippen. »Die Zeugen sagten doch, er wollte nach Osten.«

»Ganz genau«, antwortete Tom und neigte sich bedrohlich zu dem Soldaten. »Ihren Rang scheinen Sie nicht Ihrer Intelligenz zu verdanken, was? Und jetzt führen Sie endlich meine Befehle aus!«

Der Offizier salutierte und eilte davon. Tom stieg in seinen Wagen und fragte sich, ob er eigentlich nur von Vollidioten umgeben war. Er startete den Motor und fuhr auf die Bundesstraße.

Dort lehnte er sich zurück und atmete tief durch. Die Straße war frei, die verschneite Landschaft zu beiden Seiten beinahe idyllisch. Das regelmäßige Motorgeräusch seines Wagens begleitete seine Gedankengänge, während er sämtliche Informationen noch einmal Revue passieren ließ und versuchte, sie zu einem großen Bild zusammenzusetzen.

Was hast du vor, Logan Moore …?

KAPITEL 5

Die Hauptanlage des VZ9 befand sich auf dem ehemaligen Flughafen von Lethbridge. Die flachen Gebäude hatten dem Erdbeben vor zwei Jahren einigermaßen standgehalten und konnten danach mit wenig Aufwand wieder aufgebaut werden. Das Gelände war weitläufig und bot die besten Voraussetzungen für einen strategischen Stützpunkt. Die gesamte Anlage war von einem Zaun umgeben, der rund um die Uhr von Unionssoldaten bewacht wurde. Es gab zwei Zufahrten, eine nördlich und eine östlich, die durch schwere Tore und Wächter abgesichert wurden.

Caithlyn stand in der Lagerhalle 3 und sah dem zuständigen Arbeiter dabei zu, wie er mit einem Hubwagen ihren Lastwagen belud. Was genau sich in den Metallcontainern befand, war nirgends vermerkt. Auf dem Lieferschein stand nur die Anzahl der Personen, die mit den enthaltenen Lebensmitteln zwei Wochen lang klarkommen sollten. Diese Container wurden fertig gepackt im Versorgungszentrum angeliefert.

Früher hatte Cait sich nie mit dem Begriff »Krisenversorgung« auseinandergesetzt. Sie hatte zwar von Menschen gehört, die sich durch das Horten von Lebensmitteln auf die unterschiedlichsten Katastrophenszenarien vorbereiteten, doch in ihren Augen waren diese sogenannten *Prepper* immer eher skurril als vorbildlich gewesen.

Inzwischen wusste sie, dass die Regierung schon seit Jahrzehnten fernab der zivilen Aufmerksamkeit genau solche Vorbereitungen getroffen hatte. Dass es Krisenvorräte gab, war zwar nie ein Geheimnis gewesen, aber niemand wusste, in welchen Mengen und wo sie gelagert wurden. So war das auch heute noch. Nicht einmal die Versorgungseinheiten des Unionsheeres bekamen Informationen darüber, wie viele Zentrallager es hierzulande gab. Nur dass sie inzwischen erschreckend leer geworden waren, bekamen sie täglich zu hören.

Cait zweifelte nicht daran. Was sie allerdings immer mehr hinterfragte, war, warum die Erträge der staatlich betriebenen Landwirtschaften ausschließlich in den Safetowns landeten. Sie hatte mit eigenen Augen gesehen, wie gut die riesigen solarbeheizten Gewächshäuser funktionierten. Auch die Viehzüchter in den Ställen der Union wirtschafteten hervorragend.

Aber warum errichtete man solche Gewächshäuser nicht auch fernab der Safetowns und verschaffte damit der restlichen Bevölkerung die Mittel zur Selbstversorgung?

Fehlende Ressourcen. Das war die ultimative Antwort der Regierung auf alles. Seltsam war nur, dass die Union genau diese Ressourcen für ihre Safetowns aufgetrieben hatte. Und zwar schneller, als Cait das für möglich gehalten hätte. Genau vier Monate nach der globalen Katastrophe waren die ersten Safetowns in Betrieb gegangen. Sämtliche Mittel und Materialien, die dazu notwendig waren, hatte die Union aus den Trümmern des gesamten Kontinents eingesammelt und zusammengesetzt. Photovoltaik-Anlagen, Solarpanels, Windkraftanlagen. Im Endeffekt war das ganze Land zu einem Baumarkt geworden.

Doch seit Kurzem stagnierte diese geschäftige Betriebsamkeit. Als hätte die Union plötzlich kein Interesse mehr daran, das zerstörte Land Stück für Stück wiederaufzubauen. Dabei war der Baumarkt noch lange nicht ausgeräumt. Die breite Masse der Bevölkerung besaß jedoch nicht die Mittel, um sich die nötigen Technologien aus den Überresten zusammenzuflicken.

Missmutig überflog Cait die Ladeliste auf dem Touchpad in ihrer Hand. Jeder Container besaß eine Inventarnummer und wurde vorab einer Station auf ihrer Route zugeteilt. Cait erkannte mit einem Blick, dass drei Container weniger aufgeführt waren als üblich. Genau das hatte sie befürchtet, als sie erfuhr, dass die Überprüfungskommission neue Schätzungen für die benötigten Lebensmittelmengen vorgenommen hatte. Sie hatte stichprobenartig den Gesundheitszustand und die Versorgung der Menschen in einigen Regionen überprüft und anhand dieser Zahlen die jeweiligen Rationen angepasst.

Dabei verzichtete man bewusst auf eine Volkszählung. Tatsache war nämlich, dass es einige Gebiete hierzulande gab, die sich in gewissem Maße selbst versorgen konnten. Durch Jagd und Fischerei zum Beispiel. Im Gegensatz zu den Menschen, die in den Städten geblieben waren, hatten die Landbewohner hier deutliche Vorteile, die allerdings in Bezug auf die staatliche Versorgung ins Gegenteil umschlugen.

Cait war sich nicht ganz im Klaren, was sie von diesem System halten sollte. Einerseits verstand sie den Gedankengang der Union, die bestmöglich mit den Zivilvorräten haushalten wollte, um einen gleichmäßigen Versorgungsfluss zu garantieren. Andererseits hätte man längst damit beginnen müssen, die Selbstversorgung genau dieser Landbewohner zu unterstützen, statt ihnen nach und nach die staatlichen Zuwendungen zu streichen.

Caithlyn drehte sich zu Mike um, der ein Stück abseits stand und sich mit zwei Kollegen des anderen Teams unterhielt, die ebenfalls auf die Beladung ihres Transporters warteten. Der Lagerist war noch beschäftigt, darum schlenderte Cait zu der Gruppe hinüber.

»Erst Jack Coleman und jetzt Logan Moore«, sagte Frank gerade mit gedämpfter Stimme. »Findet ihr das nicht auch seltsam?«

»Coleman hat Geld gestohlen«, gab sein Kollege Garrett zu bedenken. »Logan Moore wollte einen Mord verüben. Wieso sollte das zusammenhängen?«

»Na ja, Coleman hatte doch wirklich keinen Grund, Geld zu klauen. Er hat bestimmt gut verdient und außerdem … Was willst du heutzutage mit einem Koffer voller Moneten? Shoppen? Außerhalb der Safetowns ist Geld nur so viel wert wie das Papier, auf dem es gedruckt ist. Das weißt du doch.«

Mike nickte zustimmend. »Ich bin ganz deiner Meinung, Frank. Die Sache mit Coleman kommt mir auch merkwürdig vor.«

»Eben.« Frank senkte seine Stimme zu einem Flüstern. »Und dass Moore tatsächlich einen Anschlag geplant hat, wage ich auch zu bezweifeln. Mein Bruder hat unter ihm gedient. Er sagt, dass er kaum jemanden kennt, der eine solche Loyalität der Union gegenüber hegt wie Moore.«

»Sonst wäre er wohl auch nicht Chef der inneren Sicherheit geworden«, warf Cait ein.

»Genau! Also warum zum Teufel sollte der Leiter der inneren Sicherheit plötzlich ein Regierungsmitglied ermorden wollen? Dabei weiß man noch nicht einmal, wen er eigentlich im Visier hatte.«

Garrett wiegte unschlüssig den Kopf. »Aber warum sollte jemand eine solche Anschuldigung einfach erfinden?«

»Das ist die Frage«, sagte Mike schlicht.

»Na, ich weiß nicht, Leute.« Garrett zog skeptisch die Nase kraus. »Ehrlich gesagt, hört ihr euch gerade wie eine Handvoll Verschwörungstheoretiker an, die zu viele Politthriller gelesen haben.«

»Man wird sich doch noch Gedanken machen dürfen«, erwiderte Frank. Er grinste breit. »Dass dir das nicht besonders leichtfällt, wissen wir.«

»Ich sollte endlich meinen Versetzungsantrag unterschreiben«, sagte Garrett und seufzte übertrieben.

»Das musst du auf heute Abend verschieben. Unsere Ladung ist nämlich bereit.«

Garrett und Frank verabschiedeten sich und kletterten in ihren Transporter. Cait dachte noch über das Gespräch nach, als ihnen der Lagerist bedeutete, ihr Lastwagen sei nun ebenfalls bereit.

An diesem Tag setzte sich Cait ans Steuer. Mike nahm auf dem Beifahrersitz Platz und meldete den Start ihrer heutigen Tour über das Touchpad. Ohne Eile lenkte Cait den Lastwagen durch den Hangar und über das ehemalige Rollfeld und hielt dann auf das östliche Tor der Anlage zu.

»Frank sollte vielleicht nicht so offen über seine Vermutungen sprechen«, sagte Mike zusammenhangslos.

Cait sah kurz zu ihm hinüber. »Du glaubst, er hat recht, nicht wahr?«

Die beiden verstummten, als sie das Außentor erreichten. Cait hob lächelnd eine Hand zum Gruß, während die bewaffneten Wachposten das Rolltor aufschoben, damit sie passieren konnten. Erst als sie die Landstraße erreichten und Cait den Lastwagen beschleunigte, nahm sie die Unterhaltung wieder auf.

»Angenommen, die Anschuldigungen Logan Moore gegenüber wären erfunden ... Warum ist er dann geflohen?« Sie schaltete in einen höheren Gang. »Beziehungsweise, warum suchen die ihn, wenn er nichts Gravierendes angestellt hat?«

»Irgendwas hat er bestimmt getan. Aber er hat garantiert keinen Mordanschlag verübt.«

»Was macht dich da so sicher?«

Mike legte sein Touchpad auf die Mittelkonsole. »Weil jeder, der Moore kennt, das Gleiche sagt. Hätte Moore jemanden töten wollen, dann würde man das erst erfahren, wenn dieser Jemand längst tot ist.«

Das hatte Cait inzwischen auch schon gehört. Ob das allerdings ein Grund war, den Vorwurf der Union anzuzweifeln? Logan Moore wurde als Staatsfeind Nummer eins angesehen. Die Unionseinheiten waren sogar dazu angehalten worden, ihn bei Sichtkontakt besser zu erschießen, als ihn entwischen zu lassen.

Wie ein einzelner Mann, so fähig er auch sein sollte, eine ganze Regierung derart in Aufruhr versetzen konnte, war trotz der genannten Vorwürfe eine interessante Frage. Von daher konnte Cait durchaus verstehen, weshalb ihr Kollege die offiziellen Anschuldigungen anzweifelte.

Doch was im Hintergrund der Union ablief, würden sie wohl nie gänzlich erfahren. Dafür befanden sie sich in der Rangordnung schlichtweg zu weit unten.

Leise Countrymusik rieselte aus dem CD-Player des Geländewagens. Logan Moore saß hinter dem Steuer und neben ihm trommelte Doris zum Takt der Musik auf ihren Oberschenkeln herum. Über den Außenspiegel hatte Logan freien Blick auf Mila, die auf der Rückbank saß. Sie hatte ihren rechten Ellbogen auf die Türverkleidung gestützt und ihre Wange auf den Handrücken gelegt, während sie die vorbeiziehende Winterlandschaft betrachtete.

Logan wusste nicht, was er von seinen spontanen Begleiterinnen halten sollte. In der Eile war ihm nichts anderes übrig geblieben, als die beiden mitzunehmen, doch je mehr die Anspannung aus ihm wich, desto intensiver fragte er sich, was eigentlich in ihn gefahren war. Der zum Expeditionsfahrzeug ausgestattete Geländewagen von Doris war zweifelsohne ein Geschenk des Himmels. Der weiß lackierte Offroad-Mercedes pflügte sich mühelos durch die verschneite Nebenstraße, die sie inzwischen erreicht hatten. Nur die hohen Schneestangen markierten den Verlauf der Straße, die seit der Katastrophe offenbar in Vergessenheit geraten war. Von Bodentruppen hatten sie hier nichts zu befürchten, und da sie sich die meiste Zeit zwischen hohen Wäldern bewegten, war ihr Wagen auch durch eventuelle Luftüberwachung schwer zu entdecken.

Logan warf einen Blick auf Doris. Diese Frau war ihm ein wahres Rätsel. Nicht nur, dass sie ein perfektes Fluchtfahrzeug in der Garage stehen hatte, sie hatte die Lage auch innerhalb von Sekunden erfasst und entsprechend reagiert. Sie hatte sogar daran gedacht, ihre Nachbarinnen zu Hootch zu schicken, damit die beiden Soldaten zwei Frauen vor sich hatten, sobald sie aufwachten, und keinen Verdacht schöpften.

Doris spürte wohl seinen Blick, denn plötzlich unterbrach sie ihr Getrommel, wandte sich zu ihm und schob den Schirm ihres grünen Caps ein Stückchen höher. »Genug geschwiegen, Logan Moore. Es ist Zeit für Klartext.«

Sofort richtete Mila sich interessiert auf.

»Gut«, sagte Logan, »dann hätte ich jetzt gern eine ausführliche Erklärung, warum ihr mich unbedingt begleiten wollt. Ich verstehe es nämlich immer noch nicht.«

»Tatsächlich nicht?«, antwortete Doris amüsiert. Er sah zu ihr hinüber und sie zwinkerte ihm vielsagend zu. »Nun, ich für meinen Teil bin hier, weil ich schon lange auf eine Gelegenheit warte, der Union in den Arsch zu treten, und du scheinst mir der passende Schuh dafür zu sein. Wenn einer der engsten Vertrauten des Präsidenten plötzlich als Staatsfeind gilt, gibt es nämlich nur zwei Möglichkeiten. Entweder ist der Staatsfeind Drahtzieher einer Verschwörung oder er ist einer Staatsverschwörung auf die Schliche gekommen. Da du ein ehrenhafter Mann bist, kommt nur Letzteres infrage.«

»Woher willst du wissen, dass ich ehrenhaft bin?«, fragte er skeptisch.

»Weil du die beiden Soldaten problemlos hättest töten können«, erwiderte Doris. »Aber das hast du nicht. Weil sie in deinen Augen unschuldig sind und nur ihren Job machen. Stimmt's oder hab ich recht?«

Logan sagte nichts, aber Doris schien ohnehin keine Antwort zu erwarten. Sie bückte sich und holte eine Tasche unter ihrem Sitz hervor. Er staunte nicht schlecht, als sie einen Laptop herausnahm und auf ihrem Schoß aufklappte. Es handelte sich um ein High-End-Gerät nach Militärstandard, das mit leisem Surren hochfuhr.

»Okay«, sagte sie und streckte ihm auffordernd eine Hand entgegen. »Am besten lässt du mich deine geklauten Daten einfach anschauen. Also, gib mir bitte deine Halskette.«

Er gab sich große Mühe, sich seine Verwunderung nicht anmerken zu lassen. Der Scharfsinn dieser Frau schien wirklich keine Grenzen zu kennen.

Sie wartete einen Moment und seufzte dann übertrieben. »Deine Haltung ist insgesamt bemerkenswert, und trotzdem hast du dir kurz an den Hals gefasst, als du uns von den gestohlenen Informationen erzählt hast. Demnach trägst du den Datenträger wohl um deinen Hals.«

Doris beeindruckte ihn von Minute zu Minute mehr.

Schließlich gab er sich einen Ruck und streifte sich die Kette über den Kopf.

Im Handumdrehen hatte Doris den Mini-USB-Stick gefunden, der in dem Schmuckanhänger verborgen war. Sie steckte den Datenträger in ihren Laptop und tippte geschäftig über die Tastatur.

Kurze Zeit später pfiff sie leise durch ihre Zähne.

»Heilige Scheiße«, murmelte sie. »Die haben ihre Agenda sogar als *New World Order* benannt.«

Nun war Logan vollends verblüfft. »Du weißt davon?«

»Jeder, der sich damals kritisch und jenseits der Mainstream-Medien mit dem aktuellen Weltgeschehen befasst hat, ist unweigerlich darauf gestoßen.« Sie lächelte traurig. »Selbst für mich klangen die Pläne der *New World Order* so verrückt, dass ich sie lange nicht glauben wollte. Viel war darüber nicht bekannt und es wurde reichlich spekuliert und dazugedichtet, aber die Grundstruktur passt zu sehr auf die heutige Zeit, als dass es ein Zufall sein könnte. Eine Weltregierung, eine Weltwährung, eine Weltarmee. Sogar die Struktur der heutigen Führungsriege war bereits bekannt: zwölf Präsidenten, verteilt auf sieben Kontinente.«

Mila hatte sichtlich Mühe, dem Gespräch zu folgen. Sie streckte ihre Hand zwischen den Sitzen hindurch und deutete auf den Bildschirm. »Was ist HAARP?«

»*High Frequency Active Auroral Research Program*«, antwortete Doris wie aus der Pistole geschossen. »Das ist eine Funksendeanlage im Norden Alaskas, die mittels Radiowellen die Ionosphäre des Planeten erforschen sollte. So die offizielle Funktion. Inoffiziell wurde damit schon lange vor den katastrophalen Ereignissen massive Wettermanipulation betrieben. Und nicht nur das. Man konnte durch Reflexion der Radiowellen in der Stratosphäre die Erdkruste so in Schwingung versetzen, dass gezielt Erdbeben und Vulkanausbrüche provoziert werden konnten. HAARP ist die bekannteste dieser Anlagen, doch jede der großen Nationen besitzt so eine Station. Russland, Europa, China, Japan …«

Logan musste sich zwingen, Doris nicht unentwegt anzustarren und den Blick auf die Straße zu richten. »Woher weißt du das alles?«

»Ich sagte doch bereits, dass ich sehr neugierig bin«, tat sie es ab und scrollte über den Bildschirm.

»Moment mal!«, rief Mila. »Soll das heißen, die globalen Katastrophen wurden bewusst herbeigeführt? All die Erdbeben, Tsunamis und Vulkanausbrüche waren beabsichtigt?«

»Genau das heißt es«, antwortete Doris schlicht.

Mila ließ sich zurückfallen und schüttelte fassungslos den Kopf. Logan konnte ihre Erschütterung gut nachvollziehen. Ihm war es schließlich genauso ergangen, als er die Dokumente zum ersten Mal gesehen hatte. Hätte er sie nicht persönlich auf einem Hochsicherheitsserver der Union gefunden, würde er es wahrscheinlich immer noch nicht glauben.

Eine Weile herrschte Stille im Wagen und nur das Klicken der Computertastatur war zu hören, während Doris die kompletten Dateien sichtete. Schließlich räusperte sie sich und setzte sich auf.

»Das letzte Dokument namens *Programm Eden* ist unvollständig«, sagte sie zu Logan.

Er fluchte leise. »Ich musste den Datentransfer abbrechen, weil der Alarm losging. Wie viel steht da?«

»Sie scheinen gerade etwas zu entwickeln, das HI-384 genannt wird«, erwiderte Doris nachdenklich. »HI-384 … Das klingt für mich nach einer virologischen Abkürzung. Was wollen die mit einem Virus?«

Logan verstärkte den Griff um das Lenkrad. Er hatte längst einen schrecklichen Verdacht, doch bevor er ihn aussprechen konnte, erwachte Mila auf der Rückbank aus ihrer Schockstarre.

»Warum?«, stieß sie aufgebracht hervor. »Warum sollte man durch gezielte Naturkatastrophen Millionen von Menschen töten? Ach, was sag ich da – Milliarden von Menschen! Das ist doch Wahnsinn!«

Doris drehte sich zu ihr herum und betrachtete sie eingehend. »Du hast recht. Es ist Wahnsinn. Und genau darum werden wir etwas dagegen unternehmen.« Sie schaute Logan an. »Das werden wir doch, oder?«

Er atmete tief ein. »Bevor wir diese Regierung stürzen, müssen wir Jack Coleman finden.«

»Den Colonel, der vor ein paar Wochen verschwunden ist?«, hakte Doris nach. »Ich erinnere mich an den Fahndungsaufruf.«

»Coleman ist vor einigen Wochen auf diese Dateien gestoßen und seither auf der Flucht«, erklärte Logan. »Durch ihn bin ich überhaupt erst darauf gekommen, Nachforschungen anzustellen. Ich kenne Jack schon sehr lange und wusste sofort, dass die Anschuldigungen der Union ihm gegenüber nicht wahr sein können. Er ist ein ehrbarer Mann und ich hoffe, dass er mehr über dieses *Programm Eden* herausfinden konnte.«

»Und du weißt, wo er sich aufhält?«, fragte Doris.

»Ich vermute, dass er in West Fork, einem kleinen Ort im

Colville-Indianerreservat, untergetaucht ist«, antwortete Logan.

Es war nur eine Ahnung, doch Jack hatte Logan oft von seinen unbeschwerten Jugendtagen erzählt, die er früher bei seinen Großeltern in West Fork verbracht hatte. Jack war stolz auf seine indianischen Wurzeln und hatte oft betont, dass, wenn jemand in dieser rauen Welt überleben konnte, es ein naturverbundenes Volk wie das seine war. Das Reservat lag nämlich mitten in einer roten Zone, also fernab des Einflusses der Union. Die Menschen in diesen Gebieten waren auf sich allein gestellt. Ein Grund mehr, warum Jack sich dort vor der Regierung verbergen könnte.

Doris öffnete das Handschuhfach und kramte eine Weile darin herum. Schließlich fand sie zwei USB-Sticks, mit denen sie Kopien der gestohlenen Daten anfertigte. Einen davon steckte sie sich in die Brusttasche ihrer Latzhose, den anderen reichte sie nach hinten zu Mila.

Logan sagte nichts dazu, denn Doris hatte natürlich vollkommen recht: So waren die Chancen größer, dass zumindest einer der Datenträger heil bei Jack Coleman ankam, sollte ihnen auf dem Weg etwas dazwischenkommen. Er wollte eigentlich nicht darüber nachdenken, aber so komfortabel die Reise momentan auch anmutete, lauerten doch hinter jeder Kurve unabwägbare Gefahren. Sobald sie die rote Zone erreichten, würden sie sich noch verdoppeln. Dort herrschte brutale Anarchie, denn sie wurde von verschiedensten Clans regiert, von denen auch der Union nur wenige Details bekannt waren.

Die Union hegte keinerlei Interesse an den Vorgängen jenseits der von ihr besetzten Gebiete. Die Clans wussten, dass sie dort tun und lassen konnten, was sie wollten, solange sie die Grenzen nicht überschritten und dem geordneten Regierungsbezirk nicht in die Quere kamen. Dies war wohl das einzige, ungeschriebene Gesetz, an das sich die Bewohner der roten Zone hielten. Zumindest weitgehend, denn der Hunger trieb die Clans immer häufiger über die Grenzen, und die Überfälle auf Versorgungseinheiten der Union nahmen stetig zu. Der Grenzschutz wurde also zu einem immer größeren Problem, das allerdings nicht in Logans Aufgabengebiet fiel.

Gefallen war, korrigierte er sich in Gedanken.

Selbst nach allem, was geschehen war, fiel es Logan immer noch schwer, sich mit seiner neuen Situation abzufinden. Alles, woran er geglaubt hatte, war mit einem Schlag zunichtegemacht worden. Seine Loyalität dem Staat gegenüber war mit einem Streich bis in die Grundfeste erschüttert.

Logans Hände krampften sich verbittert um das Lenkrad. Inzwischen war ihm klar, dass ihm genau diese Loyalität zum Verhängnis geworden war. Sie hatte ihn blind werden lassen, und genau das hatte Präsident Straton ausgenutzt. Nicht zu fassen, dass er nicht mehr als eine Schachfigur für ihn gewesen war! Dabei hatte Logan wirklich an diesen Mann und seine Ziele geglaubt. Er hatte zu ihm aufgesehen, beinahe wie zu dem Vater, den er nie wirklich gehabt hatte. Noch vor einer Woche hätte Logan voller Überzeugung behauptet, eine Freundschaft zum Präsidenten zu pflegen.

Doch Straton hatte ihn nur schamlos ausgebeutet. Er hatte sein Fachwissen und sein Engagement genutzt, um eine perfekte Sicherheitsstruktur in der neuen Welt aufzubauen.

Logans Finger begannen unangenehm zu kribbeln, weil

er das Lenkrad so fest gepackt hatte. Er lockerte seinen Griff und bewegte seine Hände, damit das Blut wieder zirkulieren konnte. Neben ihm studierte Doris immer noch die gestohlenen Dokumente auf ihrem Laptop, während sie kaum merklich mit dem Kopf zur Countrymusik wippte.

Zum wiederholten Male fragte Logan sich, welche Mitglieder der Union wohl in die perfiden Pläne der Regierung eingeweiht worden waren. Von der obersten Führungsriege einmal abgesehen, konnte er es beim besten Willen nicht einschätzen. Obwohl er eng mit dem Präsidenten zusammengearbeitet hatte, wusste er nicht darüber Bescheid. Aber alle, die in der Rangordnung unter ihm standen, konnte er mit Sicherheit ausschließen.

Er dachte an Tom Foulder, dem er die Schussverletzung an der Schulter zu verdanken hatte. Foulder war sein Stellvertreter gewesen und sie hatten ein erfolgreiches Team gebildet. Foulder besaß einen untrüglichen Instinkt und hatte ein gutes Gespür für verborgene Zusammenhänge, was ihn zu einem der besten Agenten machte, die Logan je kennengelernt hatte. Er hatte nicht den blassesten Schimmer, ob Foulder die Wahrheit kannte. Indem er Logans Flucht vereiteln wollte, hatte er immerhin nur seinen Job getan. So wie er jetzt im Moment sicherlich auch seinen Job machte, denn Foulder hatte nun als sein Nachfolger gewiss die Leitung über die Fahndung nach ihm inne.

Hoffentlich würde Logan es nicht bereuen, dass er Foulder am Leben gelassen hatte …

Mila kauerte gedankenverloren auf der Rückbank und nestelte an einem losen Faden ihres Pullovers herum. Sie waren nun schon seit über vier Stunden unterwegs. Vier Stunden, die sie in einem Strudel aus Fassungslosigkeit, bodenlosem Zorn und einem lähmenden Gefühl von Ohnmacht zugebracht hatte.

Wie sollte man gegen die Union vorgehen? Machte das überhaupt noch Sinn, nachdem die neue Regierung längst die ganze Welt mit ihren mächtigen Klauen fest im Griff hatte?

Doris und Logan legten eine bewundernswerte Entschlossenheit an den Tag. Nicht die leiseste Spur von Angst war in ihren Gesichtern zu erkennen. Beide sondierten wachsam die Umgebung und beratschlagten sich zwischendurch über den weiteren Streckenverlauf. Ruhig und konzentriert wägten sie eventuelle Gefahren ab, ohne wirklich Furcht davor zu zeigen.

Mila neigte sich ein wenig zur Seite, um Logan über den Seitenspiegel zu betrachten. Was für ein faszinierender Mann er doch war. Er hatte von Anfang an eine ungemeine Stärke ausgestrahlt, die Mila nun nur noch mehr in ihren Bann zog. Sie konnte diese besondere Kraft auch jetzt an ihm erkennen. Er hatte alles unter Kontrolle.

Und sie?

Beklommen richtete sie ihren Blick aus dem Seitenfenster und betrachtete den bewaldeten Hügel, der an ihnen vorbeizog, ohne ihn wirklich wahrzunehmen. Mila bereute es nicht, in diesen Wagen gestiegen zu sein, obwohl unentwegt Furcht an ihr nagte. Sie war nicht wie Logan oder Doris. Sie konnte weder kämpfen noch sonst irgendetwas, was bei dieser Mission ins Ungewisse zweifellos von Vorteil gewesen wäre. Das Einzige, was sie tun konnte, war, sich im Hintergrund zu halten, um den beiden wenigstens nicht zur Last zu fallen.

Erschöpft rieb Mila sich über die Augen. Sie war völlig übernächtigt, doch an Schlaf war bei dem Chaos in ihrem Kopf gar nicht zu denken.

»Da ist die Brücke«, sagte Doris und durchbrach damit die Stille. »Hier müssen wir auf die Bundesstraße abbiegen.«

Logan stieg auf die Bremse. »Okay, dann hole ich mal den Reservekanister und wir tanken hier noch kurz voll.«

Er stellte den Motor ab und stieg mit Doris aus. Mila kletterte ebenfalls aus dem Wagen, um sich die Beine zu vertreten. Ein eisiger Wind rauschte durch das Waldstück, in dem sie sich befanden. Fröstelnd zog Mila den Reißverschluss ihres Parkas hoch und stapfte zum Heck des Fahrzeugs, wo Logan bereits die daran befestigte Leiter hochgestiegen war, um den Reservekanister vom Dachgepäckträger zu holen. Etliche Kisten waren dort oben festgeschnallt, abgedeckt von einer weißen Plane. Mila hatte keine Ahnung, was sich darin befand.

»Kommst du klar?«, fragte Doris Logan.

Er warf ihr einen amüsierten Blick zu. »Ich denke, das kriege ich hin.«

»Gut, dann geh ich meinen Tank mal kurz leeren.« Sie schob den Schulterriemen ihres Gewehrs zurecht und sah Mila fragend an, die aber den Kopf schüttelte. »Okay, bin gleich wieder da.«

Doris stapfte durch den Schnee und verschwand im Dickicht des Waldes, während Logan mit dem Kanister vom Wagen herunterkletterte. Kurz darauf stieg Mila der beißende Geruch von Benzin in die Nase. Ihr fiel auf, dass Logan mit äußerster Sorgfalt ihrem Blick auswich.

»Ist alles in Ordnung?«, fragte sie vorsichtig.

Er sah nicht vom Tankstutzen auf. »Diese Frage sollte ich eigentlich dir stellen.«

»Mir geht es gut.«

Logan reagierte nicht und schwieg beharrlich, während das Benzin laut in den Tank gluckerte.

Mila schlang bedrückt die Arme um ihre Mitte. »Ist es denn so schlimm für dich, dass ich hier bin?«

Er zuckte sichtlich zusammen, leerte aber wortlos den ganzen Kanister und stellte ihn neben sich ab. Erst dann wandte er sich endlich an Mila und sah sie offen an.

»Ganz im Gegenteil«, sagte er ernst. »Aber das ändert nichts daran, dass es mir noch viel lieber wäre, dich in Redwood in Sicherheit zu wissen.«

Ihr Herz machte einen Satz, denn die Zuneigung in seinen grünen Augen war unverkennbar. Und mit einem Mal versank sie in seinem Blick, der sie tiefer berührte als je zuvor. Das inzwischen vertraute Knistern baute sich spürbar auf.

Doch etwas war anders. Mila erkannte, dass die Barriere verschwunden war, die Logan zuvor stets aufrechterhalten hatte. Sein Geheimnis war gelüftet. Es gab nun nichts mehr, was zwischen ihnen stand.

Das Verlangen, sich ihm in die Arme zu werfen, erfasste Mila wie eine stürmische Woge. Sie konnte diese Spannung nicht länger ertragen. Alles in ihr schrie danach, endlich seine Lippen auf ihren zu spüren.

»Seid ihr fertig?«, fragte Doris, die plötzlich wieder am Wagen auftauchte.

Logan und Mila erwachten blinzelnd aus ihrem gemeinsamen Moment.

Doris ging grinsend an ihnen vorbei. »Turteln könnt ihr später noch. In zwei Stunden sollten wir West Fork erreicht haben.«

Mila strich sich verlegen eine Strähne aus der Stirn und sah verstohlen zu Logan, der geschäftig den Reservekanister zuschraubte und dabei in sich hineinlächelte. Schon der Gedanke daran, was passieren würde, wenn sie allein wären, verursachte ein aufregendes Prickeln in ihrem Bauch.

Sie riss sich von seinem Anblick los und wanderte langsam zur hinteren Fahrzeugtür. Dort streckte sie sich kurz und sah die Straße hinauf. Nur wenige Schritte weiter begannen schon die Geländer der Brücke, die sich über die große Bundesstraße spannte. Mila konnte den geräumten Asphalt zwischen den Bäumen der steil abfallenden Böschung blitzen sehen.

Als sie gerade die Hand nach dem Türgriff ausstreckte, ließ ein Motorengeräusch sie innehalten. Es kam definitiv näher.

Erschrocken sah Mila zu Logan, der gerade die letzte Stufe der Heckleiter heruntersprang. Er schritt hastig an ihr vorbei zur Front des Mercedes und blieb dort stehen, um zu lauschen.

Das Fahrzeug schien auf der Bundesstraße unterwegs zu sein. Von dort unten war ihr Mercedes bestimmt nicht zu sehen. Mila trat einen Schritt vor, um besser durch die Bäume hinunterspähen zu können, und erkannte schließlich einen Versorgungslastwagen der Union. Sie entspannte sich ein wenig, denn der Wagen kam vermutlich nur zufällig auf seiner Tour hier entlang. Der Transporter fuhr jetzt unter der Brücke hindurch und würde schon bald wieder verschwunden sein.

Plötzlich heulte ein weiterer Motor auf. Ein lautes Krachen ertönte und Reifen quietschten schrill über den Asphalt. Nach einem weiteren Krachen war es wieder still.

Doris und Logan rannten vor zur Brücke und duckten sich hinter dem Geländer. Mila hastete hinterher. Der Versorgungslastwagen lag quer über der Bundesstraße. Schräg davor stand ein Pritschenwagen, dessen Räumschild heruntergelassen war und der den Unionstransporter offensichtlich gerammt hatte. Im ersten Moment dachte Mila an einen Unfall, doch dann entdeckte sie die schwer bewaffneten Männer, die von der Ladefläche des Pritschenwagens sprangen und auf den Unionstransporter zurannten. Zwei der Männer machten sich am Heck zu schaffen und brachen die Türen auf, während ein paar andere nach vorn stürmten und somit aus Milas Sichtfeld verschwanden.

»Lasst uns gehen«, flüsterte Logan. »Bevor sie uns bemerken.«

Er wollte Mila zurück zum Mercedes schieben, aber sie rührte sich nicht von der Stelle. Sie konnten diesen Raubüberfall doch nicht einfach ignorieren!

»Verdammt«, murmelte Doris. »Das sind Mike und Cait.«

Mila sog erschrocken die Luft ein. Mike und Cait waren schon seit Langem für die Belieferung von Redwood Meadows zuständig und sehr beliebt bei den Einwohnern. Cait hatte ihnen sogar einmal heimlich das medizinische Versorgungsset aus ihrem Transporter geschenkt. Sie trug das Herz am richtigen Fleck, genau wie ihr Kollege Mike.

Nun wurden die beiden mit erhobenen Händen von den bewaffneten Männern zum Straßenrand gedrängt. Caits Gesicht war blutüberströmt. Wahrscheinlich hatte sie sich bei dem Unfall verletzt. Sie wankte bedenklich, ob aus Angst oder wegen der Kopfverletzung, war schwer zu sagen.

Doris legte ihr Gewehr an und zielte auf die Angreifer. Logan packte hastig den Lauf, drückte ihn zur Seite und zischte: »Das ist zu riskant!«

»Das sind gute Leute!«, erwiderte Doris eindringlich.

Logan wischte sich harsch über das Gesicht. Mila beobachtete schockiert, wie die bewaffneten Männer Cait und Mike zwangen, in die Knie zu gehen. Dann trat einer der Angreifer vor und hielt Mike den Lauf seiner Pistole an den Hinterkopf.

Mit einem Ruck legte Doris ihr Gewehr erneut an und drückte ab. Der Mann hinter Mike brach leblos zusammen, noch während der Knall des Schusses durch die Wälder hallte. Logan fluchte und stürmte mit der Pistole in der Hand in das Dickicht der Böschung. Automatisch zog auch Mila ihre Waffe, sie blieb aber neben Doris im Schutz des Metallgeländers stehen.

Die Männer riefen wild durcheinander und suchten Deckung, doch da hatte Doris bereits nachgeladen und erwischte einen an der Schulter. Jetzt hatte sie ihre Position endgültig verraten, und Mila warf sich keuchend auf den Boden, weil zwei Männer ihre Schnellfeuerwaffen auf sie richteten. Der Kugelhagel traf mit ohrenbetäubendem Lärm auf die Metallbrüstung. Mila hielt sich die Ohren zu und wimmerte vor Panik.

Doch dann verstummte das Schnellfeuer plötzlich und

Pistolenschüsse waren zu hören. Mila stemmte sich auf die Knie und riskierte einen Blick durch das Brückengeländer nach unten. Logan trat mit vorgehaltener Waffe aus dem Gebüsch, während die zwei Männer mit den Automatikwaffen hinter dem umgestürzten Transporter in Deckung gingen. Dabei übersahen sie, dass Mike inzwischen wieder auf die Beine gekommen war. Er schnappte sich die Pistole des toten Angreifers und schoss. Einen konnte er sofort niederstrecken, doch der zweite Mann erwiderte das Feuer und erwischte Mike am Bauch. Mike krümmte sich schmerzerfüllt und sackte auf die Knie. Cait stieß einen gellenden Schrei aus und robbte zu ihrem Kollegen hinüber. Mila schnappte entsetzt nach Luft, als der verbliebene Mann seine Waffe auf Cait richtete. In diesem Moment setzte Logan mit einem kraftvollen Sprung über den Graben hinweg und stoppte ihn mit einem einzigen Schuss.

Unterdessen feuerte Doris auf die Vordertür des Pritschenwagens, weil der Fahrer aussteigen wollte. Während Doris nachlud, entschied sich der Mann schließlich zur Flucht und ließ den Motor an. Das Räumschild kratzte laut über den Asphalt, während er rasant zurücksetzte und unter der Brücke verschwand. Doris sprang auf und rannte zur anderen Seite, um ihm ein paar Schüsse nachzujagen.

Mila beobachtete das Geschehen neben dem umgestürzten Versorgungswagen. Cait drückte verzweifelt die Wunde auf Mikes Bauch ab.

Ohne lange zu überlegen, sprang Mila auf und stürmte durch das Dickicht der Böschung. Sie drängte sich durch einen letzten kratzigen Busch und kämpfte sich schwer atmend durch den tiefen Schnee des Straßengrabens.

Sie hatte die Straße noch nicht ganz erreicht, da registrierte sie plötzlich eine Bewegung von einem der am Boden liegenden Männer. Es war der, den Doris an der Schulter getroffen hatte. Nun rappelte er sich auf, hob mühsam seine Waffe und richtete sie auf Cait, die ganz auf Mike konzentriert war.

Aus purem Reflex legte Mila ihre Pistole an und drückte ab. Der Rückstoß vibrierte bis in ihre Ellenbogen und der laute Knall ließ ihre Ohren sirren. Die Kugel traf den Mann zwischen die Schulterblätter. Er kippte nach vorn und blieb reglos liegen.

Zitternd zog Mila ihre Hände zurück, unfähig, ihren Blick von dem Mann abzuwenden. Sie hatte ihn getötet. Einfach so.

Logan trat hinter dem Transporter hervor und Mila sah ihn stumm an. Dann holten Caits Klagerufe sie aus ihrer Starre.

»Mike!«, schrie sie immer wieder. »Nein, nein, bitte. Mike!«

Mila brauchte nicht hinzusehen, um zu wissen, dass Mike tot war. Sie steckte ihre Pistole weg, ging mit wackeligen Knien zu Cait und hockte sich neben sie.

Cait schaute Mila an wie einen Geist. Ihre Tränen vermischten sich mit dem Blut, das aus einer Platzwunde an ihrer Stirn rann. Ihre Augen wirkten dumpf vor Schock und Trauer. Mila wusste nicht, was sie sagen sollte. Sie legte schweigend einen Arm um Caits bebende Schultern. Cait schluchzte laut und blickte zu ihr auf.

»Mila?«, flüsterte sie heiser.

Dann verdrehte sie auf einmal die Augen und sackte bewusstlos in sich zusammen.

KAPITEL 6

Logan war stocksauer. Ihr Eingreifen hätte gewaltig schiefgehen können, und dann hatte die störrische Doris ihn auch noch gezwungen, die bewusstlose Unionssoldatin mitzunehmen. Wenigstens konnte diese Caithlyn dadurch keinen Bericht über den Vorfall erstatten, was ihn letztlich dazu bewogen hatte, klein beizugeben.

Nun stand die Frage im Raum, ob die Union trotzdem durchschauen würde, dass er mit diesem Überfall in Verbindung stand. Damit hätten sie die erste konkrete Spur zu seinem derzeitigen Aufenthaltsort. Normalerweise wurde kein großes Aufsehen um derlei Überfälle gemacht. Forensische Untersuchungen waren schlicht Zeitverschwendung, weil es ohnehin keine Strafverfolgung der anarchistischen Clans gab. Es gab also durchaus eine Chance, dass die Union glauben könnte, Mike hätte die Angreifer in die Flucht geschlagen, bevor er an seiner Verletzung gestorben war, und Cait wäre entführt worden. Leider wäre sie damit nicht die Erste, die als Sklavin in der roten Zone landete.

Logan warf einen Blick in den Rückspiegel. Caits Kopf war auf Milas Schoß gebettet. Mila hatte ihr das Blut vom Gesicht gewischt und die Wunde mit einem Pflaster versorgt. Nun strich sie der Bewusstlosen immer wieder sanft übers Haar, während sie gedankenverloren aus dem Fenster blickte.

Logan kannte diesen Schatten, der sich in ihre Augen geschlichen hatte. Er hatte ihn schon oft bei anderen Menschen gesehen und kannte das Gefühl, das damit einherging, auch von sich selbst. Dieser Schatten tauchte unweigerlich auf, wenn man zum ersten Mal ein Menschenleben beendet hatte. Keine Ausbildung der Welt konnte einen auf dieses schockierende Gefühl vorbereiten. Mit der Zeit würde es leichter werden, gewiss, aber er kannte keinen Soldaten, der sich nicht bis ins Detail an seinen allerersten tödlichen Schuss erinnerte.

Innerlich fluchend konzentrierte er sich wieder auf die Straße. Sie waren fast da. Immerhin siebzig Meilen von der Unfallstelle entfernt und inzwischen weit innerhalb der roten Zone. Theoretisch befanden sie sich nun auf US-amerikanischem Boden, doch diese Bezeichnung gab es offiziell nicht mehr.

»Die Nächste rechts«, wies Doris ihn an und faltete ihre Landkarte zusammen. »Dann müssten wir die Reservatsgrenze passieren und gleich dahinter sollte West Fork sein.«

Logan verringerte das Tempo. Doris hatte vorhin gewiss nicht zum ersten Mal getötet. Ihre Abgebrühtheit bei dem

Schusswechsel deutete eher darauf hin, dass sie mit ähnlichen Situationen nur zu gut vertraut war. Inzwischen war er wirklich neugierig, etwas über ihre Vergangenheit zu erfahren, doch jetzt war nicht der richtige Zeitpunkt für solche Gespräche.

Er bremste ab und bog in eine schmale Straße ein. Tiefe Fahrrillen deuteten darauf hin, dass hier vor nicht allzu langer Zeit ein Fahrzeug entlanggekommen war. Hinter einer Kurve ging der Weg bergab und verschwand zwischen felsigen Abhängen. Der Engpass ließ Logan das Tempo weiter drosseln. Wachsam sondierte er die Umgebung und sah aus dem Augenwinkel, dass Doris Caits Pistole aus der Mittelkonsole nahm. Ihr schien genau wie ihm klar zu sein, dass dies hier der perfekte Platz für einen Hinterhalt war.

Wenige Sekunden später registrierte Logan auch schon eine Bewegung an der Felswand zu seiner Linken. Reflexartig trat er hart auf die Bremse. Der Wagen rutschte trotz der Schneeketten ein paar Meter vorwärts, bevor er mit einem Ruck zum Stehen kam. Beinahe im gleichen Moment landeten plötzlich schwere Stahlträger vor und hinter dem Mercedes auf der Straße, die ihnen den Weg versperrten. Sie waren an Ketten befestigt, die irgendwo oben in den Felsen fixiert waren. Eine sehr clevere Falle, wie Logan grimmig feststellte. Nun konnten sie nur noch hoffen, dass die Wegelagerer ihnen die Chance für ein Gespräch gaben, bevor sie das Feuer eröffneten.

Logans Blick huschte zu Mila, die zwischen den Vordersitzen hindurchspähte. Ihre Augen waren weit aufgerissen und ihr Atem ging schnell vor Angst.

»Ganz ruhig«, sagte Logan leise.

Das war auch an Doris gerichtet, die ihre Pistole schon entsichert hatte. Sie senkte die Waffe zwischen ihre Knie, hielt sie aber schussbereit mit beiden Händen umfasst.

Eine gefühlte Ewigkeit tat sich draußen überhaupt nichts. Dann tastete sich der rote Ziellaser einer Präzisionswaffe durch den Innenraum des Wagens und hielt auf Logans Brust inne.

Logan stellte den Motor ab und hob beide Hände. Der Schütze war zwischen den Felsen verborgen. Dass er noch nicht abgedrückt hatte, war auf jeden Fall ein gutes Zeichen.

Schließlich trat ein vermummter Mann hinter einer Felsspalte hervor und kam mit gezückter Waffe auf den Wagen zu. Der rote Punkt hatte sich keinen Millimeter bewegt, und Logan ging davon aus, dass sie es hier nicht nur mit einem einzelnen Scharfschützen zu tun hatten. Angespannt wartete er, bis der Mann neben ihrem Wagen stehen blieb und ihm bedeutete auszusteigen.

Logan langte nach dem Türgriff. Mila gab einen zischelnden Laut von sich, doch er überging ihre Warnung und stieg aus.

»Wisst ihr, wo ihr hier seid?«, fragte der vermummte Mann.

»Ich hoffe, in West Fork«, antwortete Logan und blieb mit erhobenen Händen neben dem Kotflügel stehen. »Wir sind auf der Suche nach Jack Coleman.«

»Wer bist du?«

»Mein Name ist Logan Moore.«

Sofort hallten leise Klicklaute durch die Schlucht. Logan zählte insgesamt fünf Waffen über sich, und der Mann vor ihm zückte ebenfalls blitzschnell einen Revolver.

»Ich arbeite nicht mehr für die Union«, sagte Logan

schnell, aber in ruhigem Ton. »Ich bin auf der Flucht. Genau wie Jack Coleman.«

Der Vermummte spannte den Hahn seines Revolvers. Gleichzeitig trat ein zweiter Mann neben ihn. Er hatte die Statur eines Braunbären, und die Kapuze seines Parkas war tief in sein Gesicht gezogen.

»Wie kommst du darauf, dass dieser Coleman hier sein könnte?«, wollte er wissen.

Logan unterdrückte ein Schmunzeln, denn diese Stimme würde er unter Tausenden wiedererkennen. »Weil er mir immer von den schönen Colville-Frauen vorgeschwärmt hat, wenn er ein Gläschen Rotwein zu viel getrunken hatte. Den genauen Wortlaut erspare ich euch aber lieber.«

Der Mann schnaubte. »Das will ich dir auch geraten haben!«

Dann schob Jack Coleman sich die Kapuze vom Kopf, schritt mit einem breiten Grinsen zu Logan und zog ihn in eine herzliche Umarmung.

Wieder erklangen mehrere Klicklaute. Der andere vermummte Mann verschwand hinter den Felsen.

»Wenn das mal keine Überraschung ist!«, rief Jack und legte seine Pranken auf Logans Schultern. »Lass mich raten – du hast herausgefunden, warum sie in Wirklichkeit nach mir suchen.«

»Allerdings«, antwortete Logan nüchtern. »Schön, dich zu sehen, Jack.«

Ketten rasselten und hydraulisches Knirschen ertönte, als die Eisenträger langsam in die Höhe gezogen wurden. Logan deutete mit dem Kinn auf die schwebenden Pfosten. »Ist das auf deinem Mist gewachsen?«

»Gut, nicht wahr?« Jack zog schmunzelnd den Dutt an seinem Hinterkopf fester, zu dem er sein rabenschwarzes Haar gebunden hatte. »Na komm, lass uns einen Parkplatz für dein schmuckes Fahrzeug finden.«

Er deutete die Straße entlang und ging voran. Logan kehrte zum Mercedes zurück und ließ den Wagen an.

»War das Coleman?«, fragte Doris und legte die Pistole zurück in die Mittelkonsole.

Logan nickte und sah zu Mila, die wieder etwas mehr Farbe im Gesicht, aber die Lippen zu einem dünnen Strich zusammengepresst hatte.

»Auf dem Fahndungsaufruf hat er kleiner ausgesehen«, scherzte Doris.

Logan lachte und fuhr gemächlich an. Ihm fiel ein wahrer Brocken vom Herzen, denn er hätte nicht gewusst, wie es weitergehen sollte, wenn er Jack hier nicht angetroffen hätte. Nun waren sie in Sicherheit – zumindest fürs Erste.

Die Straße führte um eine scharfe Biegung, und gleich dahinter öffnete sich die Schlucht zu einem breiten Tal. Die niedrigen Hütten von West Fork fügten sich harmonisch in die von Bergen umrahmte Senke. Dünne Rauchsäulen stiegen aus den Kaminen empor.

Jack war verschwunden, doch Logan folgte einfach den Fahrspuren. Kurz bevor er den großen Hauptplatz der Siedlung erreicht hatte, tauchte Jack zwischen zwei Hütten auf. Er hatte wohl eine Abkürzung über den Hang genommen und deutete nun auf das einzige zweistöckige Gebäude der Siedlung. Es schien einst eine Frühstückspension gewesen zu sein, mit einer überdachten Veranda und einem verblichenen Schild, auf dem *Gold Creek Inn* geschrieben stand. Daneben parkten mehrere Fahrzeuge unter einem Carport, darunter auch der Unionsgeländewagen, mit dem Jack Coleman vor ein paar Wochen geflohen war.

Logan stellte den Mercedes daneben ab. Ein Gebirgsfluss rauschte hinter der Pension vorbei. Logan und Doris stiegen aus. Mila öffnete zwar die Tür, blieb aber sitzen, eine Hand schützend auf den Scheitel der nach wie vor bewusstlosen Cait gelegt. Sobald Jack sie erblickte, stieß er einen lauten Pfiff in Richtung Pension aus und winkte. Sofort eilten zwei Männer heran.

»Was ist mit ihr?«, wollte Jack von Mila wissen.

Mila schaute ihn nur an wie ein verschrecktes Reh, darum antwortete Logan: »Ein Clan-Überfall, an dem wir zufällig vorbeikamen. Vermutlich hat sie eine heftige Gehirnerschütterung. Ihr Kollege hat es nicht geschafft.«

Die beiden Männer hoben Cait auf Jacks Anweisung hin aus dem Wagen. »Der Doc soll sich um sie kümmern.« Jack wandte sich augenzwinkernd an Logan. »Ja, stell dir vor, wir haben hier einen Schamanen mit Doktortitel.«

»Mila, vielleicht wäre es gut, wenn du mit ihr gehst«, sagte Doris und rieb sich fröstelnd die Hände. »Wenn sie aufwacht, wird sie sich über ein vertrautes Gesicht freuen.«

Mila sah fragend zu Logan. Er lächelte ihr aufmunternd zu, denn diese Aufgabe würde ihr sicher guttun. Schließlich stieg sie zögernd aus und eilte den beiden Männern, die Cait trugen, hinterher.

»Logan Moore, unterwegs mit drei Frauen …«, sagte Jack und musterte Doris. »Das wird ja immer interessanter.«

»Und keine davon hat er freiwillig mitgenommen«, erwiderte Doris, während sie Logan scherzhaft in die Seite stieß.

»Manche muss man eben zu ihrem Glück zwingen. Ich bin übrigens Doris.«

Sie streckte Jack eine Hand hin, die er sogleich schwungvoll ergriff. »Jack.«

»Guter Händedruck«, bemerkte Doris. »Zielstrebig, authentisch, weiß seine Kraft einzuschätzen … sehr gut.«

Jack blickte stirnrunzelnd zu Logan, der schmunzelnd mit den Schultern zuckte. Dann räusperte er sich und zog seine Hand zurück. »Lasst uns erst mal reingehen. Euer Gepäck könnt ihr später holen.«

Sie gingen zur Pension. Wohlige Wärme schlug ihnen aus dem Inneren entgegen. Die gemütliche Einrichtung im Foyer zeugte noch vom früheren Hotelbetrieb. Hinter einem Empfangstresen hingen ein paar Zimmerschlüssel an einem Brett. Vor ihnen führte eine schlichte Holztreppe in den oberen Stock und aus einer Tür im Hintergrund konnte man das Klappern von Geschirr hören. Rechts war ein offener Durchgang, hinter dem sich ein Frühstücksraum befand. Leise Musik war zu hören. Zwei der Tische waren besetzt. Die Frauen und Männer hielten sofort in ihren Gesprächen inne und musterten die Neuankömmlinge interessiert.

»Das sind Doris und Logan«, stellte Jack sie vor. »Sie sind unsere Gäste.«

Doris deutete eine Verbeugung an. Die Anwesenden nickten ihnen zu und Jack führte die beiden zu einem Tisch am Fenster. Nur zögernd nahmen die anderen Gäste ihre Unterhaltung wieder auf, während sie verstohlene Blicke auf Doris und Logan warfen.

Logan setzte sich und deutete zu der Stereoanlage, die auf einer Kommode stand. »Ihr habt hier Strom?«

»Diese Pension war früher eine Getreidemühle«, erklärte Jack. »Das Wasserrad wurde eigentlich aus nostalgischen Gründen intakt gehalten, doch inzwischen hat es sich als Generator bewährt. Der Strom reicht zwar nur für dieses Gebäude, aber immerhin.«

Eine junge Indianerin kam durch eine Schwingtür aus der Küche. Sie stockte sichtlich beim Anblick der fremden Gesichter.

»Nituna!«, rief Jack zu ihr hinüber. »Bring uns doch bitte ein wenig von deinem speziellen Punsch!«

Sie nickte und machte hastig kehrt.

Doris lehnte sich entspannt zurück. »Ihr scheint euch recht gut mit der aktuellen Lage arrangiert zu haben. Gibt es innerhalb des Reservats noch mehr Orte wie West Fork?«

»Das Reservat blieb weitgehend von den Erdbeben verschont«, antwortete Jack und ließ mit sichtlichem Stolz seinen Blick durch den Raum schweifen. »Vor hundert Jahren wurde mein Volk gezwungen, auf diesem Land zu siedeln, und seither hat sich die Regierung nicht mehr groß um uns gekümmert. Nun macht sich genau das bezahlt, denn die Siedlungen im Reservat sind es schon seit Langem gewohnt, sich selbst zu versorgen. Der verdammte Schnee macht es zwar nicht einfach, aber auch der hält ein Volk nicht auf, das mit der Natur zu leben weiß.«

Logan unterdrückte ein Grinsen, denn Jack war eigentlich alles andere als ein traditionsverbundener, naturnaher Colville-Indianer. Er war in der Großstadt Michigan aufgewachsen und hatte mit dem Reservatsleben nie viel am Hut gehabt, außer wenn er seine Großeltern besuchte, die hier lebten. West Fork war das Ferienparadies seiner Kindheit gewesen. Außerdem hatte Jack hier seine Unschuld verloren, was er Logan tatsächlich jedes Mal erzählte, wenn er eine Flasche Rotwein in die Finger bekam.

Die Indianerin namens Nituna kehrte zurück und brachte drei dampfende Tassen an den Tisch. Sie musterte Logan scheu, bevor sie sich rasch wieder zurückzog.

Doris zog eine Tasse zu sich heran, schnupperte kurz an dem Getränk und richtete sich blinzelnd auf. »Mein lieber Schwan! Dieser Punsch ist wahrlich speziell.«

Nun stieg auch Logan der scharfe Geruch von Alkohol in die Nase. Da er sich seit Langem zum ersten Mal wieder sicher fühlte, hieß er das Getränk gern willkommen. Nach der großen Anspannung der letzen Tage war dieser Punsch genau das, was er brauchte.

Jack nahm einen Schluck und sah Logan abwartend an. »Na, dann schieß mal los, Moore. Und bitte von Anfang an.«

Logan dachte kurz nach und begann dann mit seiner Schilderung bei dem Moment, als er die Dateien auf Stratons Computer gefunden hatte. Jack hörte ihm aufmerksam zu, während er immer wieder an seiner Tasse nippte. Doris beendete seinen Bericht, indem sie mit dramatischer Geste einen USB-Stick auf den Tisch legte und Jack ernst ansah.

»Und jetzt werden wir der Union gewaltig in den Arsch treten«, sagte sie laut. »Bist du dabei?«

Jack kräuselte skeptisch die Stirn und lugte kurz in ihre Tasse, wohl um zu überprüfen, ob da gerade der Alkohol aus ihr sprach. Logan konnte es ihm nicht verübeln, denn Doris verhielt sich wirklich nicht so, wie man es von einer hageren Dame mit grauem Haar erwarten würde.

Jack räusperte sich. »Nichts für ungut, Herzchen, aber die Union ist kein Seniorenheim mit vertatterten Greisen, denen man eben mal den Rollator vor den Füßen wegzieht, weil sie einen beim Bingo beschissen haben.«

Logan sog leise die Luft ein und sah gespannt zu Doris hinüber.

Sie blieb gelassen, beugte sich über den Tisch näher zu Jack und zog eine Augenbraue hoch. »Jetzt sag ich dir mal was, Großer. Ich hab schon gegen die Regierung gekämpft, da hast du noch in deine Windeln gekackt. Damals ging es den Leuten viel zu gut, als dass sie ihren Arsch hochbekamen, um sich zu wehren. Heute ist das anders. Heute sieht sogar der größte Vollidiot, dass der Regierung das Wohl des Volkes egal ist. Aber mir ist es nicht egal.« Sie tippte mit dem Zeigefinger auf den USB-Stick. »Mit diesen Dokumenten haben wir alles, um einen erfolgreichen Putsch zu starten. Und zwar nicht nur hier, sondern weltweit. Dazu braucht es Koordination und Planung, gewiss. Doch das Allerwichtigste – es braucht jemanden, der den Stein nicht nur ins Rollen bringt, sondern ihn auch in die richtige Bahn lenkt. Du gehörst zu den Menschen, die mit einem solchen Stein umgehen können. Das erkenne ich übrigens nicht an deinem Armumfang, obwohl der sicher auch von Vorteil sein kann.«

Sie beendete ihre Rede mit einem milden Lächeln und lehnte sich entspannt zurück. »Du und Logan, ihr könntet eine Revolution anführen, die diesen Planeten ein zweites Mal erbeben lässt.«

Jack hatte es sichtlich die Sprache verschlagen. Auch Logan war wieder einmal schwer beeindruckt von Doris.

Mit einem Hüsteln erwachte Jack schließlich aus seinem

Erstaunen. »Eine Frage, Doris. Womit hast du vor der Katastrophe deine Brötchen verdient?«

Logan wartete gespannt auf ihre Antwort, denn das interessierte ihn inzwischen auch brennend. Doris trank gemächlich einen Schluck Punsch, bevor sie in beiläufigem Ton antwortete: »Sagen wir mal so, ihr seid nicht die einzigen Staatsfeinde in diesem Raum. Nur dass die Fahndung nach mir bei der Umstrukturierung des Landes wohl in Vergessenheit geraten ist. Immerhin existiert der Staat, den ich mir davor zum Feind gemacht habe, inzwischen nicht mehr.«

Mehr wollte sie dazu augenscheinlich nicht sagen. Jack schien sich nicht ganz so leicht mit den spärlichen Infos zufriedengeben zu wollen, und er gab ihr mit einem bohrenden Blick zu verstehen, dass er sie fortan im Auge behalten würde.

»Na schön«, sagte Doris schließlich und stellte ihre Tasse ab. »Wollt ihr mich noch länger anstarren, oder können wir uns langsam mal auf wichtigere Dinge konzentrieren? Jack, was weißt du über Programm Eden?«

Er atmete tief durch. »Ich weiß, dass damit die finale Phase der *New World Order* eingeleitet werden soll und dass ein Serum mit der Bezeichnung HI-384 die Hauptrolle dabei spielt. Wozu dieses Serum dient, konnte ich bisher noch nicht herausfinden, aber ein Allheilmittel gegen Krebs wird es wohl nicht sein.«

»Ganz bestimmt nicht«, brummte Doris. Sie rückte ihr Cap zurecht. »Es klingt nach einem Virus, und wenn ihr mich fragt, plant die Union damit einen weiteren Genozid. Eine massive Bevölkerungsreduktion war der Ausgangspunkt der NWO und ist es wahrscheinlich immer noch. In den Safetowns kann sich die Union problemlos ein neues Volk züchten, aber alle Menschen jenseits ihres Einflusses stellen auf längere Sicht eine Gefahr für ihr scheinheiliges Regime dar. Wenn ihr mich fragt, haben aus Sicht der Union zu viele Menschen Phase eins, also die globalen Katastrophen, überlebt, und nun setzt die Regierung mit dem Virus zu einem zweiten Streich an.«

Logan pflichtete ihr seufzend bei. »Zu dem gleichen Schluss bin ich auch schon gekommen. Eine Pandemie außerhalb der Safetowns würde für die Union viele Probleme auf einen Schlag lösen. Bleibt nur die Frage, wie viel Zeit wir noch haben.«

»Zeit wofür?«, hakte Jack nach. »Um mit Steinen herumzuwerfen?«

»Nein. Zeit, um diese Pandemie zu verhindern. Das hat oberste Priorität. Wir können doch nicht zulassen, dass die Union noch einen weiteren Völkermord begeht.«

Jack grinste schief. »Bei diesem Vorhaben kannst du auf mich zählen, mein Freund. Aber wie sollen wir das anstellen?«

»Das Entwicklungslabor für dieses Serum befindet sich in Kelowna«, sagte Doris und tippte erneut auf den USB-Stick. »So steht es zumindest in der Datei.«

»Kelowna?« Jack riss die Augen auf. »Etwa die ehemalige Noscomp Fabrik? Dort werden Medikamente für die Union hergestellt. Die Einrichtung liegt nur etwa zwei Fahrstunden von hier entfernt.«

Doris bedachte ihn mit einem vielsagenden Blick. »Gut für uns, nicht wahr?«

Die Abenddämmerung hatte eingesetzt und nur eine flackernde Öllampe erhellte den Raum. Mila saß in einem spartanisch eingerichteten Krankenzimmer, das sich im Wohnhaus des Reservats-Arztes befand. Neben ihr lag Cait in einem Bett und starrte seit einer Weile stumm an die Decke. Nach allem, was Mila ihr gerade erzählt hatte, war ihr Schweigen kein Wunder. Mila hatte ja selbst kaum verarbeitet, was in den letzten Stunden alles geschehen war.

Schließlich räusperte Cait sich leise. »Und du bist sicher, dass es die Wahrheit ist?«

»Ja«, antwortete Mila. »Wenn es dir besser geht, kannst du dir die Dokumente selbst ansehen.«

Cait nickte schwach und schloss die Augen. Eine einzelne Träne rollte über ihre Wange. Sie wischte sie fahrig weg.

»Kannst du … kannst du mich bitte allein lassen?«, bat Cait heiser.

»Natürlich.« Mila drückte ein letztes Mal ihre Hand. »Der Doc hat dir eine Klingel auf den Nachttisch gestellt. Damit kannst du ihn jederzeit rufen.«

Sie stand auf und ging zur Tür. Bevor sie hinausging, hielt Cait sie noch einmal zurück. »Danke, Mila. Ihr habt mir das Leben gerettet.«

»Keine Ursache«, antwortete Mila lächelnd und schlüpfte in den düsteren Flur hinaus.

Nachdem sie die Tür hinter sich verschlossen hatte, rieb sie sich heftig übers Gesicht und atmete tief durch. Der ganze Tag erschien ihr immer mehr wie ein surrealer Traum. Sie wollte nur noch zu Logan und sich an seiner unerschütterlichen Stärke festhalten, um nicht in dem Strudel der vergangenen Ereignisse unterzugehen.

Ihre Beine waren schwer vor Müdigkeit, als sie den Flur entlangging und schließlich den offenen Wohnraum erreichte. Der Arzt, der sich um Cait gekümmert hatte, saß mit einem Buch auf einer Couch vor dem Kamin, in dem ein Feuer knisterte. Er war offensichtlich indianischer Abstammung und sein Alter schwer einzuschätzen. Sein langes Haar, das er zu einem Zopf geflochten trug, war schlohweiß, doch seine rotbraune Haut hatte nur wenige Falten. Er hieß eigentlich Abeytu, wurde aber von allen nur Doc genannt.

Er blickte von seinem Buch auf und nahm seine Lesebrille ab. »Hat sie dir geglaubt?«

»Ich weiß nicht genau«, antwortete Mila schulterzuckend.

»Gib ihr Zeit«, sagte der Doc milde. Er legte das Buch zur Seite und erhob sich. »Als Jack mit seiner Horrorgeschichte hier ankam, wollte ich ihm auch nicht sofort alles abkaufen.«

Er trat zum Kamin und nahm eine Porzellanschale mit einem Bündel getrockneter Kräuter vom Sims. Dann hielt er das Ende der fest verschnürten Kräuter kurz ins Feuer und ging mit dem glühenden Sträußchen zu Mila. Sie ließ ratlos geschehen, dass er mit dem Räucherbündel erst über ihrem Kopf herumwedelte und sie anschließend komplett mit dem würzigen Rauch umhüllte. Dabei murmelte er einen merkwürdigen Singsang vor sich hin.

»Gut«, sagte er schließlich und drückte das glimmende Ende des Bündels in der Schale aus.

»Was hast du gerade gemacht?«, fragte Mila verwundert.

»Ich habe dich von bösen Geistern befreit«, erwiderte

der Doc schmunzelnd. »Und jetzt geh zu den anderen. Du brauchst Ruhe. Ich werde mich gut um Cait kümmern.«

Daran zweifelte sie nicht. Sie selbst hätte sich auch, ohne zu zögern, in die Obhut des gutherzigen Arztes begeben. Er strahlte eine wohltuende Ruhe aus, der man gern vertraute.

Mila nahm ihren Parka von der Garderobe, verabschiedete sich vom Doc und trat auf die überdachte Veranda hinaus. Am Horizont kämpfte nur noch ein schmaler Streifen Sonnenlicht gegen die Dunkelheit der Nacht. Vor ihr ragte die hell erleuchtete Pension auf. Mila konnte sich nicht daran erinnern, wann sie das letzte Mal ein Gebäude mit funktionierender Stromversorgung gesehen hatte. Die vielen Lichter kamen ihr fremd vor.

Sie huschte eilig durch die kalte Abendluft hinüber zur Pension. Kaum hatte sie ihren Kopf hineingestreckt, da schallte ihr auch schon Doris' Stimme entgegen.

»Ah! Ich hab gerade überlegt, ob ich dich ablösen soll.«

Sie saß auf einem geblümten Sessel gegenüber von einem Empfangstresen. Sonst war auf den ersten Blick niemand zu entdecken, aber Mila konnte mehrere entfernte Stimmen hören. Sie ging zu Doris, die ihr sofort einen Schlüssel unter die Nase hielt.

»Wir haben alle ein eigenes Zimmer«, sagte sie begeistert. »Mit Licht, Toilette und warmem Wasser. Ist das zu fassen?«

»Ein funktionierendes Bad?«, hakte Mila verblüfft nach.

»Wir sind im Paradies, Schätzchen!«, rief Doris. Sie stand auf und drückte Mila den Zimmerschlüssel in die Hand. »Ich habe deinen Rucksack schon hochgebracht. Wie geht es Cait?«

Mila wiegte den Kopf. »Sie ist wach und der Doc meint,

ihre Kopfverletzung ist halb so wild. Mit etwas Ruhe könnte sie morgen schon wieder auf den Beinen sein.«

»Das sind doch mal gute Nachrichten. Willst du noch was essen, Liebes? Wir wurden bereits versorgt, aber ich leiste dir gerne Gesellschaft.«

»Ich bin nicht hungrig«, sagte Mila und folgte Doris zur Treppe.

Vor einem offenen Durchgang blieb sie kurz stehen und bemerkte verdutzt die vielen Leute, die an einigen Tischen in dem Raum dahinter saßen. Alles sah aus wie in einem ganz normalen Restaurant aus früheren Zeiten. So vertraut, und doch mehr als fremd.

Einige Gäste musterten sie neugierig, darum ging Mila hastig weiter.

»Wo ist Logan?«, fragte sie Doris.

»Er hat sich mit Jack zurückgezogen«, antwortete sie, während sie die Treppe hinaufstiegen. »Die beiden haben viel zu besprechen.«

Enttäuscht folgte Mila Doris durch den Flur im Obergeschoss. Die Wände waren mit kitschigen Blumentapeten versehen, die Türen mit Messingziffern nummeriert. Auf einem Beistelltischchen stand ein riesiger Trockenblumenstrauß. In dieser Pension schien irgendwie die Zeit stehen geblieben zu sein. Absolut nichts deutete auf die vergangenen Katastrophen hin.

Vor der Tür mit der Nummer acht blieb Doris schließlich stehen. »Das ist dein Zimmer, Mila, ich bin in der Neun gegenüber, und Logan ist in der Zehn gleich neben dir untergebracht. Brauchst du noch irgendwas, Schätzchen?«

Mila schüttelte lächelnd den Kopf. Das Einzige, was sie

brauchte, war Logans Nähe, doch darauf musste sie wohl noch eine Weile verzichten.

Die beiden Frauen wünschten sich eine Gute Nacht. Mila knipste das Licht in ihrem Zimmer an und sah sich mit gemischten Gefühlen um. Der Zimmertemperatur nach zu urteilen war der Heizkörper unter dem Fenster funktionstüchtig. Es gab ein ordentlich gemachtes Bett, auf dem ihr Rucksack lag, einen Kleiderschrank und einen gepolsterten Stuhl vor einem schlichten Schreibtisch. Ein kitschiges Landschaftsgemälde hing über dem Kopfteil des Bettes. Gegenüber befand sich das Bad, das Mila sofort inspizierte.

Als Erstes betätigte sie die Toilettenspülung und betrachtete den darauf folgenden Wasserstrudel. Dann trat sie vor das Waschbecken, drehte den Wasserhahn auf und stellte ihn auf heiß. Nur Sekunden später stieg Dampf von dem Wasserstrahl auf.

Nicht zu fassen …

Der Luxus dieses Pensionszimmers verstärkte Milas Eindruck, sich in einem seltsamen Traum zu befinden. Hier war einfach alles viel zu normal, um wahr zu sein. Es lagen sogar Handtücher und ein Stück Seife bereit.

Schließlich legte sich ein breites Grinsen auf ihre Lippen. In Windeseile zog sie sich aus und schlüpfte unter die Dusche. Als das warme Wasser auf ihr Gesicht traf, lachte sie vor Freude auf. Seit zwei Jahren hatte sie sich hauptsächlich mit einem Waschlappen begnügt und sich nur ab und zu ein Bad genehmigt, das schließlich mit viel Aufwand vorbereitet werden musste. Immerhin hatte sie dafür erst das am Herd erhitzte Wasser in den ersten Stock zur Badewanne schleppen müssen.

Mila genoss die ausgiebige Dusche und kostete das wohltuende Gefühl der Reinigung bis ins Letzte aus. Die bereitgelegte Seife duftete nach wilden Kräutern und der Geruch blieb angenehm an ihrem Haar haften.

Eingewickelt in ein Handtuch verließ sie hinterher das Bad und holte ihren Kamm aus dem Rucksack. Während sie ihr nasses Haar entwirrte, fiel ihr Blick auf ihre Kleidung, die sie achtlos auf den Boden geworfen hatte. Darunter lugte ihr Waffengürtel hervor. Sofort drängte sich der Mann, den sie erschossen hatte, in ihre Gedanken.

Sie wandte sich ab. Die Männer dieses Clans waren bösartig gewesen. Sie hätten Cait und Mike hingerichtet. Hätte Mila nicht abgedrückt, dann wäre Cait jetzt tot. Das wusste sie. Und dennoch spürte sie noch ganz genau den Rückstoß dieses Schusses. Das Gefühl klebte wie eine unsichtbare Masse an ihren Handflächen, die sich nicht einfach abwaschen ließ.

Ein Geräusch aus dem Nebenzimmer ließ Mila plötzlich aufhorchen. Es war das gedämpfte Rauschen von Wasser in den Leitungen. Logan genehmigte sich offenbar ebenfalls eine Dusche.

Eine prickelnde Hitze fuhr in Milas Wangen. Ihr Herz flatterte vor Aufregung. Sämtliche Erschöpfung war auf einen Schlag aus ihren Gliedern gewichen. Hektisch kramte sie frische Unterwäsche aus ihrem Rucksack. Sie schlüpfte in Jeans und Baumwollhemd, kämmte eilig ihr Haar und lauschte dabei auf die Geräusche des Nachbarbads. Als das Gurgeln der Wasserleitungen aufhörte, stürmte Mila auf den Flur hinaus.

Vor Logans Tür atmete sie noch einmal tief durch und

straffte ihre Gestalt. Dann klopfte sie an und wartete nervös ab. Von drinnen war absolut nichts zu hören. Vielleicht war Logan noch im Bad und hatte ihr Klopfen nicht gehört. Ungeduldig presste Mila ihr Ohr gegen die Tür, die im gleichen Moment schwungvoll nach innen geöffnet wurde.

Hastig richtete Mila sich auf und blinzelte Logan an. Er trug nur ein Handtuch um die Hüften. Obwohl sie ihn nicht zum ersten Mal so spärlich bekleidet sah, durchfuhr sie der Anblick seines nackten Oberkörpers wie ein Blitz.

Logan betrachtete Mila schweigend. Sie wusste überhaupt nicht, wie sie seinen Blick interpretieren sollte. Er wirkte merkwürdig angespannt.

Scheu deutete Mila auf seine fast verheilte Schussverletzung. »Ich denke, du brauchst jetzt keinen Verband mehr«, sagte sie heiser.

Er antwortete nicht, darum sah sie verunsichert zu ihm auf. Seine grünen Augen wirkten dunkler als sonst. Verrucht, auf eine ganz und gar aufregende Weise. Als Mila endlich verstand, dass es das pure Verlangen war, das in seinem Blick lag, stockte ihr der Atem und sie stieß ein winziges Seufzen aus.

Logan schnappte nach Milas Arm, zog sie mit einem Ruck in sein Zimmer und drückte sie an die Wand. Sie hörte noch, wie die Tür neben ihr leise einrastete, und dann spürte sie endlich Logans Lippen auf den ihren.

Sein Kuss war mit absolut nichts zu vergleichen. Nachdem sie so lange darauf gewartet hatte, übertraf er selbst ihre kühnsten Vorstellungen. Die Spannung, die sich in den letzten Tagen zwischen ihnen aufgebaut hatte, entlud sich auf einen einzigen Schlag und entfachte ein Feuer in Milas Innerstem, das sie beinahe um den Verstand brachte.

Sie schlang ihre Arme um Logans Nacken und zog ihn tiefer zu sich herab. Sein Kuss war intensiv und fordernd. Pure Erregung kribbelte durch ihren ganzen Körper. Sie wollte Logan nicht nur, sie brauchte ihn. Alles in ihr verlangte einzig nach diesem Mann.

Und spätestens als Logan sie zum Bett trug, ohne auch nur ein einziges Mal ihren Kuss zu unterbrechen, war es um Milas Verstand restlos geschehen.

KAPITEL 7

Am nächsten Morgen wachte Mila auf, weil etwas sie an der Stirn kitzelte. Es war Logans Bart, denn ihr Gesicht war in seine Halsbeuge geschmiegt. Er lag auf dem Rücken, hatte ihr den Kopf zugewandt. Ihre linke Hand ruhte auf seiner Brust, die sich in langsamem Rhythmus hob und senkte. Sein Atem streichelte sanft über ihren Scheitel. Mila wusste sofort – sie wollte nie wieder anders aufwachen.

»Guten Morgen«, flüsterte Logan und hauchte ihr einen Kuss auf die Stirn.

Sie lächelte, hielt die Augen aber nach wie vor geschlossen. Sie wollte nicht, dass dieser Moment jemals endete.

»Können wir nicht einfach liegen bleiben?«, murmelte sie an seine Schulter. »Für immer?«

»Ein schöner Gedanke«, antwortete er.

Logan drehte sich zu ihr und zog sie fest an sich. Mila kuschelte sich an seine Brust und lauschte seinem regelmäßigen Herzschlag, während sie genüsslich den Duft seiner Haut einsog.

»Wie geht es dir?«, fragte er nach einer Weile.

Mila schmunzelte. »Ist das nicht offensichtlich?«

»Ich wollte nur sichergehen.«

Logan streichelte sanft ihr Haar und wohlige Schauer jagten über ihren Rücken. Mila seufzte genüsslich. »Mir ging es nie besser.«

Seine Hand stoppte kurz, bevor er mit einer ihrer Haarsträhnen spielte. »Ich wünschte, wir hätten uns unter anderen Umständen kennengelernt.«

»Ich nicht«, antwortete Mila. »Ich finde, der Zeitpunkt war perfekt.«

»Ach ja?«, fragte er überrascht.

Die Erinnerung an die eiskalte Messerschneide, die sie sich an den Puls gelegt hatte, kam schmerzlich in ihr auf. »Du bist genau in dem Augenblick in mein Leben getreten, als ich völlig orientierungslos war. Du bist mein Nordstern in der Dunkelheit.«

Er antwortete nicht sofort darauf. Mila hatte das Gefühl, dass sein Herzschlag sich ein wenig beschleunigt hatte. Schließlich sagte er ernst: »Ich fürchte, ich habe dich erst recht in die Dunkelheit geführt.«

»Nein«, erwiderte sie schnell. Sie setzte sich auf und blickte eindringlich zu ihm hinab. »Ich bin genau da, wo ich sein soll.«

Logan lehnte sich gegen das Kopfteil des Bettes. Er starrte einen Moment ins Leere, bevor er sie ansah. »Es ist noch nicht vorbei. Es fängt gerade erst an.«

»Was meinst du?«

»Ich kann kein normales Leben führen, Mila«, antwortete er und seine Stimme klang verbittert. »Jemand muss die Union aufhalten. *Ich* muss die Union aufhalten.«

»Das weiß ich«, entgegnete sie ruhig, »und ich werde dir dabei helfen.«

Er lachte freudlos. »Aber genau das möchte ich nicht. Ich will, dass du dich aus dieser Sache heraushältst.«

Ihr war klar, dass er sie damit nur schützen wollte. Trotzdem versetzte es ihr einen Stich.

»Ich bin vielleicht keine so große Hilfe wie Doris«, sagte sie gepresst. »Aber ich kann eine werden. Ich lerne schnell.«

»Du verstehst nicht.« Er wischte sich rau über die Stirn. »Allein der Gedanke, dass dir etwas passieren könnte, bringt mich um!«

»Nein, *du* verstehst nicht!«, rief Mila. Sie rang die Tränen nieder, die in ihren Augen brannten. »Du hast meinem Leben endlich einen Sinn gegeben und ich werde nicht zulassen, dass du ihn mir wieder wegnimmst! Es ist mir egal, wohin du gehst, ich werde dir überallhin folgen. Von mir aus auch geradewegs in die Hölle. Das ist mir alles egal, solange ich an deiner Seite sein kann.«

Betroffen musterte Logan sie. Sein Atem ging schwer und eine ganze Reihe unterschiedlichster Emotionen spiegelte sich in seinen grünen Augen. Letztlich formten sie sich zu einem Ausdruck tiefster Zuneigung, der Mila mitten in ihr aufgewühltes Herz traf.

»Ich liebe dich, Mila«, sagte Logan mit klarer Stimme. »Mehr als ich jemals jemanden geliebt habe. Es ist völlig verrückt, doch mir ist, als würden wir uns schon ewig kennen – als wären wir füreinander bestimmt.«

Seine Worte streichelten ihre Seele und ließen sie vor Liebe beinahe zerbersten. »Ich liebe dich auch, Logan. So sehr, dass es fast wehtut. Wie könnte das etwas anderes sein als Bestimmung?«

Er lächelte und streckte seinen Arm aus, um sie zu einem Kuss heranzuziehen, der alle weiteren Worte überflüssig machte.

Sie gehörten zusammen.

Cait saß mit Doris im Frühstücksraum der Pension und umklammerte wortlos ihre Teetasse. Der Laptop vor ihr ging in den Stand-by-Modus. So lange starrte sie nun schon reglos auf den Bildschirm, während ihre Gedanken wild durcheinanderwirbelten.

»Starker Tobak, was?«, sagte Doris schließlich salopp.

Cait stieß ein freudloses Lachen aus. Sie hatte gestern lange über Milas Geschichte nachgedacht, bevor sie eingeschlafen war. Alles, was die junge Frau ihr über die Aktivitäten der Union erzählt hatte, kam ihr schrecklich einleuchtend vor. Und die Dokumente, die Doris ihr eben auf dem Laptop gezeigt hatte, hatten ihr auch noch den letzten Zweifel genommen.

Cait blickte auf, als Jack Coleman den Raum betrat. Sie hatte ihn während ihrer Grundausbildung ein paarmal gesehen, und seine beeindruckende Erscheinung vergaß man nicht so schnell. Immerhin war er an die zwei Meter groß und sein Hemd spannte sich über pure Muskelmasse. Cait war damals nicht die einzige Soldatin gewesen, die ihm schmachtende Blicke hinterhergeworfen hatte.

»Cait – richtig?«, fragte er und setzte sich zu ihnen an den Tisch. »Mein Name ist Jack.«

»Ich weiß, wer du bist«, antwortete sie mit einem unverbindlichen Lächeln.

»Schon klar«, sagte er mit Blick auf ihre Unions-Uniform. Er wies mit dem Kinn auf den Laptop. »Nun, Cait, was meinst du dazu?«

Sie lehnte sich zurück. »Ich meine, dass mich das nicht überraschen sollte. Die Union agiert schon lange nicht mehr so wie ursprünglich angekündigt. Mike …« Sie stockte, weil der Gedanke an ihren Kollegen ihr einen Stich versetzte. Erst nach einem tiefen Atemzug konnte sie weitersprechen. »Er hat die Union schon lange angezweifelt. Und damit war er nicht der Einzige. Es gab viele Spekulationen unter den Versorgungstrupps, was es mit deinem und Logan Moores Verschwinden tatsächlich auf sich hatte.«

»Sehr gut!«, freute sich Doris. Sie klappte den Laptop zu. »Jeder Zweifler ist ein potenzieller Verbündeter bei unserer Revolution.«

Cait sah Jack an, der genervt den Kopf schüttelte. »Revolution?«, hakte sie nach.

»Es gibt keine Revolution«, knurrte er.

Doris grinste vergnügt. »Noch nicht.«

Jack verdrehte die Augen, während sie unbekümmert ihren Laptop in die Tasche packte. Dann sah sie Cait eindringlich an. »Zuvor müssen wir aber noch einen Virus vernichten. Denkst du, du bist morgen fit genug, um uns zu helfen?«

»Moment mal!«, mischte Jack sich ein und fixierte Doris grimmig. »Wenn hier einer ein Team zusammenstellt, dann bin ich das! Und wie kommst du überhaupt darauf, dass du zu diesem Team gehörst?«

»Das ist ganz einfach, mein Großer«, antwortete Doris gelassen. »Ihr werdet meine Hilfe dringend brauchen. Das Labor ist bestimmt mit sämtlichen digitalen Sicherheitsvorkehrungen ausgestattet, die die Union zu bieten hat. Ich kann mich in das Intranet dort einhacken und euch Zutritt zu dem Gebäude verschaffen, ohne dass ihr auch nur einen einzigen Schuss abgeben müsst. Glaubst du, du kannst das auch?«

Jack presste so fest die Zähne zusammen, dass seine Kiefermuskeln eindrucksvoll hervortraten. Dann sog er geräuschvoll die Luft ein. »Das kannst du, ja?«

»Mit der richtigen Ausstattung … Ich gehe mal davon aus, dass es in dem Unionsgeländewagen vor der Tür eine funktionstüchtige Ausrüstung für Satellitenkommunikation gibt?«

»Die kannst du nicht benutzen. Sie würden sofort die Signatur erkennen.«

Doris schaute ihn beinahe mitleidig an. »Schätzchen, mir scheint, du hast immer noch nicht ganz begriffen, dass ich um einiges mehr auf dem Kasten habe, als man auf den ersten Blick vielleicht denkt.«

Cait konnte Jack ansehen, dass er dies schon längst begriffen hatte, Doris ihm aber nicht ganz geheuer war. Sie selbst kannte Doris seit geraumer Zeit und hatte sich immer gern mit ihr unterhalten, wenn sie und Mike Redwood beliefert hatten. Doris' scharfer Verstand hatte ihr stets imponiert und ihr technisches Know-how verwunderte sie nicht im Geringsten.

»Na schön«, brummte Jack schließlich.

Doris lächelte breit. »Sehr gut. Wo wir nun schon dabei sind, das Team zusammenzustellen, würde ich auch Cait mit aufnehmen. Ich habe nämlich gern eine Assistentin an meiner Seite, der ich vertrauen kann. Und ich habe ganz den Eindruck, dass Cait der Union liebend gern einen Strich durch die Rechnung machen würde. Habe ich recht?«

Cait grinste düster. Doris hatte nämlich verdammt recht.

⬡

Tom Foulder saß hinter seinem Schreibtisch in der Safetown Edmonton und wippte nachdenklich mit seinem Bürostuhl. Er hatte sich mit den Ellenbogen auf die Armlehnen gestützt und die Fingerkuppen aneinandergelegt. Schon seit einer ganzen Weile saß er so da und starrte das Fahndungsprofil auf dem Bildschirm seines Computers an.

Was hast du vor, Logan Moore?, fragte er sich immer wieder. *Wo willst du hin?*

Bisher hatten sie nicht einmal ansatzweise eine Spur von ihm, was Tom jedoch kaum überraschte. Logan Moore war ein Spitzenagent. Er war schlau und in Topform. Seine überragenden Fähigkeiten hatte er zuletzt eindrucksvoll bewiesen, als er aus einem von Soldaten umstellten Gebäude geflohen war. Und das mit einer Kugel in der Schulter, die Tom ihm persönlich verpasst hatte.

Nicht zu fassen, dass Moore ihn am Leben gelassen hatte. Er hätte nur noch den Abzug drücken müssen, nachdem er ihn trotz seiner Verletzung überwältigt hatte. Stattdessen hatte Moore ihn mit seinen eigenen Handschellen an ein Heizungsrohr gekettet und wie einen Idioten dort zurückgelassen.

Tom grübelte immer wieder darüber nach, warum Moore ihn verschont hatte. Vermutlich, weil er ihn als Unschuldigen betrachtete, der nur Befehle ausführte. So wie Moore das selbst jahrelang getan hatte, bis er eines Tages angefangen hatte, diese Befehle zu hinterfragen.

Der Mann schien einen ausgeprägten Gerechtigkeitssinn zu haben, was ihn außerordentlich gefährlich machte.

Das Telefon riss Tom Foulder aus seinen Gedanken. Die Nummer auf dem Display ließ ihn aufstöhnen. Er unterdrückte aber seinen Unmut, als er das Gespräch annahm. »Foulder.«

»Gibt es etwas Neues?«

Was für eine dumme Frage. Natürlich hätte er sich sofort gemeldet, wenn er etwas in Erfahrung gebracht hätte.

»Nein, Sir«, antwortete er ruhig. Immerhin sprach er gerade mit dem Präsidenten der nordamerikanischen Union.

Straton schnaubte unwirsch. »Wollen Sie mich verarschen?«

»Nein, Sir«, wiederholte Tom gelassen.

»Wie kann es sein, dass ein Mann ohne irgendwelche Hilfsmittel spurlos verschwindet?«

»Logan Moore ist nicht irgendein Mann. Das wissen Sie genauso gut wie ich.«

»Vergessen Sie nicht, mit wem Sie gerade sprechen, Agent Foulder«, fauchte Straton.

Tom rollte mit den Augen. »Entschuldigen Sie, Sir. Ich wollte nicht respektlos erscheinen, aber auch meine Nerven sind ziemlich strapaziert.«

»Verständlich«, sagte Straton in etwas milderem Ton. Er atmete hörbar durch. »Melden Sie sich, sobald Sie etwas herausfinden.«

Dann klickte es in der Leitung.

»Idiot …«, murmelte Tom und legte den Hörer auf.

Straton schien das schlechte Gewissen ziemlich Feuer unterm Hintern zu machen. Immerhin war er der Hauptschuldige an diesem Dilemma.

Sie hatten Logan Moore gebraucht, damit er mit seinem schlauen Köpfchen die Strukturen der inneren Sicherheit entwickelte und aufbaute. Trotzdem hatte Straton auch noch an ihm festgehalten, lange nachdem er seinen Zweck erfüllt hatte, obwohl Tom ihn mehrmals darauf hingewiesen hatte, dass der unwissende Moore auf seinem Posten viel zu riskant sei. Es sei nur eine Frage der Zeit, bis er auf die Wahrheit stoße. Er hätte längst versetzt oder eingeweiht werden müssen. Wobei von Anfang an klar war, dass Moore niemals mit den Absichten der Regierung einverstanden gewesen wäre.

Tja, und jetzt konnte sich Tom mit einem riesigen Problem herumschlagen. Er hatte die Leitung der inneren Sicherheit übernommen und musste die größte Bedrohung in der Geschichte der Union in den Griff bekommen – Logan Moore und Jack Coleman.

Wieder betrachtete Tom Moores Profilbild auf seinem Computer. Nach der Sache mit Jack Coleman hatte Tom ihn nicht mehr aus den Augen gelassen. Er wusste von der Freundschaft der beiden Männer und ahnte, dass Moore die

Anschuldigungen, die seinen Freund betrafen, nicht glauben würde, auch wenn er nach außen hin so getan hatte. Tom wurde das Gefühl nicht los, dass Moore die ganze Zeit gewusst hatte, wo Coleman sich versteckt hielt, und dass er nun auf dem Weg zu ihm war. Das Dumme war nur, dass auch von Coleman jegliche Spur fehlte.

Sollten die beiden sich wirklich finden, wäre die Katastrophe perfekt. Jack Coleman hatte nicht umsonst den Dienstgrad des Colonels der Unionsarmee erworben. Er war genau wie Moore extrem kampferfahren und strategisch bewandert, weshalb ein Team aus diesen beiden Männern eine nicht abzuschätzende Bedrohung darstellen würde.

Tom zweifelte keine Sekunde daran, dass sie der Union den Krieg erklären würden. Die Frage war nur, in welcher Form sie das taten. Mit den gestohlenen Dokumenten hielten sie auf jeden Fall ein Mittel in den Händen, das ihnen zu einer ganzen Armee von Rebellen verhelfen könnte.

Die Wahrheit über die neue Weltordnung durfte keinesfalls ans Licht kommen und mit jedem Tag, den diese Männer auf freiem Fuß waren, wuchs die Gefahr eines Bürgerkriegs. Tom würde nicht eher ruhen, bis er diesen Aufruhr im Keim erstickt hätte.

Du hättest abdrücken sollen, Logan Moore …

Logan lehnte an einem Aktenschrank im Büro der Pension und beobachtete angespannt, wie Doris mit ihrem Laptop und dem Tablet-PC aus dem Unionsgeländewagen herumhantierte. Ihm war nicht ganz klar, was sie da bastelte, und er konnte nur hoffen, dass sie auch wirklich wusste, was sie tat. Im schlimmsten Fall verriet sie der Union nämlich gerade ihren Standort.

Jack Coleman wanderte unruhig vor dem Schreibtisch auf und ab. Nachdem ihn Doris vorhin zum Schweigen verdonnert hatte, presste er sich nun unentwegt eine Faust gegen die Lippen. Logan konnte ihm seine Nervosität nicht verübeln. Immerhin stand nicht nur seine eigene Sicherheit auf dem Spiel, sondern die seines ganzen Dorfes.

Eine Bewegung vor dem Fenster zog Logans Aufmerksamkeit auf sich. Es waren Mila und Cait, die durch den verschneiten Garten der Pension spazierten und in ein ernstes Gespräch vertieft zu sein schienen.

Die beiden Frauen blieben neben dem großen Schaufelrad der Mühle stehen, das sich beständig im Wasser des Flusses drehte. Am anderen Ufer erstreckte sich eine weite Ebene, die an einer mächtigen Gebirgskette endete. Der Nachmittagshimmel über den gezackten weißen Gipfeln war strahlend blau. So blau, wie Logan es schon lange nicht mehr gesehen hatte.

Er sah wieder zu Mila, die ihren Blick nun ebenfalls zum Himmel gerichtet hatte. Ein sanftes Lächeln umspielte ihre Lippen. Als hätte sie gerade die gleichen Gedanken wie Logan.

Er war nie ein romantischer Typ gewesen und hatte keine Ahnung gehabt, dass er überhaupt zu solchen Gefühlen fähig war, wie Mila sie in ihm wachgerufen hatte. Er war dieser Frau verfallen, mit Haut und Haar. Und obwohl es hochgradig egoistisch war, hatte er ihr letztlich versprochen, sie überallhin mitzunehmen, wo auch er hingehen würde. Weil er sie an seiner Seite haben wollte. Weil sie ihm ebenfalls wie ein Nordstern in seiner dunkelsten Stunde erschienen war. Vielleicht gab es ja tatsächlich so etwas wie Schicksal …

»Ich bin drin«, sagte Doris plötzlich und reckte triumphierend eine Faust in die Luft. »Yeah, Baby!«

Jack durchquerte mit wenigen Schritten den Raum und stellte sich hinter Doris, um ihr mit verkniffener Miene über die Schulter zu blicken.

»Wo drin?«, hakte er düster nach.

»Na, im U-Net natürlich.«

Logan trat staunend einen Schritt näher.

Jack entgleisten sämtliche Gesichtszüge. »Bitte, was?«

Doris sah irritiert zu ihm auf. »Was habt ihr denn gedacht, was ich hier mache?«

»Die Signatur ändern?«, antwortete Logan zögernd.

Aber Doris war augenscheinlich schon einen Schritt weiter.

»Ich fasse es nicht«, murmelte Jack und stieß Logan mit dem Ellbogen an. »Ist das zu glauben?«

Logan schüttelte grinsend den Kopf. »Nur schwer.« Er betrachtete ratlos den Quellcode auf dem Bildschirm. »Worauf kannst du jetzt zugreifen?«

»Der Zugriff läuft immer noch über Jacks Zugangsdaten und Sicherheitsfreigabe, nur dass ich die Datenströme verschleiert habe – vereinfacht ausgedrückt. Sicherheitshalber habe ich den GPS-Sender manipuliert. Falls also jemand bemerkt, dass ein gewisser Colonel Jack Coleman gerade online ist, werden sie das Gerät irgendwo in Kansas suchen.«

Jack lachte dröhnend und klopfte Doris auf die Schulter. »Gute Arbeit!«

Sie ächzte leise unter seiner Pranke, grinste aber zufrieden. »Wisst ihr, die Union hat ihr Augenmerk nicht unbedingt auf Cyberabwehr. Da war die alte Welt deutlich besser gewappnet.« Ihre Finger flogen kurz über die Tastatur. »Na, dann schauen wir uns diese Noscomp-Fabrik doch gleich mal näher an ...«

Gespannt beugte Logan sich weiter vor. In einem neuen Fenster erschien die Startseite des U-Net, mit dem er selbst tagtäglich gearbeitet hatte. Die Zugangsberechtigungen variierten je nach Dienstgrad und Tätigkeiten des jeweiligen Unionsmitglieds. Als Colonel hatte Jack, wie früher auch Logan, die höchste Freigabe und unbeschränkten Zugriff auf alle U-Net-Datenbanken weltweit. Zumindest was die offiziellen Informationen anbelangte.

Doris durchschaute die Benutzeroberfläche im Handumdrehen und öffnete die Seite der Noscomp GmbH. Mitarbeiterlisten, Lieferpläne, Gebäudegrundriss ... es war alles da. Auch eine Übersicht der dort produzierten Medikamente – mit Ausnahme einer Substanz namens HI-384 natürlich.

»Ich vermute, dass der Virus irgendwo in diesem Gebäudetrakt aufbewahrt wird«, sagte Doris und tippte auf den Westflügel. »Der zweite Stock wird schlicht als Labor-Ebene bezeichnet. Das klingt vielversprechend.«

Logan rieb sich nachdenklich über den Bart. »Die Frage ist, wie wir da reinkommen sollen. Das ganze Gelände wird von bewaffnetem Sicherheitsdienst geschützt und ist zusätzlich videoüberwacht.«

»Ich muss nur irgendwie unbemerkt in dieses Gebäude

hinein«, sagte Doris gelassen. »Sobald ich ins Intranet eingeloggt bin, hab ich im Handumdrehen die Kontrolle über die digitale Überwachung.«

»Schön und gut, aber wie willst du das hinkriegen?«, fragte Jack.

»Hast du deine alte Uniform noch?«, erwiderte sie.

Er nickte mit deutlicher Skepsis.

Doris verschränkte zufrieden die Arme hinter dem Kopf. »Wenn einer von euch mit Nadel und Faden umgehen kann, dann hätte ich da eine interessante Idee.«

KAPITEL 8

Cait saß auf dem Beifahrersitz des Unionsgeländewagens und wippte nervös mit ihrem Knie auf und ab. Doris lenkte den Wagen in mäßigem Tempo über die Bundesstraße. Nicht weit vor ihnen waren bereits die ersten Häuser der Stadt Kelowna in Sicht.

Die Colville-Frauen hatten gute Arbeit geleistet. Sie hatten die ganze Nacht durchgearbeitet und Colemans Uniform auf Doris zugeschneidert. Außerdem hatten sie täuschend echte Namensaufnäher angefertigt. Doris wirkte als angebliche Mrs Colonel Seyfried sehr überzeugend, nicht zuletzt wegen ihres grimmigen Gesichtsausdrucks. Dass Cait als Lieutenant Hill der Unionsarmee durchgehen würde, konnte sie nur hoffen. Es war äußerst unwahrscheinlich, dass sie hier jemand erkannte, doch zur Sicherheit hatte sie ihr Haar sorgfältig unter ihrem Army Cap verborgen und den Schirm tief ins Gesicht gezogen.

Das Kennzeichen ihres Geländewagens hatten sie mit Schneematsch verschmiert, was nicht weiter verdächtig wirken sollte. Die Kofferraumbestückung allerdings schon, denn statt der Standard-Inventarkisten hatten Jack und Logan eine Abdeckung gebaut, unter der sie sich nun zusammen mit Mila verborgen hielten.

Ihr Vorhaben war mehr als riskant. Eigentlich war es geradezu wahnwitzig. Nur ein einziger aufmerksamer Blick könnte genügen, um den ganzen Trick zu durchschauen. Sollte jemand einen Ausweis verlangen, wäre die Sache gelaufen. Der ganze Plan basierte im Grunde darauf, dass keiner der Wachposten genau hinsah.

Schneller, als Cait lieb war, ragten die hohen Schornsteine der Noscomp-Fabrik vor ihnen auf. Die Anlage befand sich in einem ehemaligen Industriegebiet am Stadtrand. Sämtliche umliegenden Gebäude waren verlassen. Das Nachbargrundstück war zu einem Solarpark für die Medikamentenfabrik umfunktioniert worden.

Doris bog in eine Seitenstraße ab, die am Zaun von Noscomp entlangführte. Cait atmete geräuschvoll ein, als sie kurz darauf eine Passierschranke erreichten.

»Cool bleiben«, mahnte Doris. »Lass mich nur machen.«

Etwas anderes blieb Cait auch gar nicht übrig. Ihr Puls raste trotzdem vor Aufregung und es kostete sie sämtliche Selbstbeherrschung, nicht unruhig herumzuzappeln.

Doris hielt den Wagen neben dem Wachhäuschen und ließ die Scheibe herunter. Zwei Unionssoldaten standen mit Maschinengewehren vor der Schranke. Ein dritter kam mit einem Tablet aus dem kleinen Glaskasten und trat zu Doris. Als er die Rangabzeichen auf ihrer Uniform erblickte, salutierte er stramm.

»Colonel Seyfried«, sagte Doris mit gelangweiltem Unterton. »Ich habe einen Termin bei Doktor Grant.«

Der Soldat warf einen Blick auf seinen Computer. »Ich habe Sie nicht auf meiner Tagesliste.«

»Der Termin wurde kurzfristig anberaumt«, antwortete sie ruhig. »Aktualisieren Sie die Liste.«

Er warf einen skeptischen Blick auf Cait.

»Wird's bald?«, bellte Doris. »Ich habe nicht den ganzen Tag Zeit, Sergeant!«

Der Soldat zuckte zusammen und tippte auf dem Tablet herum. Caits Herz donnerte inzwischen so wild gegen ihre Brust, dass sie fürchtete, der Wachmann könnte es jeden Moment hören.

Nach wenigen Sekunden, die sich wie Stunden anfühlten, nickte der Soldat schließlich. »Verzeihung, Colonel. Doktor Grants Büro befindet sich im Gebäudetrakt zwei. Ich werde Sie ankündigen.«

»Nicht nötig. Wir haben vorhin erst miteinander telefoniert. Er erwartet mich bereits.«

Erneut warf der Soldat einen skeptischen Blick zu ihnen herein. Doris trommelte genervt mit den Fingern auf das Lenkrad. »Habe ich mich unklar ausgedrückt? Ich hab's eilig, Herrgott!«

»Natürlich, Ma'am«, sagte er hastig und bedeutete seinem Kollegen, die Schranke zu öffnen. »Einen schönen Tag noch.«

Doris brummte nur und ließ die Seitenscheibe hochfahren, während der Soldat artig zum Abschied salutierte. Sie fuhr gemächlich an und schon hatten sie die Schranke passiert.

»Grundgütiger«, stieß Cait gedämpft aus.

»Dreistigkeit siegt«, sagte Doris ruhig. »Das war schon immer so.«

Sie lenkte den Wagen über den Vorplatz, an einem Hubschrauberlandeplatz vorbei und in den Schatten des mehrstöckigen Gebäudes. Über der gläsernen Eingangsfront hing ein riesiges Noscomp-Firmenschild. Es gab einige freie Parkplätze vor dem Eingang, aber Doris parkte ein wenig abseits, direkt neben einer Feuerleiter, über die Jack, Logan und Mila später das Gebäude betreten sollten.

Wenn alles nach Plan lief …

Cait schulterte die Laptoptasche und hatte Mühe, mit Doris Schritt zu halten, die erhobenen Hauptes zum Eingang marschierte. Ihr Adrenalinspiegel war inzwischen so hoch, dass sie glaubte, ihn in den Ohren rauschen zu hören.

Ohne zu zögern, ging Doris durch die gläserne Drehtür und betrat den repräsentativen Eingangsbereich des Gebäudekomplexes. Hinter einem wuchtigen Marmortresen saß eine Empfangsdame mit Headset. Riesige Kübelpflanzen lockerten die steril moderne Atmosphäre auf. Hier schien die Zeit stehen geblieben zu sein, denn absolut nichts deutete darauf hin, dass die Welt draußen im Chaos versunken war.

»Ich habe einen Termin bei Doktor Grant«, erklärte Doris der Empfangsdame bereits von Weitem. »Und ich habe es eilig.«

Die Angestellte schien sich von dem barschen Tonfall nicht beeindrucken zu lassen. Sie klickte träge auf ihrem Computer herum. »Colonel Seyfried?«

»Richtig«, bestätigte Doris und blieb vor dem Tresen stehen. »Also?«

Fast gelangweilt machte die Empfangsdame ein paar weitere Klicks und sprach schließlich in ihr Headset: »Doktor Grant, Ihr nächster Termin ist da.« Sie lauschte kurz, nickte und wies dann mit einem aufgesetzten Lächeln zu den Fahrstühlen. »Vierte Etage, links. Zimmer 418.«

Doris wendete sich wortlos vom Tresen ab und marschierte zu den Aufzügen, während Cait kurz davor war, die Nerven zu verlieren. Sie musste sich schwer zusammenreißen, um nicht direkt in die Überwachungskamera zu starren. An der Decke des Fahrstuhls hing ebenfalls eine Kamera und Cait konnte den Fokus der Linse beinahe körperlich auf sich spüren. Nervös rückte sie den Riemen der Laptoptasche zurecht, als sich die Aufzugtüren auch schon wieder öffneten.

Die vierte Etage war schlicht und funktional. Es gab einen langen Flur mit mehreren Türen, hinter denen sich ausschließlich Büroräume befanden, wie Cait von den Gebäudeplänen her wusste. Zimmer 418, das Büro des Leiters der Forschungsabteilung, lag direkt an der Feuertreppe, was wie ein Wink des Schicksals erschien.

Die Tür zu Doktor Grants Büro war geschlossen. Schräg gegenüber stand eine andere Tür offen und zwei Männer in Laborkitteln unterhielten sich dort angeregt. Von den beiden fremden Frauen schienen sie keinerlei Notiz zu nehmen. Sie sahen nicht einmal auf, als Doris energisch anklopfte. Cait stand dicht hinter ihr, löste unauffällig die Sicherung ihres Pistolenhalfters und legte ihre Hand auf den Griff der Waffe. Ihr war speiübel vor Aufregung, doch sie musste sich jetzt zusammenreißen.

Nach wenigen Sekunden wurde die Bürotür geöffnet und ein schmächtiger Mann mit weißgrauem Haar blickte ihnen durch eine überdimensionale Hornbrille entgegen. Er trug einen Laborkittel und der Mitarbeiterausweis, der an seiner Brusttasche baumelte, wies ihn als Doktor Grant aus.

»Äh ... ich verstehe nicht ganz.« Er schob seine Brille ein Stück höher. »Wer sind Sie?«

»Colonel Seyfried«, antwortete Doris. »Ich muss Sie in einer dringenden Angelegenheit sprechen. Der Termin wurde kurzfristig angesetzt.«

Doktor Grant kratzte sich verwundert am Kinn. »Noch ein kurzfristiger Termin? Nun gut. Dann kommen Sie herein.«

Arglos winkte er die beiden Frauen in sein Büro. Gleich gegenüber erstreckte sich eine Fensterfront. An der rechten Wand stand eine lederne Couch und am anderen Raumende befand sich ein großer Schreibtisch mit zwei Besucherstühlen davor. Cait wartete nervös, bis Grant die Tür geschlossen hatte. Dann zog sie blitzschnell ihre Waffe und hielt sie ihm direkt vor die Nase. Grant schnappte entsetzt nach Luft.

»Ganz ruhig«, sagte Doris in freundlichem Ton. »Wenn Sie tun, was wir Ihnen sagen, wird niemandem ein Haar gekrümmt. Sie werden sich jetzt da hinsetzen und die Klappe halten. Wenn Sie auch nur einen Mucks von sich geben, wird sich meine Kollegin unverzüglich um Sie kümmern. Haben Sie verstanden?«

Er nickte hektisch, wodurch ihm seine Brille auf die Nasenspitze rutschte. Der arme Mann bebte am ganzen Leib und Cait hatte ehrlich Mitleid mit ihm. Dennoch bemühte sie sich um eine möglichst ausdruckslose Miene und dirigierte den Wissenschaftler mit dem Lauf ihrer Pistole zu einem der Besucherstühle vor seinem Schreibtisch, auf den er zitternd zusammensackte. Doris nahm ihr die Tasche ab und setzte sich damit hinter den Computer. Während sie ihre Gerätschaften aufbaute, hielt Cait weiterhin ihre Waffe auf Doktor Grant gerichtet. Seine Augen huschten immer wieder zu der Pistole, doch die meiste Zeit beobachtete er Doris mit zusammengepressten Lippen.

»Was wollen Sie?«, wagte er nach einer Weile zu fragen.

Doris sah zu ihm auf und verengte gefährlich die Augen. »Kein Mucks, hab ich gesagt.«

Er sog lautstark den Atem ein und presste wieder die Lippen aufeinander. Cait merkte, dass der Lauf ihrer Waffe leicht zitterte, und sie verstärkte hastig ihren Griff. Sie musste unbedingt noch ein wenig durchhalten.

Unterdessen verband Doris ihren Laptop mit dem Computer auf dem Schreibtisch. Cait konnte die Bildschirme nicht sehen, aber der zufriedene Gesichtsausdruck von Doris, während ihre Finger über die Tastatur flogen, wirkte vielversprechend. Schneller als gedacht zückte Doris ihr Funkgerät und sprach hinein: »Na, dann kommt mal rauf, ihr Süßen.«

Mila kletterte hinter Jack und Logan durch das offene Fenster in Doktor Grants Büro. Der Wissenschaftler schien ihre Anwesenheit kaum zu registrieren und starrte ausschließlich die beiden Männer an.

»Coleman und Moore?«, stieß er atemlos hervor. »Um Himmels willen, was habt ihr denn mit mir vor?«

Cait wich mit ihrer Waffe ein Stück zurück, als Jack sich eindrucksvoll vor dem zitternden Mann aufbaute.

»Das kommt ganz darauf an, wie kooperativ du bist. Wenn du brav bist, werde ich dir kein Haar krümmen. Wenn nicht, dann ... na ja, das überlass ich deiner Fantasie.«

Doktor Grant rutschte noch tiefer in seinem Stuhl. Die Brille hing ihm schief auf der Nase, doch er schien sich nicht zu trauen, seine Hände von den Lehnen zu nehmen. »Was soll ich tun?«

Logan trat neben Jack und musterte den Wissenschaftler eindringlich. »Wo wird HI-384 gelagert?«

»Wa... wie bitte?«, fragte Doktor Grant.

Es war offensichtlich, dass er ganz genau verstanden hatte, was Logan von ihm wollte. Jack packte den Wissenschaftler am Kragen und hob ihn mühelos ein Stück hoch.

»Wie war das mit dem Bravsein?«, knurrte er den wimmernden Mann an.

»Okay, okay!«, rief Grant beschwichtigend, woraufhin Jack ihn zurück auf den Stuhl fallen ließ. Der Wissenschaftler rückte fahrig seine Brille zurecht. »Es ist im dritten Stock, in der Forschungsabteilung.«

Doris räusperte sich vernehmlich und sah Logan fragend an. »Soll ich starten?«

Mila blickte ihr über die Schulter auf die zwei Bildschirme. Auf dem Laptop war eine mysteriöse Codierung zu sehen und auf dem PC eine Übersicht der Überwachungskameras und ein weiteres Fenster mit der Benutzeroberfläche des Feueralarmsystems.

»Kann losgehen«, sagte Logan.

Sofort streckte Doris ihre Hände über der Laptop-Tastatur aus. Doch kurz bevor ihre Fingerspitzen die Tasten berührten, klingelte plötzlich Doktor Grants Sprechanlage. Doris hielt inne und schaute zu Logan. Jack packte Grant wie einen ungezogenen Welpen im Nacken und zischte: »Keine Spielchen, klar?«

»Klar!«, winselte Grant.

Logan drückte auf den blinkenden Knopf der Sprechanlage. Gleich darauf meldete sich eine weibliche Stimme: »Doktor Grant, Ihr nächster Termin ist hier.«

Jack verstärkte seinen Griff und der Wissenschaftler ächzte leise, bevor er hastig antwortete: »Äh, ja, ähm, ich bin noch mitten in einem Gespräch. Er soll unten warten. Ich melde mich dann.«

»Tut mir leid, Doktor Grant«, erwiderte die Frauenstimme. »Er ist schon auf dem Weg zu Ihnen.«

»Verstehe«, sagte Grant mit deutlicher Hoffnung im Gesicht. »Danke.«

Logan drückte wieder auf den Knopf, um das Gespräch zu beenden. »Wer ist es?«, wollte er von Grant wissen.

Der Wissenschaftler zögerte und Jack drückte fester zu.

»Foulder!«, ächzte Grant. »Es ist Tom Foulder.«

Jack ließ den Mann los, während Logan leise fluchte. Auch Cait gab einen zischenden Laut von sich.

»Was soll ich tun?«, fragte Doris.

»Warte noch«, wies Logan sie hastig an. Er zog seine Waffe und durchquerte mit langen Schritten den Raum. »Seid jetzt alle ganz still, verstanden?«

Er öffnete die Tür einen Spaltbreit und verharrte dahinter mit der Pistole im Anschlag. Mila hielt den Atem an, ihr eigener Herzschlag dröhnte ihr in den Ohren. Bisher war sie bei der ganzen Aktion erstaunlich ruhig gewesen, doch nun rauschte auf einen Schlag der verspätete Adrenalinschub durch ihren Körper. Als sich im Flur Schritte näherten, sah sie panisch zu Logan hinüber.

Bei ihm war keine Spur von Angst zu erkennen. Er war hoch konzentriert und hatte alles im Griff.

Wenig später wurde die Bürotür aufgestoßen und ein Mann trat schwungvoll in den Raum. Er wollte gerade etwas sagen, doch was er in Grants Büro sah, verschlug ihm die Sprache. Im gleichen Augenblick hielt Logan ihm auch schon seine Waffe an den Hinterkopf.

»Ganz ruhig, Tom«, sagte er leise und schloss die Tür.

Tom Foulder atmete lautstark durch. »Logan?« Er starrte Jack an. »Was zum Teufel habt ihr hier verloren?«

»Was hast *du* hier verloren?«, entgegnete Jack scharf. »Du weißt Bescheid, nicht wahr? Du weißt von Programm Eden.«

»Wovon redest du?«, fragte Foulder verwundert.

Logan lachte freudlos und zog Foulders Waffe aus seinem Hüftholster. »Starte den Alarm«, wies er Doris an. Erst dann trat er vor Foulder, die Pistole permanent auf ihn gerichtet.

Für eine Weile war nur das Klackern der Laptop-Tastatur zu hören. Mila beobachtete, wie Logan und Foulder sich eingehend musterten. Beide schienen auf den ersten Blick nahezu entspannt, doch Mila erkannte dennoch die Schärfe in ihren Augen, die jede noch so winzige Regung ihres Gegenübers registrierten. Foulder schien ein gefährlicher Mann zu sein, den Logan nicht unterschätzen wollte.

Mila zuckte zusammen, als schließlich die Sirene des

Feueralarms durch das Gebäude hallte. Ein dröhnender Ton wechselte sich mit einer automatischen Durchsage ab: *»Dies ist eine Übung. Befolgen Sie die Standardprotokolle.«*

Cait trat neben Mila und blickte auf die Überwachungsbilder auf dem Monitor. Die Mitarbeiter in den verschiedenen Büroräumen und Labors schienen verwundert über die Übung zu sein, doch sie machten sich gehorsam auf den Weg, wenn auch nicht besonders eilig. Die meisten holten noch ihre Mäntel, bevor sie plaudernd mit ihren Kollegen durch die Flure wanderten. Logan hatte die Bürotür inzwischen abgesperrt, doch wie erwartet kam bei einer Übung ohnehin keiner auf die Idee, die Feuerleiter zu benutzen.

»Was habt ihr vor?«, fragte Foulder.

Logan lächelte düster. »Ich denke, das weißt du längst. Sonst wärst du nicht hier, oder? Lass mich raten … Du bist entweder hergekommen, um die Sicherheitsvorkehrungen zu verstärken, oder, um mit Grant über eine Verlegung des Serums zu sprechen. Was hätte Stratons bester Spürhund denn sonst hier zu suchen?«

»Wohl eher Schoßhündchen«, scherzte Jack trocken.

Foulders Augen zuckten nur kurz zu ihm, bevor sie wieder Logan durchbohrten. »Wie geht es deiner Schulter?«

»Hervorragend«, antwortete Logan ruhig.

»Dies ist eine Übung. Befolgen Sie die Standardprotokolle.«

Die Flure leerten sich zusehends. Doris klickte sich kurz durch die Übersicht der Überwachungsbilder und nickte schließlich. »Okay. In der dritten und vierten Etage ist niemand mehr.«

Jack packte Doktor Grant wieder im Nacken und zerrte ihn auf die Füße. »Na, dann los.«

Foulder stierte den bebenden Wissenschaftler mit eisigem Blick an. Grant schien vor ihm fast noch mehr Angst zu haben als vor Jack, der ihn ruppig vor sich herschubste. Logan ließ Foulder nicht eine Sekunde aus den Augen, während Jack die Tür aufsperrte und mit Grant aus dem Zimmer ging. Nur als Mila hinter dem Schreibtisch hervortrat, huschte Logans Blick zu ihr. Für den Bruchteil einer Sekunde sah es aus, als würde er sie anweisen wollen, hierzubleiben, doch dann erinnerte er sich wohl an das Versprechen, das er ihr gegeben hatte. Sie durfte ihn begleiten, wohin auch immer sie wollte. Und das würde sie auch. Obwohl ihr Puls vor Aufregung raste, ihre Beine zitterten und ein leichter Schwindel sie überfiel. Trotz alledem straffte Mila die Schultern und schritt aufrecht zur Tür hinaus, gefolgt von Logan und Foulder.

Jack dirigierte den Wissenschaftler über den Flur. An den Wänden waren rote Alarmleuchten angebracht, die blinkten und sich unablässig drehten. Der Sirenenton war inzwischen verklungen. In der gesamten Etage war es mucksmäuschenstill. Erst im Treppenhaus waren wieder Geräusche zu hören. Das Getrappel von Füßen und Gesprächsfetzen drangen aus den unteren Stockwerken zu ihnen hoch.

Mila stieg hinter Jack und Grant in die dritte Etage hinunter. Im Flur blieb der Wissenschaftler plötzlich wie angewurzelt stehen, als hätte er es sich anders überlegt. Sofort zückte Jack sein Jagdmesser und hielt es Grant an den Hals, der entsetzt einatmete.

»Wo wird es gelagert?«, knurrte Jack dem Wissenschaftler ins Ohr. Er verstärkte den Druck der Klinge und schrie: »Zeig es uns!«

Doktor Grant zitterte am ganzen Leib. Schweißperlen

standen auf seiner Stirn. Sein Adamsapfel trat deutlich hervor, weil er den Kopf so weit wie möglich in den Nacken legte, um dem scharfen Messer an seiner Kehle zu entkommen.

»Wage es ja nicht«, fauchte Foulder Grant an.

Logan stieß ihm warnend den Lauf der Pistole zwischen die Schulterblätter. »Sei still!«

»Ich zähle jetzt bis drei«, sagte Jack gelassen. »Eins …«

Mila hielt den Atem an. Sie starrte dem Arzt beinahe flehend in die Augen. Jack würde nicht zögern. Das war ihr klar.

»Zwei …«

Ein winziger Blutstropfen erschien neben der Schneide am Hals des Wissenschaftlers. Er rollte über seine Haut und versiegte am Kragen seines strahlend weißen Kittels.

»Dre…«

»Schon gut!«, kreischte Grant. Jack lockerte sofort seinen Griff und der Mann sog pfeifend die Luft ein. »Ich zeige es euch.«

»Elender Feigling!«, heulte Foulder. »Das wird ein Nachspiel haben!«

»Wenn du nicht sofort den Mund hältst, bringe ich dich eigenhändig zum Schweigen«, warnte ihn Logan.

»Vielleicht solltest du das besser gleich tun, Moore«, entgegnete Foulder grimmig. »Denn eines verspreche ich dir. Ich werde dich jagen, solange ich lebe. Und irgendwann wird der Tag kommen, an dem ich *dich* zum Schweigen bringe.«

»Heute jedenfalls nicht«, antwortete Logan kühl.

Mila ging hinter Logan her, der Foulder durch den Gang trieb und mit der Pistole in Schach hielt. Foulders Drohung hallte dumpf in ihren Gedanken nach. Er meinte es ernst. Todernst. Daran zweifelte sie keine Sekunde und ein Teil von ihr wünschte sich, Logan würde diesen Mann auf der Stelle erschießen.

Doktor Grant stolperte vorwärts. Die nervenaufreibenden Alarmleuchten blinkten weiter und schufen die Atmosphäre eines Horrorfilms in den verlassenen Fluren. Die fingierte Evakuierungsübung würde die Mitarbeiter nicht ewig draußen halten, aber sie sollte genügend Verwirrung stiften, dass sie ihren Plan beenden konnten, während Doris in aller Ruhe die Überwachungsbänder löschte und weitere Daten über Programm Eden suchte. Bevor die Wachmänner die Finte durchschauten, müssten sie sich alle schon wieder im Geländewagen befinden.

»Hier drin«, sagte Doktor Grant schließlich und deutete auf eine Schiebetür, auf der die Aufschrift *Hochsicherheitstrakt* angebracht war.

»Aufmachen!«, wies Jack ihn streng an.

Schwer atmend kramte Grant seine Chipkarte heraus und schaffte es nach mehreren Anläufen, sie in einen Schlitz an der Tür zu stecken. Ein leiser Signalton ertönte und die Tür schob sich elektrisch auf.

Dahinter war ein kleiner Raum, in dem Schließfächer und Garderobenhaken an den Wänden hingen. In offenen Schränken lagen Einweg-Overalls in verschiedenen Größen bereit. Gleich gegenüber befand sich eine weitere Schiebetür.

»Das ist ein Reinraum«, erklärte der Wissenschaftler nervös. »Wir müssen uns einschleusen.«

»Willst du mich verarschen?«, bellte Jack. »Mach die verdammte Tür auf!«

»Okay, okay …«

Er benutzte abermals seine Chipkarte. Der Raum dahinter war schmucklos und leer. Eine weitere Tür gegenüber war mit einem Druckknopf zu bedienen. Grant tippte darauf. Sie öffnete sich nicht, aber stattdessen schob sich die Tür hinter ihnen zu, durch die sie gerade gekommen waren.

Sofort hielt Jack dem Wissenschaftler das Messer vors Gesicht.

»Das ist eine Luftschleuse!«, quiekte der Mann. »Die Türen können nicht gleichzeitig geöffnet werden!«

Kaum hatte er es ausgesprochen, erklang ein Surren, und Mila spürte einen leichten Windhauch. Dann schoben sich die Flügel der Tür vor ihnen auf. Jack schnaubte und bedeutete dem Wissenschaftler mit einem Wink seines Messers weiterzugehen.

Sie gelangten in einen Laborraum, der genauso aussah, wie man ihn sich als Laie vorstellen würde. Alles war in sterilem Weiß gehalten. Ein einzelnes Warnlicht drehte sich an der Wand und zeigte stumm den Alarm an. Das rote Licht wirkte in der Helligkeit noch aufdringlicher als in den Fluren. Lange Tische mit allerhand mysteriös anmutenden Gerätschaften waren in dem Raum aufgebaut. Eine Seite war mit einer ganzen Reihe von Kühlschränken bestückt. Mehrere Computer standen auf den Arbeitstischen. Es war deutlich zu sehen, dass die Mitarbeiter hier alles liegen und stehen gelassen hatten, als der Alarm losgegangen war.

»Ist es das?«, fragte Jack. »In den Kühlschränken?«

Überraschend schnell antwortete Foulder ihm: »Ja, das ist es. Im zweiten von links.«

Logan rollte mit den Augen. »Netter Versuch.«

Ein recht kläglicher Versuch, wie sogar Mila in all ihrer

Aufregung feststellte. Jack brauchte nur mit der Hand zu zucken, und der Wissenschaftler zeigte verängstigt in die andere Richtung. »Nein, da! Es ist es da drin!«

Damit meinte er eine schlichte Metalltür, die an die eines Kühlraums erinnerte. Er zückte wieder seine Chipkarte und trat, dicht gefolgt von Jack, davor. Mila, Logan und Foulder blieben am Laboreingang stehen. Die Schleusentür schob sich mit leisem Geräusch hinter ihnen zu.

»Was habt ihr eigentlich damit vor?«, wollte der Wissenschaftler wissen, während er versuchte, seine Chipkarte an der Kühlraumtür zu benutzen. Die Finger des Wissenschaftlers zitterten inzwischen jedoch so sehr, dass Jack ihm das Ding schließlich aus der Hand riss und den Mann genervt zur Seite schubste.

Er führte die Chipkarte in den Schlitz des Türöffners und mit einem Klicken entriegelte sich das Schloss.

»Nein!«, rief Doktor Grant entsetzt. »Das Lager ist steril. Du darfst da nicht einfach reingehen!«

»Sagt wer?«, entgegnete Jack. Er musterte den Wissenschaftler amüsiert. »Du?«

Der Mann biss sich auf die Lippen. Jack öffnete die Metalltür und warf einen Blick in den dahinterliegenden Raum. Mila trat einen Schritt vor, um ebenfalls hineinzuspähen. Es handelte sich um eine kleine Kühlkammer mit einem schmalen Regal an der Wand. Darin standen ein paar verschlossene Reagenzgläser, die alle mit der gleichen Bezeichnung beschriftet waren: *HI-384*.

Mila kannte sich mit Viren und Bakterien nicht aus, doch sie hatte mit einem deutlich größeren Lagerbestand gerechnet. Aber vielleicht war der Virus ja hoch ansteckend, sodass es ausreichte, nur wenige Menschen zu infizieren, und die Zeit erledigte dann den Rest.

»Ist das alles?«, fragte Jack, nicht weniger erstaunt über die kleine Menge an Reagenzgläsern.

Die hörbare Enttäuschung reizte wohl trotz der Gesamtsituation den Stolz des Wissenschaftlers. Er rümpfte pikiert die Nase, als er erwiderte: »Ob das alles ist? Das ist die größte wissenschaftliche Errungenschaft in der Geschichte der Menschheit! Wir haben Jahrzehnte gebraucht, um …«

»Schon klar«, unterbrach Jack ihn gelangweilt. Er begutachtete den Türrahmen des Lagers. »Sind das Stahlwände?«

»Natürlich.« Grant schien nun vollends empört über Jacks herablassendes Verhalten und wirkte ein wenig, als wollte er die Außerordentlichkeit seines Arbeitsplatzes klarstellen. »Alles zu hundert Prozent geschützt. Da drin könnte man einen Nuklearangriff überleben.«

Foulder stieß ein unwirsches Schnauben aus. Hätten Blicke töten können, wäre Grant spätestens in diesem Moment leblos zusammengebrochen.

Jack grinste zufrieden und löste eine Handgranate von seinem Gürtel. Mila wich automatisch ein Stück zurück. Der Wissenschaftler verlor auch noch den Rest Farbe aus seinem Gesicht und sah mit weit aufgerissenen Augen dabei zu, wie Jack den Sicherungsstift zog, die Granate in den Lagerraum warf und rasch die Metalltür verschloss.

»Ich hoffe, du hast gerade nicht übertrieben«, sagte er in aller Seelenruhe zu dem Wissenschaftler und verschränkte abwartend die Arme.

Mila schaute nervös zu Logan, der jedoch ebenfalls ruhig blieb. Auch Foulder wirkte nicht verängstigt, sondern einfach nur wütend. Trotzdem hatte Mila das dringende Bedürfnis, sich hinter einem der Tische in Deckung zu werfen.

Zwei Sekunden, drei Sekunden …

Letztlich war das dumpfe Ploppen im Lagerraum geradezu lächerlich unspektakulär. Mehr war von der Detonation nämlich nicht zu hören.

Ungläubig betrachtete Mila die Stahltür, an der keinerlei Veränderung zu bemerken war.

Doktor Grant wankte beträchtlich und stützte sich schockiert an einem der Arbeitstische ab.

»Was habt ihr getan?«, flüsterte er fassungslos. »Das war alles, was wir hatten …«

Jack nickte zufrieden. »Sehr gut! Dann lasst uns von hier verschwinden, bevor die Kavallerie eintrifft.«

Mila wollte sich gerade zum Gehen wenden, als ihr Blick Doktor Grants Gesicht streifte. Seine Fassungslosigkeit war plötzlich wie weggeblasen. Er starrte auf eine Spritze, die vor ihm auf einem Tisch stand. Sie war mit einer durchsichtigen Flüssigkeit gefüllt, die Verschlusskappe und mehrere Objektträger eines Mikroskops lagen daneben. Jemand hatte die Spritze wohl mitten in einer Untersuchung einfach liegen lassen, als der Alarm losging.

Allein die Art, wie der Wissenschaftler die Spritze ansah, verriet Mila, dass es sich keinesfalls um gewöhnliche Kochsalzlösung handeln konnte.

Er streckte die Finger danach aus.

»Hey!«, rief Mila und sprang vor, um die Spritze noch vor ihm zu erreichen.

Doktor Grant war einen Tick schneller, doch Mila packte seine Hände und versuchte, die Spritze aus seinem Griff zu winden. Sie verdrehte seine Arme, wodurch er aus dem Gleichgewicht geriet und gegen einen Tisch prallte. Da Mila zu spät losließ, verlor sie ebenfalls die Balance, und noch ehe sie sich abfangen konnte, fiel sie auch schon gegen den Wissenschaftler.

Inzwischen war Jack bei ihnen angelangt. Er schnappte sich Grants Handgelenk und hielt es fest, während Mila sich verärgert aufrichtete.

Erst als sie in die weit aufgerissenen Augen des Wissenschaftlers sah, spürte sie ein leichtes Ziehen an ihrer Schulter. Verwundert fasste sie sich an die Stelle. Dann fiel ihr Blick auf die Spritze, die der Mann immer noch umklammert hielt.

Sie war leer.

Jack sog geräuschvoll die Luft ein.

»Sag mir, dass das bloß Kochsalz war!«, brüllte er Grant an und zerrte so heftig an seinem Handgelenk, dass der Mann vor Schmerzen in die Knie ging.

»War es nicht!«, presste er hervor. Jack ließ ihn abrupt los. Der Wissenschaftler fixierte Mila in einer Mischung aus Entsetzen und Neugier. »War es nicht«, wiederholte er leise.

»Was?«, schrie Logan entgeistert.

Mila sah zu ihm. Er stand hinter Foulder, den Lauf der Pistole auf dessen Wange gerichtet. Milas Kopf war wie leer gefegt. Das Einzige, was sie wahrnahm, war die Angst in Logans Augen. Eine so tief gehende Angst, wie sie es noch nie bei ihm gesehen hatte. Der Anblick schockierte sie weit mehr als die leere Spritze in der Hand des Wissenschaftlers.

»Logan«, flüsterte sie und ging einen Schritt auf ihn zu. Dann hielt sie jedoch inne, weil ihr jäh bewusst wurde, dass gerade ein tödlicher Virus durch ihre Adern rauschte.

War sie schon ansteckend?

Logan rang sichtlich um Fassung. Er schüttelte langsam den Kopf, als wollte er die Situation als einen einzigen Irrtum abtun.

Plötzlich geriet Bewegung in Tom Foulder. Er ließ sich nach hinten fallen und drückte Logans Waffe von sich weg. Innerhalb einer Sekunde verpasste er Logan drei Hiebe mit seinem Ellenbogen und schaffte es, ihn zu entwaffnen und von sich wegzustoßen.

Noch während Logan einen Schritt zurücktaumelte, zog er die Waffe, die er Foulder vorhin abgenommen hatte. Aber beinahe gleichzeitig packte Foulder Mila am Arm und riss sie mit einem Ruck zu sich. Bevor sie wusste, wie ihr geschah, spürte sie das kalte Metall des Pistolenlaufs an ihrer Schläfe.

Logan versteinerte augenblicklich zur Salzsäule. Aus dem Augenwinkel konnte Mila sehen, wie Jack mit gezücktem Messer näher schlich. Doch auch Foulder hatte ihn bemerkt. Er schlang einen Arm um Milas Hals, presste sie dicht an sich und machte ein paar Schritte rückwärts, damit er Logan und Jack besser im Blick hatte.

»Keine Dummheiten!«, fauchte er drohend. »Außer ihr wollt, dass ich dem hübschen Gesicht eurer Freundin ein Loch verpasse.«

Milas Herz hämmerte wie wild in ihrem Brustkorb. Sie konnte den typischen Metallgeruch der Waffe riechen. Foulders Atem streifte ihren Nacken. Ihre Gedanken rasten und ergaben keinerlei Sinn.

Wieder nahm sie nur Logan wahr. Er hielt seine Pistole in der ausgestreckten Hand. Sein Gesichtsausdruck schwankte zwischen unbändiger Wut und blankem Entsetzen. Seine

Hand bebte kaum merklich. Dann ließ er mit gequältem Blick die Waffe sinken.

Mit einem Ruck kam Mila wieder zu sich.

Logan durfte auf keinen Fall zulassen, dass Foulder sie mitnahm. Sie war sowieso schon dem Tod geweiht. Auch wenn momentan noch nichts zu spüren war, so war sie doch zweifellos mit dem Virus infiziert worden. Und das bedeutete, dass sie zu genau der Gefahr geworden war, die sie mit ihrem Einbruch hier im Labor verhindern wollten.

Sie durfte dieses Gebäude unter keinen Umständen verlassen.

»Nein!«, stieß Mila hervor. »Erschießt mich! Ich bin …«

Der Rest des Satzes ging in ein Gurgeln über, da Foulder ihr mit seinem Arm die Luft abschnürte.

»Halt die Klappe«, zischte er.

Mila krallte ihre Fingernägel in seinen Unterarm, doch er lockerte seinen Griff nicht, sondern ging weiter rückwärts und zerrte sie mühelos mit sich. Sie hörte, wie er auf den Türöffner drückte. Die Tür glitt auf und Foulder trat in die Schleuse.

»Grant!«, rief er dem Wissenschaftler zu. »Worauf warten Sie noch?«

Doktor Grant hastete in einem großen Bogen um Jack herum in die Schleuse.

Logan sah Mila direkt in die Augen. Pure Verzweiflung spiegelte sich in seinem Blick.

Dann schob sich die Tür zwischen sie.

Ein Schuss hallte dumpf durch die Schleuse. Logan sprang zur Tür und hämmerte wie besessen auf den Türöffner, obwohl er genau wusste, worauf Foulder eben geschossen hatte. Er hätte schließlich das Gleiche getan – die Schließautomatik der zweiten Tür zerstört, damit sich die erste nicht öffnen ließ.

Jack sprach unterdessen in sein Walkie-Talkie: »Doris, wir haben ein Problem!«

»Wo ist die Notentriegelung?«, fragte Logan hektisch und suchte die Wand rund um den Türrahmen ab. »Wo ist sie?«

Er war völlig außer sich und konnte keinen klaren Gedanken fassen. Das kurze Funkgespräch zwischen Jack und Doris hörte er kaum in seiner blinden Panik. Immer und immer wieder sah er Milas Gesicht vor sich und den letzten Blick, den sie ihm zugeworfen hatte. Verängstigt und schuldbewusst zugleich.

»Logan«, drang irgendwann Jacks Stimme zu ihm durch. Er packte ihn an der Schulter und drehte ihn zu sich herum. »Beruhige dich! So wirst du ihr nicht helfen können! Doris und Cait sind auf dem Weg. Die Notentriegelung befindet sich in der Schleuse.«

Logan raufte sich die Haare. Natürlich hatte Jack recht. Um Mila zu retten, brauchte er einen kühlen Kopf. Falls sie überhaupt noch zu retten war … Im Grunde wussten sie absolut nichts über den Virus, der sich gerade munter in Milas Adern ausbreitete. Selbst wenn Logan sie in den nächsten Minuten aus Foulders Fängen befreien könnte, hätte wohl nur die Union ein entsprechendes Gegenmittel.

Er ließ die Arme sinken und schaute an Jack vorbei in den Laborraum.

»Gegenmittel«, murmelte er, mehr zu sich selbst, und stürzte zu den Kühlschränken an der Wand.

Seine Lippen bewegten sich lautlos, während er die Beschriftungen der unzähligen Ampullen und Fläschchen hinter den Glasscheiben überflog. Gleichzeitig war ihm schmerzlich bewusst, dass er keine Ahnung hatte, wie er ein entsprechendes Gegenmittel überhaupt erkennen sollte.

Ein gedämpftes Geräusch von der Schleuse her ließ Logan innehalten. Er rannte schon los, als sich die Tür auch nur einen Spaltbreit geöffnet hatte. Jack stemmte sich mit vollem Gewicht dagegen und half Doris, die Tür manuell aufzuschieben. Wortlos stürmte Logan an den beiden vorbei in den Flur. Nach wenigen Schritten entdeckte er Cait, die mit gezückter Pistole vor einem der Fenster stand und nach draußen sah.

»Es ist zu spät«, rief sie Logan entgegen. »Sie sitzt schon im Helikopter!«

Logan blickte fiebrig nach unten zum Vorplatz des Gebäudes, wo die Mitarbeiter in kleinen Grüppchen zusammenstanden und verwundert den Sicherheitskräften Platz machten, die in Richtung Haupteingang stürmten. Ein Stück weiter hinten startete ein Hubschrauber auf dem Landeplatz. Foulder duckte sich im Wind der Rotorenblätter und sprach hektisch in sein Telefon, während er in den Helikopter kletterte. Ein bewaffneter Soldat schob hinter ihm die Tür zu.

»Scheiße!«, brüllte Logan und schlug wütend mit der Faust gegen die Fensterscheibe, auf der sich knirschend ein gezackter Riss bildete. »Verdammt noch mal!«

»Logan!«, rief Jack mahnend von der Seite. »Wir müssen hier sofort raus. Los, komm jetzt!«

Logan reagierte erst, als Cait ihre Hand auf seinen Unterarm legte und ihn durchdringend ansah. »Wenn sie dich erwischen, kannst du ihr nicht mehr helfen.«

Er schüttelte ihre Hand ab. »Sie ist sowieso verloren. Wenn die Union sie nicht tötet, wird es der Virus tun.«

Von unten hallten Stimmen und laute Schritte durch das offene Treppenhaus zu ihnen.

»Es ist kein Virus«, widersprach Cait ernst.

»Was?« Er hielt verwundert inne. »Was ist es dann?«

Doris kam mit langen Schritten angerannt, packte Logan am Unterarm und zerrte ihn mit sich. »Herrgott, Moore! Jetzt beweg dich endlich, Mann!«

Tom Foulder stand neben Doktor Grant vor der Scheibe zu einem behelfsmäßigen Krankenzimmer im Union Tower der Safetown Edmonton. Bis auf die schwer bewaffneten Wachposten war die einstige Büroebene menschenleer. Sie hatten sie räumen lassen, um das derzeit wohl kostbarste Gut der Union hier unterzubringen.

Die junge Frau wand sich unruhig in den Arm- und Fußfesseln, die sie am Krankenbett fixierten. Ihre Augen waren geschlossen, das Gesicht schmerzverzerrt. Eine Krankenschwester wechselte gerade eine Infusion aus.

»Wird sie es überleben?«, fragte Tom.

Grant wiegte den Kopf. »Diese Produktreihe war sehr vielversprechend, aber zu einem Testlauf am lebenden Objekt ist es nicht mehr gekommen.«

»Können Sie das Serum aus ihrem Blut reproduzieren?«

»Vielleicht«, antwortete Grant zögernd.

Tom warf ihm einen zweifelnden Blick zu. Der Wissenschaftler zupfte nervös an seinem Kittel. »Das kann ich erst mit Sicherheit sagen, wenn der Prozess abgeschlossen ist.«

Unzufrieden verschränkte Tom die Arme und betrachtete wieder die Patientin. Sie hatte ihren Kampf gegen die Fesseln aufgegeben, doch ihr ganzer Körper bebte. Schweiß bedeckte ihr blasses Gesicht. Ihre Lider flatterten. Die gezackten Linien des Vitalzeichenmonitors neben ihr hoben sich in immer schneller werdendem Rhythmus. Doktor Grant registrierte die Veränderung ebenfalls und wandte sich hastig von der Scheibe ab, um zu der Patientin zu eilen.

Kaum hatte er den Raum betreten, bäumte die junge Frau sich unnatürlich auf. Ihr Kopf war weit überstreckt und ihre Glieder zuckten unkontrolliert. Sie stieß einen gellenden Schrei aus, der durch die Scheibe gedämpft bei Tom ankam.

Er stützte sein Kinn auf eine Faust und beobachtete, wie der Arzt und die Krankenschwester hektisch an der Patientin arbeiteten und ihr mehrere Medikamente verabreichten, um den Krampfanfall zu stoppen.

»Komm schon«, murmelte er. »Du schaffst das!«

Sie musste es einfach schaffen. Sonst müssten sie mit Programm Eden noch einmal ganz von vorn anfangen, und das würde sie um mehrere Jahre zurückwerfen. Moore und seine verfluchte kleine Crew hatten nämlich nicht nur die Vorräte vernichtet, sondern es auch geschafft, sämtliche Daten von Grants Forschungsarbeit vom Noscomp-Server zu löschen. Das war wohl dieser alten Frau zu verdanken, die er hinter Grants Schreibtisch gesehen hatte.

Colonel Seyfried ... großer Gott! Nicht zu fassen, dass die Sicherheitsposten darauf hereingefallen waren!

Und dann war ihnen die kleine Gruppe auch noch entkommen. Das war nicht gut. Gar nicht gut, denn mit dieser versierten Hackerin an ihrer Seite stellten Moore und Coleman nun tatsächlich eine ernst zu nehmende Bedrohung dar.

Ein weiterer Schrei drang aus dem Krankenzimmer. Dann sackte die junge Frau reglos in sich zusammen. Ihr Kopf kippte zur Seite. Tom ließ langsam seine Faust sinken und starrte auf den Monitor.

Die Zacken waren zu einer Nulllinie verschmolzen.

KAPITEL 9

FÜNF MONATE SPÄTER

Logan Moore stand in der Morgendämmerung auf dem Dach eines ehemaligen Shoppingcenters und sah dabei zu, wie die Sonne über Edmonton aufging. Mit bloßem Auge konnte er bis zu dem Schutzwall sehen, der als unüberwindbare stählerne Mauer ungefähr ein Drittel der ehemaligen Stadt umgab. Diese Grenze trennte die verfallenen Außenbezirke von dem modernen Stadtzentrum, das zur Safetown umfunktioniert worden war.

Die gepflegten Hochhausfassaden der Safetown blitzten im Licht der ersten Sonnenstrahlen, während die Slums jenseits der Mauer weiterhin im Schatten lagen. Nachdem der

Schnee inzwischen beinahe restlos weggeschmolzen war, wirkten diese Stadtviertel noch verwahrloster als zuvor. Nur wenige Menschen fristeten ihr Dasein in den heruntergekommenen Gebäuden und den schmutzigen Straßen. Die Wohnblöcke im Außenbezirk boten keinerlei Lebensstandard, sie waren ohne Elektrizität und fließendes Wasser. Die Möglichkeiten zur Selbstversorgung waren hier viel geringer als in den Siedlungen auf dem Land, und von den Essensrationen der Union wurde längst keiner mehr satt.

Noch vor einem Jahr hatten zahlreiche Menschen in diesem Außenbezirk gelebt, die darauf hofften, irgendwann in die Safetown aufgenommen zu werden. Bei der offiziellen Verkündung, dass künftig nur noch Personen unter einundzwanzig nach einem speziellen Eignungstest dafür ausgewählt werden würden, war es zu einem blutigen Aufstand gekommen.

Logan erinnerte sich noch gut daran. Er war dabei gewesen damals, aber auf der anderen Seite der Schutzmauer.

Eine kühle Windbö strich über seine Wangen. Er wandte sich von der Silhouette der Safetown ab und betrachtete die Welt, die noch im Schatten lag. Ein einzelner Stern war am blaugrauen Himmel zu erkennen. Es wirkte fast, als würde er den Flammen des Sonnenaufgangs trotzen wollen.

Milas Gesicht tauchte vor Logan auf und ließ seinen Brustkorb schmerzhaft verkrampfen. Niemals würde er den Ausdruck in ihren Augen vergessen, bevor sich die Türen der Schleuse zwischen sie geschoben hatten. Ihre Todesangst ging ihm auch jetzt noch durch und durch. Dabei war es ihr ernst damit gewesen, lieber an Ort und Stelle zu sterben, als den Virus zu verbreiten.

Inzwischen wusste Logan, dass die Union dieses Serum für einen völlig anderen Zweck entwickelt hatte und dass die einzige Gefahr nun für Mila selbst bestand. Er hatte keine Ahnung, ob sie überlebt hatte. Er hatte die gestohlenen Aufzeichnungen von Doktor Grant gelesen und wusste nur, dass alle Probanden der vorherigen HI-384-Serien gestorben waren.

Immer wieder versuchte Logan sich einzureden, dass es noch nicht zu spät war. Dass sie überlebt hatte und dass er sie aus den Fängen der Union befreien würde. Leider hatte er nach wie vor keine Ahnung, wo Tom Foulder Mila hingebracht haben könnte. Doris hatte zwar immer noch Zugang zum U-Net, doch die geheimen Pläne der Union blieben ihr weiter verborgen. Um diese zu bekommen, brauchte sie Zugriff zu den internen Servern der Regierung. Dazu mussten sie allerdings erst einmal in das am besten gesicherte Gebäude der Safetown.

Genau das hatten sie auch vor. Und noch einiges mehr …

Doris hatte ihren Willen durchgesetzt und den Stein ins Rollen gebracht. Die Akquirierung einer Rebellenarmee war in vollem Gange. Nicht mehr lange und die sogenannte Northstar Brigade würde zu ihrem sorgfältig geplanten ersten Schlag ansetzen.

Noch ahnte die Union nicht, was sich in den Schatten von Edmonton zusammenbraute. Wenn alles glattlief, würde die Regierung die Bedrohung erst erkennen, wenn es längst zu spät war.

Gedankenverloren strich Logan über den obersten Knopf seines Parkas und ging schließlich zurück zum Dachaufgang. Die rostigen Scharniere der Metalltür knirschten und das Geräusch hallte laut durch das karge Treppenhaus. Logan stieg eine Etage tiefer und betrat die weitläufige Galerie des Einkaufszentrums, das ihnen seit einiger Zeit als Unterschlupf diente.

Dämmriges Morgenlicht fiel durch das kuppelförmige Glasdach und tauchte das Atrium des verlassenen Shoppingcenters in Düsternis. Die Läden entlang der Galerie waren völlig verwüstet. Als das Chaos die Welt überrollte, hatten Plünderer ihr Übriges zu den Naturkatastrophen beigetragen. Logan hatte damals mit eigenen Augen gesehen, wie Menschen sich um Fernseher und Computer prügelten, während die etwas Schlaueren Lebensmittel und Medikamente an sich rissen.

Gemächlich ging er die stillstehende Rolltreppe in die Zwischenetage hinunter und wandte sich bei einem veralgten Zierbrunnen der Rückseite des Einkaufscenters zu. Dort befand sich ein großes Bekleidungsgeschäft. Die breite Schaufensterfront war unversehrt, doch das Innere des Ladens wirkte verwahrlost wie alle anderen auch. Logan stieg durch den zerbrochenen Flügel der elektrischen Schiebetür und überwand einen kaum sichtbaren Stolperdraht, der zwischen zwei Schaufensterpuppen gespannt war. Sie waren mit mehreren Glöckchen behängt, die mit effektiver Lautstärke ungewollte Besucher ankündigen würden.

Logan schritt zielstrebig durch den Laden. Viele Kleiderständer waren leer, einige Sachen lagen achtlos auf dem Boden verstreut. Winterkleidung war hier kaum mehr zu finden. Ein paar Modepuppen standen halb nackt herum. Sie schienen Logan mit ihren leeren Blicken auf seinem Weg durch das düstere Geschäft zu folgen, bis er nach einem weiteren Stolperdraht die Tür zum Mitarbeiterbereich erreicht hatte.

Durch eines der Zimmer fiel ein winziger Schein Morgenlicht in den fensterlosen Flur. Logan legte ein Glöckchen, das er vom Boden aufgelesen hatte, auf die Klinke der Flurtür und folgte dem Lichtschein.

In dem ehemaligen Pausenraum saß Doris, in eine zerschlissene Wolldecke gewickelt, und umklammerte eine dampfende Tasse mit der Aufschrift *Greatest Mom*.

»Morgen«, murmelte sie und wies mit dem Kinn auf die Thermoskanne auf dem Tisch. »Ich hab Tee gemacht. Einen ›Frauentee‹, was auch immer das bedeutet. Wird dir schon nicht schaden.«

»Hauptsache, warm«, antwortete Logan schulterzuckend und nahm sich eine Tasse aus dem Schrank der kleinen Küchenzeile. Dann setzte er sich zu Doris an den Tisch.

»Viel Brauchbares ist in den Läden nicht mehr zu finden«, sagte Doris, während Logan sich Tee in die Tasse füllte. »Unsere Nahrungsvorräte werden noch eine Weile reichen, aber das Wasser könnte bald knapp werden.«

Logan stellte die Kanne zurück auf den Tisch und wärmte seine ausgekühlten Finger an der Tasse. »Dann hoffen wir mal, dass wir nicht mehr allzu lange brauchen.«

Doris musterte ihn ausführlich. Wie so oft schien ihr Blick in viel tiefere Bereiche zu gehen, als er zeigen wollte. Sie hatte die fast schon gespenstische Gabe, durch jede noch so sorgfältig errichtete Fassade zu dringen und die wahren Gedanken dahinter zu erkennen. Logan zuckte kaum merklich zusammen, als sie plötzlich sagte: »Ich glaube fest daran, dass Mila noch lebt.«

Er schloss kurz die Augen, um den tiefen Schmerz zu überwinden, der mit jedem Gedanken an Mila einherging. Sie hatten so wenig Zeit miteinander gehabt und doch war mit ihrem Verschwinden ein riesiges Loch in sein Herz gerissen worden. Auch die Schuld lastete schwer auf ihm, manchmal drohte sie ihm gar den Verstand zu rauben. Seine Hoffnung, Mila je wieder lebend zu sehen, war mit jedem Tag ein bisschen mehr geschwunden und inzwischen war kaum noch etwas davon übrig.

»Hör auf«, sagte Doris unvermittelt. Er sah fragend zu ihr und sie machte ein strenges Gesicht. »Hör auf, dich in Selbstmitleid zu verlieren. Wir stehen kurz vor dem Ziel und brauchen dich in bester Verfassung. Sobald Strike One ausgeführt ist, werden wir nach ihr suchen. Aber bis dahin musst du dich gefälligst zusammenreißen.«

Er rang sich ein Lächeln ab. »Jawoll, Ma'am.«

Doris nickte zufrieden und lehnte sich zurück. Ihre Wolldecke rutschte ein Stück über ihre rechte Schulter und Logan betrachtete den winzigen Stern, der auf den obersten Knopf ihres Mantels gemalt mal. Kaum zu erkennen und doch könnte er schon bald zu einem der wichtigsten Symbole ihrer Zeit werden.

»Guten Morgen«, ertönte da Jacks sonore Stimme von der Tür her. Er ließ sich auf den Stuhl neben Logan fallen. »Süße Träume gehabt?«

»Ich habe immer süße Träume«, behauptete Doris und schenkte auch Jack eine Tasse Tee ein.

Er schnupperte skeptisch an dem Getränk. »Was ist das?«

»Männertee«, antwortete Doris ungerührt. »Gut für die Muskeln.«

Es war später Nachmittag und Cait saß mit übereinandergeschlagenen Beinen auf einer unbequemen Ledercouch im Gesundheitszentrum von Edmonton. Ihr gegenüber saß der Psychologe Doktor Norton, ein schmieriger kleiner Mann mit spitzem Gesicht, dem Cait niemals freiwillig ihre Probleme mitgeteilt hätte. Norton hatte einen Notizblock auf seinem Schoß und die nervige Angewohnheit, ständig mit seinem Kugelschreiber zu klicken.

»Ihre Wiedereingliederung wurde vor vier Wochen abgeschlossen«, begann er in gewichtigem Tonfall das Gespräch. »Ihr Führungsoffizier verlangt nach einer Beurteilung, ob Sie in der Lage sind, den Außendienst wieder aufzunehmen.«

Cait biss sich auf die Lippen und räusperte sich. »Ich fühle mich im Innendienst sehr wohl. Ich möchte nicht zurück auf die Straße.«

»Das obliegt nicht Ihrer Entscheidung«, erwiderte Norton und kritzelte etwas auf seinen Block. »Die Union teilt ihre Arbeitskräfte nach Effizienz ein, um das bestmögliche Ergebnis zu erzielen. Sie wollen doch das bestmögliche Ergebnis, oder?«

»Natürlich«, sagte Cait schnell. »Aber ich glaube nicht, dass ich effizient arbeiten kann, wenn ich einer Panikattacke erliege, sobald ich in einen Lastwagen steige.«

»Ist das so? Haben Sie es denn schon ausprobiert?«

»Nein, aber ich träume regelmäßig davon.«

»Von der Panikattacke?«

Cait knetete ihre Hände, um sich von ihrem wachsenden

Ärger über diesen Idioten abzulenken. Sie wählte ihre Worte sorgfältig, als sie mit heiserer Stimme weitersprach: »Ich träume von dem Überfall. Ich sehe Mike, immer und immer wieder, wie er um unser Leben kämpft und plötzlich leblos zusammenbricht. Ich sehe meine Hände, wie sie seine Wunde abdrücken. Da ist so viel Blut … Dann werde ich von ihm weggezerrt und in einen Transporter geworfen. Zwei Männer bringen mich zu ihrem Clan-Anführer. Sie haben zu wenig Frauen und … Ich werde in ein Zimmer gesperrt. Allein. Und da drin bleibe ich, bis ich endlich aus meinem Albtraum aufwache.«

Doktor Norton musterte sie mit unbewegter Miene. »Aber in Wirklichkeit konnten Sie aus diesem Zimmer fliehen. Sie sind die erste Person, die bei einer Entführung durch die Clans entkommen konnte. Das deutet auf erhebliche Fähigkeiten hin, die im Innendienst vergeudet wären.«

Cait hielt den Blick zu Boden gerichtet und starrte wütend auf das Muster des Teppichs, bis seine konzentrischen Kreise vor ihren Augen verschwammen. Sie durfte jetzt keinesfalls zurück in den Außendienst versetzt werden. Sie wurde hier gebraucht und hatte das Risiko, zur Union zurückzukehren, gewiss nicht auf sich genommen, um ihren Auftrag so kurz vor dem Ziel abbrechen zu müssen.

Sie schloss die Augen und rief sich das Bild von Mike in Erinnerung, wie er leblos vor ihr auf dem Boden lag. Es brauchte nicht viel, um sich in die Situation zurückzuversetzen. Sofort schoss der brennende Schmerz des Verlustes durch ihre Brust. Cait ließ ihn gewähren, tat, was sie normalerweise nur machte, wenn sie allein in ihrem Apartment war – sie schluchzte auf und begann hemmungslos zu weinen.

Norton sagte kein Wort, während sie ihr Gesicht hinter den Händen verbarg und ihren Tränen freien Lauf ließ. »Es tut mir leid. Es tut mir so leid!«, wimmerte sie immer wieder.

Dabei registrierte sie, wie der Psychologe unruhig in seinem Sessel herumrutschte. Der Gefühlsausbruch schien ihn zu überfordern. Der Mann war in seinem Job so dermaßen fehlplatziert, dass Cait trotz ihres inneren Schmerzes beinahe laut aufgelacht hätte.

»Ich denke, damit hätten wir die Sache geklärt«, sagte er laut, um ihr Schluchzen zu übertönen. »Für den Außeneinsatz ist es noch zu früh. Ich empfehle Ihnen, weiterhin an den Abenden der bürgerlichen Seelsorge teilzunehmen, bis Sie das Trauma überwunden haben.«

Cait zog geräuschvoll die Nase hoch und wischte sich mit zittrigen Händen über die tränennassen Wangen. »Kann ich jetzt gehen?«

Sofort sprang Norton auf. »Ja. Alles Gute und haben Sie noch einen schönen Tag.«

Damit wies er Cait eilig den Weg aus seinem Büro und schloss die Tür hinter ihr. Die Vorzimmerdame zeigte auf Anhieb tausendmal mehr Empathie als ihr Chef und bot Cait ein Taschentuch an, das sie dankend annahm.

»Ist hier irgendwo eine Toilette?«, fragte sie mit schwacher Stimme.

»Sicher«, antwortete die junge Assistentin lächelnd. »Die Waschräume befinden sich links im Flur.«

Cait murmelte ein Danke, schnappte ihre Jacke von der Garderobe und verschwand. Im Flur des Gebäudes reihten sich diverse Arztpraxen aneinander. Vom Augenarzt bis zum Zahnarzt waren alle Fachbereiche hier im Gesundheitszentrum zu finden. Die Union hatte es direkt neben der Metro City Clinic eingerichtet, um die optimale Versorgung für die Angehörigen ihrer Streitkräfte zu garantieren. Für die Normalbürger gab es andere Gesundheitszentren.

In der Damentoilette trat Cait vor das Waschbecken, stützte ihre Hände auf den Rand und atmete einige Male tief durch. Allmählich überwand sie die dumpfe Trauer, und das Zittern ihrer Glieder legte sich. Cait wusste sehr gut, wie sie mit Traumata umzugehen hatte. Während ihrer Zeit bei der Berufsfeuerwehr hatte sie gelernt, sich mit tiefen Emotionen auseinanderzusetzen, ohne von ihnen überwältigt zu werden. Sie verdrängte sie nicht, behielt aber die Kontrolle darüber, wann sie dem Schmerz Raum gab und wann nicht. Nur so konnte sie funktionieren.

Sobald sie sich wieder beruhigt hatte, wusch sie sich die Hände und kühlte ihre geröteten Wangen mit einem nassen Papierhandtuch. Dann straffte sie ihre Schultern und betrachtete ihr Spiegelbild.

Manchmal erschrak sie immer noch über diese ungewohnte Härte in ihrem Blick. Ihr Gesicht sah aus, als hätte es verlernt zu lachen. Grimmige Entschlossenheit stand in ihren Augen. Mutig, aber auch erschreckend kalt. Die Frau ihr gegenüber war zu allem bereit. Das musste sie auch sein, denn ihre Rückkehr zur Union war äußerst riskant gewesen. Trotzdem hatte sie nicht eine Sekunde gezögert, zur einzigen Kontaktperson der Northstar Brigade innerhalb der Safetown zu werden.

Cait zog ihre Jacke an und ging hinaus in den Flur zu den Aufzügen. Nervige Musik berieselte sie während der Fahrt hinunter in die schlichte Eingangshalle. Über dem Empfangstresen war eine Leinwand angebracht, auf der in Dauerschleife ein pathetischer Unions-Werbespot lief. »Eine Welt, eine Vision, ein Volk …«, und so weiter und so fort.

Sie trat durch die elektrische Schiebetür nach draußen. Das Gesundheitszentrum lag nahe dem Ice-District, einem hypermodernen Viertel, in dem kaum ein Gebäude älter als zehn Jahre war. Die Stadt war weitgehend von den Erdbeben verschont geblieben, weshalb ihre gewaltigen Wolkenkratzer immer noch beeindruckend emporragten. Kein Wunder, dass die Union den Ice-Dristrict zum Regierungsviertel erklärt hatte. Dort befand sich unter anderem die Zentrale der nordamerikanischen Union im Gebäude des ehemaligen Bell Tower, der nun Union Tower genannt wurde. Gleich daneben bewohnten sämtliche Regierungsmitglieder und administrativen Kräfte den 66 Stockwerke hohen Stantec Tower, der die gesamte Stadt überragte. Und außen herum, in weit weniger spektakulären Gebäuden, lebten die nicht ganz so wichtigen Armeeangehörigen und Fußsoldaten, wie Cait es war.

Der Himmel über Edmonton war wolkenklar und spiegelte sich effektvoll in den Glasfassaden der Wolkenkratzer. Es war so warm wie an einem milden Frühlingstag. Der vulkanische Winter war vorübergegangen – und zwar schneller, als die Union es vorhergesagt hatte, was ihr sicher mächtig gegen den Strich ging. Immerhin erhöhten sich bei gutem Wetter die Überlebenschancen in den Außengebieten drastisch, und jeder Mensch dort war schließlich nichts anderes als ein lästiges Anhängsel für den Staat.

Gemächlich spazierte Cait den Gehweg entlang. Die ersten Sonnenstrahlen schienen die halbe Stadt nach draußen gelockt zu haben, denn es wimmelte nur so von Passanten.

Privatautos gab es in Edmonton keine mehr. Der öffentliche Verkehr erfolgte über ein U-Bahn-Netz und elektrobetriebene Stadtbusse. Die wenigen Taxis waren teuer und wurden hauptsächlich von Regierungsbeamten genutzt, die ihre Fahrten von der Union erstattet bekamen. Alle anderen gingen entweder zu Fuß oder nutzten das Bike-Sharing, das wirklich jedes einzelne Fahrrad beinhaltete, das sich auf der Straße befand.

Die Straßen selbst waren blitzblank sauber, die Fassaden der Hochhäuser gepflegt. Die meisten waren umfunktioniert worden, doch einige öffentliche Einrichtungen dienten noch immer ihrem ursprünglichen Zweck. Zum Beispiel war das City Centre, ein gigantisches Einkaufs- und Unterhaltungszentrum, längst wieder in Betrieb genommen worden, zumindest seine untere Etage. Die Warenauswahl war freilich nicht die gleiche wie zuvor, aber immerhin konnte man dort einkaufen gehen.

Privatimmobilien gab es nicht mehr, denn die Union entschied, wem welche Wohnung zugeteilt wurde. Nur bei den Möbeln hatte man freie Wahl, sofern man sich eine neue Ausstattung leisten konnte. Der Stundenlohn war immer gleich, egal welche Arbeit man ausführte. Wenigstens konnte man sich durch freiwillige Überstunden eine Bonuszahlung erarbeiten. Ein besonderer Arbeitseinsatz wurde von der Union gut belohnt, um die Leute bestmöglich zu motivieren, ohne ihnen wirklich eine Chance zum Reichtum zu gewähren.

Cait schnappte sich ein Fahrrad, das einsam an einer Hausmauer lehnte, und radelte zur 111ten Straße am Rand des Regierungsbezirks. Sie hatte beschlossen, sich nach dem unangenehmen Gespräch mit dem Psychologen etwas zu gönnen, und steuerte ihr Lieblingsrestaurant an. Die italienischen Besitzer gaben ihr Bestes, um mit beschränkten Mitteln die Gerichte aus ihrer Heimat zu servieren. Da Cait noch nie in Italien war, konnte sie nicht einschätzen, wie gut ihnen das gelang. Jedenfalls schmeckte es ihr hervorragend.

Es war noch früh am Abend, darum waren die meisten Tische leer. Die Einrichtung war schlicht, aber das Ambiente gemütlich und es lud zum Verweilen ein. Regeln und Manieren wurden bei der Union großgeschrieben, deshalb wartete Cait artig am Eingang, bis ein Kellner heraneilte, um ihr einen Platz zuzuweisen.

»Ich bin allein«, teilte sie ihm mit und knöpfte ihre Jacke auf.

Der Blick des Kellners blieb kurz an dem Stern auf ihrem obersten Knopf hängen. Ein breites Grinsen zeichnete sich auf seinem Gesicht ab.

»Verstehe«, sagte er und tippte sich unauffällig an den Hemdkragen. Auch auf seinen obersten Knopf war ein winziger Stern gemalt.

Cait lächelte breit und nickte. Dann führte der Kellner sie zu einem kleinen Tisch am Fenster, reichte ihr die Karte und eilte davon. Zufrieden klappte sie die Speisekarte auf.

Die Rekrutierung hatte nun also auch die Dienstleister erreicht. Das war perfekt. Es verlief alles genau so, wie Doris, Logan und Jack geplant hatten. Die Northstar Brigade gewann stündlich neue Mitglieder, und das vollkommen unbemerkt. Jeder warb nur an, wem er vertraute. Wenn die Gesinnung fraglich war, wurde Stillschweigen gewahrt. Informationen wurden nur mündlich weitergegeben, es gab kein einziges Schriftstück über die Bewegung. Nichts, was der Union in die Hände fallen könnte. Keine Versammlungen oder sonstige ungewöhnliche Aktivitäten. Nur Menschen, die auf den obersten Knopf achteten, wussten Bescheid. In der Öffentlichkeit durfte kein Wort darüber verloren werden und die Northstars hielten sich daran.

Nachdem Cait bestellt hatte, lehnte sie sich zurück und betrachtete durch das Fenster das geschäftige Treiben auf der Straße. Die Menschen wirkten zufrieden und viele von ihnen waren das auch. Wer keinen Kontakt zur Außenwelt hatte, konnte ziemlich schnell vergessen, dass nicht alles so perfekt war, wie die Union es ihnen einbläute. Es gab viele Schäfchen in den Safetowns, die der neuen Regierung blind folgten und das Regime als willkommene Utopie empfanden. Immerhin bot die Union ihnen Schutz, einigermaßen Luxus und absolute Sorglosigkeit. Wen kümmerte schon das Leid jenseits der Stadtgrenzen?

Während des Essens keimte in Cait das schlechte Gewissen auf. Immerhin saß sie selbst gerade in einem schicken Restaurant, wickelte Spaghetti auf eine Gabel und genoss absolute Normalität. Allerdings würde es wohl niemandem helfen, wenn sie jetzt in Hungerstreik trat.

Draußen tauchte der Sonnenuntergang die Stadt in ein mystisches Rot, das sich in den Fenstern der Hochhäuser spiegelte. Italienische Musik rieselte aus verborgenen Lautsprechern. Das Restaurant füllte sich allmählich, und als Cait ihren Teller geleert hatte, waren beinahe alle Tische besetzt und die unbeschwerten Unterhaltungen der Gäste erfüllten den Raum. Cait warf einen Blick auf ihre Armbanduhr und bestellte ein Glas Wein, um sich die Zeit noch ein wenig zu vertreiben.

Gerade als sie sich den ersten Schluck genehmigte, hielt ein Taxi vor dem Restaurant. Als die hintere Tür aufging, verschluckte Cait sich heftig an ihrem teuren Getränk. Hustend richtete sie sich auf und beobachtete entsetzt, wie Tom Foulder in einem eleganten Anzug aus dem Taxi stieg.

Was zur Hölle machte der denn hier? Die hochrangigen Regierungsmitglieder verkehrten normalerweise in den gehobenen Restaurants im Ice-District. Mit Foulder hatte Cait hier absolut nicht gerechnet, zumal er offenbar ein Date hatte, denn nun half er mit einer eleganten Geste einer jungen Frau aus dem Wagen. Gerade rätselte Cait noch, wer sich freiwillig mit einem Mann wie Foulder verabreden würde, als die Frau sich auch schon in ihre Richtung wandte.

Cait stockte nicht nur der Atem, sondern auch der Herzschlag. Sie konnte einfach nicht glauben, was sie da sah. Und trotzdem bestand kein Zweifel daran: Die junge Frau mit der schlichten Hochsteckfrisur und dem schicken Mantel war Mila.

Mit einem Poltern meldete sich Caits Herzschlag zurück. Sie schnappte leise nach Luft und sah sich hektisch um. Die Tische in ihrer nächsten Umgebung waren alle besetzt. Nur am anderen Ende des Raums war noch etwas frei. Das war gut, denn es war nicht auszuschließen, dass Foulder sie wiedererkennen würde.

Ihre Hände zitterten, während sie um Fassung rang. Nun kam es darauf an, nicht aufzufallen. Sie beobachtete, wie Mila sich lächelnd bei Foulder unterhakte und neben ihm das Restaurant betrat. Die beiden wirkten sehr vertraut, fast wie ein Liebespaar. Das brachte Cait beinah noch mehr aus der Fassung als die Tatsache, dass Mila das Serum überlebt hatte.

Während Foulder den Kellner zu sich rief, starrte Cait Mila unentwegt an. Sie sah nicht nur gesund aus, sondern absolut fantastisch. Unter ihrem Mantel zeichnete sich eine sportliche, gut trainierte Figur ab. Die einst so zierliche Mila schien gut zehn Kilo Muskelmasse zugelegt zu haben. HI-384 hatte also gewirkt.

Cait wischte sich fahrig eine Strähne aus der Stirn und sah mit klopfendem Herzen dabei zu, wie der Kellner das Paar an einen freien Tisch führte. Foulder setzte sich mit dem Rücken zu ihr, während Mila in Caits Richtung sah. Und ihr stockte erneut der Atem, als sich plötzlich ihre Blicke kreuzten. Aber Mila zuckte nicht einmal mit der Wimper und wandte sich sofort wieder ihrem Begleiter zu. Entweder war an ihr eine grandiose Schauspielerin verloren gegangen oder – und das kam Cait wahrscheinlicher vor – sie hatte Cait nicht erkannt.

Aufgelöst leerte sie ihren Wein und winkte dem Kellner zum Bezahlen, ohne das Pärchen auch nur eine Sekunde aus den Augen zu lassen. Mila würdigte sie keines einzigen Blickes mehr.

»Kennst du den Mann, der gerade gekommen ist?«, fragte Cait den Kellner leise, während er ihre Kreditkarte nahm.

»Wer kennt den nicht«, murmelte der Kellner. »Allerdings sehe ich ihn hier zum ersten Mal.«

»Weißt du, wer seine Begleitung ist?«

»Nein«, antwortete er gedämpft. »Aber er hat sie vorhin Eve genannt.«

»Eve? Bist du dir sicher?«

Der Kellner nickte, gab ihr die Kreditkarte zurück und sagte in normaler Lautstärke: »Ich wünsche Ihnen noch einen schönen Abend, Miss.«

»Danke«, erwiderte Cait und verließ mit gezwungener Ruhe das Lokal. Für sie bestand kein Zweifel daran, dass die Frau namens Eve in Wahrheit Mila war.

Cait schnappte sich das nächstbeste Fahrrad und fuhr voller wirrer Gedanken los. Die Sonne war inzwischen untergegangen, doch die vielen Lichter der Stadt ließen die Straße beinahe taghell erscheinen. Obwohl sie eigentlich zu früh für ihr Treffen dran war, trat sie heftig in die Pedale und schaffte es in knapp fünfzehn Minuten zum nördlichen Versorgungstor der Safetown, das an den Yellowhead-Güterbahnhof angrenzte. Die Straßen in der Industriezone waren nur mäßig beleuchtet. Begrenzungslichter markierten die stählerne Schutzmauer, die unheilvoll in den Nachthimmel emporragte. Alle paar Meter waren Wachtürme aufgestellt, die rund um die Uhr von Soldaten besetzt waren. Auch das Tor wurde permanent schwer bewacht. Das Nordtor diente ausschließlich Versorgungszwecken und war um diese Zeit geschlossen. Kurz bevor sie es erreichte, drosselte Cait ihre Geschwindigkeit. Wenig später hielt sie direkt vor dem Wachhaus an und ein bärtiger Soldat trat zu ihr heraus. Der winzige Stern an seinem Knopf war kaum zu erkennen.

»Du bist früh dran«, brummte er.

»Ich weiß«, antwortete Cait, außer Atem von ihrer rasanten Fahrt. Sie knetete ihre eiskalten Finger. »Ist das ein Problem?«

»Nein, der Schichtwechsel war schon vor einer halben Stunde. Weit und breit nur Northstars.«

Er winkte sie zu sich und gemeinsam durchquerten sie den Wachraum. Zwei weitere Soldaten nickten Cait freundlich zu. Auf der anderen Seite des Raums befand sich eine wuchtige Stahltür, die der bärtige Soldat nun mit seiner Chipkarte öffnete.

»Bis später«, sagte er, während Cait an ihm vorbei durch die Stahltür trat, die er hinter ihr wieder verschloss.

Cait brauchte einen Moment, um sich an die plötzliche Düsternis zu gewöhnen. Nun befand sie sich auf der anderen Seite der Mauer im Bonaventure Industrial District, wo kein einziges Licht mehr brannte. Mit einem einzigen Schritt war sie in eine vollkommen andere Welt gelangt. In die reale Welt jenseits der utopischen Fantasie der Safetown.

Lautlos huschte sie die dunkle Hauptstraße entlang. Automatisch glitt ihre Hand zu ihrer Hüfte, wo sie sonst ihre Waffe trug. Im Innendienst war ihr das Tragen einer Pistole nicht erlaubt, was sie jedes Mal verfluchte, wenn sie durch diese gottverlassene Gegend lief. Sie wusste zwar, dass hier niemand lebte, doch die durchdringende Dunkelheit jagte ihr trotzdem eine Heidenangst ein.

Wenig später erreichte sie einen ehemaligen Diner, dessen Fenster mit Kartons zugeklebt waren. Cait meldete sich mit einem Klopfzeichen an der Tür und wartete nervös, weil sie nicht sicher war, ob die anderen überhaupt schon da waren. Doch dann wurde die Tür geöffnet. Nur vage zeichnete sich eine Gestalt in der dahinterliegenden Dunkelheit ab.

»Überpünktlich«, erklang Doris' Stimme. »Das lob ich mir!«

Cait schlüpfte an ihr vorbei in den Diner. Kaum war die Tür leise ins Schloss gefallen, knipste jemand eine Laterne auf einem der Tische an. Ihr greller Schein ließ die Gesichter von Logan und Jack unheimlich aufleuchten.

»Ich habe Mila gesehen«, platzte Cait sofort heraus. Sie trat an den Tisch. »Sie lebt, Logan!«

Er starrte wie versteinert zu ihr hinauf. »Bist du dir sicher?«

»Ja.«

Logan sog hörbar die Luft ein und rieb sich hart über das Gesicht. Ihm war deutlich anzusehen, dass er mit einem Gefühlsausbruch rang und sich um Fassung bemühte. In seinen Augen schillerten Tränen der Erleichterung.

Jack legte ihm kameradschaftlich eine Pranke auf die Schulter und Doris jubelte im Hintergrund: »Ich hab's doch gleich gesagt!«

Nervös räusperte sich Cait und setzte sich an den Tisch, bevor sie vorsichtig bis ins kleinste Detail erzählte, was sie gesehen hatte. Während ihrer Schilderung nahm Logan wieder einen starren Gesichtsausdruck an, der ihn im Schein der Lampe tatsächlich wie eine Statue anmuten ließ.

»Es war definitiv Mila«, schloss Cait ihre Schilderung. »Ich bin mir hundertprozentig sicher.«

Doris wiegte nachdenklich den Kopf. »Vielleicht hat sie nur so getan, als würde sie dich nicht erkennen?«

»Genau«, pflichtete Jack ihr bei. »Um dich nicht an Foulder zu verraten.«

Cait kräuselte skeptisch die Nase und sagte mit einem vorsichtigen Blick auf Logan: »Ich weiß nicht. Sie war vollkommen anders, versteht ihr? Vielleicht hat das Serum nicht nur ihren Körper verändert, sondern auch …«

»Ich will sie sehen«, unterbrach Logan sie unwirsch und machte Anstalten aufzustehen. »Ich muss zu ihr.«

Jack sah ihn eindringlich an. »Das halte ich für keine gute Idee. Wenn Cait recht hat und Mila tatsächlich ihre Haltung geändert hat, dann könnte das unsere ganze Mission zunichtemachen.«

Logan ballte seine Hände so fest zu Fäusten, dass seine Knöchel weiß hervortraten. Er wusste, dass Jack recht hatte, das war ihm deutlich anzusehen. Dennoch schien er kurz davor zu sein, aufzuspringen und einfach schnurstracks in die Safetown zu marschieren.

Beschwichtigend umfasste Cait eine seiner Fäuste und blickte ihn ernst an. »Lass mich erst noch mehr Informationen sammeln, okay? Ihr geht es gut und das ist im Augenblick die Hauptsache. Gib mir ein paar Tage, dann wissen wir mehr.«

Logan schluckte schwer und zog ruppig seine Faust zurück. »Ich gebe dir drei Tage.«

KAPITEL 10

Tom Foulder und Doktor Grant saßen im Überwachungsraum und beobachteten durch ein großes Fenster das Geschehen im Trainingsraum in der achtzehnten Etage des Union Tower. Der Saal bestand größtenteils aus nacktem Beton, schlichte Säulen stützten die Decke ab. Nur in einer Ecke waren Kraftgeräte aufgebaut.

Eve stand in der Mitte des Raums und beobachtete wachsam die fünf Männer, die langsam auf sie zukamen. Kleine Elektroden klebten am Körper der jungen Frau und gaben ihre Vital-Informationen an den Monitor weiter, der vor Doktor Grant stand.

Eves Angreifer trugen Schlagstöcke. Sie selbst war unbewaffnet, verharrte aber scheinbar seelenruhig auf der Stelle, während die Männer den Kreis um sie immer enger zogen.

Plötzlich sprang Eve vorwärts und griff den ersten Mann an. Im Handumdrehen hatte sie ihn nicht nur entwaffnet, sondern im gleichen Atemzug mit drei gezielten Schlägen zu Boden geschickt. Daraufhin stürmten gleich zwei Männer auf sie zu, doch auch sie hatten keine Chance.

Eve war schnell, agil und kräftig zugleich. Ihre Reflexe waren phänomenal, ihre Ausdauer so gut wie unerschöpflich. Die wenigen Schläge, die sie einkassierte, entlockten ihr nicht einmal ein leises Ächzen.

Eve war übermenschlich …

»Ihr Herz schlägt immer noch im Ruhepuls«, sagte Doktor Grant. »Die Adrenalinwerte sind konstant, das EEG zeigt durchgehende Konzentration. Schmerzreize sind kaum erkennbar.«

Zufrieden beobachtete Tom, wie Eve einen Mann nach dem anderen kampfunfähig machte. Dabei benutzte sie keinen einzigen der Schlagstöcke, die ihr zur Verfügung standen. Sie brauchte keine Waffe. Sie selbst war die Waffe.

»Wie geht es mit der Extraktion des Serums voran?«, fragte Tom den Wissenschaftler, ohne seinen Blick von der tödlichen Frau zu nehmen.

»Wieder eine Sackgasse«, antwortete Grant. »Ich fürchte, wir werden keine Spuren von HI-384 mehr in ihrem Blut finden. Es scheint vollkommen mit ihrer veränderten DNA verschmolzen zu sein. Langsam frage ich mich, ob wir nicht eine andere Richtung einschlagen sollten …«

»Und die wäre?«

»Wir könnten Klone anfertigen, die von Leihmüttern ausgetragen werden.«

Tom wandte sich missmutig zu Grant. »Dann hätten wir

die ersten kampffähigen Soldaten frühestens in achtzehn Jahren, wahrscheinlich sogar erst später. In dieser Zeit können Sie auch ein neues Serum entwickeln.«

»Warum nicht beide Wege gleichzeitig gehen?«, sagte Grant vorsichtig.

Sie blickten wieder in den Trainingsraum. Dort warf Eve gerade den letzten Mann über ihre Schulter und schickte ihn zu seinen Kollegen auf den Boden.

Tom fragte leise: »Und Sie sind sicher, dass ihre Neuroblocker auch auf lange Sicht funktionieren und ihre Erinnerungen unterdrücken?«

»Sofern sie keine Resistenz bildet«, sagte Grant, während er die Auswertungen auf dem Monitor vor sich studierte. »Gegebenenfalls müssen wir die Dosis nach und nach anpassen. Es ist ein schmaler Grat, denn ihr Kurzzeitgedächtnis darf auf keinen Fall davon beeinträchtigt werden. Außerdem möchte ich noch einmal darauf hinweisen, dass die Geheimnisse des menschlichen Bewusstseins längst nicht vollständig entschlüsselt sind.«

Eve hatte sich aufgerichtet und blickte zur Glasscheibe. Sie lächelte Tom an. Er erwiderte es und nickte ihr anerkennend zu. Nebenbei sagte er zu Grant: »Dann hoffen wir mal das Beste …«

Am Nachmittag stand Eve in der offenen Küche ihrer geräumigen Wohnung im 41. Stock der Sky Residences und machte sich einen Kaffee. Während die Espressomaschine laute Geräusche von sich gab, spielte sie gedankenverloren mit dem Ehering an ihrer rechten Hand und betrachtete die hübschen Möbel und die dezente Dekoration.

Sie schien einen guten Geschmack zu haben, denn immerhin hatte sie die Wohnung selbst eingerichtet. Sie erinnerte sich nur nicht daran. Und obwohl sie bereits vor sechs Wochen aus der extra für sie geschaffenen Abteilung des Union Tower nach Hause umziehen durfte, fühlte sie sich nach wie vor fremd in diesem Apartment.

Aufzuwachen und nicht zu wissen, wer man war, war eigenartig. Sie konnte sich ganz genau an den Moment erinnern, als sie in ihrem Krankenbett die Augen geöffnet hatte. Alles, was zuvor geschehen war, war wie ausgelöscht gewesen. Sie kannte weder ihren Namen noch den Mann, der neben ihr gesessen und ihre Hand gehalten hatte.

Tom war nicht von ihrer Seite gewichen. Er hatte ihr mit einer Engelsgeduld erklärt, dass sie freiwillig an Programm Eden teilgenommen hatte und dass ihr das Risiko eines Gedächtnisverlustes von Anfang an bewusst gewesen war. Er hatte sich nicht ein einziges Mal darüber beschwert, dass sie ihn vergessen hatte. Ihren eigenen Ehemann.

Eve nahm die Tasse unter der Maschine heraus und atmete den aromatischen Kaffeeduft ein. Gemächlich wanderte sie zu einem Bild an der Wand. Es war ihr Hochzeitsbild. Sie stand in einem weißen Kleid mit dem Rücken zur Kamera und blickte zu Tom auf, der seine Arme um sie gelegt hatte und sie liebevoll anlächelte. Das Foto war vor knapp einem Jahr hier in Edmonton entstanden. Vor ein paar Tagen hatte Tom mit ihr die Kirche besucht, deren Portal im Hintergrund zu sehen war. Erst gestern hatte er sie in das Restaurant ausgeführt, wo er ihr den Antrag gemacht hatte. Er gab wirklich sein Bestes, um ihre Erinnerungen an ihre gemeinsame Zeit wachzurufen.

Doch bislang vergeblich. Was sie inzwischen allerdings genau wusste, war, warum sie sich einst in Tom verliebt hatte. Er war rücksichtsvoll, charmant und trug sie auf Händen, obwohl sie ihn lange auf Abstand gehalten hatte. Wenn schon nicht ihre Erinnerungen, so waren zumindest ihre alten Gefühle zu ihm wieder erwacht. Noch war es eher eine zarte Verliebtheit, aber je mehr sie Tom kennenlernte, desto stärker fühlte sie sich zu ihm hingezogen.

Sie nahm einen Schluck Kaffee. Ein leichtes Pochen in ihrem Unterkiefer meldete sich, doch sie ignorierte es. Die wenigen blauen Flecken vom Vormittagstraining würde heute Abend schon wieder verklungen sein. Ihr Körper heilte schnell. Es war eine der Fähigkeiten, die das Serum ihr verliehen hatte.

Eve durchquerte das Wohnzimmer und trat hinaus auf den Balkon. Sie ging bis zur Brüstung und atmete tief die frische Luft ein. Ein wolkenloser Himmel präsentierte sich über Edmonton. Trotz der zarten Sonnenstrahlen war es kühl hier draußen, doch sie konnte ein Frösteln ebenso erfolgreich unterdrücken wie jeglichen Schmerzreiz.

Schräg gegenüber befand sich der Union Tower, das wichtigste Gebäude der Stadt. Darin wurden sämtliche Belange der nordamerikanischen Union geregelt, und dort befanden sich auch die Hauptzentrale der inneren Sicherheit und der Wohnsitz des Präsidenten Straton.

Trotz der erheblichen Entfernung konnte Eve mit ihren geschärften Augen den Schutzwall am Rande der Safetown erkennen. Eine weitere Fähigkeit, die sie dem Serum zu verdanken hatte. Dass sie weiter sah und besser hörte als ein normaler Mensch, wusste sie von Doktor Grant. Ihre außergewöhnlichen Sinne waren für sie ganz normal, denn sie erinnerte sich schließlich nicht mehr daran, wie es zuvor gewesen war.

Das Klicken der Wohnungstür ließ sie aufhorchen. Eve hörte, wie Tom seinen Chipschlüssel in die Schale im Flur legte und seine Aktentasche auf die kleine Bank daneben stellte. Diese Geräusche waren ihr inzwischen vertraut und zauberten unweigerlich ein Lächeln auf ihre Lippen. Sie lauschte, wie Tom das Wohnzimmer betrat, kurz innehielt und schließlich zu ihr auf den Balkon kam. Eve drehte sich nicht um, sondern wartete, bis Tom dicht an sie herangetreten war und die Arme um sie schlang.

»Hallo, Schatz«, flüsterte er in ihre Halsbeuge und hauchte einen Kuss hinterher.

Seine Berührung fühlte sich angenehm an, auch wenn Eve irgendwie den Eindruck hatte, dass etwas fehlte. Sie vermisste etwas, das sie nicht benennen konnte. Es war, als wäre Toms Nähe ihr vertraut und fremd zugleich.

Eve lehnte sich gegen ihn und streichelte mit ihren Fingerspitzen über seinen Ehering, während sie an ihrem Kaffee nippte.

»Wie war dein Treffen mit Straton?«, fragte sie.

»Er ist begeistert von deinen Ergebnissen.« Tom löste seine Umarmung und drehte Eve sanft zu sich herum. »Er möchte dich endlich persönlich kennenlernen. Gleich heute Abend, bei einem privaten Dinner.«

»Tatsächlich?«, rief Eve erfreut, denn sie wartete schon

lange darauf, den Präsidenten endlich zu treffen. »Meine Güte, was soll ich bloß anziehen?«

Tom lachte milde. »Kein Kleid dieser Welt könnte einen Diamanten wie dich verschandeln. Selbst wenn du in einem Kartoffelsack bei ihm auftauchen würdest, wärst du immer noch das schönste Wesen auf Erden.«

Geschmeichelt legte Eve eine Hand auf seine Brust und schmunzelte. »Man könnte meinen, wir wären noch gar nicht verheiratet, so wie du mich umwirbst.«

»Ich sage nur die Wahrheit«, erwiderte er sanft.

Dann neigte er sich zu ihr herab, um seine Worte mit einem Kuss zu bekräftigen.

Während sie mit dem Aufzug ins Erdgeschoss fuhren, zupfte Eve unablässig an ihrer Hochsteckfrisur herum, bis Tom ihre Hand nahm und sie davon abhielt.

»Du siehst atemberaubend aus«, sagte er, bevor sich die Aufzugtüren öffneten.

Sie hoffte es sehr, denn es war ihr ungemein wichtig, den Präsidenten zu beeindrucken. Tom und Eve hatten viel für Programm Eden riskiert, und sie wollte stets die besten Ergebnisse liefern. Schließlich sollte es nicht umsonst gewesen sein, dass sie ihre Erinnerungen aufgegeben hatte. Außerdem hatte sie monatelang medizinische Tests und ein knallhartes Training über sich ergehen lassen, um Programm Eden zum maximalen Erfolg zu bringen. Auch wenn sie sich nicht daran erinnerte, so hatte sie sich gewiss nicht als freiwilliges Testobjekt zur Verfügung gestellt, um nun zu versagen.

Eves Absätze klackerten laut über den dunklen Marmor der Eingangshalle. Das rote Kleid umspielte zart ihre Knöchel. Ihr Lippenstift hatte exakt den gleichen roten Farbton. Sie hatte beides noch am Nachmittag für ihr Treffen mit Straton gekauft, weil sie nichts Extravagantes in ihrem Schrank gefunden hatte. Laut Tom war sie nie besonders interessiert an Mode gewesen und hatte sich in ihrer früheren Unions-Uniform immer am wohlsten gefühlt. Daran schien sich nicht viel geändert zu haben, denn Eve empfand sich in ihrem momentanen Aufzug um einiges fremder als ohnehin schon.

Trotzdem schritt sie in kerzengerader Haltung neben Tom auf den Haupteingang ihres Apartmenthauses zu und lächelte den Concierge im Vorbeigehen freundlich an.

»Sie sehen bezaubernd aus, Mrs Foulder«, sagte er und wandte sich an Tom. »Sie sind wahrlich ein beneidenswerter Mann, Mr Foulder.«

»Allerdings«, bestätigte Tom schmunzelnd und warf Eve einen verliebten Blick zu.

Sie traten hinaus auf die nächtliche Straße, wo Tom ihr sofort elegant einen Arm anbot. Er war einfach durch und durch ein Gentleman. Eve hakte sich unter und spazierte mit ihm den Gehweg entlang. Ein Stadtbus rollte beinahe lautlos aus entgegenkommender Richtung heran, und Eves Blick streifte eine Frau, die an der Bushaltestelle wartete. An sich nichts Ungewöhnliches, aber Eve glaubte, diese Frau schon einmal gesehen zu haben.

»Kann es sein, dass ich diese Frau kenne?«, fragte sie Tom.

Er wandte den Kopf und erhaschte noch einen kurzen Blick, bevor der Bus die Haltestelle verdeckte.

»Kommt mir nicht bekannt vor«, sagte er schließlich. »Ich wüsste auch nicht, dass du Kontakte außerhalb deiner damaligen Einheit gepflegt hast. Wären wir nicht beide in Calgary stationiert gewesen, dann hätten wir uns wohl nie kennengelernt.«

Sie lachte und verfiel in Schweigen. Ob ihre Erinnerungen wohl jemals zurückkehren würden? Wenn Tom von ihrer Vergangenheit sprach, wusste sie nie, was sie dazu sagen sollte. Sie glaubte ihm zwar, aber seine Erzählungen kamen ihr oft wie Geschichten über eine völlig fremde Person vor.

»Grübelst du schon wieder?«, fragte Tom nach einer Weile.

»Ich bin nur ein wenig aufgeregt«, flunkerte Eve, während sie die Straßenseite wechselten. »Schließlich hat nicht jeder Normalsterbliche täglich mit dem Präsidenten zu tun, so wie du.«

»Normalsterbliche sicher nicht«, erwiderte er augenzwinkernd.

Da Programm Eden oberster Geheimhaltung unterlag, führten sie ihr Gespräch auf offener Straße nicht weiter fort. Außerdem hatten sie ohnehin inzwischen den Union Tower erreicht.

Zwei gläserne Drehtüren kreisten beständig um ihre eigene Achse. Durch die Fensterfront konnte man die elektrischen Sicherheitsschleusen sehen, die man nur mit einer entsprechenden Zugangskarte passieren konnte. Da Eves Training im Tower stattfand, besaß sie bereits eine eigene Karte. Allerdings war sie bisher noch nie höher als in den

23. Stock gekommen, wo sich Toms Büro befand. Für die beiden obersten Etagen, die ausschließlich dem Präsidenten vorbehalten waren, hatten nur sehr wenige eine Freigabe. Tom war einer von ihnen.

Sie betraten den Tower und loggten sich an den Drehkreuzen ein. Mehrere Wachleute waren im Eingangsbereich postiert. Sie nickten Eve und Tom schweigend zu, während die beiden zu dem unscheinbaren Privataufzug neben den öffentlichen Fahrstühlen gingen. Tom hielt seine Karte vor das Transponderfeld, und der Aufzug brachte sie in Sekundenschnelle in die 31. Etage, wo sich das exklusive Reich des Präsidenten befand.

Vor den kunstvoll geschnitzten Holztüren der Präsidentensuite war eine weitere Sicherheitsschleuse eingerichtet. Insgesamt fünf Wachleute sicherten das Oberhaupt ihrer Regierung. Obwohl Tom hier beinahe täglich ein und aus ging, musste er seine Dienstwaffe abgeben und dann traten sie beide durch einen Röntgenscanner. Eve ließ das Prozedere geduldig über sich ergehen, denn das Wohl des Präsidenten stand natürlich an oberster Stelle.

Sie zupfte ein letztes Mal an ihrer Frisur, bevor einer der Wachmänner sie schließlich in den Empfangsraum des Luxus-Penthouse führte und der Obhut eines Butlers übergab, der ihnen die Mäntel abnahm. Für einen Moment war Eve geradezu überwältigt von all der Opulenz, die sich ihr hier darbot. Ein riesiger Kristallleuchter baumelte von der Decke des runden Raumes, von dem mehrere Eichenholztüren abgingen. In der Mitte des edlen Steinbodens war das Logo der Union eingelassen. Verschiedene Gemälde zierten den Raum. Eve kannte sich mit Kunst nicht aus, doch es waren vermutlich teure Ölbilder aus der Zeit vor den Katastrophen. Vor ihnen führte eine ausladende Treppe in die obere Etage des Apartments. Dort mussten sich die Privaträume des Präsidenten befinden.

Der Butler führte sie an der Treppe vorbei in einen Salon. Die Wände waren mit dunklem Holz vertäfelt, eine Ledersitzgruppe stand vor einem offenen Kamin, in dem ein Feuer knisterte. Präsident Straton saß mit einer Zigarre in der Hand auf einem der wuchtigen Ohrensessel und blickte auf, als sie eintraten. Er war schlank und trug sein grau meliertes Haar in einem akkuraten Kurzhaarschnitt.

»Mr und Mrs Foulder, Sir«, kündigte der Butler sie an und zog sich dann unauffällig zurück.

Straton ließ einen langen Blick über Eve gleiten. Dann legte er seine Zigarre in einen Kristall-Aschenbecher und stand auf.

»Grundgütiger«, sagte er in fasziniertem Tonfall. »Ihre Profilbilder werden Ihrer Schönheit wahrlich nicht gerecht, Eve.« Er trat vor sie und musterte sie wie ein seltenes Artefakt. »Absolute Perfektion. In jeglicher Hinsicht.«

Obwohl Straton im Grunde genau so reagierte, wie Eve es sich erhofft hatte, fühlte sie sich plötzlich unwohl in seiner Gegenwart. Der Ausdruck in seinen Augen war ihr unangenehm. Eiskalte Berechnung lag darin. Jede einzelne seiner Bewegungen schien sorgfältig abgewogen, während er gleichzeitig die winzigsten Regungen seines Gegenübers bis ins Kleinste analysierte.

Hastig rang Eve ihr Unwohlsein nieder, setzte ein charmantes Lächeln auf und streckte dem Präsidenten eine Hand entgegen. »Es ist mir eine große Ehre, Sie kennenzulernen, Präsident Straton.«

»Ich bitte Sie«, winkte er nonchalant ab, während er ihre Hand ergriff. »Nennen Sie mich William.«

Anstatt ihre Hand zu schütteln, beugte er sich hinab und hauchte einen Kuss auf ihren Handrücken. Eve fühlte sich durchaus geehrt von dieser überraschenden Begrüßung, doch sie wusste nicht, was sie davon halten sollte. Seine Freundlichkeit war nicht echt, so viel war klar. Straton war ihr unsympathisch, denn er entsprach nicht ganz dem, was sie sich unter einem Staatsoberhaupt vorgestellt hatte. Andererseits konnte man wahrscheinlich von einem Mann mit seiner Verantwortung nicht allzu viel ehrliche Herzlichkeit erwarten. Mit reiner Herzlichkeit regierte man kein Volk. Dafür brauchte es Verstand, und den besaß Straton zweifellos.

Der Präsident führte seine Gäste in ein Nebenzimmer, wo eine lange Tafel vor einer Fensterfront aufgebaut war. Die Aussicht auf die glitzernde Skyline der nächtlichen Safetown war spektakulär. Eve setzte sich gegenüber von Tom an den gedeckten Tisch, während Straton an der Stirnseite Platz nahm. Das erlesene Tafelsilber war sorgfältig poliert. Zwei Bedienstete tauchten wie aus dem Nichts auf und füllten die Gläser mit tiefrotem Wein.

»Nun, Eve«, sagte Straton schließlich und hob sein Glas. »Ich kenne Ihre Akte natürlich, doch kein Dokument der Welt kann ein persönliches Gespräch ersetzen, nicht wahr? Ihr Gedächtnisverlust ist sicher sehr unangenehm. Ich hoffe, dass Ihre Erinnerungen bald wieder zurückkehren werden.«

Eve bemühte sich um einen Lächeln. »Das hoffe ich auch, doch bislang hat mich meine fehlende Vergangenheit nicht eingeschränkt. Mein Wissen über Kampfstrategie und Taktik konnte ich bereits wiederherstellen. Ich lerne schnell und meine optimierte Auffassungsgabe macht die fehlende Erfahrung problemlos wett.«

»Das kann ich uneingeschränkt bestätigen«, sagte Tom. »Eve hat in nur einem Bruchteil der normalen Zeit die militärische Grundausbildung absolviert und ist bereits bestens mit den Strukturen und Vorgehensweisen der inneren Sicherheit vertraut.«

»Beeindruckend.« Straton trank gemächlich von seinem Wein. »Sagen Sie, Eve, was würden Sie in der Union gern verbessern?«

»Verbessern?« Sie runzelte verwundert die Stirn und versuchte zu verstehen, was der Präsident mit dieser merkwürdigen Frage bezweckte. Sein analytischer Blick durchbohrte sie regelrecht. »Bislang ist mir absolut nichts aufgefallen, was verbesserungswürdig wäre, Sir ... William. Die Menschen hier sind glücklich. Sie sind in Sicherheit und werden versorgt. Alle ihre Grundbedürfnisse werden befriedigt. Was sollte man da noch verbessern?«

»Und außerhalb der Safetowns?«, hakte Straton weiter nach.

»Dazu kann ich keine persönliche Einschätzung abgeben, da ich seit meinem Gedächtnisverlust noch nicht draußen war. Allerdings kenne ich alle entsprechenden Berichte und Analysen. Demnach ist die Reichweite der staatlichen Versorgungstrupps groß genug, um die Ressourcen bestmöglich zu verteilen. Den Bürgern in den roten Zonen steht es frei, in die Versorgungsgebiete umzusiedeln. Wer darauf verzichtet, ist selbst schuld.«

Straton beobachtete sie immer noch mit Argusaugen. Langsam schwante ihr, dass er gerade ihre Loyalität gegenüber der Union testete. Das war verständlich nach den jüngsten Ereignissen, die Programm Eden beinahe zunichtegemacht hätten.

Eve wagte sich mutig ein Stück vor und erwiderte Stratons Blick.

»Es gab nie zuvor eine Weltregierung«, sagte sie ruhig. »Das System der Union garantiert Frieden zwischen den Ländern und einen noch die da gewesenen globalen Wohlstand. Natürlich braucht es Zeit, um diese Weltordnung herzustellen. Aber ich bin zuversichtlich und ich will alles, was in meiner Macht steht, dazu beitragen.«

Ein paar Sekunden lang starrte der Präsident sie an, als wollte er bis in die Tiefen ihrer Seele blicken. Dann hoben sich seine Mundwinkel zu einem zufriedenen Lächeln und er lehnte sich entspannt zurück.

»Ihre bloße Existenz ist schon ein unbezahlbarer Dienst an der Union«, sagte er dann. »Immerhin sind Sie die Zukunft, Eve. Die Erste ihrer Art. Der Prototyp eines vollkommen neuen Menschen. Dennoch habe ich mich bereits ausführlich mit Ihrem Ehemann darüber unterhalten, an welcher Stelle Ihre außerordentlichen Fähigkeiten dem Staat nützlich sein könnten.«

Überrascht sah Eve zu Tom, der nun leicht schmunzelte. Bisher hatten sie noch nie darüber gesprochen, dass sie in naher Zukunft in den aktiven Dienst versetzt werden könnte. Erfreut wandte Eve sich wieder dem Präsidenten zu, der schließlich in feierlichem Tonfall sagte: »Willkommen bei der inneren Sicherheit, Agent Eve Foulder.«

Ihr entwich ein freudiges Lachen, doch sie riss sich hastig zusammen und nahm eine professionelle Haltung ein. »Vielen Dank. Ich werde Sie nicht enttäuschen, William.«

Je länger Cait Mila beobachtete, desto mehr stellte sie sich die Frage, ob es sich vielleicht doch um eine Doppelgängerin handelte. Sicher, durch das Serum waren ihre Gene optimiert worden – sie besaß nun mehr Kraft, mehr Ausdauer, verbesserte Reflexe und erweiterte Sinne … so stand es jedenfalls in Grants Dokumenten. Doch machten diese physischen Verbesserungen einen von Grund auf zu einem anderen Menschen?

Cait blickte durch das Fenster des schicken Cafés schräg gegenüber der Sky Residences. Der übliche Morgentrubel beherrschte die Straßen. Viele Leute holten sich hier einen Kaffee auf dem Weg zur Arbeit. Sie selbst hatte nicht mehr viel Zeit, denn bald würde auch ihr Arbeitstag in der Personalverwaltung der Versorgungseinheiten nahe dem westlichen Schutzwalltor beginnen.

Sie nippte an ihrem Cappuccino und dachte über die Informationen nach, die sie bereits über Mila hatte sammeln können. Von mehreren Northstars hatte sie inzwischen Dinge erfahren, die ihr die Haare zu Berge stehen ließen. Sie hatte keine Ahnung, wie Logan darauf reagieren würde.

Die meisten Informationen hatte Cait von einem Concierge der Sky Residences erhalten. Demnach hieß Mila jetzt tatsächlich Eve. Und nicht nur das – sie war auch noch mit Tom Foulder verheiratet. Eine Tatsache, die auch den Concierge vor etwa sechs Wochen überrascht hatte. Foulder hatte damals einen Wohnungsschlüssel für seine Frau angefordert, von der keiner der Angestellten bis dahin etwas gehört hatte. Eine Northstar im Reinigungstrupp des Hauses hatte berichtet, dass wenige Tage vor Eves Ankunft mit einem Mal Damenbekleidung und Hygieneartikel in Foulders Singlewohnung aufgetaucht waren, als wären sie schon immer dort gewesen. Außerdem hatte sie ein Hochzeitsfoto erwähnt.

Das alles war an sich schon äußerst merkwürdig. Aber am nachdenklichsten stimmte Cait die Tatsache, dass Mila sich in ihrem neuen Leben außerordentlich wohlzufühlen schien. Angeblich war gestern ein Dienstausweis für Agent Eve Foulder ausgestellt worden und Präsident Straton hatte Mr und Mrs Foulder zu einem Privatdinner eingeladen. Das erklärte auch Milas feine Aufmachung, als Cait sie von der Bushaltestelle aus gesehen hatte.

Mila war jetzt also Teil der Union. Entweder hatte man ihr eine nachhaltige Gehirnwäsche verpasst oder sie spielte eine sehr überzeugende Rolle. Da Cait Mila als einen eher zurückhaltenden, aber überaus ehrlichen Charakter kennengelernt hatte, konnte sie sich kaum vorstellen, dass ihr ein solch glaubhaftes Schauspiel auf Dauer gelang. Die Gehirnwäsche schien also die bessere Erklärung für das Ganze zu sein.

Cait richtete sich auf, als sich hinter dem gläsernen Haupteingang der Sky Residences auf der anderen Straßenseite zwei Gestalten abzeichneten. Mila und Foulder kamen heraus. Beide waren in schlichte Business-Outfits gekleidet, Foulder trug einen Aktenkoffer bei sich. Mila wirkte überaus stolz, fast schon erhaben, wie sie mit kerzengerader Haltung neben Foulder zum Union Tower hinüberschritt. Bevor die beiden die Straßenseite wechselten, sagte er etwas zu Mila und beugte sich zu ihr, um sie zu küssen.

Sobald Mila und Foulder aus Caits Blickfeld verschwunden waren, lehnte sie sich zurück und rieb sich über die Stirn. Sie wollte Logan nicht belügen, war sich aber nicht sicher, ob sie ihm die ungeschönte Wahrheit tatsächlich erzählen sollte. Sie hatte noch nie einen Mann mit derart viel Selbstbeherrschung getroffen, doch Mila war zweifellos dazu in der Lage, sogar ihn aus der Spur zu werfen. Er liebte sie von ganzem Herzen, das war für Cait vom ersten Moment an klar gewesen. Er hatte die letzten Monate unsäglich darunter gelitten, dass sie verschwunden war. Ein anderer wäre vielleicht daran zerbrochen, doch Logan hatte in seinem Schmerz einen Antrieb gefunden, der seinesgleichen suchte. Er, Jack und Doris hatten all ihr Wissen vereint und eine Revolution ins Rollen gebracht, die die Union bis in die Grundfesten erschüttern würde. Der ganze Plan basierte auf der Säule des Überraschungseffektes, weshalb es essenziell war, dass sich das Gewitter unbemerkt zusammenbraute und erst entlud, wenn es für die Union zu spät war, um zu reagieren.

Die Northstar Brigade stand kurz vor ihrem ersten und zugleich wichtigsten Schlag. Mit dem sogenannten Strike One wollten sie in einer einzigen Nacht Edmonton erobern und von dort aus zu einer globalen Revolution aufrufen, um eine Demokratie zu schaffen. Dabei war die Wahrheit über die Neue Weltordnung ihre kostbarste Waffe, um einen friedlichen Ablauf des Regierungssturzes zu ermöglichen. Denn wer würde einer Regierung noch länger folgen wollen, die Milliarden von Menschen getötet hatte?

Der Plan war gut und alle Vorbereitungen verliefen reibungslos. Umso gefährlicher war nun Milas überraschendes Auftauchen, denn wenn Logan seinen kühlen Kopf verlor, konnte das der gesamten Northstar Brigade ihren wichtigsten Anführer kosten.

Um das zu verhindern, wollte Cait unbedingt noch mehr über Milas Gesinnungswandel herausfinden, bevor sie sich mit Logan traf.

Am nächsten Tag folgte Cait Mila in einen Supermarkt im Ice-District und schob in großzügigem Abstand zu ihr einen Einkaufswagen durch die Gänge. Um nicht allzu verdächtig zu wirken, packte Cait hier und da Lebensmittel in ihren Wagen. Die Regale waren einigermaßen gefüllt, doch die Auswahl der Produkte war natürlich erheblich kleiner als früher. Es gab ganze Reihen mit ein und demselben Produkt, um zumindest das Bild von Wohlstand zu erhalten. Alle noch existierenden Lebensmittelfabriken waren verstaatlicht worden und produzierten sogar schon wieder das ein oder andere Fertigprodukt.

An einem Süßwarenregal blieb Cait stehen und betrachtete die als neu eingetroffen gekennzeichnete Auswahl an Kartoffelchips. Die glänzenden Verpackungen waren der blanke Hohn in Anbetracht dessen, dass die Menschen außerhalb des Schutzwalls täglich Hunger litten. Das bezeichnete die Union also als eine gerechte Verteilung der Ressourcen. Cait hatte große Mühe, ihren aufwallenden Zorn im Zaum zu halten, denn am liebsten hätte sie die Tüten auf der Stelle in der Luft zerfetzt.

»Schmecken die denn gut?«, fragte plötzlich eine Frau neben ihr.

Cait schluckte schwer, denn es war Mila, die ihren Wagen neben ihr angehalten hatte und neugierig eine der knisternden Chipsverpackungen aus dem Regal nahm.

Hastig riss Cait sich zusammen. Das war die Gelegenheit, um Mila ein wenig auf den Zahn zu fühlen.

»Ob sie so gut schmecken wie früher, weiß ich nicht«, antwortete Cait.

Mila blickte von der Verpackung zu ihr auf und stockte sichtlich. Eine kleine Falte erschien auf ihrer Stirn, während sie Cait eingehend musterte. Schließlich lächelte sie vorsichtig. »Entschuldigen Sie die Frage, aber kann es sein, dass wir uns schon einmal begegnet sind?«

Caits Herzschlag beschleunigte sich. Doch irgendetwas mahnte sie zur Vorsicht und sie beschloss, nicht sofort mit der Wahrheit herauszuplatzen.

»Das ist durchaus möglich«, erwiderte sie. »Immerhin wohne ich in dieser Gegend. Sie vermutlich auch, oder?«

»Ja, seit …« Mila räusperte sich. »Sie erkennen mich also nicht?« Bevor Cait antworten konnte, fügte sie noch hinzu: »Entschuldigen Sie die merkwürdige Frage, aber ich leide unter einer retrograden Amnesie.«

»Oh!«, entfuhr es Cait. »Wie ist das passiert?«

Mila winkte ab. »Ein unglücklicher Treppensturz mit schwerer Gehirnerschütterung.«

Glaubte sie das tatsächlich oder war das eine Lüge gewesen? Cait war sich nicht sicher. Sie lächelte mitfühlend. »Das tut mir leid. Es ist bestimmt schrecklich, seine Erinnerung zu verlieren.«

»Mein Mann hat mir geholfen, mich selbst wieder kennenzulernen«, antwortete Mila mit ehrlicher Dankbarkeit in der Stimme. »Ohne ihn wüsste ich vermutlich immer noch nicht, wer ich bin.«

Damit wäre die Theorie der Gehirnwäsche also bestätigt. Cait hielt hartnäckig an ihrem mitfühlenden Lächeln fest und überlegte fieberhaft, wie sie sich nun verhalten sollte. Mila schien von ihrem Gatten überzeugt zu sein, und wenn Cait nun mit der Wahrheit herausrückte, würde Mila vermutlich sofort alles Foulder erzählen. Das durfte sie nicht riskieren. Zumindest nicht sofort. Allerdings kam ihr eine spontane Idee.

»Ich muss jetzt leider los«, sagte Cait bedauernd. »Aber was halten Sie davon, wenn wir uns mal verabreden? Vielleicht zum Abendessen? Ich glaube, wir könnten uns ganz gut verstehen, und neue Freundschaften sind immer gut, nicht wahr?«

Mila wirkte ehrlich erfreut über ihr Angebot und schlug sofort den nächsten Abend für ein Treffen vor. Die beiden tauschten ihre Festnetznummern aus und dann streckte Cait Mila freundlich eine Hand entgegen. »Ich bin übrigens Cait.«

»Eve«, antwortete Mila und schlug ein. »Freut mich sehr, Cait.«

»Also dann, bis morgen, Eve!«

Erst als Cait mit ihrem Einkaufswagen um die Ecke gebogen war, erlaubte sie es sich, tief durchzuatmen. Hoffentlich ging ihre grandiose Idee nicht nach hinten los.

KAPITEL 11

Als Logan am nächsten Vormittag mit dem Fahrrad durch den Ice-District fuhr, wusste er ganz genau, dass er gerade mehr als sein eigenes Leben aufs Spiel setzte. Die anderen ahnten nicht, was er vorhatte. Sie hätten ihn nur davon abgehalten, aus verständlichen Gründen. Er hätte sich ja selbst davon abgehalten, wenn er gekonnt hätte.

Aber er konnte es nicht. Er wollte einfach nicht glauben, was Cait ihm alles erzählt hatte. Er musste es mit eigenen Augen sehen.

Seine Tarnung hatte er in einem verlassenen Kostümverleih gefunden. Sie bestand aus einer Perücke mit schulterlangen schwarzen Haaren und einer Mütze, die er tief ins Gesicht gezogen hatte. Er hatte sich außerdem einen schwarzen Vollbart angeklebt, der erstaunlich echt aussah. Dazu trug er eine runde Brille mit Fensterglas. Insgesamt sah er aus, als käme er direkt aus der Hippie-Bewegung der 1960er-Jahre.

Ihm blieben nur zwei Stunden, bevor die Wachablösung am Nordtor stattfand und ein paar nicht akquirierte Soldaten ihren Posten einnahmen. Erst am nächsten Tag würde sich wieder eine Wachbesetzung ausschließlich aus Northstars ergeben, bei der er gefahrlos die Schutzmauer passieren könnte. Wenn Logan also die Nacht nicht in einer dunklen Ecke der Safetown verbringen wollte, musste er sich beeilen.

Er bog in eine Seitengasse ab und gelangte problemlos zum Personaleingang der Sky Residences. Ein Wachmann saß an der Pforte und ließ einen skeptischen Blick über ihn gleiten, bis er schließlich den Stern auf Logans oberstem Knopf entdeckte und erkennend nickte.

»Was kann ich für dich tun?«, fragte der Wachmann mit gesenkter Stimme.

»Ich muss mit Holly sprechen«, antwortete Logan.

Der Wachmann griff zum Telefon und rief Holly Steinfeld, die Chefin der Gebäudereinigung, zum Personaleingang. Während sie warteten, erkundigte Logan sich nach dem Stand der Rekrutierung bei den Hausangestellten. Da der Wachmann zögerte, nahm er kurz seine Brille ab und schob Mütze und Perücke ein Stück nach oben.

»Logan Moore«, hauchte der Wachmann verblüfft und knetete nervös seine Hände. »Es ist mir eine Ehre, Sir.«

Logan rückte seine Verkleidung wieder zurecht. »Bitte keine unnötige Unterwürfigkeit.« Er beugte sich vor und las das Namensschild. »Timothy. Wir kämpfen gleichberechtigt für dieselbe Sache.«

Timothy nickte hastig. »Natürlich. Nun, ähm, in diesem

Gebäude arbeiten ausschließlich Northstars. Wir sind zu allem bereit.«

»Perfekt. Weißt du, ob die Lockdown-Software schon installiert wurde?«

»Ja. Vor ein paar Tagen haben wir einen Testlauf gemacht. Es funktioniert einwandfrei.«

Zufrieden strich Logan sich über den falschen Bart. »Gute Arbeit. Richte das bitte auch deinen Mitstreitern aus. Es wird nicht mehr lange dauern, bis wir den Tag X festlegen. Bis dahin ist es wichtig, absolute Normalität zu wahren.«

»Geht klar, Sir … Boss …« Timothy atmete tief durch. »Logan.«

Da betrat auch schon Holly den schmalen Eingangsbereich. Die Mittvierzigerin runzelte die Stirn, betrachtete Logans Stern auf dem Knopf und sah anschließend zu ihm auf. »Logan Moore?«

»Höchstpersönlich«, sagte Timothy in dramatischem Tonfall.

Cait hatte wohl nicht übertrieben, als sie vor einiger Zeit berichtete, Logan wäre unter den Northstars längst zu einem Idol geworden. Der Inbegriff des Widerstands. Der Mann, der sein luxuriöses Leben im Kreis des Präsidenten aufgab, um für die Wahrheit in die Schlacht zu ziehen.

Logan wusste durchaus um seine Führungsqualitäten, doch er selbst hätte sich nie an die Spitze dieser Bewegung gesetzt. Allerdings war es so, wie Doris gesagt hatte – die Menschen brauchten jemanden, dem sie folgen konnten. Und diese Menschen hatten ihn zu ihrem Anführer gemacht, obwohl er selbst sich nur gemeinsam mit Jack und Doris als Führungstriade betrachtete.

Er rang sich ein Lächeln ab und sah die beiden Northstars an. »Ich muss in Tom Foulders Wohnung und brauche eure Hilfe.«

Holly und Timothy zögerten keine Sekunde lang. Sie schienen sich äußerst geehrt zu fühlen, ihrem Anführer helfen zu dürfen, und stellten keine weiteren Fragen zu seinem Vorhaben. Timothy bot an, die Überwachungsvideos zu manipulieren, und Holly führte Logan zu den Personalumkleiden, um ihm eine Uniform der Putzkolonne auszuhändigen. Es dauerte keine zehn Minuten, bis Logan sich in ein Mitglied der Reinigungstrupps verwandelt hatte und mit dem Fahrstuhl in den 41. Stock fuhr.

Dort schaute er sich mit gemischten Gefühlen um. Hier sah es genauso aus wie in der Etage darunter, in der er vor nicht allzu langer Zeit gewohnt hatte. Es war merkwürdig, nach all den Geschehnissen wieder hier zu sein. Die luxuriöse Atmosphäre in diesem Gebäude war ihm selbstverständlich erschienen. Jetzt wirkte sie eher abstoßend, als hätte sich eine Illusion in Luft aufgelöst und die Wahrheit schimmelige Wände und abblätternde Tapeten offenbart. Im Grunde war die ganze Safetown ja nichts anderes als eine Illusion, um von der schrecklichen Wirklichkeit abzulenken.

Vor ihm öffnete sich eine Apartmenttür und eine junge Angestellte schob ihren Putzwagen hinaus auf den Flur. Sie nahm ein Schild von der Tür, nickte Logan kurz zu, legte ihren Chipschlüssel auf den Wagen und eilte dann in die andere Richtung davon. Logan übernahm stillschweigend ihren Putzwagen und schob ihn bis zu Apartment 4112, in dem Foulder und nun auch Mila wohnten.

Er klopfte und wartete kurz. Als sich niemand meldete, öffnete er die Tür mit dem Chipschlüssel und rief in die Wohnung: »Reinigungsdienst!«

Das Apartment war menschenleer. Logan hängte das Schild des Reinigungsservice außen hin, bevor er den Putzwagen in den Wohnungsflur schob und die Tür hinter sich schloss. Er schnappte sich ein Mikrofasertuch, um Fingerabdrücke zu vermeiden. Dabei fiel sein Blick auf einen Damenmantel an der Garderobe. Er war schlicht, aber elegant. Logan strich gedankenverloren über den Stoff und fragte sich, wie Mila in einem solchen Kleidungsstück wohl aussehen mochte. Bestimmt betonte es ganz hervorragend ihre zarten, weiblichen Züge.

Hastig zog Logan seine Hand zurück, als hätte er sich an dem Stoff verbrannt. Er war nicht hier, um sich in seiner Sehnsucht zu verlieren. Er wollte sich ein genaues Bild machen, darum musste er sich jetzt zusammenreißen.

Die erste Tür führte ins Badezimmer, wo Logan sich ausgiebig umsah. Mithilfe des Tuches öffnete er den breiten Spiegelschrank über dem Waschbecken und ließ seinen Blick über die Kosmetikartikel wandern. Das obere Regal gehörte zweifellos Foulder, während das untere ausschließlich Damenkosmetik enthielt. Ganz vorn stand eine weiße Pillendose mit der Aufschrift *Gilenol*. Logan hatte keine Ahnung, was das sein könnte, aber da das Döschen gut erreichbar in der Mitte stand, musste Mila diese Pillen sicher regelmäßig einnehmen.

Logan klappte den Spiegelschrank wieder zu und nahm sich das Schlafzimmer vor. Seine Kehle war wie zugeschnürt, als er vor dem ordentlich gemachten Ehebett stand. Der Gedanke daran, dass Mila sich mit Foulder ein Bett teilte, war kaum zu ertragen. Cait hatte den Umgang der beiden vorsichtig als »eng vertraut« bezeichnet. Aber ihm war klar, was das bedeutete. Und es brachte ihn beinahe um den Verstand, dass dieser verlogene Bastard Foulder seine dreckigen Hände an Mila legte.

Sein Atem ging schwer vor Zorn, während er mit geballten Fäusten auf das Bett starrte. Er hatte große Mühe, das Gefühl der Ohnmacht niederzuringen, das ihn zu überwältigen drohte.

Nein, er war nicht ohnmächtig. Er würde Mila hier herausholen. Spätestens mit Strike One würde er sie aus diesem Lügengeflecht befreien.

Immer noch kochend vor Wut trat er zu dem Nachttisch, auf dem eine Handcreme stand. Er zog die Schublade auf und untersuchte den Inhalt. Neben einem weiteren Döschen mit Gilenol befanden sich darin nur eine Packung Taschentücher und eine hübsch verzierte Holzschatulle. Er nahm das Kästchen heraus und klappte es auf. Ihm entfuhr ein düsteres Lachen, als er das Sammelsurium unterschiedlichster Erinnerungsstücke sah. Foulder hatte offenbar an alles gedacht, um Milas erfundene Vergangenheit glaubhaft zu gestalten.

Logan zog ein weißes Kärtchen hervor. Es war eine Hochzeitseinladung, datiert von vor knapp einem Jahr. Nur mit größter Mühe schaffte Logan es, die Einladung nicht in seiner Faust zu zerquetschen. Er legte sie wieder in die Holzschatulle in dem Nachttisch und verließ das Schlafzimmer, bevor er doch noch die Kontrolle verlor.

Langsam wanderte er durch den offenen Wohnbereich und blieb vor einer Kommode neben der Couch stehen. Zwei Bilderrahmen waren dort aufgestellt. Der erste enthielt ein

Porträt von Foulder, der Straton die Hand schüttelte. Logan schmunzelte bitter, denn es gab ein ähnliches Bild von ihm selbst und dem Präsidenten. Die Fotografien waren an dem Tag entstanden, als die innere Sicherheit ihren Dienst im Union Tower aufgenommen hatte.

Das zweite gerahmte Bild war ein Porträt von Mila in Offiziersuniform, sie posierte neben der Staatsflagge der Union. Da hatte ein Grafiker wirklich ganze Arbeit geleistet, denn die Fotografie sah absolut echt aus. Hätte Logan es nicht besser gewusst, wäre nicht einmal er auf die Idee gekommen, dass hier ein Bildbearbeitungsprogramm verwendet worden war.

Über der Kommode hingen die Urkunden mehrerer Dienstbeförderungen. Es war eine beeindruckende Karriere, die man Mila da angedichtet hatte. Immerhin beförderte die letzte Urkunde sie zum Captain der Infanterie – nicht schlecht für ihr junges Alter.

Logan wandte sich ab und ging hinüber zum offenen Küchenbereich. Ein großes Bild an der Wand ließ das Blut in seinen Adern gefrieren. Es war ein fingiertes Hochzeitsfoto von Mila und Foulder. Foulders verliebter Gesichtsausdruck brachte Logan sofort wieder in Rage. Seine Hände zitterten und der tiefe Hass auf diesen Mann schoss siedend heiß durch seine Glieder. Er ballte eine Faust und holte aus, um die verlogene Visage zu zermalmen. Doch im letzten Moment drang ein Geräusch durch seinen Zorn und ließ ihn mitten in der Bewegung innehalten.

Es war das Summen der Türentriegelung.

Eine weibliche Stimme rief: »Lassen Sie sich nicht stören, ich hab nur etwas vergessen.«

Logans Herz setzte für einen Moment aus. Er war weder

fähig zu antworten noch einen klaren Gedanken zu fassen. Wie versteinert lauschte er auf die Geräusche im Wohnungsflur. Mila ging ins Bad. Sie öffnete den Spiegelschrank. Das leise Klackern stammte vermutlich von der Pillendose, die sie nun an sich nahm. Sie schloss den Schrank und trat wieder zurück in den Flur. Dort hielt sie inne. Nur wenige Meter von ihm entfernt, direkt hinter der Mauer des Durchgangs zum offenen Wohnbereich.

»Hallo?«, fragte sie laut.

Er schloss die Augen und rang mit sich selbst. Die Vernunft siegte schließlich.

»Ja … entschuldigen Sie, ich habe Sie gehört«, antwortete er. »Es ist alles gut.«

»Okay«, erwiderte Mila. »Einen schönen Tag noch!«

»Ihnen auch!«, rief Logan und presste die Lippen fest aufeinander.

Sie ging ein paar Schritte in Richtung Wohnungstür. Logan wollte schon durchatmen, als sie plötzlich zum Wohnbereich zurückkehrte. Hastig sprang Logan zum Küchentresen und polierte mit dem Tuch die steinerne Arbeitsplatte. Er hatte Mila den Rücken zugewandt und drehte sich erst um, als sie sich räusperte.

Ihr Anblick fuhr wie ein Blitz durch ihn hindurch. Mila war schöner als je zuvor. Ihr Gesicht strahlte geradezu vor Gesundheit. Sie trug ihr Haar in einem akkuraten Knoten und das dunkle Braun schimmerte rötlich im Licht der hereinfallenden Sonne. Der schwarze Business-Zweiteiler ließ eine kräftige und sportliche Figur erahnen. Ihre frühere Zerbrechlichkeit war verschwunden, doch das zarte Lächeln auf ihren Lippen war immer noch ein und dasselbe.

»Ich bin ja nicht sehr pingelig«, sagte sie freundlich, »aber mein Mann dafür umso mehr. Gestern hat er sich über Fingerabdrücke an den Küchenschränken beschwert, also achten Sie bitte besonders darauf, die Hochglanzflächen zu polieren. In Ordnung?«

Logan nickte nur. Zu mehr war er einfach nicht fähig, doch das schien Mila zu genügen, denn kurz darauf war sie schon verschwunden. Er lauschte dem Geräusch ihrer Schritte und hörte schließlich die Wohnungstür hinter ihr ins Schloss fallen.

Einen Moment lang stand er wie erstarrt da. Dann ließ er seine Fäuste auf die gewienerte Arbeitsplatte krachen.

⬡

»Was zum Teufel hast du dir dabei gedacht?«, brüllte Jack ihn wenige Stunden später an.

»Himmel, Arsch und Zwirn«, murmelte Doris finster und ließ sich auf die Eckbank fallen. »Das hätte so was von schiefgehen können ...«

Logan stand am Fenster der Personalküche im verlassenen Einkaufscenter und blickte hinaus, während er die Wut seiner Mitstreiter über sich ergehen ließ. Sie durften ruhig wütend sein. Er hätte vermutlich genauso reagiert. Erst als sich die beiden einigermaßen beruhigt hatten, drehte er sich zu ihnen um und erzählte ihnen in allen Einzelheiten von seinem Ausflug in die Sky Residences.

Jack lehnte mit verschränkten Armen an der Küchenzeile und schüttelte immer wieder grimmig den Kopf. Doris zog einige Male kaum merklich die Brauen hoch, bis Logan schließlich bei seiner Begegnung mit Mila angelangt war. Da schlug sie plötzlich mit der flachen Hand auf den Tisch.

»Herrgott, Logan!«, schrie sie. »Was hättest du getan, wenn sie dich erkannt hätte? Also, ich meine den Logan Moore, auf dessen Fahndung sie wahrscheinlich als Agentin angesetzt wurde?«

»Meine Tarnung war gut«, antwortete er schlicht. Wobei er sich insgeheim natürlich fragte, ob die alte Mila ihn nicht trotzdem erkannt hätte. »Und ob sie auf mich angesetzt wurde, wissen wir nicht.«

Jack schnaubte. »Du glaubst, die würden ihre effektivste Waffe nicht gegen ihren größten Feind richten? Ich bitte dich.«

»Sie ist keine Waffe«, sagte Logan scharf.

»Für die Union schon! Und wenn sie schlau waren, dann haben sie Mila das auch eingetrichtert. Du weißt genau, wie Straton seine besten Leute an sich bindet. Er gibt ihnen das Gefühl, für die Union unersetzlich zu sein. Er schürt ihre Loyalität mit Schmeicheleien und Lobeshymnen, damit man ihn auch ja nicht enttäuschen will.«

Natürlich wusste Logan das. Er hatte dieses Spielchen ja selbst mitgemacht, genau wie Jack auch. Sie beide waren auf Stratons Psychotricks hereingefallen und von ihm manipuliert worden. Doch sie hatten noch etwas anderes gemeinsam: Keiner von ihnen war dem Präsidenten blind gefolgt. Ein Umstand, der Straton trotz all seiner intriganten Intelligenz entgangen war.

Logan sah seinen Freund Jack ernst an. »Foulder hat Mila permanent mit falschen Informationen gefüttert. Die haben sich wirklich extrem Mühe gegeben. Ich bin sicher, dass es irgendwo eine lückenlose Akte zu ihrer fingierten Vergangenheit gibt.« Er blickte zu Doris. »Kennst du ein Medikament namens Gilenol?«

Doris überlegte kurz. »Das sagt mir nichts.«

»Könnte es sein, dass man Erinnerungen durch ein Medikament abblocken kann?«, hakte er nach.

»Ich bin keine Ärztin«, erwiderte sie gedehnt. »Das Gehirn ist kompliziert, und das Bewusstsein erst recht. Aber ich würde nicht ausschließen, dass Grant so etwas wie eine künstliche Amnesie zustande bringen könnte.«

Logan nickte. »Dann muss ich also nur die Tabletten austauschen.«

»Moment!«, rief Jack eilig. »Was, wenn du dich irrst und sie diese Medikamente wegen der Genveränderung nehmen muss, um … was weiß ich, irgendwas von HI-384 zu stabilisieren? Im schlimmsten Fall würdest du sie umbringen!«

Fragend sah Logan zu Doris, die unschlüssig den Kopf wiegte. »Und was passiert, wenn ihre Erinnerungen zurückkehren, während sie unter Foulders Beobachtung steht – denkst du, sie könnte das vor ihm verheimlichen? Außerdem wäre sie dann ganz allein inmitten ihrer schlimmsten Feinde. Völlig ahnungslos, wohin sie sich wenden soll. Willst du ihr das antun?«

Logan rieb sich harsch über das Gesicht und wandte sich wieder dem Fenster zu. Selbstverständlich hatten die beiden recht. Wenn er jetzt eingriff, brachte er Mila mehr in Gefahr, als sie es zu diesem Zeitpunkt war. Der vernünftigste Weg war nach wie vor, Strike One abzuwarten.

Die Frage war nur, ob Logan das fertigbrachte.

Eve saß an ihrem neuen Schreibtisch gegenüber von Tom und arbeitete sich durch einen Stapel Fallakten, um sich auf den neuesten Stand zu bringen. Tom hatte ihr zwar gesagt, dass das nicht notwendig sei, da sie für die meisten gar nicht zuständig war. Doch als neue Partnerin des führenden Agenten wollte sie sich auf jeden Fall einen Überblick verschaffen.

Ein Großteil der Fälle bezog sich auf Warenschmuggel zwischen Edmonton und den umliegenden Versorgungsgebieten. Vor ein paar Tagen waren wieder mehrere Container scheinbar spurlos verschwunden. Solche Unstimmigkeiten tauchten beinahe in jedem Versorgungszentrum regelmäßig auf. Die Verantwortlichen waren schwer auszumachen und die meisten dieser Fälle endeten mit Versetzungen der Verdächtigen in den Innendienst.

Eve legte die Akten der minderschweren Vergehen zur Seite und blätterte durch die laufenden Ermittlungen bei drei Todesfällen. Danach überflog sie den Tatbericht eines misslungenen Kiosküberfalls.

»Was für ein Idiot«, murmelte Eve.

Tom blickte von seinen Unterlagen auf. »Hast du was gesagt?«

»Ach, ich versuche nur zu verstehen, warum der Kerl einen Kiosk überfallen wollte«, seufzte sie und klappte die Akte zu. »Der Typ hatte ein regelmäßiges Einkommen, eine Wohnung … was hat ihm denn gefehlt?«

Tom zuckte mit den Schultern. »Gier wird wohl immer ein Bestandteil der Menschheit sein. Einen gierigen Menschen kann man nicht satt bekommen, egal mit wie viel Luxus man ihn füttert.«

So war es wohl. Aber für Eve war es trotzdem schwer nachzuvollziehen, warum man für eine Handvoll Credits seinen Platz in der Safetown aufs Spiel setzte. Jetzt würde man den Kerl der Stadt verweisen, genau wie alle anderen verurteilten Straftäter. In Edmonton wurden Verbrecher nicht geduldet. Sie bekamen ein Care-Paket, wurden ausgesetzt und mussten ihr Glück außerhalb der Stadt suchen, wenn sie es hier schon nicht gefunden hatten.

Eve schob die Unterlagen zur Seite, um Platz zu schaffen für die letzte und wichtigste Fallakte. Daran würde sie künftig mit Tom arbeiten. Es war der Fall »Moore und Coleman«.

Bislang kannte sie nur wenige Details über die beiden Männer, die beinahe verhindert hätten, dass sie das Serum überhaupt bekam. Laut Tom war es einem glücklichen Zufall zu verdanken, dass die Dosis, die für sie bestimmt war, kurz vor diesem schrecklichen Zwischenfall aus der Noscomp-Fabrik nach Edmonton gebracht worden war. Moore und Coleman hatten den restlichen Vorrat des Serums komplett vernichtet und außerdem sämtliche Aufzeichnungen und Forschungsergebnisse. Eve war sozusagen das einzige Überbleibsel des gesamten Eden-Programms.

Sie klappte den Ordner auf und war sehr gespannt darauf, endlich die ganze Geschichte dieser beiden Männer zu erfahren. Der erste Teil der Akte betraf Logan Moore. Er begann mit einem tabellarischen Lebenslauf und einem Profilfoto, über das Eve sich nun konzentriert beugte.

Moore war ein gut aussehender Mann und seine grünen Augen strahlten etwas Besonderes aus. Überhaupt hatte Eve den merkwürdigen Eindruck, dass Moore etwas Besonderes war. Sie konnte es nicht erklären, aber irgendetwas an seinem Gesicht faszinierte sie nahezu.

Erst nach einer Weile merkte sie, dass Tom sie die ganze Zeit beobachtet hatte. Sie blickte fragend zu ihm auf.

»Was ist?«

»Nichts«, sagte er mit einem milden Lächeln. »Ich freue mich nur über unsere Zusammenarbeit.«

Sie erwiderte sein Lächeln und konzentrierte sich dann wieder auf Logan Moore. Sein Lebenslauf beim Heimatschutz vor der globalen Katastrophe war beeindruckend gewesen. Kein Wunder, dass Präsident Straton ihn zum Aufbau der inneren Sicherheit berufen hatte. Die ganze Abteilung hier, alle Prozesse und jedes Protokollformular, das alles hatte Moore mit einem kleinen Team entwickelt – unter anderem mit ihrem Ehemann Tom Foulder.

»Wow«, sagte sie verblüfft und sah zu Tom hinüber. »Du hast gar nicht erwähnt, dass du im Aufbauteam der inneren Sicherheit warst.«

»Ist das denn wichtig?«, fragte er schulterzuckend.

»Für mich schon.« Sie grinste schelmisch. »Mein Mann beeindruckt mich jeden Tag mehr …«

Sein Mundwinkel zuckte, doch er antwortete nichts darauf und beugte sich näher zu seinem Computer. Während Eve weiter in der Akte las, erfüllte das Geklapper seiner Tastatur den Raum.

Konzentriert arbeitete Eve sich durch die Dokumente und fragte sich immer mehr, was einen Mann wie Logan Moore wohl dazu gebracht hatte, Hochverrat zu begehen. Er hatte einiges für die Union geleistet, und zwar weltweit, denn die

Standards aus Edmonton galten für die gesamte Erde. Alle hatten zu ihm aufgeschaut, der Präsident selbst hatte ihm vertraut … Warum verübte dieser Mann aus heiterem Himmel ein Attentat auf Straton? Das passte irgendwie nicht zusammen.

Tom hatte ihr von diesem Mordanschlag bereits erzählt, den er eigenhändig verhindern konnte. Er und Straton konnten es ebenfalls nicht glauben, dass Logan Moore ihnen die ganze Zeit etwas vorgespielt hatte und letztlich dem Größenwahn erlegen war. Moore wollte den Platz des Präsidenten einnehmen. Nicht mehr und nicht weniger. Und jetzt war er irgendwo da draußen und lauerte vielleicht darauf, einen Bürgerkrieg anzuzetteln, um die Macht an sich zu reißen.

Dass Logan Moore eine Bedrohung für die Union darstellte, hatte er mit seinem Anschlag auf Programm Eden bewiesen. Und dass er seitdem wie vom Erdboden verschluckt war, konnte nichts Gutes bedeuten. Ein Mann wie er gab sein Vorhaben nicht einfach auf. Im schlimmsten Fall war er tatsächlich auf Rekrutierungsmission und scharte in den roten Zonen eine Armee um sich.

Eines war sicher – Logan Moore war gefährlich.

⬡

Auf die Verabredung mit Cait hatte Eve sich schon den ganzen Tag gefreut. Nach all den Tests und intensiven Trainings der letzten Monate fiel es ihr schwer, in einen normalen Alltag zu finden. Eine Freundschaft könnte ihr bestimmt dabei helfen und Tom hatte ihr da beigepflichtet.

Als Eve im Restaurant eintraf, saß Cait bereits an einem der Tische und winkte sie zu sich. Das Lokal war bunt und knallig eingerichtet. Popmusik untermalte die moderne Atmosphäre. Die Gäste unterhielten sich in fröhlicher und ausgelassener Lautstärke. Hier blieb man nach dem Essen gern noch auf einen oder zwei gemeinsame Cocktails gemütlich sitzen, weshalb Eve dieses Restaurant auch ausgewählt hatte.

»Hallo, Cait«, begrüßte sie ihre neue Bekanntschaft und setzte sich ihr gegenüber an den kleinen Zweiertisch. »Schön, dich zu sehen.«

»Ebenso.« Cait reichte ihr die Speisekarte. »Ich hab schon was ausgesucht.«

Eve überflog gerade die ersten Zeilen, als bereits eine junge Bedienung mit blauem Lippenstift herbeieilte. Cait und sie gaben ihre Bestellungen auf.

Wenig später hob Eve ihr Glas Wein. Sie stockte, weil sie gar keinen passenden Toast parat hatte. Doch da kam Cait ihr zu Hilfe und sagte: »Auf neue Bekanntschaften!«

»Auf neue Bekanntschaften.«

Eve sah sich unruhig in dem Lokal um. Plötzlich kam es ihr vor, als hätte sie nun auch noch vergessen, wie man ein normales Gespräch führt. Ihr wollte einfach kein Thema einfallen, und das machte sie äußerst nervös. Vorsichtig sah sie zu Cait und merkte, dass sie sich genauso unwohl fühlte.

Eve hüstelte leise. »Tut mir leid, aber offensichtlich bin ich nicht gut im Small Talk.«

Cait lachte eine Spur zu laut. »Dann sind wir schon zu zweit. Vielleicht fangen wir mit einer Standardfrage an: Wie war dein Tag?«

Tatsächlich kam dadurch allmählich ein Gespräch in Gang. Eve erzählte, dass sie gerade ihre neue Stelle bei der inneren Sicherheit angetreten habe und sich noch einarbeiten müsse, und Cait berichtete von ihrer Arbeit in der Personalverwaltung. Eve verschwieg ihrer neuen Freundin sicherheitshalber, dass sie schon einiges über sie wusste. Sie hatte nämlich nicht widerstehen können und sich Caits Akte herausgesucht, um einen Blick hineinzuwerfen. Sie wusste von dem Mord an ihrem Kollegen Mike und von ihrer Entführung, und auch von ihrer gesamten Laufbahn bei der Union. Cait sollte aber nicht den Eindruck bekommen, Eve hätte sie ausspioniert, darum behielt sie die Sache lieber für sich und lauschte scheinbar interessiert, als Cait ihr von ihrer früheren Arbeit als Feuerwehrfrau in Los Angeles erzählte.

»Das ist wahrscheinlich einer der Vorteile meiner Amnesie«, sagte Eve. »Ich erinnere mich nicht daran, wen ich damals verloren habe. Oder an die Welt, wie sie früher war. Für mich gibt es nur die neue Welt.«

Cait sah sie lange an, bevor sie antwortete: »Manchmal wünschte ich mir, ich könnte die Vergangenheit auch einfach vergessen. Aber dann denke ich wieder an die schönen Momente, die vor dem Schmerz kamen. Die will ich niemals vergessen. Dafür nehme ich den Schmerz gerne in Kauf.«

»Was vermisst du aus der alten Welt am meisten?«

»Ich weiß nicht genau«, antwortete Cait gedehnt und überlegte. »Das Reisen vermutlich. Ich bin früher verreist, so oft ich konnte. Fremde Länder und Kulturen zu erforschen hat mich immer begeistert. Ja, das vermisse ich sehr.«

Eve lächelte. »Es ist nur eine Frage der Zeit, wann solche Reisen wieder möglich sein werden. Da bin ich sicher.«

Cait öffnete den Mund zu einer Antwort, entschied sich aber im letzten Moment anders und nickte nur. Eve bekam überhaupt mehr und mehr den Eindruck, dass Cait sehr sorgfältig abwägte, was sie sagte. Vielleicht mussten sie sich aber nur besser kennenlernen.

Als das Essen kam, geriet das Gespräch wieder ins Stocken. Sie aßen schweigend und nach einer Weile fragte Cait: »Warst du seit deinem Unfall schon mal außerhalb der Safetown?«

»Nein«, antwortete Eve.

»Wo hast du gearbeitet, bevor du Agentin wurdest?«, fragte Cait weiter.

»Ich war Captain einer Infanterie-Einheit.«

»Interessant«, erwiderte Cait, hakte aber nicht weiter nach. Stattdessen wollte sie zusammenhangslos wissen: »Wann hast du eigentlich deinen Mann kennengelernt?«

»Kurz nach Gründung der Union bei meiner Grundausbildung.«

»Und wann habt ihr geheiratet?«

»Vor etwa einem Jahr.«

Cait stocherte in ihrem Essen herum und sagte beiläufig: »Das muss echt merkwürdig sein, wenn man seinen eigenen Mann nicht wiedererkennt.«

»Merkwürdig ist leicht untertrieben«, antwortete Eve gedehnt und betrachtete Cait eingehend.

Die letzten Fragen hatten mehr einem Verhör geglichen als persönlichem Interesse. Irgendwie kam ihr Caits Verhalten mit jeder Minute seltsamer vor. Eve hatte ständig den Eindruck, dass sie ihr etwas vollkommen anderes sagen wollte, als sie letztlich tat. Außerdem wirkte Cait immer noch ziemlich nervös, wenn auch auf etwas subtilere Art als zu Beginn ihres Treffens.

Cait legte ihr Besteck auf den leeren Teller und schob ihn von sich. Erst da bemerkte sie Eves durchdringenden Blick und zuckte zusammen. Sie griff hastig nach einer Serviette. »Hab ich etwas im Gesicht?«

Eve schüttelte mit einem vagen Lächeln den Kopf und wandte sich wieder ihrem Essen zu. Cait tupfte sich trotzdem die Lippen mit der Serviette ab und sagte dann in ungezwungenem Plauderton: »Ich hab mal einen Film gesehen, da litt eine Frau nach einem Unfall unter Amnesie und wurde von ihrem Mann gepflegt. Am Ende kam heraus, dass er gar nicht ihr Mann war, sondern der, der den Unfall verursacht hat. Er hat ihren Gedächtnisverlust nur ausgenutzt.«

Verwundert blickte Eve zu Cait auf. »Was soll das heißen?«

»Nichts.« Cait winkte lässig ab. »Ist mir nur gerade eingefallen. Entschuldige, das war taktlos.«

Sie rutschte unruhig auf ihrem Stuhl herum. Spätestens jetzt war Eve völlig überzeugt davon, dass Cait etwas vor ihr verbarg.

»Wenn du mir etwas sagen willst, dann tu es«, forderte Eve sie schließlich unumwunden auf und legte ihr Besteck auf den Teller. »Los, sag schon!«

Cait starrte sie erschrocken an, während Eve ungeduldig eine Augenbraue hob. Dann gab Cait sich einen Ruck und lächelte vorsichtig.

»Ich wollte dir wirklich nicht zu nahe treten«, sagte sie. »Weißt du, ich wurde vor ein paar Monaten Opfer eines Clan-Überfalls und seitdem bin ich ein bisschen, na ja, paranoid? Ich bin jedenfalls übervorsichtig geworden und sehe wohl hinter allem und jedem eine potenzielle Bedrohung. Tut mir leid.«

Eve schwieg einen Moment und analysierte Caits Gesichtsausdruck. Das war auf jeden Fall nur die halbe Wahrheit gewesen, doch Eve beschloss, gute Miene zu Caits Spiel zu machen.

»Verstehe«, antwortete sie in versöhnlichem Ton. »Wenn du darüber reden willst – jederzeit.«

Cait lächelte erleichtert. »Danke, aber im Augenblick würde ich lieber über ganz normale Dinge sprechen.«

Eve nickte und lehnte sich zurück. »Dagegen habe ich nichts einzuwenden.«

KAPITEL 12

Es war finstere Nacht und Logan wartete ungeduldig zwischen den Gleisen des Güterbahnhofs. Er hatte sich die Kapuze seines Parkas tief ins Gesicht gezogen. Der Schotter knirschte unter seinen Füßen, während er unablässig zwischen den Waggons auf und ab wanderte. Das an sich leise Geräusch klang extrem laut in der Stille des einsamen Bahnhofs. Die Außenbeleuchtung des Hauptgebäudes warf einen schwachen Schein zu ihm herüber. Genau so viel, dass er mit einem einzigen Schritt in den Schatten der hinteren Gleise tauchen konnte.

Logan warf einen Blick auf seine Armbanduhr. Es war kurz nach zehn. Ein normales Abendessen sollte nun langsam beendet sein. Dann müsste Cait nur noch hierherkommen, um ihm Bericht zu erstatten, so wie sie es ihm versprochen hatte.

Damit handelte er zwar schon wieder gegen die Abmachung mit seinen Kameraden, aber ihr nächstes Treffen im Diner würde erst in ein paar Tagen stattfinden und so lange hatte er nicht warten wollen.

Im Grunde wollte er gar nicht mehr warten. Jede einzelne Minute der Untätigkeit raubte ihm zusehends seinen Verstand. Der große Plan der Northstar Brigade war völlig in den Hintergrund gerückt und seine Gedanken drehten sich ausschließlich um Mila und die Horrorvorstellungen, was Foulder gerade mit ihr anstellte.

Seine Hände hatten sich wieder einmal zu Fäusten geballt, ohne dass er es merkte. Er blieb stehen, streckte seine verkrampften Finger und knetete sie, um die Blutzirkulation anzuregen. Dann hörte er endlich das Knirschen von Schritten, die sich zielstrebig näherten.

Sicherheitshalber duckte er sich in den Schatten zwischen zwei der Waggons und beobachtete die herannahende Gestalt, bis Caits Gesicht deutlich in dem fahlen Licht zu erkennen war. Erst da trat Logan aus seinem Versteck heraus und hob eine Hand zum Gruß. Cait beschleunigte ihre Schritte und zog mit düsterer Miene ihren Mantel fester um sich. Sie machte keinen Hehl daraus, was sie von diesem Treffen hier hielt.

»Und?«, fragte Logan, ohne sich mit langen Begrüßungsfloskeln aufzuhalten.

Cait blieb vor ihm stehen und betrachtete ihn missmutig. »Nichts, was wir nicht schon wüssten. Sie ist absolut überzeugt von der Geschichte, die man ihr aufgetischt hat. Außerdem scheint sie der Union gegenüber loyal zu sein. Ich konnte keine Skepsis bei ihr heraushören.«

»Bist du sicher?«, hakte Logan nach. »Mehr hast du nicht?«

»Ich bin keine Expertin in subtilen Verhörmethoden«, erwiderte Cait verärgert. »Eigentlich wusste ich die meiste Zeit überhaupt nicht, was ich sagen soll, ohne irgendwie verdächtig zu wirken.«

Logan hörte ihr gar nicht richtig zu und war mit seinen eigenen Gedanken beschäftigt, was Cait schließlich auch bemerkte. Sie trat einen Schritt vor und suchte nach seinem Blick.

»Hey«, sagte Cait sanft. »Das Wichtigste ist doch, dass es ihr gut geht. Ich kann mir zwar nicht annähernd vorstellen, was du gerade durchmachst, aber du musst akzeptieren, dass du ihr momentan nicht helfen kannst.«

»Wir müssen ihr die Wahrheit sagen«, erwiderte Logan ernst.

»Sie würde dir nicht glauben!« Cait sah ihn flehentlich an. »Bitte versteh doch, dass du damit alles nur noch schlimmer machen würdest!«

Plötzlich knirschte der Kies hinter ihnen. Sie fuhren beide herum und starrten erschrocken die schmale Gestalt an, die gerade aus den Schatten zwischen zwei Waggons trat. Logans Puls verdreifachte sich auf einen Schlag.

Es war Mila.

»Eve!«, rief Cait aus. »Bist du mir etwa gefolgt?«

»Ja«, antwortete Mila und sah zwischen den beiden hin und her. »Was ist hier los?«

Ihre entspannte Haltung war trügerisch, denn Logan bemerkte, wie wachsam sie jede ihrer Regungen scannte.

Cait stellte sich vor Logan und lachte gekünstelt. »Na ja,

weißt du, ich treffe mich hier manchmal mit meinem Freund, um …«

Logan schob Cait zur Seite. Sie wollte ihn zurückhalten, doch er schüttelte sie achtlos ab. Ihm reichte es jetzt. Er konnte nicht länger warten.

»Wir müssen reden«, sagte er zu Mila.

Entschlossen trat er einen Schritt vor und nahm seine Kapuze ab. Mila sog leise die Luft ein, als sie sein Gesicht sah.

»Logan Moore«, hauchte sie verblüfft.

Eine gefühlte Ewigkeit starrten die beiden sich einfach nur an. Alles in Logan schrie danach, Mila endlich in seine Arme zu ziehen, sie mitzunehmen und nie wieder loszulassen.

Dann ging plötzlich ein Ruck durch Mila. Ihre Überraschung verschwand und verwandelte sich in professionelle Entschlossenheit.

Mit einem kräftigen Satz war sie bei ihm. Logan reagierte viel zu langsam auf ihren Angriff und bemerkte ihre Faust erst, als sie ihn bereits hart am Kinn traf. Ihr Schlag hatte es in sich und er taumelte unweigerlich zur Seite. Da packte sie auch schon seinen rechten Arm, drehte ihn gekonnt seinen Rücken hinauf und presste Logan frontal gegen das kühle Metall eines Zugwaggons.

»Logan Moore, hiermit verhafte ich Sie im Namen der Union wegen Hochverrats.«

Logan ächzte, weil seine Schulter heftig unter ihrem Griff rebellierte. »Mila! Hör mir doch erst einmal zu!«

»Mein Name ist nicht Mila«, knurrte sie und durchwühlte mit der freien Hand ihre Manteltasche. Gleich darauf leuchtete ihr Handydisplay auf.

»Tu das nicht!«, bat Logan. »Bitte, ich will dir nicht wehtun.«

Sie lachte abschätzig und begann eine Nachricht zu tippen. Auf einmal sprang Cait heran und schlug ihr das Telefon aus der Hand.

»Du verstehst das völlig falsch!«, rief sie.

Mila fluchte leise, schlug Cait heftig ins Gesicht und drehte Logans Arm noch ein wenig höher. Nicht mehr viel und seine Schulter würde auskugeln. Ihm blieb gar keine andere Wahl, als sich zur Wehr zu setzen.

Ohne Vorwarnung stieß er sich von dem Waggon ab und drängte Mila rückwärts. Reflexartig lockerte sie ihren Griff und er befreite sich mit einer geschickten Drehung. Gleichzeitig zog er seine Waffe und richtete sie auf Mila, die mit erhobenen Händen erstarrte.

»Ich will nicht gegen dich kämpfen«, sagte er beschwichtigend. »Ich will nur reden.«

Kaum hatten die Worte seinen Mund verlassen, griff sie blitzschnell nach der Waffe. Die beiden rangen kurz um die Pistole, bis Mila ihm heftig mit dem Ellbogen ins Gesicht stieß und die Pistole in einem hohen Bogen durch die Luft flog. Logan richtete sich auf und wischte sich fluchend mit dem Ärmel über den Mund, als Mila sich auch schon wieder auf ihn stürzte.

Diesmal war er auf ihren Angriff vorbereitet und konnte sie abwehren. Er hatte Skrupel, sie zu verletzen, merkte aber schnell, dass er mit seiner gedrosselten Gegenwehr nicht weit kommen würde. Zumal Mila die Stärke ihrer Angriffe zusehends steigerte und er nun am eigenen Leib erfuhr, welche Auswirkungen das Serum auf sie gehabt hatte.

Mit einem gekonnten Tritt stieß er sie schließlich von sich. »Verdammt, hör auf damit und lass uns endlich reden!«

Sie richtete sich auf und starrte ihn finster an. »Reden können wir im Verhörraum.«

Und dann griff sie wieder an, noch heftiger als zuvor. Logan wurde allmählich klar, dass er ihm Nahkampf keine Chance gegen sie hatte.

»Logan!«, rief Cait verzweifelt. »Sie kommen!«

Erst da hörte er die Motorgeräusche und gedämpften Rufe vom Bahnhofsgebäude her. Milas Nachricht war wohl durchgegangen.

Mila verpasste Logan einen fiesen Tritt gegen die Rippen. Er schnappte nach Luft und bemerkte, dass Cait mit der gezückten Waffe näher schlich.

»Nicht!«, stieß er hervor.

Mila fuhr herum und hielt inne, als sie die Pistole sah.

»Rühr dich nicht von der Stelle!«, knurrte Cait und lud die Waffe durch.

»Willst du mich wirklich erschießen?«, fragte Mila ruhig.

Cait sah an ihr vorbei zu Logan. »Hau endlich ab! Ich halte sie auf.«

»Aber …«, begann er, doch Cait schnitt ihm das Wort ab.

»Verflucht, Logan! Verschwinde endlich!«

Die Stimmen wurden lauter. Hastige Schritte knirschten über den Kies. Logans Gedanken überschlugen sich. Cait hatte recht. Wenn sie beide davonkommen wollten, musste sie Mila jetzt erschießen. Sonst würde sie ihnen folgen.

Er warf einen gequälten Blick auf Mila. Sie hatte ihm den Rücken zugewandt und fixierte die Waffe, die auf sie gerichtet war.

»Lauf!«, kreischte Cait ein letztes Mal.

Dann geriet endlich Bewegung in Logans Glieder und er verschmolz mit den Schatten.

Mit großen Schritten rannte er an den Gleisen entlang zum Nordtor. Der Wachposten riss erstaunt die Augen auf, als Logan bei ihm ankam. Er wollte wissen, was passiert sei, doch Logan stürmte nur durch den Wachraum zum Hinterausgang. Kaum hatte er die Tür erreicht, ertönten ein lauter Alarm und der Befehl zum völligen Abriegeln der Außentore. Mit kreidebleichem Gesicht zog der Wachposten die Tür hinter Logan zu, der die Safetown hinter sich ließ und mit rasendem Puls durch das stockfinstere Industriegebiet jenseits der Schutzmauer sprintete.

Als er das Einkaufscenter erreichte, flammten die riesigen Suchscheinwerfer entlang des Schutzwalls auf und durchschnitten mit ihren Strahlen die nächtliche Dunkelheit. Doch sie waren auf die Safetown gerichtet.

Logan mobilisierte seine letzten Reserven und rannte durch die Düsternis des Einkaufscenters, um Doris und Jack zu informieren. Wenig später war er endlich in der Personalküche des Modeladens angekommen.

»Du verdammter Vollidiot!«, brüllte Jack ihn an.

Nur eine kleine Solarleuchte erhellte den Raum, doch Jacks wutverzerrte Miene war gut zu erkennen.

Logans Hände bebten, während er über der Spüle etwas von dem kostbaren Wasser auf ein Geschirrtuch gab, um sich das Blut vom Gesicht zu wischen, das aus einer Platzwunde seines Nasenrückens sickerte.

»Sind wir hier noch sicher?«, fragte Doris, die ihm mit verschränkten Armen zusah.

»Ich schätze, schon«, antwortete er. »Sie gehen vermutlich davon aus, dass ich mich irgendwo in der Safetown versteckt habe.«

Jack wanderte hinter ihm auf und ab. »Ist dir eigentlich klar, was sie mit Cait machen werden?«

Logan zuckte zusammen, weil er ein wenig zu hart über seinen schmerzenden Kiefer gewischt hatte. Gleichzeitig dachte er mit Grauen daran, was Cait nun zweifellos bevorstand. Foulder würde nicht ruhen, bis er verwertbare Informationen von ihr bekam. Und er würde sicher nicht lange damit warten, auf skrupellose Methoden zurückzugreifen, um sie zum Reden zu bringen. Also ja – Logan wusste sehr wohl, was Cait blühte. Und dass das ganz allein sein Verdienst war, schnürte ihm den Brustkorb zu.

»Ich werde sie da rausholen«, sagte er ernst und ließ das blutige Geschirrtuch in die Spüle fallen.

»Und wie willst du das anstellen?«, fragte Jack scharf.

Logan versuchte Ordnung in sein Gedankenchaos zu bringen. Zu seiner Sorge um Cait kam auch noch die schmerzhafte Gewissheit, dass Mila sich nicht an ihn erinnerte. Die Art, wie sie ihn angesehen hatte, ging ihm auch jetzt noch durch und durch. Sie hatte ihn als Feind betrachtet. Als einen Auftrag, den es für sie als Agentin zu erledigen galt.

»Also, Moore«, hakte Jack grimmig nach. »Erläutere uns deinen grandiosen Plan.«

»Ich kann nicht klar denken«, murmelte Logan.

»Was?«

Logan fuhr zu ihm herum. »Ich kann nicht klar denken, okay?«

Jack musterte ihn wütend und mahlte unablässig mit dem

Kiefer. Schließlich gab er ein Knurren von sich und sah fragend zu Doris, die Logan die ganze Zeit über nachdenklich beobachtet hatte.

»Ich hab eine Idee«, sagte sie schließlich. »Lasst mich mal machen.«

Damit wandte sie sich um und verschwand aus der Küche. Logan wollte ihr folgen, doch Jack hielt ihn mit einem harten Stoß gegen die Brust zurück.

»Du hast uns schon genug Ärger eingebrockt«, sagte er streng.

Logan widersetzte sich ihm nicht lange. Er wankte hinüber zum Tisch, ließ sich auf einen Stuhl fallen und stützte seine Stirn in die Hände. Eine Weile herrschte Stille. Logan kämpfte verbissen gegen die Tränen der Verzweiflung an, die sich immer drängender ihren Weg bahnen wollten. Nur Jacks Anwesenheit hielt ihn davon ab, heulend zusammenzubrechen.

Irgendwann spürte er, wie Jack an ihn herantrat und ihm kameradschaftlich eine Hand auf die Schulter legte. Er räusperte sich leise.

»Gefühle, hm?«, sagte er unbeholfen. »Davor ist man selbst mit der härtesten Kampfausbildung nicht gefeit.«

Eve ging mit gesenktem Kopf durch das Kellergeschoss des Union Tower. Sie hatte Caits Akte unter einen Arm geklemmt und war auf dem Weg zum Verhörraum, wohin die

Einsatzkräfte ihre angebliche Freundin gebracht hatten. Tom war noch nicht hier, doch Eve war viel zu wütend, um auf ihn zu warten. Sie wollte sofort mit dem Verhör anfangen und verdammt noch mal erfahren, welches Spiel Cait mit ihr getrieben hatte.

Ohne anzuklopfen, stürmte Eve in den Verhörraum und warf die Tür hinter sich zu. Cait saß an einem schlichten Metalltisch, die Handgelenke mit einer Kette an der Tischplatte fixiert. Eve setzte sich nicht hin, sondern ließ nur die Akte auf den Tisch fallen.

Cait sah zu ihr auf. Ihr linkes Auge war geschwollen von dem Schlag, den Eve ihr auf dem Güterbahnhof verpasst hatte. Sie hatte Angst, versuchte aber sichtlich Ruhe zu bewahren.

»Du machst einen Fehler, Mila«, sagte sie leise. »Es ist alles ganz anders, als du denkst!«

»Warum nennst du mich so?«, fragte Eve harsch.

»Weil das dein Name ist«, erwiderte Cait. »Du heißt nicht Eve. Den Namen haben sie dir nur wegen Programm Eden gegeben.«

Eve zog eine Braue hoch. »Was weißt du über Programm Eden?«

»Ich weiß alles. Du hättest die Injektion nie bekommen sollen. Es war ein Unfall. Wir waren nicht sicher, ob du es überlebst hast. Deine Amnesie ist vielleicht eine Nebenwirkung des Serums, oder sie haben es auf andere Weise geschafft, dir deine Erinnerungen zu nehmen.«

Eve hatte Mühe, sich ihre Verwirrung nicht anmerken zu lassen. »Woher weißt du von Programm Eden?«

Cait atmete verzweifelt durch. »Hast du nicht zugehört?

Sie haben dir deine Erinnerungen genommen, Mila! Du bist überhaupt nicht mit Foulder verheiratet. Du warst auch nie Teil der Union. Alles, was sie dir erzählt haben, ist gelogen!«

»Und was du sagst, ist die Wahrheit?«, hakte Eve scheinbar gelangweilt nach, obwohl ihr Herz eine Spur schneller schlug.

»Ich kann mir vorstellen, wie das jetzt für dich klingt, aber es ist die Wahrheit. Wir beide kennen uns aus meiner Zeit bei den Versorgungstrupps. Du hast damals in Redwood Meadows gelebt. Dann hast du Logan kennengelernt und dich ihm angeschlossen.«

»Warum hätte ich das tun sollen?«, fragte Eve scharf. »Warum hätte ich mich mit einem Verräter verbünden sollen?«

»Weil er kein Verräter ist!«, rief Cait. »Und weil du ihn liebst, Mila. Du liebst ihn!«

Verstört wich Eve einen Schritt zurück. »Was?«

»Du und Logan …«

Cait verstummte, als die Tür zum Verhörraum aufgerissen wurde und Tom hereintrat. Er blickte von Eve zu der Gefangenen und verengte die Augen. Cait erwiderte seinen Blick voller Hass.

»Wo ist Logan Moore?«, fragte er ohne große Umschweife und trat an Eve vorbei an den Tisch. »Wo hält er sich versteckt?«

Cait sah schwer atmend zu ihm auf. »Glaub mir, Mila, er lügt dich an. Jedes Mal, wenn er den Mund aufmacht, lügt er!«

Ohne Vorwarnung holte Tom aus und versetzte Cait eine schallende Ohrfeige.

Eve sog scharf die Luft ein. »Tom! Was …?«

Er ignorierte sie und richtete drohend seinen Zeigefinger auf Cait. »Spar dir gefälligst deine Spielchen!«

Die Kette rasselte, als Cait sich über ihre Wange rieb. Schmerztränen schillerten in ihren Augen, doch der Ausdruck des Hasses hatte sich noch verstärkt.

»Okay, keine Spielchen mehr«, sagte sie leise und richtete sich auf. »Aber dann sag ihr doch, was wirklich geschehen ist!«

»Ich weiß nicht, wovon du sprichst«, erwiderte er gelassen.

»Entführt hast du sie!«, schrie Cait los. »Belogen und manipuliert, sie zu einem eurer Werkzeuge gemacht, du elender …«

Ihre Beschimpfungen gingen in einer weiteren schallenden Ohrfeige unter. Eve riss Tom an der Schulter zu sich herum.

»Was soll das?«, flüsterte sie aufgebracht. »Körperliche Gewalt ist uns bei einem Verhör untersagt!«

Tom zog sie ein Stück zur Seite und sah sie ernst an. »Merkst du denn nicht, dass sie versucht, dich zu beeinflussen? Und du fällst direkt darauf herein! Diese Frau ist gefährlich, Eve.« Er wies mit dem Kinn zur Tür. »Es ist besser, wenn du draußen wartest.«

»Was?«

»Geh!«

Nur mit größtem Widerwillen setzte Eve sich in Bewegung. Tom war immerhin ihr Vorgesetzter und sie hatte seinen Anweisungen Folge zu leisten. Es gefiel ihr nicht, dass er sie offenbar für unfähig hielt, das Verhör fortzusetzen. Und seine Verhörmethoden gefielen ihr auch nicht. Aber vielleicht hatte er ja recht und sie war wirklich zu anfällig für Caits Manipulationsversuche.

Draußen im Flur nahm Eve eine professionelle Haltung ein und trat in den Überwachungsraum, der an das Verhörzimmer angrenzte. Zu ihrer Überraschung war der Raum leer. Hatte Tom den diensthabenden Agenten etwa fortgeschickt?

Eve trat an die Scheibe und aktivierte das Mikrofon, um das Gespräch im Verhörzimmer mitzuhören. Tom hatte sich inzwischen an den Tisch gesetzt und las konzentriert Caits Akte. Bei einem Absatz hielt er sichtlich irritiert inne. Er rieb sich über die Stirn und sah zu der Gefangenen.

»Ich gehe mal davon aus, dass du nicht von einem Clan entführt worden bist«, sagte er in beinahe freundlichem Tonfall. »Lass mich raten … Moore hat dir das Leben gerettet und seitdem dackelst du ihm artig hinterher wie ein kleines Hündchen.«

Cait stieß ein lautloses Lachen aus. »So wie du Straton hinterherdackelst?«

Tom klappte die Akte zu und lehnte sich zurück. Er betrachtete Cait eingehend, die am ganzen Leib zitterte und keineswegs so gefasst war, wie sie vorgeben wollte.

»Du warst damals in Grants Büro«, stellte Tom schließlich fest. »Wer war die andere Frau?«

Cait schwieg beharrlich.

»Wer ist die Hackerin?«, hakte er nach.

Er starrte die stumme Gefangene einen Moment an. Dann ließ er plötzlich seine Faust auf den Tisch krachen und schrie: »Wer ist sie?«

Cait hatte sich automatisch geduckt, richtete sich nun aber mutig auf. »Ich werde dir gar nichts sagen, Foulder. Aber wenn du mich mit Eve reden lässt … vielleicht erzähl ich ihr dann, wo Logan sich aufhält.«

»Ich werde dich zum Reden bringen«, sagte Tom und schenkte Cait ein spöttisches Lächeln. »Da kannst du Gift drauf nehmen.«

Er schnappte sich die Akte, stand auf und ging ohne ein weiteres Wort zur Tür.

Verwundert trat Eve zu ihm auf den Flur hinaus.

»So kommen wir nicht weiter«, sagte er zu ihr. »Ich werde einen Spezialisten anfordern.«

Skeptisch runzelte Eve die Stirn, bis sie kapierte, was das für ein Spezialist sein sollte.

»Du willst sie foltern?«, schnappte sie entgeistert.

Tom sah sie beinahe mitleidig an. »Hier steht die nationale Sicherheit auf dem Spiel. Ich bin lange genug im Geschäft, um zu wissen, dass man in solchen Fällen keine Zeit verschwenden darf. Cait ist eine Terroristin, Eve. Große Gefahren erfordern harte Maßnahmen.«

Eve starrte ihn an und schüttelte langsam den Kopf. Sie glaubte nicht, dass es irgendetwas gab, das Folter rechtfertigte. Schon gar nicht nach so kurzer Zeit. Sie hatten ja noch nicht einmal versucht, ihr mit Taktik und Strategie Informationen zu entlocken.

»Warum lässt du mich nicht mit ihr sprechen?«, fragte Eve.

Tom legte den Kopf schief. »Damit sie dich wieder mit ihren Hirngespinsten verwirren kann? Sie hat gemerkt, dass sie dich am Wickel hat. Darum will sie mit dir reden.«

»Sie hat mich nicht am Wickel«, entgegnete Eve verärgert. »Denkst du, ich glaube diesen Unsinn, den sie mir auftischen wollte?«

Er musterte sie schweigend, darum sog sie empört die Luft ein. »Wie kommst du darauf, dass ich ihr das glaube?«

»Schatz«, sagte er besänftigend und trat zu ihr. »Ich zweifle überhaupt nicht an deiner Loyalität, doch leider hat Cait deinen einzigen Schwachpunkt entdeckt. Sie weiß von deiner Amnesie und nutzt das für sich aus. Ich will dich nur schützen, verstehst du?«

»Ich brauche keinen Schutz«, erwiderte Eve wütend. »Außerdem bin ich gerade nicht deine Ehefrau, sondern eine vollwertige Agentin und will auch so behandelt werden.«

»Und das tue ich«, sagte Tom mit leichter Strenge. »Denn ich würde jeden Agenten, der in eine solche Situation gerät, von seinem Fall abziehen.«

Eve blinzelte erschrocken. »Du ziehst mich von dem Fall ab?«

»Ja.«

Sie war sprachlos. Immerhin war dies ihr erster aktiver Fall überhaupt und die Union hatte ihn schließlich ihr zu verdanken.

Tom suchte nach ihrem Blick. »Geh nach Hause und ruh dich aus. Wir sehen uns morgen im Dienst, okay?«

Dann hauchte er ihr zum Abschied einen Kuss auf die Wange und verschwand im Überwachungsraum.

KAPITEL 13

Eve hatte die ganze Nacht kaum ein Auge zugetan. Sie hatte Tom nicht die ganze Wahrheit gesagt. Caits Worte ließen sie nämlich nicht so kalt, wie sie es gern gehabt hätte.

Es war nicht so, dass sie ihr Glauben schenkte. Ihre Geschichte war ja geradezu haarsträubend … aber eine bestimmte Sache nagte trotzdem beständig an Eve: Logan Moore.

Als sie ihn gestern gesehen hatte, war sein Anblick wie ein Blitz durch sie gefahren. Nicht, weil sie geschockt war, einem Verbrecher gegenüberzustehen. Nein, ein anderes Gefühl hatte sich in ihr gemeldet, und je länger Eve darüber nachdachte, desto weniger verstand sie, was sie in diesem winzigen Augenblick empfunden hatte. Es war definitiv keine Angst gewesen. Viel mehr so etwas wie … Wiedersehensfreude?

Es war verrückt. Irgendetwas in ihr schien auf diesen Mann zu reagieren.

Vielleicht kannten sie sich ja tatsächlich von früher? Es war nicht auszuschließen, dass sie sich schon einmal begegnet waren. Vielleicht sogar mehr als das. Eine Affäre, von der Tom nichts wusste?

Eve betrat den Union Tower noch vor dem offiziellen Dienstbeginn. Während sie die Sicherheitsschleuse passierte, überlegte sie, ob sie wirklich eine Frau war, die ihren Mann betrügen würde. Sie konnte es sich nicht vorstellen. Oder wollte sie es nur nicht wahrhaben?

Als sie vor die Aufzüge trat, fiel ihr ein, dass es durchaus jemanden gab, der ihr diese Frage beantworten konnte. Vielleicht war ja nicht alles von Caits Geschichte frei erfunden. Doch das würde Eve nur herausfinden, wenn sie mit ihr redete.

Bevor sie selbst wusste, was sie tat, trugen ihre Beine sie auch schon zu den Treppenaufgängen. Sie stieg ins Untergeschoss zum Gefangenentrakt. Tom war noch nicht in seinem Büro. Er hatte ihr vorhin getextet, dass er gerade den Spezialisten am Flughafen in Empfang nahm. Er würde also nicht erfahren, dass sie noch einmal mit Cait gesprochen hatte.

»Ich will mit der Gefangenen 3-561 sprechen«, sagte Eve kurz darauf zu dem Sicherheitsmann, der den Zellentrakt überwachte, und zeigte ihm ihren Ausweis.

Der Wachmann tippte die Nummer in seinen Computer ein. »Caithlyn Evans?«

Eve nickte.

»Tut mir leid, Ma'am, aber die ist schon weg.«

»Was soll das heißen?«, fragte Eve scharf. »Wo ist sie hin?«

»Abschiebungsanordnung von Richter Clark.« Der Wachmann drehte seinen Monitor zu ihr. »Der Transport ist gerade losgefahren.«

Entgeistert überflog Eve das Dokument. »Das kann nicht stimmen. Halten Sie den Transport unverzüglich auf!«

»Das kann ich nicht, Ma'am«, erwiderte der Wachmann nervös. »Das geht nur über die Zentrale.«

Fluchend holte Eve ihr Handy heraus und drückte die Kurzwahl für die Vermittlung.

»Wo fährt der Transport hin?«, fragte sie den Wachmann hektisch.

»Zum Westtor. Mehr weiß ich nicht.«

Eve nahm ihr Telefon ans Ohr und ging eilig zurück zu den Treppen.

»Zentrale? Hier spricht Agent Eve Foulder. Sie müssen den Abschiebetransport aufhalten, der eben das Gefängnis verlassen hat!«

Eine weibliche Stimme antwortete ihr: »Eine solche Anordnung darf ich nur von Offizieren mit Weisungsbefugnis zwei oder höher annehmen. Aber Ihre Stimm-Identifikation sagt mir, dass Sie nur Weisungsbefugnis drei besitzen.«

»Soll das ein Witz sein?«, rief Eve fassungslos.

Sie legte fluchend auf und wählte Toms Mobilnummer. Er war nicht erreichbar.

Das durfte doch wohl nicht wahr sein!

Ohne noch länger Zeit zu vertrödeln, sprintete sie in Richtung Tiefgarage. Hier standen mehrere schwarze SUVs, die für Regierungsangehörige frei verfügbar waren.

Eve sprang in den erstbesten Wagen, ließ den Motor an und fuhr mit quietschenden Reifen los. Während sie durch das Parkdeck raste, wählte sie noch einmal Toms Nummer, doch wieder sprang nur die Mailbox an.

In viel zu hoher Geschwindigkeit preschte sie durch die Stadt. Dabei hoffte sie, den Weg zum Westtor überhaupt zu finden. Sie hatte sich den Stadtplan zwar schon einige Male eingeprägt, aber ganz sicher war sie sich erst, als sie die 111te Straße entlangraste, die schnurgerade auf den Schutzwall zu führte.

Ohne ihren Fuß vom Gas zu nehmen, griff Eve nach ihrem Handy und rief noch einmal die Vermittlung an.

»Verbinden Sie mich mit dem Westtor!«, bellte sie ins Telefon.

Wenig später meldete sich ein Sergeant vom Wachdienst.

»Halten Sie den Abschiebetransport auf!«, befahl sie dem Mann.

»Der ist bereits durch, Ma'am«, sagte er.

Ungehalten fluchte Eve ins Telefon. Dann fragte sie: »In welche Richtung ist er weitergefahren?«

»Ich glaube, den Yellowhead Highway in Richtung Westen. Ma'am, worum geht es überhaupt?«

»Lassen Sie das Tor offen!«, schrie sie. »Ich werde gleich passieren.«

»Was? Aber …«

Sie legte auf und warf ihr Handy grimmig in die Mittelkonsole.

Kurz darauf tauchte auch schon das Westtor vor ihr auf. Die schweren Torflügel waren offen, aber ein bewaffneter Wachposten stand mitten auf der Straße und sah ihr entgegen. Es war wahrscheinlich nicht der Mann, mit dem sie gerade telefoniert hatte, aber er würde wohl auch so kapieren, dass er sie durchlassen musste.

Um es ihm so deutlich wie möglich zu machen, trat sie noch fester aufs Gas. Sie konnte sehen, wie sich seine Augen weiteten und er seine Waffe umklammerte, bevor sein Selbsterhaltungstrieb schließlich die Kontrolle übernahm und er in letzter Sekunde zur Seite hechtete.

Die Reifen des SUV pfiffen schrill, als sie auf den Highway abbog und die mehrspurige Straße entlangraste. Der Transporter hatte keinen großen Vorsprung und musste jeden Moment vor ihr auftauchen. Doch als Eve um eine leichte Biegung fuhr, lag der Highway schnurgerade vor ihr und es war kilometerweit kein anderes Fahrzeug zu sehen.

»Das gibt's doch nicht«, murmelte Eve, behielt ihr Tempo aber bei.

Beinahe hätte sie die leichte Staubwolke übersehen, die über einer kleinen Kiesstraße hing, die vom Highway abzweigte. Eve legte eine Vollbremsung hin und musste den Wagen anschließend ein Stück zurücksetzen, weil er an der Einfahrt vorbeigeschlittert war.

Sie hielt an und betrachtete skeptisch den Feldweg. Ihr war nicht klar, warum der Transporter diesen Weg eingeschlagen haben sollte. Laut Standardprotokoll wurden die ausgewiesenen Straffälligen in einem Abstand von mindestens fünfzig Meilen rund um die Safetown abgesetzt, vorzugsweise in besiedeltem Gebiet, damit sie es leichter hatten, sich zurechtzufinden. In dieser Gegend hier befand sich allerdings Niemandsland, sofern Eve sich nicht irrte. Trotzdem verriet der sich langsam senkende Staub eindeutig, dass hier vor wenigen Minuten ein Fahrzeug entlanggefahren war.

Schließlich gab Eve wieder Gas und bog in die Kiesstraße ein. So schnell es der Straßenbelag zuließ, fuhr sie den Weg entlang, der leicht bergauf führte. Der SUV bewältigte auch die tiefsten Schlaglöcher problemlos und die Staubspur vor ihr verdichtete sich wieder. Dürres Gestrüpp bewucherte die Hänge auf beiden Seiten. Oben an der Kuppe lugte ein rostiges Schild zwischen dem Geäst am Wegesrand hervor und kündigte das Privatgelände einer Kiesgrube an. Als der Weg abfiel, entdeckte Eve endlich den Abschiebetransporter.

Der Kastenwagen hatte ein gutes Stück unter ihr auf einer breiten Ebene des buckeligen Kiesgrubengeländes angehalten. Direkt neben dem Wagen fiel der Boden steil in eine kleine Grube ab. Mehrere Baustellenfahrzeuge standen verlassen herum.

Während Eve hinunterfuhr, sah sie, wie die bewaffneten Fahrer ausstiegen und zum Heck des Transporters gingen. Den herannahenden SUV bemerkten sie nicht. Insgesamt vier Gefangene kletterten aus dem Wagen, drei Männer und eine Frau – Cait. Ihre Hände waren auf dem Rücken gefesselt. Verwundert beobachtete Eve, wie einer der Fahrer die vier mit seinem Gewehr zum Rand der Grube dirigierte und sie sich nebeneinander aufstellen ließ. Der andere Fahrer ging unterdessen zu einem der Bagger und erklomm die Fahrerkabine.

Was um alles in der Welt hatten sie vor?

Eves innere Alarmglocken begannen zu schrillen. Das dort vorn war zweifellos eine Hinrichtung!

Sie beschleunigte ihren Wagen und preschte in gefährlich hoher Geschwindigkeit den schmalen Weg hinunter. Der Mann bei den Gefangenen hatte bereits sein Gewehr angelegt und auf Caits Rücken gerichtet. Eve hupte wie wild, und gerade als er sich verdutzt in ihre Richtung wandte, blitzte im Hintergrund ein Licht auf. Im gleichen Moment wurde der Mann von einem Schuss an der Schulter getroffen und fiel zu Boden.

Eves Vollbremsung wirbelte eine große Staubwolke auf. Sie zog ihre Dienstwaffe, sprang aus dem Wagen und ging hinter der geöffneten Fahrertür in Deckung. Nur wenige Schritte vor ihr feuerte der zweite Fahrer aus der offenen Tür der Baggerkabine blind in die Richtung des Angreifers. Der verborgene Scharfschütze brauchte nur einen einzigen Schuss, um auch ihn niederzustrecken. Der Mann fiel kopfüber von dem Bagger und verschwand damit aus Eves Sichtfeld.

Die Gefangenen waren geduckt zum Transporter gerannt, um dort Schutz vor den Schüssen zu suchen. Das Visier des Scharfschützengewehrs reflektierte erneut das Sonnenlicht, doch durch den Staub konnte Eve selbst mit ihren außergewöhnlich scharfen Augen nichts erkennen.

Sie spitzte die Ohren. Einer der Gefangenen wimmerte in seiner Panik laut vor sich hin, aber sonst war es mucksmäuschenstill. Eine Gestalt löste sich aus dem Schatten des Transporters. Der Staub lichtete sich und Eve erkannte, dass es Cait war, die ein paar Schritte auf sie zukam und dann direkt in der Schussbahn des unbekannten Scharfschützen stehen blieb.

»Geh in Deckung, Cait!«, rief Eve ihr zu.

»Sie werden nicht auf mich schießen«, entgegnete Cait. »Und auf dich auch nicht, wenn du deine Waffe weglegst.«

Eve musterte sie grimmig und richtete den Lauf ihrer Pistole auf sie. »Wer ist es? Logan Moore?«

Cait zuckte mit den Schultern. »Ich gehe mal davon aus. Mir fallen sonst nicht viele ein, die eine Hinrichtung der Union verhindern würden.«

Eine Hinrichtung …

Eve schluckte schwer. Sie konnte kaum glauben, was diese Unionssoldaten beinahe getan hätten.

»Das hat die Union nicht angeordnet«, sagte Eve. »Ihre Befehle lauteten anders.«

Plötzlich antwortete ihr eine Stimme von der Seite. »Bist du dir da sicher?«

Eve sog leise die Luft ein. Es war Logan Moore, und wieder ließ sein Anblick ihr Herz für einen Schlag aussetzen. Er hatte sich unbemerkt ihrem Wagen genähert und stand nun völlig ungeschützt mit leicht erhobenen Händen auf der anderen Seite der Motorhaube. Eine verkrustete Wunde zierte seinen Nasenrücken. Seine Waffe steckte im Holster an seinem Gürtel.

Eve richtete sofort ihre Pistole auf ihn, doch er blieb ganz ruhig. Außerdem lächelte er, und dieses Lächeln wirkte sich trotz der obskuren Situation sonderbar wohltuend auf sie aus. Das machte Eve jedoch erst recht nervös. Ihre Reaktionen auf diesen Mann waren ihr einfach nicht geheuer.

»Woher wusstet ihr, was die Fahrer vorhatten?«, fragte sie laut.

»Das wussten wir nicht«, antwortete Logan und sein Lächeln verschwand. »Wir sind ihnen gefolgt, um Cait einzusammeln, sobald sie freigelassen werden würde. Aber dann … na ja, das hast du ja selbst gesehen.«

Eve biss sich unruhig auf die Lippen. Eigentlich sollte sie Moore mit einem gezielten Schuss fluchtunfähig machen, in den Wagen packen und damit diese wandelnde Bedrohung für die Union beenden. Doch sie tat es nicht. Sie verstand nur selbst nicht, was sie davon abhielt.

»Ach, Schätzchen«, meldete sich da eine Frauenstimme.

»Leg doch endlich deine Waffe weg. Hätten wir dir was tun wollen, hätte ich längst auf dich geschossen.«

Eine ältere Frau in Latzhose und mit einem Basecap auf dem Kopf tauchte hinter dem Transporter auf. Sie hatte ein Scharfschützengewehr geschultert und trat unbekümmert zu Cait, um ihre Fesseln zu lösen. Eve starrte die Frau verwirrt an, denn sie kam ihr vage bekannt vor. Ihre Augen weiteten sich, als sie im Hintergrund Jack Coleman entdeckte, der nun in aller Seelenruhe die Fesseln der drei restlichen Gefangenen mit einem klobigen Jagdmesser durchtrennte und ihnen den kürzesten Weg zur nächstgelegenen Wohnsiedlung schilderte.

Dann erinnerte Eve sich wieder an Logan und sah hastig zu ihm hinüber. Er hatte sich keinen Zentimeter von der Stelle bewegt. Sie hatte absolut keine Erklärung dafür, doch ihr Instinkt sagte ihr, dass von diesen Menschen keine Gefahr ausging.

Schließlich stieß sie einen heftigen Fluch aus und steckte ihre Waffe zurück ins Holster.

»Na, das Fluchen hast du offenbar nicht vergessen«, sagte die alte Frau und kam arglos auf sie zu. »Das hast du von deinem Großvater gelernt.«

»Wer bist du?«, fragte Eve.

»Ich bin Doris. Wir kennen uns aus Redwood Meadows.«

Eve wankte leicht. Ihr war schwindelig und ein dumpfer Kopfschmerz machte sich hinter ihrer Stirn breit. Sie massierte sich die rechte Schläfe und versuchte ihre wirren Gedanken zu sortieren.

»Mila?«, fragte Logan und kam eilig um den Wagen herum. »Ist alles in Ordnung?«

Die Fahrertür war noch zwischen ihnen, doch Eve wich automatisch vor ihm zurück, obwohl er ehrlich besorgt wirkte.

»Gar nichts ist in Ordnung!«, zischte sie. »Ich weiß nicht, was in mich gefahren ist. Ich sollte euch eigentlich alle erschießen. Verdammt!«

Doris betrachtete sie analytisch. »Vielleicht sind deine Erinnerungen nicht ganz so tief vergraben, wie es den Anschein hat. Irgendetwas sagt dir, dass du uns vertrauen kannst, nicht wahr?« Eve antwortete nicht, doch ihr Gesichtsausdruck sprach offenbar Bände, denn Doris nickte erfreut. »Das ist fantastisch! Dein Unterbewusstsein scheint also intakt zu sein. Was ist das Letzte, woran du dich erinnerst?«

Eve starrte Doris mit zusammengepressten Lippen an. Ihre Augen huschten kurz zu Jack Coleman, der nun ebenfalls näher trat und freundlich eine Hand zum Gruß hob, während die anderen drei Gefangenen sich vom Transporter entfernten und hastig aus der Kiesgrube flohen.

Logan Moore trat einen weiteren Schritt auf Eve zu und seine grüne Augen schienen sie regelrecht zu durchbohren. Sie musste sich von ihm abwenden, weil er sie völlig durcheinanderbrachte.

»Woher soll ich wissen, dass ihr nicht nur ein krankes Spiel mit mir treibt?«, fragte sie Cait.

»Ich denke, das weißt du bereits«, antwortete sie ruhig. »Sonst würdest du nicht mit uns reden.«

Eve schnaubte leise. »Ich weiß nicht, warum ich das tue.«

Jack meldete sich mit einem übertriebenen Hüsteln. »Kleine Zwischenfrage: Wird hier gleich eine Armee an Verstärkung auftauchen oder können wir noch weiter in Ruhe plaudern?«

Eve schwieg, doch erneut schien dies für Doris Antwort genug. »Keine Verstärkung«, sagte sie zu Jack an ihrer statt.

Diese Frau war wirklich beeindruckend, denn Eve war sich sicher, gerade keinerlei Miene verzogen zu haben.

»Wir sollten trotzdem nicht trödeln«, sprach Doris weiter und legte den Kopf leicht schief. »Ich kann deine Zweifel gut verstehen, Mila. Aber denk bitte daran, wovon du soeben Zeuge wurdest. Die Union treibt ein falsches Spiel. Viel schlimmer noch, als du dir momentan vorstellen kannst. Du wusstest das und hast dich damals entschieden, mit uns gegen diese Schreckensherrschaft vorzugehen. Du musst dich nur wieder daran erinnern.«

Logan trat dicht an die Fahrertür und sah Eve eindringlich an. »Setz deine Medikamente ab.«

»Logan!«, rief Doris scharf. »Du weißt doch gar nicht, ob …«

»Das stimmt«, sagte er zu Eve. »Ich weiß nicht sicher, ob deine Tabletten etwas mit deinem Gedächtnisverlust zu tun haben. Es ist eher eine Ahnung. Aber es ist eine Möglichkeit. Ob du sie nutzt, ist letztlich deine Entscheidung.«

Der letzte Satz schien ihm nicht leicht über die Lippen gekommen zu sein. Ein tiefer Schatten trübte seine schönen Augen. Eve war unweigerlich wie gefangen von diesem schmerzvollen Blick. Es war, als würde sie diesen Schmerz plötzlich mit ihm teilen. Sie spürte ihn in ihrem eigenen Herzen, so intensiv, dass sie nach Atem rang.

Sollte wirklich wahr sein, was Cait zu ihr gesagt hatte? Liebte sie diesen Mann, der ihr doch weiterhin so fremd erschien?

Sie blinzelte und sah zur Seite, weil sie die unerklärlichen

Emotionen nicht länger ertragen konnte. Aus dem Augenwinkel heraus bemerkte sie, dass Logan im gleichen Moment einen Schritt zurücktrat und sich fahrig über die Stirn wischte.

»Ich mache dir ein Angebot«, sagte Logan. »In drei Tagen werde ich um Punkt fünf Uhr nachmittags am südlichen Ende der Willowdale Road auf dich warten. Dort steht ein Einfamilienhaus in der Nähe vom Willow Park. Ich werde in der Einfahrt auf einer Bank sitzen. Ob du allein oder mit einem Spezialkommando dort auftauchst, überlasse ich dir.«

Die anderen drei sogen erschrocken die Luft ein. Jack wollte schon protestieren, doch Logan brachte ihn mit einer gebieterischen Handbewegung zum Schweigen. Er sah Eve ernst an. »Ich verspreche dir, dass ich da sein werde.«

Dann drehte er sich um und ging davon. Die anderen folgten ihm schweigend. Nur Jack wandte sich noch kurz an Eve: »Du solltest jetzt Verstärkung rufen. Und einen Krankenwagen für die beiden Soldaten. Sie sind schwer verletzt, aber noch am Leben.« Er lächelte. »Pass auf dich auf, Mila.«

Damit eilte er den anderen hinterher.

Stratons Gesicht war wutverzerrt.

»Sind Sie denn vollkommen unfähig?«, brüllte er Tom an und verteilte dabei eine beträchtliche Menge Spucke über dem Schreibtisch. »Hinter Ihnen steht eine ganze Armee und Sie lassen sich von einer Handvoll minderbemittelter Flüchtlinge an der Nase herumführen!«

Tom saß auf einem der Besucherstühle vor dem wuchtigen Schreibtisch des Präsidenten. Das Büro des Staatsoberhaupts war opulent wie der Rest seiner Privaträume. Alles hier drin war darauf ausgelegt, die Macht seines Bewohners zu demonstrieren. Doch Tom hatte sich noch nie von Äußerlichkeiten beeindrucken lassen.

Es hatte einmal eine Zeit gegeben, da hatte er Straton für einen klugen und bewunderswerten Mann gehalten. Inzwischen war Tom sich aber nicht mehr sicher, was er von ihm halten sollte. Straton hatte sich verändert. Wutausbrüche wie dieser zeugten von nichts anderem als Überforderung und Unsicherheit.

»Ganz so minderbemittelt scheinen sie nicht zu sein«, erwiderte Tom ruhig. »Die Hackerin konnte immerhin ohne Probleme einen richterlichen Beschluss fälschen. Wir müssen davon ausgehen, dass sie die ganze Zeit Zugriff auf unser System hatten. Und dass sie den immer noch haben.«

»Also sind unsere gesamten IT-Spezialisten auch unfähig?«

»Nun, sie konnten inzwischen herausfinden, dass sie den alten Zugang von Coleman benutzt. Sie arbeiten mit Hochdruck daran, diese Frau wieder auszusperren und ihren augenblicklichen Standort herauszufinden.«

Straton starrte ihn an. »Was ist daran so schwer, Herrgott?«

»Ich bin kein Informatiker, Sir. Ich kann nur weitergeben, was die Spezialisten mir berichten.«

Der Präsident schnaubte unwirsch und lehnte sich in seinem klobigen Bürostuhl zurück. Eine Ader pochte gut sichtbar an seiner Schläfe, aber er schien sich insgesamt wieder ein wenig zu beruhigen. »Was ist mit den beiden verletzten Soldaten?«

»Ich habe mich bereits darum gekümmert, Sir.«

»Wird Eve zu einem Problem?«

»Ich habe sie unter Kontrolle«, entgegnete Tom schlicht.

Straton hob eine Braue. »Vielleicht sollten wir sie vorsorglich aus dem aktiven Dienst entfernen. Grant meinte, jede Konfrontation mit ihrer Vergangenheit könnte wie eine neurologische Stimulanz auf ihr Unterbewusstsein wirken.«

»Diese Gefahr war uns von Anfang an bekannt, Sir. Sie jetzt zu degradieren wäre erst recht verdächtig. Und glauben Sie mir, ich werde es merken, sollte Eve sich wieder erinnern.«

»Sie haben hoffentlich nicht vergessen, was in einem solchen Fall Priorität hat?«

Der Blick des Präsidenten war lauernd. Tom erwiderte ihn gelassen. »Warum sollte ich das vergessen haben, Sir?«

»Weil ich mehr und mehr den Eindruck habe, dass Ihnen Eve tatsächlich am Herzen liegt.«

Tom beugte sich ein Stück vor und schmunzelte. »Das zeigt sehr deutlich, dass ich meine Sache gut mache, nicht wahr? Keine Sorge, Sir. Ich kenne meine Aufgaben. Sollte Eve mir entgleiten, werde ich entsprechend darauf reagieren. Sie wird unseren Feinden keineswegs in die Hände fallen. Zumindest nicht lebend. Wenn Sie mich jetzt entschuldigen würden? Ich muss dringend mit meiner Frau sprechen.«

Er wartete keine Antwort ab, sondern stand auf und verließ zügig das Zimmer.

Gegen Mittag saß Eve in ihrem Büro im Union Tower und starrte auf ihren Computerbildschirm. Eigentlich sollte sie einen Bericht zu den Geschehnissen in der Kiesgrube schreiben, doch in ihrem Kopf herrschte das reinste Chaos und sie brachte keinen vernünftigen Satz zustande.

Sie stützte ihre Stirn auf die Hände und vergrub ihre Finger im Haar. Der dumpfe Kopfschmerz war verklungen, aber sie fühlte sich erschöpft und elend. Das Chaos in ihrem Innersten schien sie weit mehr Kraft zu kosten, als ein Dauerlauf es gekonnt hätte.

Eve konnte immer noch nicht fassen, dass sie ihre Begegnung mit Moore, Coleman und dieser Doris ihrem Ehemann gegenüber verschwiegen hatte. Sie hatte ihm berichtet, dass sie unter Beschuss des verborgenen Scharfschützen gestanden hatte, während die Gefangenen geflohen waren. Danach habe sie sich lieber um die schwer verletzten Soldaten gekümmert, statt die Verfolgung der Rebellen aufzunehmen. Da die beiden Männer zum Zeitpunkt des Aufeinandertreffens bereits bewusstlos waren, würden sie ihrer Aussage nicht widersprechen. Hoffentlich waren sie bald vernehmungsfähig, denn Eve war schon mächtig gespannt auf ihre Erklärung zu dem vereitelten Hinrichtungsversuch.

Sie atmete tief durch und richtete sich auf. Der Cursor im Protokollformular blinkte herausfordernd. Er erinnerte Eve an ihren Herzschlag, der in Logan Moores Gegenwart regelmäßig verrücktspielte.

Sollte es tatsächlich wahr sein? War ihr Leben eine einzige Lüge? Eve wollte einfach nicht glauben, dass Tom zu so etwas fähig sein sollte. Dieser rücksichtsvolle Mann, der sie in den letzten Monaten auf Händen getragen hatte.

Sie erinnerte sich an ihren ersten Kuss. Das war kurz vor ihrer Entlassung aus der isolierten Abteilung im Union Tower gewesen. Tom hatte ihr damals angeboten, eine andere Wohnung für sie beide zu suchen, wenn sie sich mit nur einem Schlafzimmer noch unwohl fühlte. Spätestens da hatte sie erkannt, warum sie sich einst in ihn verliebt hatte. Als sie ihn schließlich küsste, hatte es sich noch ziemlich merkwürdig angefühlt, doch in diesem Moment hatte Eve beschlossen, sich wieder in Tom zu verlieben.

Und das hatte sie auch getan. Eve war zweifellos in Tom verliebt. Allerdings fragte sie sich nicht zum ersten Mal, ob diese Gefühle nicht eigentlich tiefer gehen müssten. Bislang hatte sie es darauf geschoben, dass sie noch Zeit brauchte. Aber jetzt?

Vielleicht hatte sie sich diese Gefühle für Tom ja tatsächlich nur eingeredet?

Wie von selbst glitt ihre Hand zur Computermaus und sie öffnete mit wenigen Klicks das Fahndungsprotokoll von Logan Moore. Sein Profilbild verfehlte auch jetzt seine Wirkung nicht. Eves Herz schlug augenblicklich schneller und ihr Blick klebte förmlich an seinen grünen Augen, die einen schier magischen Sog auf sie ausübten. Ein aufregendes Kribbeln meldete sich in ihrem Bauch. Ihre Reaktion auf Logan Moore schien mit jedem Mal intensiver zu werden.

War das Liebe?

Eve horchte auf. Die Bürotür war nur angelehnt und sie hörte aus den sich nähernden Schritten Toms typisches Gangmuster heraus. Hastig schloss sie den Fahndungsaufruf, als ihr Mann auch schon das Büro betrat. Scheinbar überrascht blickte Eve zu ihm auf.

»Das war aber ein kurzes Gespräch«, stellte sie fest.

Tom lächelte gequält. »Na ja, im Dreieck springen kann Straton auch ohne mich.«

Er setzte sich an den Schreibtisch und rieb sich über die Stirn. Eve beobachtete ihn ganz genau. Er wirkte gestresst, was aber vollauf verständlich war, wenn man gerade von einem gewiss recht unangenehmen Gespräch mit dem Staatsoberhaupt zurückkehrte.

»Das Krankenhaus hat angerufen«, sagte er. »Die verwundeten Soldaten sind beide gestorben.«

»Was?«, entfuhr es Eve. »Das ist doch wohl ein Scherz!«

Tom schaute zweifelnd zu ihr hinüber. »Nein?«

Sie starrte ihn einen Moment lang ungläubig an. Als der Krankenwagen eintraf, waren beide Verwundete bewusstlos, aber laut Sanitäter stabil gewesen. Natürlich war der wahre Schweregrad ihrer Verletzungen von außen schwer zu beurteilen und eine Todesfolge nicht ganz auszuschließen, doch es schien schon ein erstaunlicher Zufall zu sein, dass sie sich nun nicht mehr zu der Hinrichtung äußern konnten.

Da Tom schließlich fragend die Stirn runzelte, sog sie geräuschvoll die Luft ein. »Dann werden wir wohl nie erfahren, warum die Soldaten die Gefangenen ermorden wollten.«

»Und du bist dir sicher, dass sie das tun wollten?«, hakte Tom nach.

»Sie haben sie in einer Reihe aufgestellt und eine Waffe auf sie gerichtet«, antwortete Eve scharf. »Was hätte das sonst bedeuten sollen?«

»Hey, ich zweifle nicht an dem, was du gesehen hast. Ich will nur herausfinden, was in der Kiesgrube vorgefallen ist. Genau wie du.«

Eve musterte ihn eindringlich. Absolut nichts deutete auf eine Lüge hin, trotzdem kam ihr irgendetwas an seinem Blick merkwürdig vor. Er schien sie ebenso wachsam zu beobachten wie sie ihn.

»Werden die Soldaten obduziert?«, fragte sie.

»Natürlich. Der Bericht sollte uns in wenigen Stunden vorliegen.« Er dachte kurz nach. »Woher weißt du eigentlich so genau, dass Moore für diesen Überfall verantwortlich ist? Du hast gesagt, du hättest den Schützen nicht gesehen.«

»Es ging zweifellos um Caithlyn. Denkst du, sie hat noch andere Verbündete da draußen, die zu so einer Aktion in der Lage wären?«

»Es ist also nur eine Vermutung«, stellte Tom fest.

»Es ist eine naheliegende Schlussfolgerung«, korrigierte ihn Eve. Sie hob eine Braue. »Was soll das überhaupt? Verhörst du mich gerade?«

Tom rollte mit dem Bürostuhl näher an den Schreibtisch und sah Eve offen an. »Natürlich tue ich das. Eine offizielle Nachbesprechung solcher Vorkommnisse gehört zu meinen Aufgaben als Abteilungsleiter. Warum regst du dich darüber auf?«

Eve erschrak. Sie musste sich dringend zusammenreißen, wenn sie Tom die Wahrheit weiter verschweigen wollte. Und das musste sie, solange sie nicht sicher sein konnte, welche Version ihrer Vergangenheit tatsächlich die richtige war.

»Tut mir leid«, lenkte sie schließlich ein. »Eigentlich rege ich mich nur darüber auf, dass Moore mir schon zum zweiten Mal um Haaresbreite entwischt ist. Ich bin sicher nur enttäuscht.«

Tom lächelte milde. »Ich finde es alles andere als enttäuschend. Immerhin bist du in wenigen Tagen gleich zweimal näher an ihn herangekommen, als wir alle in vollen fünf Monaten. Aus meiner Sicht ist das eine erstaunliche Leistung.«

Wieder forschte sie in seinem Gesicht nach den Anzeichen einer Lüge. Sie fand absolut keine, und plötzlich schämte sie sich, ihn überhaupt als Betrüger in Betracht zu ziehen. Vielleicht sollte sie ihm doch die Wahrheit sagen?

Das Piepsen ihrer Armbanduhr unterbrach ihren letzten Gedanken. Es war Zeit für ihre Mittagsdosis Gilenol. Routiniert stellte Eve den Alarm ab und griff in die Innentasche ihres Jacketts, wo sie neuerdings stets ein silbernes Pillendöschen mit sich trug. Sie öffnete den Verschluss und stockte, als sie sich an das erinnerte, was Moore zu ihr gesagt hatte. Unschlüssig blickte sie auf die unscheinbaren Tabletten hinab.

»Ist alles in Ordnung?«, fragte Tom auf einmal.

Er beobachtete sie also immer noch. Das konnte Zufall sein oder aber höchst verdächtig. Genau wie der unerwartete Tod der beiden Soldaten.

»Ich hab nur schnell meinen Bestand im Kopf überschlagen«, antwortete sie scheinbar unbekümmert. »Ich sollte wohl demnächst eine neue Ration bei Doktor Grant anfordern. Sicher ist sicher.«

Dann tat sie so, als würde sie sich eine Tablette in den Mund schieben, steckte das Pillendöschen zurück in die Tasche und wandte sich ihrem Computer zu.

KAPITEL 14

Am darauffolgenden Nachmittag saß Logan mit Jack und Cait in der Personalküche im Einkaufscenter. Ein Stadtplan von Edmonton und mehrere handgeschriebene Dokumente lagen vor ihnen auf dem Tisch ausgebreitet.

»Die Wachbesetzung wurde komplett ausgewechselt«, sagte Jack und seufzte schwer. »Das würde ich wahrscheinlich auch anordnen, wenn ein gesuchter Staatsverbrecher plötzlich innerhalb des Schutzwalls auftaucht und am nächsten Tag wieder draußen ist. Ihnen muss klar sein, dass einige der Wachleute mit uns kooperieren, und solange sie nicht wissen, welche, ist das die klügste Vorgehensweise.«

Cait machte ein hoffnungsvolles Gesicht. »Allerdings gehen sie bestimmt nicht davon aus, dass ein ganzes Drittel der Wachmannschaften zu uns übergelaufen ist. Wenn wir

Glück haben, besetzen sie die Tore vielleicht sogar zu unseren Gunsten.«

»Unwahrscheinlich«, entgegnete Logan nüchtern. »Soweit wir beobachten konnten, wurden die Wachmannschaften mit zusätzlichen Soldaten von außerhalb aufgestockt. Vermutlich wurden sie aus Saskatoon oder Calgary herbeordert.«

Jack brummte unwirsch. »Hoffentlich sind unsere Northstars vorsichtig und versuchen nicht vorschnell, die Neuen zu akquirieren.«

Logan rieb sich zerknirscht über die Stirn. Es war allein seine Schuld, dass die Sicherheitsmaßnahmen der Safetown verdoppelt worden waren und Strike One auf unbestimmte Zeit verschoben werden musste. Da Cait nun bei ihnen war, hatten sie zudem ihren wichtigsten Kontaktmann verloren. Aktuell war es schon zu riskant, sich auch nur in die Nähe eines Zugangstors zu wagen.

Trotzdem mussten sie schnellstmöglich mit den Northstars Kontakt aufnehmen, um ihnen zu vermitteln, dass der Plan noch aktiv war und dass sie nur geduldig bleiben mussten. Ansonsten würden sie ihren Mut verlieren, oder noch schlimmer – das Ganze in die eigene Hand nehmen. Da niemand innerhalb der Safetown den gesamten Strategieplan von Strike One kannte, wäre die Katastrophe vorprogrammiert und alles würde in einem blutigen Aufstand enden, der im Nu von der Union wieder zerschlagen wäre.

»Wir brauchen Mila«, sagte Logan. »Mit ihrer Hilfe können wir alles wieder geraderücken.«

Cait und Jack tauschten einen zweifelnden Blick. Doch Logan wollte nicht von seiner Hoffnung ablassen. Milas Erinnerungen würden zurückkehren, davon war er überzeugt. Er zweifelte keine Sekunde an dem, was auch Doris schon festgestellt hatte: Mila spürte die Wahrheit bereits. Und sie spürte auch, dass zwischen ihnen eine besondere Verbindung existierte. Das hatte er deutlich in ihren Augen gesehen.

»Äh, Leute?«, drang Doris' Stimme aus dem Chefbüro zu ihnen.

Sie klang alarmiert, darum sprangen Logan und die anderen beiden umgehend auf und hasteten zu ihr hinüber. Es war in ihrem Unterschlupf der einzige Raum mit Stromversorgung, die sie über eine Solarzelle auf dem Dach notdürftig hergestellt hatten. Ein selbst gebastelter Spannungswandler surrte leise in der hinteren Zimmerecke. Auf der Kommode daneben standen diverse Ladestationen für Funkgeräte, Batterien und Lampen. Auf dem Schreibtisch hatte Doris ihre Computerzentrale aus drei Bildschirmen und ihrem aufgeklappten Laptop aufgebaut.

Doris tippte wie besessen auf der Tastatur und die Bildschirme zeigten mysteriöse Zahlenreihen an. Sie wirkte in höchstem Maße konzentriert, doch da sie nicht längst aufgesprungen und ihren Laptop fluchtbereit unter den Arm geklemmt hatte, waren sie wohl nicht in konkreter Gefahr.

»Was ist los?«, fragte Logan und versuchte in den einzelnen Programmfenstern irgendeinen Sinn zu erkennen.

»Jemand drängt sich gerade durch meine Firewall«, antwortete Doris gepresst, während ihre Finger über die Tastatur flogen. »Eigentlich zerfetzt er sie regelrecht in Stücke.«

»Dann lasst uns sofort verschwinden!«, rief Jack aufgebracht.

»Das ist keiner von der Union«, erwiderte Doris.

»Bist du dir sicher?«, hakte Logan nach.

»Ziemlich«, murmelte sie und hielt plötzlich inne. »Mist!«

Auf dem mittleren Bildschirm ploppte ein leeres schwarzes Fenster auf. Dann erschienen auf einmal weiße Buchstaben, als würden sie von Geisterhand getippt.

»Hab dich!«

Cait stieß ein leises Keuchen aus. »Schnell weg hier!«

Doris schüttelte schweigend den Kopf und tippte eine Antwort ein. »Wer bist du?«

»Was machst du da?«, fragte Logan sie aufgebracht. »Was, wenn das doch die Union ist und sie uns nur ablenken wollen?«

Überraschenderweise antwortete ihm der unbekannte Chat-Teilnehmer: »Wäre ich von der Union, dann hättet ihr das längst bemerkt.«

Kurz darauf öffnete sich ein Satellitenbild, das zweifellos das Einkaufscenter zeigte, in dem sie sich gerade befanden.

»Was zum …?«, stieß Logan verblüfft hervor, während Jack hastig aus dem Fenster spähte.

»Draußen sieht alles ruhig aus«, sagte er nervös.

Doris blieb still sitzen und fixierte den Bildschirm. Sie legte den Kopf schief und sagte: »Wenn du schon mein Audiosystem übernommen hast, können wir uns die Schreiberei doch sparen, oder?«

Einen Moment geschah gar nichts, doch dann öffnete sich ein Videochat-Fenster. Verblüfft schaute Logan über Doris' Schulter hinweg auf das Bild eines dürren Teenagers von höchstens siebzehn Jahren, der vor einer nackten Betonwand saß.

»Das gibt's doch nicht!« Doris schüttelte entgeistert den Kopf. »Ich wurde von einem Kind gehackt!«

Der Junge mit den kurz geschorenen Haaren zog überheblich eine Augenbraue hoch und antwortete mit osteuropäischem Akzent: »Dafür, dass bei deiner Geburt Computer noch gar nicht erfunden waren, hast du dich wacker geschlagen.«

Doris stutzte. Doch dann unterdrückte sie ein Grinsen.

»Schlagfertiger kleiner Scheißer«, murmelte sie und lehnte sich ein wenig zurück. »Wie heißt du? Und verschon mich bitte mit irgendwelchen merkwürdigen Hacker-Pseudonymen. Ich will deinen echten Namen wissen.«

»Vasile«, antwortete er.

Doris nickte. »Rumänien also … Nun gut, ich bin Doris.«

»Ich weiß.« Vasile deutete der Reihe nach auf die versammelten Menschen hinter Doris. »Jack, Caithlyn und Logan, richtig?«

Logan verschränkte angespannt die Arme. »Woher weißt du das?«

»Ich beobachte Doris' Aktivitäten im U-Net schon seit einer Weile, aber ihr Hack auf den Gerichtsbeschluss hat mich neugierig gemacht. Durch Caithlyns Haftbefehl konnte ich mir den Rest einigermaßen zusammenreimen.« Er verstummte kurz und blickte konzentriert an der Kamera vorbei. Seine Augen bewegten sich schnell hin und her, als würde er etwas lesen. Schließlich meinte er lässig: »Strike One. Sehr einfallsreich.«

Jack keuchte leise. »Woher weiß er das?«

»Weil er meine Festplatte kopiert hat«, antwortete Doris ruhig. »Die wichtigere Frage ist, was er mit den Daten vorhat.«

Vasile blickte wieder in die Kamera. »Ich werde euch helfen, was denn sonst?«

»Keine Ahnung, Kleiner«, murrte Jack. »Vielleicht rennst

du damit ja auch in die nächstgelegene Safetown und hoffst auf eine saftige Belohnung!«

»Denkt ihr, ihr wärt die Einzigen, die sich gegen die Union auflehnen?«, erwiderte Vasile in gelangweiltem Ton und stöberte wieder in dem geklauten Festplatteninhalt. Auf einmal weiteten sich seine Augen. »Ihr habt die offiziellen Pläne der NWO? Wie zum Teufel seid ihr da rangekommen?«

»Das geht dich nichts an!«, zischte Jack.

Logan konnte ihm seine Abwehrhaltung nicht verübeln. Er selbst traute diesem Knaben ebenfalls nicht, doch dass er offenbar von der *New World Order* wusste, deren geheime Pläne Logan kurz vor seiner Flucht vom Hochsicherheitsserver der Union gestohlen hatte, machte ihn neugierig.

Vasile lächelte schief. »Ihr traut mir nicht, schon klar. Einen Moment, bitte.«

Er begann konzentriert auf seiner Tastatur herumzutippen. Nur einen Augenblick später schlossen und öffneten sich mehrere Fenster auf ihren Bildschirmen und diverse Quellcodes erschienen. Logan, Cait und Jack hatten wie immer keine Ahnung, was das bedeuten sollte, während Doris sich wie gebannt näher zu den Monitoren neigte.

»Unglaublich!«, flüsterte sie fasziniert. »Hast du das selbst entwickelt?«

»Ich war daran beteiligt«, antwortete Vasile. »Ich sagte ja, dass ihr nicht die Einzigen seid.«

Logan stieß Doris leicht gegen die Schulter. »Kannst du uns mal bitte aufklären?«

»Der Kleine integriert mich in eine Art Darkweb«, sagte sie. »Ein globales Netzwerk innerhalb des U-Nets. Unfassbar, dass ich das die ganze Zeit nicht bemerkt habe …«

»Wenn du es bemerkt hättest, dann hätten wir etwas falsch gemacht«, erwiderte Vasile und holte für einen letzten Tipper weit aus. »Erledigt. Das war mein Vertrauensbeweis für euch. Willkommen im Underground.«

Doris grinste. »Underground. Sehr einfallsreich.« Sie überflog einige der Fenster, die sich neu geöffnet hatten. »Mein Gott, wie viele User sind hier denn registriert?«

»Mit euch sechsundsiebzig, verteilt auf den ganzen Globus«, sagte Vasile mit deutlichem Stolz in der Stimme. »Die meisten stammen aus Europa und Asien. Ihr seid die Ersten aus Nordamerika.«

»Heiliger Strohsack!«, rief Doris und drehte sich mit ihrem Bürostuhl zu ihnen herum. »Ist euch klar, was das bedeutet? Wir können Strike One zu einem globalen Schlag ausweiten!«

Cait atmete überrascht ein, während Jack und Logan einen kurzen Blick tauschten. Diese neuen Möglichkeiten boten ein enormes Potenzial – brachten aber auch einige Herausforderungen mit sich.

»Was schätzt du, wie viel Zeit wir dafür bräuchten?«, fragte Jack.

Logan wiegte unschlüssig den Kopf. »Bis wir überall genügend Leute akquiriert hätten, mindestens drei Monate. Wahrscheinlich eher vier. Und das auch nur, wenn die örtlichen Verhältnisse in etwa so ähnlich sind wie bei uns.«

»Ich fürchte, so viel Zeit haben wir nicht«, meldete sich Vasile überraschend zu Wort.

Doris wirbelte wieder zu ihm herum. »Was meinst du damit?«

»Wir haben schon vor einer Weile herausgefunden, dass

die Naturkatastrophen damals willentlich ausgelöst wurden, und behalten die entsprechenden Funkstationen im Auge. Vor ein paar Tagen haben wir vermehrte Aktivitäten bei den Anlagen auf der Nordhalbkugel bemerkt. Es sieht ganz danach aus, als würde die Union den Planeten bald ein zweites Mal durchschütteln wollen.«

Jack stieß einen heftigen Fluch aus und Cait wich sämtliche Farbe aus dem Gesicht. Logan presste den Kiefer so heftig zusammen, dass seine Muskeln schmerzten.

Dabei war er gar nicht allzu überrascht von dieser Information. Eine Dezimierung der Bevölkerung stand ganz oben auf der Liste der Union, und wahrscheinlich hatten bei den ersten Katastrophen mehr Menschen überlebt, als ursprünglich geplant war.

Logan ballte die Fäuste und hob den Blick zum Fenster. Ein strahlend blauer Himmel präsentierte sich dort.

Sie mussten unbedingt verhindern, dass die Union ihn erneut verdunkelte.

⬡

Drei Tage waren seit Logans Begegnung mit Mila in der Kiesgrube vergangen. Jetzt saß er am vereinbarten Treffpunkt auf einer hölzernen Bank und wartete auf sie. Seinen Geländewagen hatte Logan auf einem Feldweg geparkt, den er querfeldein im Handumdrehen zu Fuß erreichen konnte. Und er war, nach einer längeren Diskussion mit Jack, allein gekommen. Genau wie er es Mila gesagt hatte.

Die Sonne strahlte wie schon seit einer Ewigkeit nicht mehr und erfüllte die Einfahrt zu dem schlichten Einfamilienhaus hinter ihm mit hellem Licht. In den Schatten des Waldes ringsherum zwitscherten Vögel. An einigen Laubbäumen zeigten sich die ersten zarten Knospen.

Logan hatte nicht viel für diese Idylle übrig. Er starrte wie versteinert auf die Straße, die hinter einer Biegung im Wald verschwand. Dabei ging er im Geiste immer wieder die Szenarien durch, die ihn gleich erwarten könnten. Entweder tauchte Mila überhaupt nicht auf, oder sie rückte mit einem gesamten Einsatzkommando an. Oder – und daran versuchte er sich festzuklammern – sie kam allein, weil sie sich endlich an ihn erinnerte.

Obwohl er seine Jacke ausgezogen hatte, war ihm unglaublich heiß, was sicher nicht nur von der Sonne herrührte. Es fühlte sich eher an wie ein Fieberschub, verursacht von der kaum zu ertragenden Ungewissheit.

Er hatte keine Ahnung, was passieren würde, sollte Szenario eins oder zwei eintreten. Wahrscheinlich würde er dann vollkommen seinen Verstand verlieren. Für Logan gab es keine Zukunft ohne Mila. Es machte einfach keinen Sinn, wenn sie nicht darin vorkam. Außerdem war er nach den jüngsten Entwicklungen erst recht überzeugt davon, dass die Northstars ohne ihre Hilfe aufgeschmissen waren. Ihnen blieb keine Zeit mehr.

Doris arbeitete mit Vasile und seinen Leuten unter Hochdruck daran, den genauen Zeitplan der Union herauszufinden. Auf den Satellitenbildern war zu erkennen, dass sich bereits einige Arbeiter an den Antennen mehrerer Anlagen zu schaffen machten, um die Technik nach fast drei Jahren

Winterschlaf wieder in Gang zu bringen. Es war schwer zu erkennen, wie weit die Inbetriebnahme schon fortgeschritten war, doch Doris vermutete, dass sie in knapp einer Woche damit fertig sein müssten.

Die Anlagen wurden über ein internes IT-System gesteuert, das die Rebellen ohne einen eingeschleusten Transmitter nicht übernehmen konnten. Eine weitere Möglichkeit wäre die Sabotage der Antennen selbst, aber dafür müssten sie die tonnenschwere Stahlkonstruktionen irgendwie schädigen und dazu fehlten ihnen die Mittel. Selbst wenn Strike One erfolgreich sein würde, wäre vermutlich nicht garantiert, dass die anderen Unionsnationen ihre Anlagen ruhen lassen würden.

Es waren sehr viele Wenn und Aber, die unablässig durch Logans Gedanken rasten. Ihm kam es allmählich so vor, als hätte er jeglichen Boden unter den Füßen verloren. Er hatte seit Tagen nicht mehr anständig geschlafen und fühlte sich in einem nicht enden wollenden Albtraum gefangen. Der Vogelgesang und das Blätterrauschen um ihn herum wirkten merkwürdig irreal in seinen Ohren.

Doch dann drängte sich ein anderes Geräusch in seinen dumpfen Verstand und weckte ihn mit einem Schlag auf. Es stammte von einem herannahenden Fahrzeug.

Logan richtete sich kerzengerade auf, zwang sich jedoch, noch sitzen zu bleiben. Er blinzelte, weil sich das Sonnenlicht in der Windschutzscheibe des schwarzen SUV spiegelte, der in diesem Moment um die Kurve kam. Auf die Schnelle konnte er nicht erkennen, wie viele Personen in dem Wagen saßen. Erst als er ein Stück vor ihm in den Waldschatten rollte und schließlich stehen blieb, erkannte Logan, dass Mila hinter dem Steuer saß. Sie war allein und hielt einen Augenblick unschlüssig das Lenkrad umklammert, bevor sie sich einen Ruck gab und den Motor abstellte.

Logans Herzschlag beschleunigte sich, als Mila die Wagentür aufstieß. Er stand auf und ging eilig auf sie zu. Nach wenigen Schritten hielt er jedoch wie versteinert inne, weil Mila sofort in eine Verteidigungshaltung übergegangen war. Ihr Gesichtsausdruck erreichte ihn wie eine Ohrfeige. Sie beobachtete ihn mit Argusaugen. Gleichzeitig scannte sie wachsam die Umgebung nach Anzeichen eines Hinterhalts.

Sie vertraute ihm nicht.

»Du erinnerst dich also nicht«, stellte Logan nüchtern fest, während in seinem Innersten das reinste Chaos wütete.

»Nein«, antwortete Mila. Sie sah sich noch einmal um und kam schließlich vorsichtig näher, bis nur mehr knapp zwei Meter sie voneinander trennten.

Logan kämpfte erbittert gegen seine Enttäuschung an. »Warum bist du trotzdem gekommen?«

»Weil ich seit drei Tagen keine Medikamente mehr nehme und absolut nichts passiert ist, obwohl mir eingebläut wurde, dass bereits eine einzige versäumte Dosis mich töten könnte. Das hat mich neugierig gemacht.«

Sofort verspürte Logan neue Hoffnung. Vielleicht brauchte es nur noch ein wenig Zeit, bis ihr Körper das Medikamentenreservoir vollständig abgebaut hatte und ihre Erinnerungen zurückkehren konnten. Unbedacht trat Logan einen Schritt vor, und augenblicklich schnellte Milas Hand zu der Waffe an ihrem Gürtel, hielt dort aber inne, ohne die Pistole zu ziehen. Es war kaum zu ertragen, dass sie immer noch so auf ihn reagierte.

»Mila …«, begann Logan leise.

Sie unterbrach ihn ruppig. »Nenn mich nicht so.«

Er presste die Lippen aufeinander und schwieg. Niemals würde er sie mit dem Namen ansprechen, den die Union ihr verpasst hatte.

Da er sich nicht mehr bewegte, entspannte Mila sich wieder. Ihre Hand ruhte zwar weiterhin auf dem Griff ihrer Waffe, doch sie wagte es, Logan noch einmal aus den Augen zu lassen und sich umzusehen.

»Warum treffen wir uns hier?«, fragte sie schließlich.

»Das war eine Zeit lang unser Versteck«, antwortete er offen. »Ich dachte, dir könnte es hier gefallen.«

Sie runzelte die Stirn. »Wieso?«

»Weil du dich in Wäldern wohlfühlst.«

Mila blickte zum Waldrand, als wollte sie herausfinden, ob er recht hatte. Mit skeptischer Miene wandte sie sich wieder an ihn. »Oder du hast diesen Ort gewählt, weil er die besten Fluchtmöglichkeiten bietet.«

»Das auch«, erwiderte er und lächelte vage. »Das nimmst du mir ja wohl hoffentlich nicht übel.«

Sie starrte ihn schweigend an. Logan hatte keinen Schimmer, was sich gerade in ihren Gedanken abspielte. Er merkte aber, dass sie mit jeder Sekunde immer mehr ihre sorgfältig errichtete Fassade verlor, mit der sie ihn vermutlich auf Abstand halten wollte. Die gekünstelte Abgeklärtheit bröckelte und ihm entging nicht, dass ihr Atem sich leicht beschleunigte und ihre Schultern kaum merklich bebten.

Mila konnte nicht länger verbergen, dass sie innerlich genauso aufgewühlt war wie er selbst. Und während sie ihn anblickte, wandelte sie sich von der knallharten Agentin zu der sensiblen jungen Frau, die sie einst gewesen war.

»Wahrscheinlich ist es nur eine gerechte Strafe für mich, dass du mich vergessen hast«, flüsterte Logan gequält.

»Wie meinst du das?«, fragte sie.

»Ich hätte dich beschützen müssen«, antwortete er. »Das ist alles meine Schuld und es gibt keine schlimmere Strafe für mich, als nicht bei dir sein zu können. Wir hatten nur so wenig Zeit miteinander, und trotzdem wusste ich von Anfang an, dass ich nie wieder ohne dich sein will. Die letzten Monate waren die reinste Hölle, weil ich nicht wusste, ob du noch lebst. Jetzt weiß ich es und durchlebe eine ganz andere Form der Hölle, weil ich trotzdem nicht bei dir sein kann. Ich …« Seine Stimme versagte. Er holte tief Luft und rieb sich harsch über das Gesicht, um die Tränen zu vertreiben, die sich in seinen Augen sammelten. »Es tut mir leid. Ich halte das nicht mehr aus.«

Logan wandte sich ab, um zu gehen. Er wollte nur noch weg, sich irgendwo verkriechen und sich dem Schmerz in seinem Innersten hingeben, der ihn hoffentlich umbringen würde.

Da umfassten plötzlich zarte Finger sein Handgelenk und hielten ihn zurück. Wie benebelt blickte er auf Milas Hand hinab, während ihre schlichte Berührung ihn wie ein Pfeil durchfuhr. Es dauerte einen Moment, bis er ihr in die Augen sehen konnte. Die Hilflosigkeit darin kostete ihn auch noch den Rest seines Verstandes.

»Logan, ich weiß nicht …«, flüsterte sie mit bebender Stimme.

Er ließ sie nicht ausreden. Er gab sich einfach dem Drang hin, der in ihm tobte, seit Mila aus dem Wagen gestiegen war. In einer einzigen Bewegung zog er sie dicht an sich heran und küsste sie.

Ihre Lippen fühlten sich genauso an, wie er es in Erinnerung hatte. Nur für den Bruchteil einer Sekunde spürte er ihren Widerstand, bevor sie sich an ihn fallen ließ und sich seinem Kuss hingab. Sie schmeckte nach Verzweiflung und himmlischer Erlösung zugleich. Auf einen Schlag verlor alles andere an Bedeutung. Logan nahm nur noch die Frau in seinen Armen wahr. Er sog das berauschende Gefühl ihrer Nähe gierig in sich ein. Es war, als könnte er nach einem langen Tauchgang endlich wieder frei atmen. Als würde sich sein ganzes Sein mit dieser Frau füllen.

Mila klammerte sich an ihm fest, zog ihn am Nacken zu sich herunter, als hätte sie Angst, er könnte ihr entfliehen. Doch wie könnte er das? Wie sollte er Mila jemals wieder loslassen?

Logan verlor jegliches Gefühl für Zeit und Raum. Er konnte nicht sagen, wie lange sie sich diesem stürmischen Kuss hingaben, bis ihre Berührungen ruhiger und zärtlicher wurden und sie sich endlich einen Moment Zeit nahmen, um wieder zu Atem zu kommen. Logan lehnte seine Stirn an Milas und streichelte ihr sanft über das Haar.

»Das fühlt sich so vertraut an«, flüsterte Mila an seine Lippen. »*Du* fühlst dich so vertraut an.«

»Weil wir zusammengehören«, antwortete er und besiegelte seine Worte mit einem weiteren Kuss.

Aber diesmal löste sich Mila schnell wieder von ihm und wich ein Stück zurück. Besorgt beobachtete Logan, wie Mila sich eine Faust gegen die Stirn presste, als hätte sie heftige Kopfschmerzen.

»Ist alles in Ordnung?«, fragte er.

Sie lachte freudlos und ging an ihm vorbei zu der Bank vor dem Haus. Erschöpft sank sie darauf nieder und massierte sich die Schläfen. Logan setzte sich in großzügigem Abstand neben sie, um sie nicht zu bedrängen. Nach kurzem Zögern streckte er aber doch einen Arm aus und streichelte ihr beruhigend über den Rücken.

»Es ist also wahr?«, fragte sie stimmlos. »Wir waren verliebt?«

»Wir *sind* verliebt«, korrigierte er sie sanft. »Das eben hat sich nicht so angefühlt, als hätten deine fehlenden Erinnerungen etwas daran geändert.«

Mila seufzte schwer, richtete sich auf und sah ihn an.

»Erzähl mir alles«, forderte sie ihn auf. »Von Anfang an.«

Und Logan gehorchte, ohne zu zögern. Während er sprach, überprüfte er von Zeit zu Zeit Milas Reaktion. Sie hielt ihr Gesicht in die letzten Sonnenstrahlen, die sich über die Baumwipfel stahlen und schließlich hinter dem Wald verschwanden, als er bei den Ereignissen in der Noscomp-Fabrik angekommen war.

Nachdem er geendet hatte, schwiegen beide eine Zeit lang. Logan beobachtete Mila unauffällig, während sie offenbar damit beschäftigt war, die Geschichte innerlich zu verarbeiten und mit ihrem augenblicklichen Leben zusammenzubringen.

»Du weißt, dass sich deine Geschichte vollkommen verrückt anhört, oder?«, sagte Mila nach einer Weile.

»Das ist mir bewusst.« Logan griff nach seinem Parka und holte einen USB-Stick aus der Tasche, den er Mila reichte. »Das ist eine Kopie der geheimen NWO-Dokumente, die ich damals entwenden konnte.«

Als sie den Stick nahm, bemerkte er, dass ihre Finger eiskalt waren, darum legte Logan ungefragt seine Jacke über ihre Schultern. Mila bedankte sich mit einem schnellen Lächeln und blickte nachdenklich auf den Stick, den sie unablässig in ihren Händen herumdrehte. Plötzlich hielt sie inne und starrte ihre linke Hand an. Logans Blick blieb ebenfalls daran haften. Beinahe hätte er danach gegriffen und ihr den Ehering vom Finger gezogen.

Mila versteckte hastig die Hand unter seiner Jacke, als hätte sie seine Gedanken eben erraten. »Ich weiß nicht, wovor ich mich mehr fürchte«, sagte sie düster. »Davor, dass du die Wahrheit sagst, oder, dass du mich doch nur manipulierst.«

Logan drehte sie sanft an den Schultern zu sich herum und sah ihr tief in die Augen. »Ich würde dich niemals manipulieren, hörst du? Wir haben uns damals versprochen, dass wir keine Geheimnisse voreinander haben werden, und daran halte ich mich.«

»Dann sag mir, was ihr vorhabt.«

Er zögerte. »Das geht nicht. Nicht, solange du noch zweifelst.«

»Du vertraust mir also auch nicht«, stellte sie tonlos fest.

»Na ja, immerhin hast du mir die Nase gebrochen und gleich zweimal eine Waffe auf mich gerichtet«, scherzte er unbeholfen.

Mila musterte ihn eingehend. Sie hob eine Hand und strich über die Wunde an seinem Nasenrücken. »Die geringe Schwellung spricht nicht gerade für eine Fraktur. Außerdem hätte ich dich nun wirklich nicht für einen nachtragenden Menschen gehalten.«

Ihr Grinsen strahlte mehr, als die hellste Mittagssonne es gekonnt hätte. Und das flammende Abendrot, das den Himmel nun allmählich verfärbte, warf einen bezaubernden Schimmer auf ihr dunkles Haar.

Lächelnd strich Logan eine Strähne hinter ihr Ohr. »Ich liebe dich, Mila.«

Diesmal beschwerte sie sich nicht über diesen Namen. Sie schien einen Moment damit zu ringen, seine Worte zu erwidern, doch dann entschied sie sich dafür, ihren Gefühlen mit einem Kuss Ausdruck zu verleihen, der Logan einmal mehr alles andere vergessen ließ.

Ihre Lippen weckten erneut diesen tiefen Hunger nach mehr. Pures Verlangen strömte durch ihn hindurch und Mila erwiderte seine Leidenschaft. Noch ehe er wusste, wie ihm geschah, kletterte sie auf seinen Schoß, griff fordernd in sein Haar und zwang seinen Kopf weit in den Nacken. Sie übernahm die Kontrolle. Nicht nur über seinen Körper, sondern über sein gesamtes Sein …

Bis plötzlich das Klingeln eines Handys ertönte.

Mila schaute Logan verwirrt an, bis ihr schließlich klar wurde, dass es ihr Telefon war, das sich da gerade meldete. Leise fluchend sprang sie von seinem Schoß und zog ihr Handy aus der Tasche. Schwer atmend starrte sie auf das Display.

»Scheiße«, murmelte sie und wischte sich über die Lippen, als müsste sie erst Logans Geschmack vertreiben, ehe sie sprechen konnte. Dann atmete sie tief durch und nahm das Gespräch an. »Ja?«

Logan beobachtete sie aufmerksam. Ihm war sofort klar, dass Foulder am anderen Ende der Leitung war, und ihn erfasste bodenloser Zorn.

»Ach, du bist schon zurück?«, sagte Mila überrascht. »Nein, ich bin noch unterwegs.« Sie rieb sich heftig über die Stirn, während sie eine erstaunlich überzeugende Tonlage anschlug. »Ich bin gerade in der Kiesgrube, um Spuren zu sammeln … Tja, das dachte ich auch, aber zum Glück habe ich es noch einmal selbst überprüft. Diese Idioten von der Spurensicherung haben nämlich zwei Patronenhülsen übersehen … Das wird sich zeigen, sobald die Forensik sie untersucht hat.« Sie wanderte unruhig hin und her, während sie Foulders Antwort lauschte. »Okay, ich muss jetzt sowieso hier aufhören, es wird allmählich dunkel. Bis später.«

Mila legte auf und fluchte hingebungsvoll. Logan riss sich zusammen, drängte seinen Hass auf Foulder beiseite und ging zu ihr.

»Keine Sorge«, sagte er beruhigend. »Er hat sicher nichts bemerkt.«

Logan griff nach Milas Hand, doch sie wich hastig zurück und schüttelte sich den Parka von den Schultern.

»Ich muss jetzt gehen«, sagte sie tonlos und reichte ihm die Jacke, ohne ihn dabei anzusehen. »Wie kann ich mit dir in Kontakt treten?«

Logan wusste, dass sie ihre kühle Fassade wieder aufgebaut hatte, um bei Foulder keinen Verdacht zu erregen. Trotzdem versetzte ihre verhärtete Miene ihm einen Stich ins Herz. Vor ihm stand nun wieder die Agentin und nicht mehr seine Mila.

»Gar nicht«, antwortete er schließlich. »Aber wir können uns morgen um die gleiche Zeit wieder hier treffen, wenn du willst.«

Sie nickte und wandte sich wortlos zum Gehen. Nach wenigen Schritten blieb sie stehen. »Du hast nicht zufällig zwei Patronenhülsen für die ballistische Untersuchung dabei?«

KAPITEL 15

Noch in derselben Nacht kehrten Milas Erinnerungen zurück.

Sie hatte sich ins Wohnzimmer geschlichen und den Fernseher eingeschaltet. Sollte Tom aufwachen, würde ihn das nicht weiter verwundern. Es war schon oft vorgekommen, dass sie sich mitten in der Nacht vom unionseigenen TV-Programm berieseln ließ, weil sie nicht schlafen konnte.

Eigentlich hatte Mila den Inhalt des USB-Sticks überprüfen wollen, doch noch ehe sie ihn in den Computer stecken konnte, schoss plötzlich ein blitzartiger Schmerz durch ihr Gehirn und ihr ganzes Leben kehrte auf einen Schlag zurück.

Mila hielt sich selbst den Mund zu, während sie zusammengekrümmt auf der Couch saß und ihr Kopf zu explodieren drohte. Sie konnte förmlich fühlen, wie ihre Neuronalbahnen unter der massiven Befeuerung glühten. Ein obskurer Film spulte sich vor ihrem inneren Auge ab. In willkürlicher Reihenfolge tauchten alte Erinnerungsfetzen auf und gingen nahtlos in verschiedene Szenen über, die wenig Sinn ergaben.

Grandpa Joe, der Ausbruch des Yellowstone-Vulkans, der Verlust ihrer Familie, Ricco, die Blockhütte am See, Logan … großer Gott, Logan!

Heiße Tränen strömten über ihre Wangen. Ihr unterdrücktes Keuchen klang wie aus weiter Ferne zu ihr durch. Mit ihren Erinnerungen schienen auch die dazugehörigen Emotionen zurückzukehren. Ihr Verstand war völlig überlastet. Mila glaubte jeden Moment überzuschnappen. Es war einfach zu viel. Zu viel Schmerz, zu viel Freude, zu viel Schuld, zu viel Liebe …

Gerade als sie glaubte, im nächsten Moment laut losschreien zu müssen, war es plötzlich vorbei. Die Kopfschmerzen flauten ab. Die wilden Emotionen zogen sich zurück und hinterließen ein heftig pochendes Herz. Ihr war speiübel und schwindelig. Sie zitterte am ganzen Leib, und es dauerte eine Weile, bis Mila es wagte, ihre Hände von ihren Lippen zu nehmen. Zerstreut wischte sie sich über die verschwitzte Stirn und zwang sich zu tiefen und ruhigen Atemzügen, bis das Rauschen in ihren Ohren verklang und ihr Puls einen einigermaßen normalen Rhythmus erreichte.

Erst dann öffnete Mila die Augen. Es war in vielerlei Hinsicht, als würde sie aus einem sehr realen Traum aufwachen. Im Fernseher lief eine geradezu lächerliche Schmonzette, mit der die Union ihre Bürger bei Laune hielt. Die luxuriöse Einrichtung des modernen Apartments war wie der blanke Hohn all denen gegenüber, die jenseits des Schutzwalls tagtäglich um ihr Überleben kämpften. Der Laptop war von Milas Schoß gerutscht und sie hätte ihn am liebsten gepackt und gegen die Wand geschleudert. Da fiel ihr Blick auf die gerahmten Fotos auf dem Sideboard, und grenzenloser Hass schlug über ihr zusammen wie eine Sturmwelle.

Mila sprang auf und durchquerte mit wenigen Schritten den Raum. Sie packte das gefälschte Foto von ihr in Militäruniform, um es auf dem Boden zu zerschmettern. Sie hatte die Arme bereits hoch über den Kopf erhoben, als sich plötzlich ihr Verstand zurückmeldete.

Sie ließ die Arme langsam wieder sinken. Auf gar keinen Fall durfte sie zulassen, dass ihr impulsives Verhalten die Kontrolle übernahm. Um aus diesem ganzen Irrsinn heil herauszukommen, brauchte sie einen klaren Kopf.

Mila brauchte die taktisch und strategisch denkende Eve. Und die war trotz allem weiterhin ein Teil von ihr.

Mila stellte den Bilderrahmen zurück an seinen Platz und ging zurück zur Couch, um in Ruhe nachzudenken. Auf keinen Fall durfte sie ihre nächsten Schritte überstürzen. Die oberste Priorität galt dem Aufrechterhalten des Scheins. Foulder durfte keinen Verdacht schöpfen.

Der Gedanke an diesen Mistkerl trat eine neue Hasswelle in ihr los. Nicht zu fassen, wie leicht er sie um den Finger gewickelt hatte, und sie war auf seine Masche des treu liebenden Ehemanns nicht nur hereingefallen, sondern hatte ihr Bestes gegeben, um ihre angebliche Liebe wieder zu entfachen. Sie hatte sogar mit ihm geschlafen!

Mila wurde erneut schlecht, darum riss sie sich hastig zusammen und drängte ihre Emotionen wieder in den Hintergrund. Bis zum morgigen Abend musste sie noch durchhalten, denn sie hatte keine Ahnung, wo Logan sich versteckt hielt. Wenn sie jetzt überstürzt aufbrach, um ihn zu suchen und sich den Rebellen anzuschließen, würde sie ihn und die anderen wahrscheinlich nie finden.

Nein, diesen einen Tag musste sie noch hinter sich bringen.

Sie klappte den Laptop zu und legte ihn auf den Couchtisch. Den USB-Stick wog sie nachdenklich in ihrer Hand. Nun, da sie sich wieder erinnerte, brauchte sie sich diese Dokumente gar nicht mehr anzusehen. Sie wusste, was Logan damals vor seiner Flucht entwendet hatte.

Und jetzt hatte Logan einen Plan, aber leider hatte sie keine Ahnung, worin dieser bestand. Sie fluchte innerlich, obwohl sie durchaus nachvollziehen konnte, warum er sie nicht eingeweiht hatte. Bei ihrem Treffen hatte sie ja selbst noch nicht gewusst, auf welcher Seite sie nun eigentlich stand.

Ganz von selbst wanderten ihre Finger zu ihren Lippen und strichen darüber, während sie den Erinnerungen an ihre leidenschaftliche Begegnung nachhing. Ihr Herz hatte Logan nie vergessen, das verstand sie nun. Auch jetzt sehnte es sich so sehr nach ihm, dass es schmerzte. Nicht auszudenken, was er die ganze Zeit durchmachen musste. Und dann gab er sich auch noch die Schuld an dem Ganzen, obwohl er die überhaupt nicht trug. Sie hatte ihn schließlich dazu gezwungen, sie auf diese riskante Mission mitzunehmen, wo sie doch überhaupt keine Ahnung von solchen Dingen gehabt hatte.

Aber jetzt hatte sie eine Ahnung. Die Union hatte sie eigenhändig zu einer ernst zu nehmenden Gefahr ausgebildet. Und das sollte Mila nicht ungenutzt lassen.

Logan hatte ihr erzählt, dass die Union eine weitere globale Katastrophe auslösen wolle. Nachdem sie gestern noch skeptisch die Stirn gerunzelt hatte, erkannte sie nun umso deutlicher, wie brisant diese Information war. Er und seine Kameraden wussten nur noch nicht, für wann dieser Schlag geplant war.

Plötzlich wurde Mila klar, dass sie vermutlich die Einzige war, die genau das herausfinden konnte.

Ihre Finger schlossen sich um den USB-Stick. Sie würde morgen nicht mit leeren Händen zu Logan zurückkehren.

Am frühen Morgen lauschte Mila mit geschlossenen Augen, wie Foulder ins Wohnzimmer kam und den Fernseher ausschaltete. Sie hörte, wie er zur Couch trat und sich zu ihr herunterbeugte. Es kostete sie einiges an Kraft, ruhig liegen zu bleiben, während er ihr einen Kuss auf die Wange hauchte.

»Guten Morgen«, flüsterte er und streichelte ihr über das Haar.

Mila murrte leise und versteckte ihr Gesicht unter der Sofadecke. Foulder lachte. Er schubste sie leicht an der Schulter, bevor sie ihn endlich zur Küche gehen hörte. Als die Espressomaschine brummte, setzte sie sich schließlich auf, rieb sich die Augen und täuschte ein überzeugendes Gähnen vor.

Foulder blickte von der Kochinsel zu ihr herüber. »Mal wieder Schlafprobleme gehabt?«

Mila winkte ab. »Nicht so schlimm.«

Tatsächlich hatte sie in dieser Nacht kein Auge mehr zugetan, aber sie war trotzdem hellwach. Sie musste absolute Routine vortäuschen, obwohl alles in ihr danach schrie, Foulder ihre gesamte Wut spüren zu lassen.

Um ihr Schauspiel zu wahren, blieb Mila noch einen Moment am Sofarand sitzen und schlurfte anschließend scheinbar ermattet ins Badezimmer. Kaum hatte sie die Tür hinter sich geschlossen, straffte sie ihre Gestalt und sie atmete tief durch, bevor sie unter die Dusche ging.

Ihre Gedanken kreisten unentwegt um Logan, so wie sie es schon die ganze Nacht lang getan hatten. Sie wollte gar nicht aufhören, an ihn zu denken. Ihr kam es fast so vor, als hätte sie Angst, ihn plötzlich wieder vergessen zu können. Das durfte nie wieder geschehen!

Es war nicht schwer, ihre gewohnte Morgenroutine vorzutäuschen. Die einzelnen Schritte waren schließlich lange genug in ihr Hirn einprogrammiert worden, und ihr Körper handelte beinahe reflexartig. Nur der Ehering, der ihr schon lange gar nicht mehr bewusst aufgefallen war, wog mit einem Mal doppelt so schwer. Er fühlte sich an wie ein Fremdkörper, der ihr nach und nach den Finger abschnürte.

Als sie ihre Morgentoilette beendet hatte, holte Mila wie gewohnt das Pillendöschen aus dem Spiegelschrank. Sie nahm eine Tablette heraus, warf sie in den Abfluss des Waschbeckens und ließ Wasser nachlaufen, während sie das Döschen wieder zurückstellte. In den letzten Tagen hatte sie jede einzelne Dosis verschwinden lassen, damit Foulder keinen Verdacht schöpfte, falls er ihre Tabletten zählte.

Während sie sich im Schlafzimmer anzog, fiel ihr Blick auf die Schublade ihres Nachtkästchens. Foulder hatte sich wirklich äußerste Mühe bei ihrer Gehirnwäsche gegeben, das musste man ihm lassen. Die Schatulle mit den angeblichen Erinnerungsstücken hatte sie wie einen Schatz gehütet. Dabei gehörte gar nichts davon ihr. Nichts in dieser Wohnung hatte sie selbst ausgesucht oder erworben. Abgesehen von dem Kleid, das sie extra gekauft hatte, um diesen widerlichen Präsidenten zu beeindrucken.

Mila schüttelte verbittert den Kopf und riss sich dann wieder zusammen. Nachdem sie ein paarmal tief durchgeatmet hatte, ging sie hinüber in die Küche, wo Foulder wie jeden Morgen an der Frühstücksbar saß und in der staatlichen *Daily News* blätterte, der einzigen Tageszeitung auf dem amerikanischen Kontinent. Dementsprechender Schwachsinn war darin auch abgedruckt. Jeder einzelne Artikel war darauf ausgelegt, die Union auf ein utopisches Podest zu heben und die Heile-Welt-Blase zu stärken, in der sich die Safetown-Bewohner durchs Leben bewegten. Nicht zu fassen, dass Mila bis vor Kurzem noch dabei geholfen hatte, diese Illusion aufrechtzuerhalten, weil sie vollkommen von den Absichten der Union überzeugt gewesen war.

Mila machte sich einen Kaffee und starrte die Maschine an, während sie Foulders Anwesenheit in ihrem Rücken wie eine bösartige Präsenz wahrnahm. In ihrer ganzen Zeit als Eve war sie darauf vorbereitet worden, andere zu töten, sollten die Umstände es verlangen – auch wenn sie kein einziges Mal daran gedacht hatte, es tatsächlich zu tun. Doch jetzt, in diesem Moment, während die dampfende Brühe in ihre Tasse floss und Kaffeeduft um ihre Nase wehte, spielte sie ernsthaft mit dem Gedanken, Foulder umgehend auszuschalten. Wenn sie ihm jetzt das Genick bräche, wäre ein großes Problem im wahrsten Sinne im Handumdrehen gelöst.

Die Maschine verstummte und Mila nahm ihre Tasse heraus. Nein, sie durfte Foulder nicht töten. Wenn er nicht zur Arbeit käme, wäre die innere Sicherheit schnell in Aufruhr, und sie hätte keine Chance, die Daten für Logan zu beschaffen und zu verschwinden.

Glück gehabt, Foulder!

Grimmig pustete sie in ihre Tasse, bevor sie einen unverfänglichen Gesichtsausdruck aufsetzte und sich umdrehte. Foulder blickte kurz zu ihr auf und blätterte dann lächelnd seine Zeitung um.

Mila beobachtete ihn verstohlen über den Rand ihrer Tasse hinweg. Es war schon erstaunlich, wie hervorragend er seine Rolle als liebevoller Ehemann spielte. Sie versuchte den Mann, der sie mit einer Waffe an der Schläfe aus dem Labor gezerrt hatte, mit dem, der nun vor ihr saß, zu vereinen, doch das war schlicht unmöglich. Was ging in einem solchen Menschen vor? War es seine Idee gewesen, ihr diese Ehe vorzugaukeln?

Es war auf jeden Fall ein schlauer Schachzug gewesen. So hatte er die ganze Zeit die maximale Kontrolle über sie gehabt, um sie erfolgreich zu manipulieren. Er hatte sie dressiert wie eine Laborratte, die blind den Käsestückchen nachrannte, die er ihr zuwarf. Das Lügenkonstrukt ihrer angeblich freiwilligen Teilnahme am Programm Eden war geschickt entworfen worden, um ihre Loyalität der Union gegenüber zu suggerieren. Sie war derart umprogrammiert worden, dass sie Caits Geschichte vermutlich nie geglaubt hätte, wenn Logan nicht aufgetaucht wäre. Er war der Einzige, der diese gewaltige Intrige überhaupt ins Wanken bringen konnte. Erneut war er zu ihrem Nordstern geworden, der ihr die Richtung wies.

Ein verklärtes Lächeln schlich sich auf ihre Lippen, und sie hob hastig die Tasse daran, um es zu verbergen. Foulder sah zu ihr und klappte die Zeitung zu.

»Du bist heute so still«, sagte er.

Sie hob überrascht die Brauen. »Ach ja? Ich bin nur müde, denke ich.«

»Hast du etwas geträumt?«

»Ich träume nie. Das weißt du doch.«

Foulder lächelte matt. »Natürlich, aber es hätte ja sein können, dass es endlich wieder anfängt. Ich würde es mir für dich wünschen.«

Aber sicher ...

Träume würden nämlich darauf hinweisen, dass ihr Unterbewusstsein wieder aktiv wurde, und das würde Foulder rechtzeitig davor warnen, dass ihre Erinnerungen zurückkehrten. Wahrscheinlich hätte Grant in diesem Fall ihre Gilenol-Dosis angepasst, ohne dass sie es bemerkte. Denn genauso wie sie Tabletten verschwinden lassen konnte, konnte Foulder sie schließlich auch austauschen.

Foulder schien auf eine Reaktion zu warten, darum zuckte sie mit den Schultern und fragte: »Was hast *du* denn geträumt?«

»Hab ich schon wieder vergessen.« Er dachte nach. »Aber ich bin sicher, dass du darin vorgekommen bist – also war es ein schöner Traum.«

Obwohl es ihr den Magen umdrehte, schmunzelte Mila, bevor sie den Rest ihres Kaffees in einem Zug hinunterschüttete. Sie warf einen Blick auf die Uhr, räumte das Geschirr in die Spülmaschine und ging zur Garderobe, um ihr Jackett anzuziehen. Unauffällig überprüfte sie, ob der USB-

Stick noch in der Innentasche war, dann holte sie ihre Waffe und ihre Dienstmarke aus der Kommode. Foulder kam zu ihr und küsste sie in den Nacken, während er seine eigene Ausrüstung herausnahm.

Der Abdruck seiner Lippen klebte wie eine ekelerregende Substanz auf ihrer Haut. Mila bemühte sich, nicht heftig über die Stelle zu rubbeln und stattdessen sogar noch ein Lächeln aufzulegen, bevor sie in erzwungener Ruhe hinter Foulder das Apartment verließ.

Schweigend fuhren sie mit dem Fahrstuhl ins Erdgeschoss. Als sich die Aufzugtüren öffneten, ließ Foulder ihr mit einer eleganten Geste den Vortritt.

Der Concierge blickte hinter seinem Tresen auf. »Guten Morgen! Mrs Foulder? Ich habe eine Expresslieferung für Sie. Oder wollen Sie sie lieber später in Empfang nehmen?«

»Das sind bestimmt meine Tabletten«, sagte Mila zu Foulder und trat an den Tresen. »Ich nehme das Paket gleich mit.«

Während Foulder schon zur Eingangstür ging, verschwand der Concierge eilig im Hinterzimmer und kehrte mit einem kleinen Päckchen zurück. Er legte die Empfangsbestätigung vor Mila auf den Tresen. Sie griff nach dem Kugelschreiber, setzte auf der Unterschriftenzeile an und erinnerte sich gerade noch im letzten Moment daran, mit welchem Namen sie unterschreiben musste. Es fühlte sich merkwürdig an, »Eve Foulder« dort hinzukritzeln.

Mila gab dem Concierge den Kugelschreiber zurück. Dabei blieb ihr Blick auf einmal an dem obersten Knopf seiner Uniform hängen. Auf dem Gold war ein kleiner schwarzer Fleck.

Nein, es war kein Fleck … es war ein winziger Stern.

Mila starrte den Knopf an, während der Mann das Päckchen vor sie hinstellte. Sie hatte diesen winzigen Stern schon einmal gesehen. Und zwar gestern, auf dem obersten Knopf von Logans Parka. Da hatte sie sich nicht viel dabei gedacht. Aber dass der Concierge nun das gleiche Zeichen trug, konnte doch kaum ein Zufall sein.

»Mrs Foulder?«, fragte der Mann.

Sie sah zu ihm auf. Sollte sie ihn einfach darauf ansprechen?

Foulders Lachen wehte zu ihr herüber. Mila gab sich einen Ruck, nahm das Päckchen dankend an sich und wandte sich von dem Concierge ab.

Das drängende Gefühl, dass dieser winzige Stern ungemein wichtig war, begleitete Mila auf dem restlichen Weg in den Union Tower und ließ sie auch nicht los, als sie längst ihre Büroarbeit aufgenommen hatte.

Mila zwang sich eine Weile dazu, sich ihrer gewohnten Arbeit zu widmen, obwohl sie sich kaum konzentrieren konnte. Nur als der Bericht der ballistischen Untersuchung eintraf, war sie einen Moment komplett fokussiert. Die beiden Patronenhülsen, die sie gestern von Logan bekommen hatte, passten laut Forensik zweifelsfrei auf die Schussverletzungen, durch die die beiden Soldaten umgekommen waren. Was sehr aufschlussreich war, denn Mila wusste ja längst, dass Doris mit einem Scharfschützengewehr und komplett anderem Kaliber geschossen hatte, als die Langfeuerwaffe von Logan aufwies. Spätestens jetzt hätte Mila auch ohne ihre Erinnerungen erkannt, dass hier etwas ganz gewaltig schieflief. Die Union verdrehte alle Tatsachen so, wie es ihr am besten in den Kram passte.

Obwohl es in Mila brodelte, schaffte sie es, nach außen

absolut keine Reaktion auf den Bericht zu zeigen. Sie beobachtete Foulder unauffällig, bis sie sicher war, dass er voll in seine Arbeit vertieft war. Dann öffnete sie mit wenigen Klicks Caits Verhaftungsbericht.

Sie sah sich die Profilfotos an, die bei jeder Verhaftung angefertigt wurden, und zoomte gespannt den obersten Knopf von Caits Jacke heran, der gerade noch abgebildet war. Die Bildqualität war nicht besonders gut, und durch die Vergrößerung war alles ziemlich verpixelt, doch es bestand trotzdem kein Zweifel – auf Caits obersten Knopf war ein winziger Stern gemalt.

Das konnte nun wirklich kein Zufall mehr sein. Es musste sich um ein Erkennungszeichen handeln. Etwas, das nur ins Auge stach, wenn man wusste, wo man hinsehen musste.

Milas Herz schlug augenblicklich schneller. Logan und seine Leute hatten also damit begonnen, die Safetown zu unterwandern. Zumindest war das die naheliegende Erklärung, aber sicher würde sie es erst wissen, wenn sie endlich wieder bei ihm war.

Mila schloss den Bericht und schielte zu Foulder hinüber, der unverändert auf seinen Bildschirm starrte. Sein Jackett hatte er wie üblich über die Rückenlehne seines Bürostuhls gehängt, so wie sie selbst es auch tat, sobald sie sich an den Schreibtisch setzte. Sein Dienstausweis baumelte gut sichtbar an der Brusttasche. Den brauchte Mila unbedingt, um zum Hochsicherheitsserver zu gelangen, wo die sensibelsten Daten der Union gespeichert waren, denn ihre eigene Freigabestufe reichte dafür nicht aus. Wenn sich irgendwo im Union Tower Informationen zu der bevorstehenden Aktivierung der Funksendeanlagen befanden, dann dort.

Da Foulder nicht so aussah, als würde er in nächster Zeit von seinem Schreibtisch aufstehen, musste Mila sich etwas einfallen lassen.

Sie lehnte sich zurück, täuschte ein unterdrücktes Gähnen vor und rieb sich müde über die Augen. Wie erhofft blickte Foulder zu ihr auf und grinste schief.

»Du schreist nach einem Kaffee«, scherzte er.

»Klang so, oder?«, erwiderte sie und seufzte. »Willst du auch einen?«

Sie wollte gerade aufstehen, als Foulder seinen Bürostuhl zurückschob. »Bleib sitzen, ich geh schon.«

Ja, ganz der perfekte Gentleman …

Mila lächelte dankbar und wandte sich wieder ihrem Computer zu. Kaum war Foulder durch die Tür verschwunden, sprang sie auf und huschte zu seinem Schreibtisch hinüber. Sie vertauschte seinen Dienstausweis mit ihrem eigenen und drehte das Foto nach innen. Aus eigener Erfahrung wusste sie, dass kaum jemand einen Blick auf diese Kärtchen warf, sobald man einmal innerhalb des Gebäudes war – auf sein eigenes sowieso nicht. Solange Foulder also seiner gewohnten Arbeit nachging und nicht unerwartet einen gesicherten Bereich betreten musste, dürfte ihm der Tausch also nicht auffallen.

Lautlos kehrte sie zurück an ihren Platz, steckte Foulders Ausweis an ihr Jackett und drapierte den Stoff so, dass er von ihrem Rücken verdeckt wurde, sobald sie aufrecht saß.

Nun musste sie nur noch bis zur Mittagspause warten.

Sekunden wurden zu Minuten und Minuten zu Stunden. Mila hatte beinahe den Eindruck, als würde die Zeit sich rückwärtsbewegen. Jedes Mal, wenn Foulder sich rührte, fürchtete sie, dass er doch einen Blick auf seinen Ausweis werfen würde. Aber zum Glück tat er es nicht.

Als er mittags auf die Uhr sah, wusste sie sofort, dass der Zeitpunkt endlich gekommen war. Auf der Stelle schoss ihr Adrenalinpegel in die Höhe und sie war aufs äußerste konzentriert.

»Wie sieht's aus?«, fragte Foulder wie jeden Tag. »Lust auf ein Date in der Kantine?«

»Wie könnte ich so eine Einladung ausschlagen?«, erwiderte sie, ebenfalls wie jeden Tag.

Mila hängte sich ihre Jacke locker über den Arm, darauf bedacht, weiterhin den Ausweis zu verbergen. Nebenbei beobachtete sie angespannt, wie Foulder in sein Jackett schlüpfte, aber er schien nichts zu bemerken.

Die Kantine befand sich im Erdgeschoss des Union Tower und der Aufzug brachte sie im Nu hinunter. Als sich die Türen vor ihnen öffneten, klopfte Mila suchend ihre Jackentaschen ab.

»Mist«, murmelte sie.

»Was ist?«, fragte Foulder sofort und trat in die Lichtschranke, um den Fahrstuhl aufzuhalten.

»Ich hab meine Tabletten liegen lassen.« Sie sah auf ihre Armbanduhr. »Es ist zwar noch Zeit, aber ich hole sie lieber gleich.«

»Natürlich. Ich gehe schon mal vor, in Ordnung?«

»Klar, ich denke, inzwischen finde ich alleine in die Kantine«, witzelte sie und drückte den Knopf ihrer Etage.

Foulder stand immer noch in der Lichtschranke, darum bewegten sich die Türen nicht. Er lehnte sich kurz nach hinten und warf einen prüfenden Blick in den Flur, bevor er sich mit verführerischem Lächeln zu ihr wandte.

»Ich weiß, du willst Professionalität wahren«, sagte er schmunzelnd. »Aber gegen einen kleinen Kuss in der Mittagspause ist doch bestimmt nichts einzuwenden.«

Er neigte sich zu ihr und sofort versteifte Mila sich. Alles in ihr wehrte sich gegen diesen Kuss, doch ihr blieb nichts anderes übrig, als ihn ein letztes Mal über sich ergehen zu lassen. Ihr anschließendes Lächeln fiel ihr genauso schwer, wie seine Lippen auf den ihren zu ertragen. Aber der Gedanke an Logan half ihr bei ihrem Schauspiel.

»Bis gleich«, sagte sie.

Foulder trat einen Schritt zurück und endlich schlossen sich die Fahrstuhltüren zwischen ihnen. Hastig drückte Mila den Knopf für die achte Etage, wo sich der Serverraum befand, und zog ihre Jacke an.

Sie hatte nicht viel Zeit. Im besten Fall eine Viertelstunde, bevor Foulder sich auf die Suche nach ihr machen würde. Sie musste sich also beeilen, durfte sich allerdings auch nicht zu auffällig bewegen, damit das Personal der Überwachungszentrale nicht stutzig wurde. Eine Agentin, die durch die Gänge rannte, würde auf jeden Fall Aufmerksamkeit erregen.

Mila stieg aus und folgte dem menschenleeren Flur, vorbei an den Archivräumen. Sie zückte Foulders Chipkarte und blieb vor den Milchglasscheiben der Technikabteilung stehen, um den Ausweis durch das Lesegerät zu ziehen. Sofort surrte die Elektronik und die Türen schwangen auf. Mila verringerte ihr Tempo ein wenig, damit sie unauffällig die

Beschriftungen der vielen Türen lesen konnte. Nach wenigen Schritten entdeckte sie auch schon den Zugang zum Serverraum. Erneut zog sie Foulders Karte durch den Schlitz und mit einem leisen Klicken entriegelte sich das Schloss.

Kälte schlug ihr entgegen, als Mila den düsteren Raum betrat. Mannshohe Computertürme mit unzähligen blinkenden Lichtern und diversen Kabelsträngen standen in mehreren Reihen dicht nebeneinander. Sie suchte hastig die Zimmerdecke nach Überwachungskameras ab, obwohl sie hier eigentlich keine erwartete. Soweit sie wusste, wurden nur die Flure, Treppenhäuser, Aufzüge und das Foyer überwacht.

Gleich neben der Tür stand ein hoher Tisch mit mehreren Computern, auf denen ein Bildschirmschoner mit dem Unionslogo leuchtete. Von hier aus erhielten die Techniker wohl ihren Zugriff auf die Serveranlage. Mila bezweifelte, dass die geheimen Daten der Union darauf gespeichert waren. Es musste einen extra Server geben, jenseits des offiziellen Netzwerks, der nur für ausgewählte Personen zugänglich war. Und er befand sich mit Sicherheit irgendwo in diesem Raum, denn laut Gebäudeplan erstreckte sich das spezielle Server-Kühlsystem nur über diesen Bereich.

Aufs Geratewohl wandte Mila sich schließlich nach links und schritt eilig die äußere Reihe der Servertürme auf der Suche nach einer Tür ab. Ganz hinten in der Ecke wurde sie fündig. Hinter dem letzten Serverturm gab es eine schmale Tür mit der Aufschrift *Vorsicht – Hochspannungsgefahr!*. Daneben war ein Kartenlesegerät angebracht. Mila schwante, dass diese Absicherung nicht angebracht war, um die Techniker von Schalttafeln und Sicherungskästen fernzuhalten …

Sie zog Foulders Karte durch und drückte die Tür nach

innen auf. Das Deckenlicht flammte auf und offenbarte einen schmucklosen Raum mit einem Computertisch und einer Serverwand.

Bingo!

Mila schlüpfte hinein. Die Tür fiel hinter ihr ins Schloss, doch sie ignorierte das Gefühl des Eingesperrtseins. Hastig weckte sie den Computer aus dem Stand-by und steckte den USB-Stick in den Port, während sich eine Desktop-Oberfläche aufbaute.

Eilig klickte Mila sich durch die Dateien, ohne zu wissen, wonach sie eigentlich suchte. Der komplette Inhalt der Festplatte war zu groß, um sie vollständig auf den Stick zu kopieren, aber sie hatte keine Zeit, sich jede Datei einzeln anzusehen.

Nervös biss sie sich auf die Unterlippe und scrollte durch die Übersicht, bis ihr endlich eine Idee kam. Sie sortierte die Dateien nach ihrem Bearbeitungsdatum und stellte zufrieden fest, dass nur wenige der Ordner in den letzten Wochen aktualisiert worden waren. Der Zeitplan der Arbeiten an den Funkwellenanlagen gehörte sicher dazu.

Mila markierte rasch die entsprechenden Dateien und klickte auf »Kopieren«. Die Balkenanzeige des Kopierfortschritts bewegte sich in erschreckend langsamer Geschwindigkeit auf die hundert Prozent zu.

»Komm schon«, murmelte Mila und trommelte mit den Fingerspitzen auf die Schreibtischplatte.

Um sich abzulenken, öffnete sie neugierig den größten Ordner der ausgewählten Dateien. Sie brauchte einen Moment, um sich bei den vielen Grafiken und Diagrammen einigermaßen zurechtzufinden. Als sie erkannte, dass es sich um die Berechnungen für die geplanten Katastrophen handelte, ballte sich ihre Faust so heftig, dass ihre Knöchel knackten.

Es war alles dokumentiert. Bis ins kleinste Detail war vermerkt, welche Funksendeanlage welche Naturereignisse in welchem Gebiet auslösen sollte. Es ging hauptsächlich um lokal begrenzte Erdbeben in den roten Zonen der Nordhalbkugel. Doch auch in der südlichen Hemisphäre war ein Meerbeben geplant, das einen Tsunami bewirken würde, der halb Afrika unter sich begraben würde.

In gerade einmal drei Tagen wollte die Union einen weiteren Völkermord begehen. Mila war wie gelähmt angesichts dieser Grausamkeit. Sie konnte einfach nicht fassen, wie jemand zu solchen Dingen fähig war. Da der Anschlag weltweit durchgeführt werden sollte, mussten mindestens alle Führungskräfte der Union darüber informiert worden sein.

Ein gedämpftes Geräusch schreckte sie plötzlich auf. Es kam von der Zugangstür zum Serverraum. Mila hielt den Atem an und lauschte. Nun war alles wieder still, abgesehen von dem leisen Surren der Computer um sie herum. Trotzdem stand Mila auf, zog ihre Waffe und richtete sie auf die Tür, für den Fall, dass gleich jemand hereinplatzte.

Doch es geschah absolut nichts und ihre geschärften Ohren vernahmen auch keine verdächtigen Geräusche mehr aus dem Serverraum nebenan.

Inzwischen war der Kopiervorgang abgeschlossen.

Mila hielt ihre Pistole im Anschlag, während sie hastig den Stick aus dem Port zog und in ihre Jackentasche steckte. Anschließend huschte sie zur Tür und presste ihr Ohr dagegen. Weiterhin war nur das gleichmäßige Surren der Maschinen zu hören.

Sie fluchte innerlich, weil ihr gar keine andere Wahl blieb, als nun durch diese Tür zu gehen. Es gab keinen anderen Weg hinaus. Aber vielleicht befand sich ja nur einer der Techniker im großen Serverraum, der ahnungslos seiner Arbeit nachging. Oder ein ganzes Einsatzteam erwartete sie gleich dort draußen.

Mit jeder Sekunde stieg jedenfalls die Wahrscheinlichkeit, dass Foulder ihr Verschwinden bemerkte, darum durfte sie nicht länger zögern.

Mit erhobener Waffe presste sie sich an die Wand und riss schwungvoll die Tür auf. Sie verharrte einen Moment und wagte sich dann mit ausgestreckter Pistole hinaus. Es war niemand zu sehen, zumindest nicht von ihrer aktuellen Position aus.

Vorsorglich fing Mila die Tür in ihrem Rücken ab und machte sie geräuschlos hinter sich zu. Nervös schlich sie an der Wand entlang und spähte in die Gänge zwischen den Servern. Nur das Summen der Maschinen war zu hören. Auch vorn am Schreibtisch war niemand zu entdecken. Sie war offenbar allein. Wahrscheinlich hatte sie das Geräusch vorhin falsch gedeutet.

Mila entspannte sich ein wenig und steckte die Waffe weg. Sie ging den Mittelgang entlang, während die blinkenden Computerlichter ihr den Weg markierten. Jetzt brauchte sie nur noch in den Aufzug zu steigen, in die Tiefgarage zu fahren und dann konnte sie Edmonton verlassen. Ihr Treffen mit Logan war zwar für später vereinbart, aber sie würde einfach dort auf ihn warten. Hauptsache, weg von hier und hin zu ihm.

Die Vorfreude auf Logan brachte ihr Herz zum Schmelzen. Was auch immer sie gerade auf den Stick geladen hatte – solange sie mit Logan zusammen war, konnte sie alle Probleme der Welt bewältigen. Was sie ihm damals gesagt hatte, war auch heute noch gültig: Mila würde ihm überallhin folgen.

Ihre Gedanken an Logan trieben sie eilig auf die Zugangstür des Serverraums zu. Nur noch wenige Schritte trennten sie davon. Doch kaum war sie hinter dem letzten Turm hervorgetreten, schnellte völlig aus dem Nichts ein Ellbogen auf sie zu.

Er traf sie heftig am Jochbein und Mila taumelte keuchend zurück. Blitzschnell richtete sie sich wieder auf und sie wollte gerade vorwärtsspringen, als sie ihren Angreifer erkannte. Es war Foulder und er hatte seine Waffe auf sie gerichtet.

Mila hielt wie versteinert inne und starrte ihn an, während sie sich innerhalb weniger Atemzüge wieder in Eve verwandelte.

»Tom …«, begann sie leise und trat einen winzigen Schritt vor.

»Spar dir das!«, knurrte er und hob drohend seine Pistole ein Stück weiter an. »Der Kuss vorhin hat mir mehr als deutlich verraten, dass etwas nicht stimmt. Woran erinnerst du dich?«

»An alles«, antwortete sie tonlos.

Der Lauf seiner Waffe zitterte. Mila beobachtete ihn ganz genau, wurde aber nicht schlau aus den Emotionen, die sich in seinen Augen spiegelten, bevor seine Miene sich wieder verhärtete.

Sie legte den Kopf schief. »War es deine Idee, dich als mein Ehemann auszugeben?«

»Nein«, erwiderte er knapp.

»Es war also ein Befehl«, stellte sie nüchtern fest. »Alles zum Wohl der Union, ja? Dafür opfert sich ein guter Agent natürlich gern.«

Da war er wieder, dieser merkwürdige Schatten in seinem Blick. Bis vor Kurzem hatte Mila noch geglaubt, Tom Foulder zu kennen, doch jetzt wusste sie, dass er einfach nur ein exzellenter Lügner war. Er war berechnend, scharfsinnig und skrupellos. Und das musste sie auch sein, wenn sie ihm entkommen wollte.

»Hat es dir wenigstens Spaß gemacht?«, fragte sie verbittert und trat dabei unauffällig näher an ihn heran. »War es eine angenehme Abwechslung, auf einen Befehl hin mit mir ins Bett zu gehen? Wie hat es dir gefallen, mich zu vergewaltigen?«

Nun erkannte sie deutlich, wie ein Schrecken durch seinen Blick huschte. Ihre Worte schienen ihn mehr zu treffen, als sie erwartet hatte. Er schien nicht einmal zu bemerken, dass sie nur noch eine Armlänge von seiner Waffe entfernt war. Es fehlte bloß noch ein kleines Stück …

»Eve«, sagte er matt.

»Mein Name ist Mila!«

»Na schön.« Er atmete hörbar durch. »Es mag merkwürdig klingen, aber …«

Mila ließ ihn nicht ausreden. Ihr war egal, was er zu sagen hatte, denn jetzt war sie nahe genug an ihn herangekommen. Ihre Arme schnellten vor und sie griff nach der Waffe, während sie gleichzeitig herumwirbelte, um Foulder rücklings gegen einen Serverturm zu drängen. Sie prallte hart gegen ihn und Foulder schlang seinen linken Arm als Würgegriff um ihren Hals. Mila hatte aber immer noch seinen rechten Arm unter Kontrolle. Sie stemmte sich schwungvoll nach vorn, nutzte die Hebelwirkung aus, um Foulder über ihre Schulter zu werfen, während sie ihm gleichzeitig die Waffe entwand. Foulder landete keuchend auf dem Rücken und Mila kniete über ihm, die Pistole auf seine Stirn gerichtet.

Ihr Atem ging schwer. Sie spürte das Metall des Abzugs unter ihrer zitternden Fingerspitze. Es brauchte nur eine winzige Bewegung, um die Welt von Tom Foulder zu befreien. Und um sich selbst von Tom Foulder zu befreien …

Der blanke Zorn schlug wild in ihrem Brustkorb um sich. Foulder hatte sie von Logan fortgerissen, sie benutzt und manipuliert. Er hatte sie beinahe dazu gebracht, die Liebe ihres Lebens zu erschießen. Unzählige intime Momente mit diesem abartigen Lügner tauchten vor Milas innerem Auge auf und in ihrem blinden Hass fokussierte sie sich ganz auf ihren Finger am Abzug.

Doch dann erreichte sie wieder dieser Ausdruck in seinen Augen und plötzlich erkannte sie, was es war.

Schuld.

Tom Foulder fühlte sich schuldig, und das war so irritierend, dass ihr Hass sich unschlüssig zurückzog. Dieser Blick passte einfach nicht zu dem Mann, den sie töten wollte. Ihr Zeigefinger lockerte sich unwillkürlich, blieb aber am Abzug ruhen. Mila brachte es nicht über sich, Foulder hinzurichten. Stattdessen griff sie zu den Handfesseln, die an ihrem Gürtel befestigt waren.

»Anlegen«, befahl sie Foulder, lehnte sich zurück und hielt die Waffe auf ihn gerichtet, während er mit zusammengepressten Lippen in die beiden Plastikschlingen schlüpfte.

Mit einem Ruck zog Mila die Schlaufen fest, stand auf und winkte ihn mit dem Lauf ihrer Waffe hinüber zum Schreibtisch. Foulder rutschte auf Knien in die befohlene Richtung und Mila riss die Handfesseln von seinem Gürtel, um ihn an dem Tischbein des fest montierten Schreibtischs zu fixieren.

»Du wirst es nicht hier rausschaffen«, sagte Foulder.

»Logan hat es damals auch geschafft, nicht wahr?«, erwiderte sie kühl und zurrte das dünne Plastikband fest.

»Warum gehst du das Risiko ein und erschießt mich nicht?«

Sie holte das Handy aus seiner Tasche, stand auf und schaute eisig auf ihn hinab. »Weil ich kein Monster bin.«

Dann klemmte sie sich seine Waffe in den Gürtel, drapierte ihr Jackett darüber und verließ den Serverraum.

Während sie über den Flur der Technikabteilung eilte, war ihr vollauf bewusst, dass ihr Mitgefühl sie gleich das Leben kosten konnte. Foulder würde sich über kurz oder lang befreien und sie hatte sich nur einen kleinen Vorsprung verschafft. Warum hatte sie ihn nicht wenigstens bewusstlos geschlagen? Sie konnte es sich nicht erklären, aber nun war es zu spät.

Mit raschen Schritten verließ sie die Abteilung und rannte auf den Fahrstuhl zu, dessen Türen sich gerade schlossen. Im letzten Augenblick schob sie ihre Hand in die Lichtschranke, als sie erkannte, dass sich bereits jemand in der Kabine befand. Ein junger Agent lächelte ihr entgegen.

Mila kannte ihn nicht, aber sie merkte, wie sein Lächeln ins Stocken geriet, weil sie sich nicht von der Stelle rührte. Hastig riss sie sich zusammen.

»Fahren Sie nach unten?«, fragte sie.

»Jap«, antwortete er salopp. »Untergeschoss.«

Sie zwang sich zu einem Grinsen. »Na, das passt ja perfekt.«

Scheinbar unbekümmert betrat sie den Fahrstuhl, stellte sich neben den jungen Agenten und wartete darauf, dass sich die Türen endlich schlossen. Es schien eine Ewigkeit zu dauern, bis sich der Fahrstuhl in Bewegung setzte.

Unauffällig behielt Mila den Mann im Auge und versuchte seinen Dienstausweis zu entziffern. Allerdings konnte sie nur erkennen, dass er mit Vornamen Aiden hieß. Erst als er einen Arm hob, um sich im Nacken zu kratzen, wandte er sich weit genug zu ihr, dass sie den kompletten Namen lesen konnte. Doch da erregte etwas anderes ihre Aufmerksamkeit. Auf den obersten Knopf seines Hemds war ein winziger Stern gemalt.

Verblüfft starrte Mila den Agenten an, als der Fahrstuhl auf einmal abrupt stehen blieb. Im gleichen Moment schallte ein Alarmton durch den Union Tower.

»Code Red?«, rief Aiden aus. »Verdammt!«

Das konnte er laut sagen, denn Code Red bedeutete, dass in diesem Augenblick das komplette Gebäude abgeriegelt wurde und deshalb auch sämtliche Fahrstühle angehalten wurden. Es konnte sich nur um Sekunden handeln, bis die Wachposten Mila via Überwachungskamera in diesem Aufzug aufspürten. Sie würden ihn kontrolliert ins Erdgeschoss fahren, wo eine ganze Armada an Agenten mit gezückten Waffen auf sie warten würde.

Bevor Aiden wusste, wie ihm geschah, hatte Mila bereits Foulders Pistole gezogen und auf ihn gerichtet. Er hob entsetzt die Hände und presste sich in die Aufzugecke.

»Was zum …?«, keuchte er.

Mila stellte sich mit dem Rücken zur Kamera, damit ihre Lippenbewegungen nicht erfasst werden konnten. »Nicht sprechen!«, wies sie Aiden hektisch an. »Nur nicken oder den Kopf schütteln, klar?«

Er nickte zögernd.

»Der Stern bedeutet, dass du auf Logan Moores Seite stehst, oder?«

Aiden zögerte, was ihren Verdacht bestätigte.

»Hör mir gut zu«, sprach sie hektisch weiter. »Ich habe etwas gestohlen, was unbedingt zu Logan gebracht werden muss. Wenn ich es nicht hier rausschaffe, soll es wenigstens nicht umsonst gewesen sein. Ich werde dir also gleich einen Stick in die Jackentasche stecken, den du so schnell wie möglich zu ihm bringen musst. Hast du verstanden?«

Der junge Agent schluckte schwer und nickte kaum merklich.

»Okay.« Mila atmete tief durch. »Es tut mir ehrlich leid, aber es muss überzeugend aussehen.«

Aiden runzelte gerade noch fragend die Stirn, da sprang Mila auch schon auf ihn zu und streckte ihn mit einem heftigen Hieb gegen die Schläfe nieder. Er sackte stöhnend in sich zusammen.

»Bleib liegen«, fauchte sie ihn an. Da setzte sich der Fahrstuhl plötzlich wieder in Bewegung. »Verflucht!«

Mila wirbelte herum und schoss auf die Überwachungskamera, die in tausend Stücken auf sie niederprasselte, während sie die Waffe wieder hinter ihren Gürtel klemmte.

Der Aufzug fuhr am dritten Stockwerk vorbei.

Hektisch steckte Mila den USB-Stick in die Innentasche von Aidens Jackett. Dann durchquerte sie mit einem Satz die

Kabine, kletterte in der hinteren Ecke auf die Haltestangen und drückte die Deckenverkleidung des Aufzugs nach oben. Sie zwängte sich durch die Öffnung, zog sich an dem Stahlseil, das den Fahrstuhl trug, in die Aufrechte und griff nach dem Stahlseil der Gegenführung, das sie umgehend mit nach oben riss.

Das raue Metallgeflecht schnitt schmerzhaft in ihre Hände, und als der Fahrstuhl tief unter ihr im Erdgeschoss stehen blieb und das Seil ruckartig stoppte, konnte sie nur mit äußerster Mühe einen Absturz verhindern.

Fieberhaft sah sie sich in dem dunklen Schacht um. Der zweite Aufzug hing einige Meter über ihr. Sie begann, das Stahlseil hinaufzuklettern, als ihr Blick auf eine Gitterabdeckung an der Schachtwand viel. Das Lüftungssystem!

Mila zog sich noch ein Stück weiter hinauf, schätzte die Entfernung ein und sprang mit einem waghalsigen Satz gegen die Schachtwand, wo sie sich gerade noch an einer Führungsschiene festklammern konnte. Sie trat mehrmals mit dem Fuß gegen das Lüftungsgitter, bis es endlich nach innen klappte. Dann ließ Mila sich fallen, erwischte den Rand des Lüftungsschachts und zog sich hinein. Kaum war sie in dem beengten Schacht gelandet, hörte sie gedämpfte Rufe von unten heraufhallen.

Hastig kroch sie vorwärts. Es würde nicht lange dauern, bis ihre Verfolger kapiert hatten, dass sie in das Lüftungssystem geflohen war. Bis sie allerdings herausfanden, in welchem Stockwerk sie sich befand, könnte sie es schon bis zum Gebäuderand geschafft haben. Wenn sich Mila recht erinnerte, befanden sich in dieser Etage die großen Umluftventilatoren an der westlichen Fassade, wo sie aus dem Gebäude schlüpfen konnte. Wie sie es von dort aus heil zum Boden schaffen wollte, wusste sie zwar nicht, aber da würde ihr dann schon etwas einfallen.

Das Adrenalin trieb sie immer weiter durch den Schacht, und sie atmete erleichtert auf, als schließlich vor ihr ein Lichtschein durch den Schachtboden heraufleuchtete. Vorsichtig robbte sie zu dem dort eingelassenen Gitter und spähte nach unten. Sie erkannte den Hauptflur des fünften Stockwerks.

Jetzt war es nicht mehr weit. Sie brauchte dem Schacht nur noch knapp fünfzig Meter zu folgen, dann hatte sie die Außenmauer erreicht.

Mila kroch weiter. Sie achtete darauf, möglichst wenige Geräusche zu verursachen, da sie unter sich immer wieder Schritte über den Flur poltern hörte. Der gesamte Union Tower war auf der Suche nach ihr. Sie steckte in genau der gleichen Situation wie Logan damals, und das spornte sie noch mehr an. Er hatte es hier rausgeschafft und sie würde das auch tun.

Für Logan …

Dunkelheit umgab sie. Das nächste Gitter war ziemlich weit entfernt und der Lichtschein nur als vager Schimmer zu erkennen. Sie kroch gegen den Luftstrom, der ihr unablässig ins Gesicht blies und ihre verschwitzte Stirn kühlte.

Das Licht war schon deutlich heller geworden, als Mila auf einmal eine kleine Erhebung unter ihrem linken Ellbogen spürte. Erst dachte sie an einen Schraubenkopf, doch dann klickte es leise unter ihr.

Sofort beschleunigte sich ihr Puls. Das war keine Schraube, sondern ein Auslöser. Blieb nur die Frage, was sie gerade ausgelöst hatte.

So schnell es ihr möglich war, krabbelte sie weiter, und sie registrierte, dass der Luftzug verebbte. Nur einen Augenblick später hallte ein ungutes Zischen durch den Schacht. Um sie herum schienen sich mehrere Ventile geöffnet zu haben, und Mila bezweifelte, dass es Frischluft war, die zischelnd herausströmte.

Panik wallte in ihr auf, als sie schließlich die erste Prise davon einatmete und ihre Lungen sofort rebellierten. Es war Reizgas, und obwohl sie nur wenig davon erwischt hatte, löste es umgehend einen Hustenreflex bei ihr aus.

Mila presste sich den Kragen ihres Jacketts gegen den Mund und schob sich weiter vorwärts auf das nächste Lüftungsgitter zu. Sie würde es niemals bis zu den Umluftventilatoren schaffen. Sie musste sofort aus dem Schacht heraus, bevor sie qualvoll erstickte.

Das Gas wurde immer dichter und brannte in ihren Augen, darum kniff sie die Lider zusammen und kroch blind weiter, während sie die Luft anhielt und gegen ihren Hustenreflex ankämpfte.

Nur noch ein kleines Stück, redete sie in Gedanken auf sich ein. *Nur noch ein ...*

Doch dann konnte sie sich nicht mehr länger zusammenreißen. Sie begann zu husten und atmete eine weitere Portion Reizgas ein, was alles nur noch schlimmer machte. Innerhalb kürzester Zeit brannte ihre Kehle wie pures Höllenfeuer und ihr Brustkorb verkrampfte sich zu spastischen Atemzügen. Sie entdeckte das Gitter nur einen Meter vor sich, bevor Tränen in ihre gereizten Augen schossen und ihr die Sicht vernebelten.

Röchelnd schleppte Mila sich mit letzter Kraft vorwärts.

Ihre Fingerspitzen erreichten das Gitter, doch sie war zu schwach, um es aus seiner Verankerung zu reißen. Verzweifelt versuchte sie, es mit dem Ellbogen nach unten zu drücken. Und gerade als sie glaubte, es nicht mehr zu schaffen, gab das Gitter plötzlich unter ihr nach.

Sie fiel kopfüber durch die Öffnung und schlug hart auf dem Boden auf. Doch der Schmerz des Sturzes drang kaum durch das Toben ihrer Lungen, die nach der frischen Luft lechzten, von der sie nun umgeben war. Hustend und keuchend rang Mila nach Atem, während sie sich auf alle viere stemmte und über die brennenden Augen rieb. Als sich der Tränenschleier ein wenig gelichtet hatte, fand Mila sich mitten in einem Büroflur wieder, umringt von mehreren Agenten mit Gasmasken, die ihre Waffen auf sie gerichtet hatten.

Mila schnappte immer noch pfeifend nach Luft, als sich einer der Männer aus der Reihe löste und auf sie zuschritt. Sie erkannte ihn durch die Maske erst, als er direkt vor ihr stand.

»Du hattest recht«, sagte Foulder gedämpft. »Logan Moore hat es damals geschafft zu entkommen. Dadurch hat er mich aber auf eine Sicherheitslücke aufmerksam gemacht, die ich inzwischen behoben habe. Du kannst dich also bei ihm für die Reizgasanlage bedanken.«

Er hob seine Waffe und drückte ab. Ein scharfer Schmerz fuhr durch Milas Schulter, doch er war zu gering für eine Schussverletzung. Sie wandte den Kopf und sah mit verschwommenem Blick den Betäubungspfeil in ihrem Oberarm.

Es war vorbei. Sie hatte es nicht geschafft.

Ihre Hoffnung ruhte nun auf einem winzigen Stern am obersten Knopf eines jungen Agenten.

Es tut mir leid, Logan …

KAPITEL 16

In dem isolierten, extra für Eve geschaffenen Trainingsbereich im Union Tower war es mucksmäuschenstill. Tom hatte den Vitalzeichenmonitor auf lautlos gestellt, weil ihm das Gepiepse auf die Nerven ging. Nun konnte er ungestört Eves regelmäßigen Atemzügen lauschen, die vom Zischen des Sauerstoffschlauchs an ihrer Nase begleitet wurden.

Sie war noch bewusstlos und lag auf der Behandlungsliege, die für Doktor Grants Untersuchungen hier aufgestellt worden war. Tom hatte sie mit Ledergurten darauf festgeschnallt und dabei penibel darauf geachtet, dass sie trotzdem bequem atmen konnte. Eve hätte sowieso keine Chance zu fliehen, denn die Abteilung war wie ein Hochsicherheitstrakt gebaut, dessen einzige Tür man nur mit einem sechsstelligen Code öffnen konnte.

Ja, sie hatten vorgesorgt. Genau für den Fall, der nun eingetreten war.

Tom zog einen Hocker heran, setzte sich neben die Liege und griff nach kurzem Zögern nach Eves Hand. Sie müsste eigentlich jeden Moment aufwachen. Die Dosis des Betäubungsmittels war auf ihren Stoffwechsel abgestimmt und hätte einen normalen Menschen wahrscheinlich umgebracht, doch Eve sollte nur für ungefähr vier Stunden außer Gefecht gesetzt werden.

Gedankenverloren strich Tom über den Ehering an ihrem Finger. Es überraschte ihn, dass sie ihn noch trug.

Er streckte seine Hand aus und betrachtete seinen eigenen Ring. Die beiden Schmuckstücke hatte er selbst ausgesucht. Damals war er alles andere als begeistert von Stratons Anordnung gewesen, Eves Ehemann zu spielen, aber er hatte eingesehen, dass es ein wichtiger strategischer Schachzug war.

Vielleicht hätte er andere Ringe ausgewählt, wenn er Eve zu diesem Zeitpunkt besser gekannt hätte. Vielleicht lieber etwas in Roségold, das ihrem zarten Teint besser geschmeichelt hätte.

Gespannt richtete er sich auf, weil ihre Finger leicht zu zucken begannen. Ihre Lider flatterten und ein leises Seufzen glitt über ihre Lippen.

»Logan«, wisperte sie.

Tom zog seine Hand zurück und beobachtete mit zusammengepresstem Kiefer, wie sie langsam zu sich kam und sich benommen regte. Plötzlich versteifte sie sich, riss die Augen auf und versuchte sich aufzusetzen, was die Gurte jedoch verhinderten. Sie wand sich in ihren Fesseln, schaute sich hektisch um und merkte, dass es aussichtslos war. Resigniert sank sie zurück und atmete tief durch. Erst dann drehte sie den Kopf in seine Richtung und musterte ihn mit eiskaltem Blick.

»Bist du hier, um dich über mich lustig zu machen?«, fragte sie heiser und räusperte sich.

»Nein«, antwortete er. »Ich bin hier, um deine Vitalzeichen zu überwachen.«

»Ist euch das Personal ausgegangen?«

»Je weniger Leute wissen, dass du hier bist, desto besser.«

»Schon klar«, murmelte sie und starrte an die Decke.

Er widerstand dem Drang, erneut nach ihrer Hand zu greifen, und sagte in neutralem Ton: »Du hast Dateien heruntergeladen. Wo ist der Datenträger?«

»In meiner Jackentasche«, antwortete sie prompt.

»Nein, da ist er nicht.«

»Dann muss ich ihn verloren haben.«

Tom konnte nicht anders, als in sich hineinzulächeln. »Weißt du, ich habe deine Auffassungsgabe und deine Fähigkeiten stets bewundert. Aber so schnell du auch gelernt hast, eines konnte ich dir nie richtig beibringen – das Lügen.«

Sie starrte weiter an die Decke und lachte freudlos. »Tja, nicht jeder ist so ein geborener Lügner wie du, *Foulder.*«

Er verzog das Gesicht. Sie hatte seinen Namen wie ein übles Schimpfwort ausgespuckt, und das versetzte ihm einen Stich. Nervös spielte er mit dem Ehering an seinem Finger und brauchte einen Moment, um die richtigen Worte zu finden. Dann sagte er schließlich leise: »Es war nicht alles gelogen.«

Eve reagierte nicht darauf.

»Ich habe deinen Hass verdient«, fuhr er fort, »und ich bitte dich nicht um Vergebung. Ich will nur, dass du es weißt. Anfangs warst du nur ein Auftrag, das ist richtig, aber …« Er stockte und wischte sich fahrig über die Stirn. »Du bist schon lange sehr viel mehr als nur ein Auftrag für mich. Ehrlich gesagt hätte ich selbst nie gedacht, dass ich einmal solche Gefühle für eine Frau entwickeln würde, wie ich sie für dich empfinde. Du hast mich gefragt, ob es mir Spaß gemacht hat. Das hat es nicht, denn ich wusste ja, dass deine Empfindungen auf einer Lüge gründeten, und ich hatte jeden einzelnen Tag Angst, dass du die Wahrheit erkennst.«

Sie hatte die Augen geschlossen und schwieg. Nichts verriet, was sie über seine Worte dachte. Tom fuhr sich seufzend durch das Haar.

»Ich erwarte nicht, dass du mir glaubst«, sagte er.

»Ich glaube dir«, erwiderte Eve überraschend. Sie wandte ihm den Kopf zu. »Selbst du kannst nicht alles verbergen. Ich habe die Schuld in deinen Augen gesehen.«

Er richtete sich auf. »Hast du mich deshalb nicht erschossen?«

»Wahrscheinlich«, antwortete sie und sah ihn ernst an. »Ein Fehler, der mir nicht noch einmal passieren wird.«

Die Kälte in ihrem Blick fuhr ihm durch alle Glieder. Es war viel schlimmer, als wenn sie ihn wütend oder zornig ansehen würde, denn dann würde sie ihm gegenüber wenigstens irgendeine Empfindung zeigen. Doch so, wie sie ihn nun betrachtete, war er nicht mehr als ein Fremder, ein unbekannter Feind, den es ohne schlechtes Gewissen zu vernichten galt.

»Was habt ihr jetzt mit mir vor?«, fragte sie. »Werdet ihr mir meine Erinnerungen wieder nehmen?«

»Ich weiß es nicht«, erwiderte er. »Diese Entscheidung liegt nicht bei mir. Doktor Grant wird in Kürze hier eintreffen und sich mit dem Präsidenten beratschlagen.«

Eve presste die Lippen aufeinander. »Kannst du mir dieses blöde Ding aus der Nase nehmen?«

»Natürlich«, sagte er sofort und stand auf.

Er drehte den Sauerstoff ab und nahm ihr behutsam die Sauerstoffbrille von der Nase. Eine Haarsträhne hatte sich in dem Schlauch verfangen. Er löste sie vorsichtig und strich sie ihr sanft aus der Stirn. Erst da merkte er, dass sie ihn die ganze Zeit angesehen hatte. Wie ertappt zog er seine Hand zurück und wickelte den Sauerstoffschlauch auf.

»Eines verstehe ich nicht«, sagte sie. »Wie kannst du Liebe empfinden und gleichzeitig skrupellos ganze Völker vernichten?«

Tom hängte den Schlauch über die Sauerstoffflasche. »Die alte Welt kannte nur Krieg, Umweltverschmutzung und Überbevölkerung. Die Ressourcen der Erde wären in spätestens zwanzig Jahren aufgebraucht gewesen. Die neue Weltordnung war und ist notwendig, um die menschliche Zukunft sicherzustellen. Es wird eine bessere Zukunft in Frieden und Sicherheit sein. Doch damit etwas Neues kommen kann, muss das Alte erst einmal gehen. Und was bringt eine neue Welt, wenn die Menschen noch die gleichen sind?«

Eve schüttelte kaum merklich den Kopf. »Hörst du eigentlich, was du da redest? Das ist doch vollkommen wahnsinnig!«

»Nein«, entgegnete er überzeugt. »Das ist Evolution.«

Logan rannte mit langen Schritten durch das düstere Einkaufszentrum. Die Abenddämmerung hatte eingesetzt und nur noch wenig Licht drang durch die Glaskuppel herein. Logan stürmte die stillstehende Rolltreppe hoch in den ersten Stock und sprang durch den offenen Rahmen der Schiebetür zum Bekleidungsgeschäft. Noch unterm Sprung registrierte er, dass die beiden Schaufensterpuppen umgefallen waren.

Erschrocken bremste Logan seinen Lauf und sah sich hektisch um. Jemand war zweifellos in die erste Stolperfalle geraten. Die nächsten beiden waren intakt, doch das hieß noch lange nicht, dass der Eindringling wieder umgekehrt war.

Oder die Eindringlinge?

Logan zückte seine Waffe und schlich angespannt durch den Verkaufsraum. Da Mila nicht zu ihrem Treffen erschienen war, musste ihr etwas passiert sein. Nach dem, was gestern zwischen ihnen vorgefallen war, wollte er einfach nicht glauben, dass sie aus freien Stücken auf ein Wiedersehen verzichtet hatte. Irgendetwas war geschehen, das konnte er geradezu spüren. Und nun war auch noch irgendjemand hier eingedrungen, was erst recht nichts Gutes bedeuten konnte.

Er sah sich ausgiebig um, während er langsam weiterging. Der Laden sah genauso aus wie immer. Keinerlei Spuren eines Kampfes waren zu erkennen. Stille herrschte in dem düsteren Raum. Lautlos bewegte Logan sich durch die Schatten, bis er schließlich die Tür zum Personalbereich erreichte.

Vorsichtig drückte er sie auf und schob sich mit erhobener Waffe hinein. Im Flur war niemand zu sehen, doch er hörte Stimmen aus dem Büro. Sie klangen eher zwanglos, darum ließ Logan die Pistole sinken. Doch im nächsten Moment hörte er eine männliche Stimme, die ihm absolut nicht bekannt vorkam. Er huschte die Wand entlang und drückte sich neben die offen stehende Tür, die Waffe im Anschlag.

»Meine Güte, ich glaub das einfach nicht«, hörte er Doris sagen.

»Wann soll es stattfinden?«, fragte die fremde Stimme.

»In weniger als drei Tagen«, antwortete Doris düster.

Ein lautes Knurren erklang, das nur von Jack stammen konnte. Vorsichtshalber behielt Logan seine Waffe im Anschlag, als er schließlich den Raum betrat. Doris saß am Schreibtisch und starrte einen Bildschirm an. Die anderen drei hatten sich hinter ihr versammelt. Bei ihnen war ein junger Mann, zu dem wohl die fremde Stimme gehörte. Seine Augen weiteten sich, als er die Pistole in Logans Händen sah, und er wich erschrocken einen Schritt zurück.

»Ganz ruhig«, sagte Cait hastig und stellte sich schützend vor den Fremden. »Das ist Aiden. Er ist ein Northstar und hat uns gerade brisante Informationen geliefert.«

Logan ließ den jungen Mann nicht aus den Augen. »Hast du die Stolperfalle ausgelöst?«

»Ja«, antwortete Aiden nervös. »Tut mir leid, aber ich war nicht sicher, wo ich euch finde.«

»Und wie hast du uns dann gefunden?«, hakte Logan skeptisch nach.

»Die Wachposten konnten mir die Richtung sagen, aus der ihr immer gekommen seid, also habe ich einfach die Gegend abgeklappert. Irgendwann bin ich dann in eure Stolperfalle geraten und … na ja.«

»Logan!«, rief Doris. »Lass den Jungen in Ruhe. Er ist auf unserer Seite.«

Jack trat zu Logan und sah ihn ernst an. »Wir wissen, dass

Mila nicht zu eurem Treffpunkt gekommen ist. Sie hat diese Daten hier gestohlen und war auf der Flucht, als sie Aiden über den Weg gelaufen ist. Er hat den Stick von ihr bekommen.«

Logan wurde heiß und kalt gleichzeitig. »Wo ist sie?«

»Mila wurde gefasst«, antwortete Jack und fing Logans fiebrigen Blick ein. »Aber sie ist am Leben, hörst du? Man hat sie betäubt und in Gewahrsam genommen. Sie ist nicht im offiziellen Gefangenentrakt, aber Aiden glaubt, dass man sie irgendwo im Union Tower festhält.«

»Zumindest gab es keinen Transport, bevor ich gegangen bin«, merkte Aiden an. »Ob man sie inzwischen verlegt hat, kann ich nicht sagen.«

Logan wankte leicht. Sämtliche Horrorszenarien spielten sich in seinem Kopf ab. Sie würden Mila wegbringen und verstecken, wie sie es schon einmal getan hatten. Und er würde sie wieder nicht finden können …

»Sie ist immer noch im Union Tower«, erklang plötzlich Vasiles Stimme.

Ein Videochat hatte sich auf dem linken Bildschirm geöffnet.

Doris schnalzte tadelnd mit der Zunge. »Warum bist du immer noch in meinem System?«

Vasile grinste schief. »Na, um ja nichts zu verpassen. Jedenfalls … ach, seht es euch selbst an!«

Er machte einige Mausklicks und wie durch Geisterhand öffnete sich das Bild einer Überwachungskamera auf dem Display. Es stammte zweifelsfrei aus dem Union Tower und zeigte einen menschenleeren Flur, der in einer doppelflügeligen Tür endete. Erst geschah gar nichts, doch dann trat ein

Mann von hinten ins Bild. Obwohl man nur seinen Rücken sah, wusste Logan sofort, dass es sich um Foulder handelte.

Er sog leise die Luft ein, als er die Behandlungsliege sah, die Foulder neben sich herschob und auf der Mila lag, offenbar bewusstlos, aber auf den ersten Blick unverletzt. Foulder trat zu einem digitalen Zutrittspanel an der Wand. Seine Schulter verdeckte das Bedienfeld, aber die Armbewegung ließ darauf schließen, dass er einen Code eintippte. Kurz darauf schwangen die Flügel der Tür nach innen auf. Foulder schob die Liege hindurch und verschwand aus dem Sichtfeld der Kamera.

»Seitdem ist keiner der beiden wieder herausgekommen«, sagte Vasile.

»Welche Abteilung ist das?«, fragte Aiden. »Ich kenne diese Tür nicht.«

Vasile wiegte den Kopf. »Na ja, offiziell steht der Bereich leer. Was auch immer da drin ist, scheint nicht mit dem U-Net verbunden zu sein. Weiter als bis zu den Türen kann ich also nicht sehen.«

Logan rieb sich nachdenklich das Kinn. »Denkst du, du kannst das Zugangsschloss knacken?«

Der Junge wollte gerade antworten, als Doris gebieterisch eine Hand hob. »Stopp!« Sie drehte ihren Bürostuhl herum und schaute düster zu Logan auf. »Bevor du eine Rettungsaktion für Mila planst, solltest du dir vielleicht erst mal einen Überblick über die gesamte Situation verschaffen.«

Doris hatte recht. Seine Sorge um Mila hatte seine gesamte Aufmerksamkeit in Anspruch genommen und er hatte sich keine Sekunde gefragt, welche Dokumente sie da eigentlich gestohlen hatte.

Er räusperte sich. »Okay, ich höre.«

Doris tauschte einen schnellen Blick mit Jack, bevor sie sich wieder zu den Monitoren drehte und durch einige Dokumente klickte.

»Mila konnte uns alle wichtigen Informationen über den bevorstehenden Anschlag der Union beschaffen«, erklärte sie. »Es ist alles da. Welche Ziele, in welchen Zeitabständen ... Und wie wir befürchtet haben, läuft uns die Zeit davon. In knapp zweiundsechzig Stunden sollen die Funkwellen aktiviert werden.«

Logan überflog die abgebildeten Diagramme. Die Grausamkeit der Union war nicht in Worte zu fassen. In dem Dokument befand sich sogar eine Schätzung der zu erwartenden Opfer, die sich hauptsächlich in den roten Zonen sammelten. Die Versorgungsgebiete der Union waren nur stellenweise betroffen und alle Regierungseinrichtungen und Safetowns würden in großem Radius verschont bleiben.

»Wir müssen Strike One starten«, sagte Logan schließlich ernst. »Noch heute Nacht.«

Cait sog laut die Luft ein. »Das bekommen wir so schnell nicht hin!«

»Uns bleibt gar nichts anderes übrig.« Logan wandte sich zu ihr. »Um den globalen Anschlag zu verhindern, brauchen wir die Unionsarmee. Aber erst wenn wir Edmonton unter Kontrolle haben, stehen uns die Mittel zur Verfügung, um das Militär weltweit auf die Seite der Northstar Brigade zu ziehen. Und sollten sie sich uns innerhalb von vierundzwanzig Stunden nicht anschließen wollen, dann bleibt uns nur noch ein einziger Tag, um die Funkanlagen mit den Kampfjets von Edmonton zu zerstören.«

Jack sah ihn skeptisch an. »Deine Eile hat also nichts mit Mila zu tun?«

»Nein«, erwiderte Logan und zuckte mit den Schultern. »Na ja, nicht nur. Aber du weißt, dass ich mit der Einschätzung des Zeitfensters richtigliege, oder? Außerdem gibt es noch weitere Gründe für ein rasches Handeln.« Er deutete auf Aiden, der sich die ganze Zeit im Hintergrund gehalten hatte. »Ich habe Mila nichts von den Northstars erzählt. Sie hat es selbst herausgefunden. Und wenn sie das kann, kann es auch ein anderer. So wie auch ein anderer den Weg zu uns finden kann, genau wie Aiden. Wahrscheinlich war es mehr Glück als Verstand, dass wir nicht längst aufgeflogen sind.«

Aiden nickte vorsichtig. »Ich denke, er hat recht. Außerdem scharren die Northstars in Edmonton ohnehin schon mit den Hufen. Sie warten nur noch auf den Befehl.«

»Schön und gut«, merkte Cait mit verschränkten Armen an, »aber wie wollt ihr alle Northstars jetzt so schnell benachrichtigen?«

Vasile hüstelte übertrieben.

»Ach, du bist ja auch noch da«, scherzte Doris salopp. »Hast du etwa eine Idee, Kleiner?«

»Wann siehst du endlich ein, dass du mich brauchst, mürrische Lady?« Er seufzte und sah zu Logan. »Ich hoffe, ihr habt wenigstens eine Liste eurer Anhänger. Wenn ihr mir ihre Namen verratet, kann ich sie über ihre Mobiltelefone benachrichtigen.«

»Du hast Zugriff auf das neue Mobilfunknetz?«, fragte Doris überrascht.

Vasile wirkte fast ein wenig beleidigt. »Du solltest eigentlich wissen, dass das eine der einfachsten Übungen ist. Das habt ihr bei der NSA doch regelmäßig gemacht.«

Doris schmunzelte, während Jack einen triumphierenden Laut ausstieß.

»NSA!«, rief er und schubste Doris leicht. »Ich wusste doch, dass du für die Regierung gearbeitet hast!«

»Nicht ganz«, erwiderte Doris. »Ich habe für einen unabhängigen Dienstleister gearbeitet, der unter anderem hin und wieder von der NSA beauftragt wurde. Aber meine Vergangenheit tut wie immer nichts zur Sache. Lasst uns lieber in die Zukunft blicken und diesem Spinner Straton endlich in den Allerwertesten treten!«

Cait stand auf dem Dach des Einkaufszentrums und betrachtete den Himmel. Die Nacht war wolkenklar. Unzählige Sterne glitzerten am Firmament und schufen eine geradezu bezaubernde Kulisse, die sich jedoch kaum durch die Schwere in Caits Herz drängen konnte.

»Mike?«, flüsterte sie in die Stille der Nacht hinein. »Ich weiß nicht, ob du mich da oben hören kannst, aber einen Versuch ist es wert, oder?« Sie lächelte traurig und schlang die Arme um sich. »Gott, ich wünschte, du wärst hier. Die Northstar Brigade wäre genau dein Ding. Du würdest sicher an vorderster Front kämpfen, um Menschenleben zu retten. So wie du es schon immer getan hast. Hab ich dir eigentlich je gesagt, dass du mein Held bist? Du bist der mutigste

Mensch, dem ich je begegnet bin. Daran können selbst Logan und die anderen nichts ändern.«

Cait verstummte und betrachtete eine Weile schweigend den Himmel, bevor sie tief durchatmete. »Ich war nie so mutig wie du, Mike. Ich habe zwar immer so getan, um dich zu beeindrucken, aber in Wahrheit …«

Die Dachzugangstür öffnete sich und Cait fuhr zusammen. Ertappt blickte sie hinüber und sah Jack, der gemächlich auf sie zuging. Cait wandte sich ab und wischte sich hastig über die Wangen, um die Träne zu beseitigen, die sich aus ihrem Augenwinkel gestohlen hatte.

Jack stellte sich neben sie und ließ seinen Blick über den Nachthimmel gleiten.

»Glaubst du an Zeichen, Cait?«, fragte er.

Sie sah ihn stirnrunzelnd an. »Wie meinst du das?«

»Na, Wunder, Schicksal, Bestimmung …«

»Du etwa?«, hakte sie skeptisch nach.

»Ja.« Er schaute zu ihr. »Warum überrascht dich das?«

Sie zuckte mit den Schultern. Jack lächelte und blickte wieder hinauf zu den Sternen.

»Vielleicht liegt es an meinen indianischen Wurzeln«, sagte er. »Vielleicht aber auch an meinem Beruf. Ich bin schon sehr lange Soldat und habe schon vor den Zeiten der Union entsetzliche Dinge gesehen. Hätte ich in all der Zeit meinen Glauben verloren, wäre ich vermutlich längst zerbrochen. Wenn du mich fragst, braucht der Mensch einen Glauben. Egal, an was. Denn wer an gar nichts glaubt, kann auch keine Hoffnung haben. Und was bliebe dann noch übrig?«

Die beiden schwiegen eine Weile und jeder hing seinen Gedanken nach. Jacks Nähe fühlte sich angenehm an. Es war, als würde er ihr durch seine bloße Anwesenheit ein kleines Maß an Sicherheit vermitteln. Genau das, was sie gerade am dringendsten brauchte. Vielleicht war es ja tatsächlich Schicksal, dass er zu ihr aufs Dach gekommen war.

»Ich habe Angst, Jack«, sagte sie freiheraus. »Wir haben monatelang auf diesen Tag hingearbeitet, und jetzt, wo es so weit ist, würde ich am liebsten davonrennen.«

Beschämt biss sie sich auf die Unterlippe. Jack legte seine Hände auf ihre Schultern und drehte sie sanft zu sich herum.

»Ich habe auch Angst«, sagte er ernst. »Ziemlich viel sogar. Und ich kenne diese Stimme, die einem ständig zuflüstert, dass man sich lieber vom Acker machen sollte. Weißt du, wie man diese Stimme nennt? Überlebensinstinkt.«

Cait ließ sich ganz von seinem Blick gefangen nehmen und genoss das Gefühl seiner Hände auf ihren Schultern, während sie gebannt seinen Worten lauschte.

»Und ich sag dir noch was«, sprach er lächelnd weiter. »Nur wer Angst hat, kann auch Mut haben, und den hast du zweifellos. Du hast dich trotz aller Risiken dazu bereit erklärt, in die Safetown zurückzukehren und Northstars für unsere Sache zu gewinnen. Ohne dich wären wir jetzt nicht annähernd so weit und wir könnten Strike One niemals auszuführen. Ist dir das eigentlich klar?«

Sie zog eine leichte Schnute. »Ich denke, dass mir nicht wirklich klar war, wie gefährlich das war. Ich habe es einfach getan.«

»Ob bewusst oder unbewusst – ich bewundere dich dafür. Und ich weiß ganz genau, dass du stark und mutig genug für den nächsten Schritt bist.«

Seine Zuversicht wärmte sie von innen heraus. Sie wusste nicht recht, was sie nun sagen sollte, darum lächelte sie nur.

Jack nickte zufrieden und nahm seine Hände von ihren Schultern. Kurz hatte Cait das Gefühl, durch die fehlende Stütze ins Wanken zu geraten, doch das verging schnell wieder.

»Bist du bereit?«, fragte er.

»Ja«, antwortete sie ohne Zögern.

»Na, dann los.«

Er ging voran, blieb nach wenigen Schritten aber stehen und drehte sich zu ihr um. Es war merkwürdig, doch auf einmal wirkte Jack nicht mehr ganz so selbstbewusst wie eben noch. Er wirkte geradezu schüchtern, als er sie vorsichtig musterte.

»Wenn das alles vorbei ist«, sagte er und räusperte sich. »Also, wenn einigermaßen Ruhe eingekehrt ist, dann würde ich dich gern einmal zum Essen ausführen.«

Caits Herz machte einen Hüpfer. Ein aufregendes Kribbeln schoss durch sie hindurch. Sie brauchte einen Moment, bis sie registrierte, dass sie Jack nur verklärt anschaute, während er sichtlich verunsichert auf eine Antwort wartete.

»Ja!«, stieß sie hervor und riss sich hastig zusammen, um einen normalen Tonfall zustande zu bringen. »Das wäre wirklich sehr schön, Jack.«

Er grinste erfreut und wandte sich zum Gehen. Cait folgte seinen breiten Schultern und dachte bei sich, dass er vollkommen recht hatte. Wenn es keine Hoffnung gäbe – was bliebe dann noch?

KAPITEL 17

Gemeinsam mit den anderen verharrte Logan angespannt im Schatten eines Gebäudes direkt vor dem Nordtor. Er hatte freien Blick auf die unscheinbare Tür neben der großen Eisenpforte. Es war Schlag Mitternacht. Die Tür müsste jeden Moment aufschwingen.

Sie hatten den ursprünglichen Plan etwas verändern und wegen der zusätzlichen Wachposten improvisieren müssen. Die Besetzung der aktuellen Schicht war alles andere als ideal, denn es waren nur vier Northstars darunter, die nun fünf Wachleute der Union überwältigen mussten. Sie sollten nur betäubt werden, und da keinerlei Kampfgeräusche zu hören waren, war entweder alles glattgelaufen oder die Rebellen hatten mit der Aktion in der Wachstube noch nicht begonnen.

Logans Finger umfassten nervös den Griff seiner Waffe im Gürtelholster. Er zählte seine eigenen Herzschläge, die durch das leichte Pulsieren in seinen Fingerspitzen zu spüren waren.

»Macht schon!«, flüsterte Doris ungeduldig hinter ihm.

Er wollte gerade eine Hand heben, um sie zur Ruhe zu mahnen, da ging endlich die Tür auf und ein Wachposten mit dunklem Vollbart erschien im Rahmen. Er zückte seine Taschenlampe und gab das vereinbarte Lichtzeichen. Der Weg war frei.

»Alles klar«, rief Logan den anderen zu und rannte los.

Mit wenigen Schritten erreichten sie die Tür und betraten die Wachstube. Vier Soldaten lagen bewusstlos am Boden. Eine Soldatin war gerade dabei, sie zu fesseln. Sie hatte ein weißes Tuch um ihren rechten Oberarm gebunden, um sich als Northstar zu kennzeichnen. Auch Logan und alle anderen Rebellen trugen während Strike One weiße Armbinden, damit sie Freund und Feind sofort voneinander unterscheiden konnten.

»Wo ist der fünfte Soldat?«, fragte Logan, ohne sich lange mit einer Begrüßung aufzuhalten.

Der Mann, der ihnen die Tür geöffnet hatte, antwortete: »Er war oben im Turm positioniert und wir wollten ihn nicht heruntertragen. Er schläft da oben genauso gut.«

Ein weiterer Northstar trat in die Wachstube. Er schleppte eine Aluminiumkiste, hievte sie auf den Tisch und klappte sie auf. »Hier ist euer Mobiltelefon, dazu Headsets, Munition und Schnellfeuerwaffen. Und draußen steht ein Fahrzeug für euch bereit.«

»Wunderbar!«, freute sich Doris und beugte sich über die

Kiste, als würde sie einen Schatz bewundern. Sie nahm die Headsets heraus und verteilte sie, während Jack jedem eine Waffe reichte. Unterdessen wandte Logan sich an den bärtigen Wachposten.

»Haben die anderen Tore schon Meldung gegeben?«, fragte er.

»West- und Südtor sind gesichert«, antwortete der Soldat. »Nur das Osttor …«

Er verstummte, als sein Funkgerät knackte. Kurz darauf erklang eine verzerrte Stimme: *»Osttor gesichert. Code Brightness. Over.«*

»Verstanden«, gab der Soldat zurück. *»Over and out.«*

Er sah zu Logan, der zufrieden nickte. »Gut gemacht. Jetzt Stellung halten. In Kürze sollte eure Verstärkung eintreffen.«

»Verstanden, Sir.«

Der Soldat salutierte, was Logan nach so langer Zeit auf der Flucht sehr merkwürdig vorkam. Er setzte das Headset auf, schulterte sein Gewehr und warf einen Blick in die Runde. Alle sahen ihn gespannt an, als würden sie eine große Ansprache erwarten.

»Nun«, begann er zögernd und dachte angestrengt nach, ehe er sagte: »Los geht's, Leute!«

Doris schüttelte seufzend den Kopf und klopfte ihm auf die Schulter. »An deiner Redegewandtheit musst du noch feilen, Junge.«

Jack und Cait folgten ihr grinsend aus der Wachstube. Logan schloss augenrollend zu ihnen auf und stieg zu Jack auf die Rückbank des Unionstaxis, das für sie bereitstand. Cait setzte sich hinters Steuer und lenkte den Wagen zielstrebig durch die nächtliche Stadt.

»So sieht also eine Safetown von innen aus«, sagte Doris, während sie fasziniert und entsetzt zugleich aus dem Fenster blickte. »Mein Gott, ist der Starbucks da in Betrieb? Das ist doch echt nicht zu fassen!«

Logan konnte gut nachvollziehen, wie unwirklich die Safetown auf Doris wirken musste. Auch ihm kam die scheinbare Normalität dieser Stadt völlig abstrus vor, nachdem er in den letzten Monaten die echte Welt, ohne Strom und fließend Wasser, ohne Luxus und Sicherheit kennengelernt hatte.

In der nächtlichen Stille wirkte die Safetown beinahe noch irrealer. Die menschenleeren, gepflegten Straßen, die im Schein der Laternen geradezu glänzten, die Lichter hinter manchen Fenstern, die beleuchteten Skulpturen in den öffentlichen Parks …

Doris riss sich mit einem Schnauben von dem Anblick los und nahm das Mobiltelefon, das der Soldat für sie besorgt hatte. Sie trug bereits das Funkheadset und steckte sich nun den Hörstöpsel des Freisprechkabels in ihr freies Ohr. »Vasile? Hörst du mich? Gut. Wir sind unterwegs. Bleib einfach in der Leitung.« Sie schob das Telefon in ihre Brusttasche. »Hoffentlich werde ich bei den ganzen Stimmen in meinem Kopf nicht völlig gaga«, scherzte sie und zog gleich darauf die Brauen hoch, weil Vasile ihr wohl eine Antwort gab. »Werd ja nicht frech, Kleiner!«

Jack schmunzelte und stieß Logan an. »Doris hat ihren Meister gefunden, was?«

»Wohl eher umgekehrt«, korrigierte ihn Doris.

»Wir sind gleich da«, sagte Cait und augenblicklich wurden alle ernst.

Kurz darauf lenkte sie den Wagen in die Seitengasse der Sky Residences und hielt neben dem Lieferanteneingang an. Die Männer stiegen aus und wandten sich wortlos der Hintertür zu.

Der Wachmann Timothy erwartete sie bereits neben dem Empfangstresen. Er zitterte vor Nervosität am ganzen Leib, gab aber sichtlich sein Bestes, eine kämpferische Miene an den Tag zu legen.

»Ist alles vorbereitet?«, fragte Logan.

Timothy nickte eifrig. »Der Lockdown kann mit einem Knopfdruck ausgelöst werden, und das gesamte Personal wartet in der Wäscherei auf euch.«

»Sind alle Bewohner in ihren Apartments?«

»Nicht alle«, antwortete Timothy. »Mr und Mrs Foulder sind noch nicht eingetroffen.«

Logan presste den Kiefer bei Erwähnung des verhassten Namens zusammen, zwang sich aber zu einem gemäßigten Tonfall. »Die beiden werden nicht mehr kommen … Timothy, schick jetzt bitte die Liste mit den Mobilfunknummern an diese E-Mail-Adresse hier.«

Er reichte ihm einen kleinen Zettel. Jack lehnte sich entspannt an den Tresen, um den Timothy wie der Blitz herumeilte. Dann ließ sich der Wachmann schwungvoll auf den Stuhl vor den Überwachungsmonitoren plumpsen. Er griff nach der Maus, vollführte ein paar Klicks, tippte kurz und sah anschließend zu Logan auf. »Erledigt.«

Logan aktivierte den Funk in seinem Ohr. »Doris, ist die Mail bei Vasile eingetroffen?«

»Er ist schon dabei, die Nummern zu sperren«, antwortete sie. *»Er schätzt, eine Minute.«*

»Verstanden. Dann starten wir jetzt den Lockdown.«

Er sah zu Timothy, der sich wieder seinem Computer zuwandte. Mit dramatischer Geste drückte er auf Enter und beobachtete gespannt seinen Monitor.

»Und?«, hakte Jack nach kurzem Schweigen nach.

Timothy beobachtete weiterhin den Bildschirm. »Die Abriegelung funktioniert. Gleich sind alle Türen verschlossen … ja, jetzt ist die Aktion durch. Sämtliche Wohnungstüren sind verriegelt.« Stolz blickte er auf. »Jetzt kommt so schnell keiner mehr aus seinem trauten Heim.«

»Sehr gut«, lobte ihn Logan und schob einen Zettel über den Tresen. »Festnetztelefone abschalten und den Feueralarm deaktivieren. Gib dem Pförtner durch, dass er den Vordereingang abschließen soll. Wir sind gleich wieder da.«

Logan und Jack machten sich auf den Weg in die Wäscherei, die sich in der Nähe des Lieferanteneingangs befand. Dort drängte sich das gesamte Hauspersonal zwischen Waschmaschinen und Kleiderständern. Die meisten trugen Zivilkleidung, manche ihre Arbeitsuniform, doch alle hatten sich ein weißes Tuch um den rechten Oberarm gebunden. Diese Leute waren keine ausgebildeten Soldaten, aber ihre Mienen konnten kaum kämpferischer sein. Und wieder blickten alle Logan so erwartungsvoll an, dass er sich zu einer kleinen Ansprache gezwungen sah.

»Willkommen, Northstars«, sagte Logan. »Heute ist es endlich so weit – wir gehen den ersten Schritt in Richtung Freiheit.«

Alle nickten entschlossen und warteten gespannt auf seine weiteren Worte. Logan ließ seinen Blick über die Menge schweifen.

»Wer von euch konnte sich eine Waffe besorgen?«, fragte er.

Nur wenige hoben die Hand. Zu wenige, wie Logan fand, doch im besten Fall würden sie ihre Waffen gar nicht benötigen. Er bedeutete ihnen vorzutreten und versuchte sie auf die Schnelle nach Fähigkeiten einzuschätzen, bevor er sie einteilte. »Okay, ihr bleibt alle im Erdgeschoss. Ihr beide sichert jeweils einen Treppenaufgang, ihr zwei geht als Verstärkung zu Timothy, ihr drei behaltet das Gebäude von außen im Blick, falls in den unteren Etagen jemand übers Fenster zu fliehen versucht, und ihr vier sichert den Haupteingang.« Er blickte zum Rest der bewaffneten Gruppe und dachte kurz nach. »Gut, jeder von euch ist für jeweils zehn Etagen zuständig. Stellt euch so auf, dass ihr sie möglichst schnell erreichen könnt.«

Dann wandte Logan sich wieder den unbewaffneten Northstars zu. »Alle anderen verteilen sich auf die Etagen und behalten die Flure im Blick. Sobald ihr bemerkt, dass irgendjemand fliehen will, informiert ihr den nächsten bewaffneten Posten, um einen Fluchtversuch sofort zu vereiteln. Verteilt die Walkie-Talkies auf die bewaffneten Posten. Timothy wird als Funkzentrale fungieren. Ihr erreicht ihn über seinen Mobilfunk.« Logan schwieg kurz und überschlug alle Anweisungen noch einmal in seinem Kopf. Schließlich nickte er. »Das war's. Weiß jeder, was er zu tun hat, oder gibt es noch irgendwelche Fragen?«

Die Frauen und Männer tauschten kurze Blicke, einige schüttelten den Kopf.

»Alles klar«, sagte Logan. »Dann mal los, Northstars!«

Er und Jack gingen voran durch den Flur und bogen in

den Empfangsraum beim Hintereingang ab. Die Mitarbeiter marschierten leise tuschelnd geradeaus weiter in Richtung Treppenaufgänge, um ihre Posten einzunehmen.

»Deine Ansprachen werden immer besser«, sagte Jack zu Logan, bevor sie bei Timothy ankamen.

»Ha, ha«, murrte Logan.

»Hey, das war ernst gemeint!«, beschwerte sich Jack.

Logan sagte nichts mehr dazu, weil Timothy wie von der Tarantel gestochen aufgesprungen war und die beiden mit großen Augen anschaute. »Schon fertig?«

»Ja, die Northstars nehmen nun ihre Posten ein«, antwortete Logan und bemerkte, wie Timothy auf einen Schlag sämtliche Farbe im Gesicht verlor, darum trat er dicht an den Tresen und sah den Wachmann ernst an. »Ich habe selten so entschlossene Kämpfer gesehen. Ihr kriegt das hin, das weiß ich genau.«

Timothy lächelte matt und setzte sich wieder. »Okay.«

»Gut. Viel Erfolg, Timothy.«

Damit überließen Logan und Jack die Northstars in den Sky Residences ihrem Schicksal und traten nach draußen in die spärlich beleuchtete Seitengasse.

»Tja«, begann Jack leise und klopfte Logan auf die Schulter. »*Das* war eine gute Motivationsansprache.«

»Ich werd's mir merken«, erwiderte Logan im Flüsterton.

Die beiden gingen vor bis zur Hauptstraße und spähten hinüber zum Union Tower. Man konnte nur einen Teil des Eingangs sehen, doch hinter der Glasscheibe schien alles seinen gewohnten Gang zu gehen. Nur in wenigen Etagen brannten Lichter hinter den Fenstern, weil die meisten Abteilungen nachts nicht arbeiteten. Allerdings bestand das verbliebene Personal hauptsächlich aus schwer bewaffneten Wachleuten, von denen keiner von den Rebellen akquiriert werden konnte.

Logan blickte zur Tiefgarageneinfahrt, die mit einem Rolltor verschlossen war, und dann zu einem Hauseingang direkt gegenüber. Kein einziges Licht brannte in dem Gebäude, doch Logan wusste, dass der Schein trügte. Er wartete eine Weile, bis die Tür schließlich geöffnet wurde und Aiden in den Schein der Straßenbeleuchtung trat. Er nickte Logan zu, der umgehend den Funk aktivierte: »Doris – Vasile soll die Überwachungskameras auf Standbild schalten.«

Nach maximal drei Sekunden antwortete sie: »*Erledigt. Jetzt sieht nur noch Vasile die Liveübertragung. Die Telekommunikation ist auch abgeschnitten. Er überwacht sämtliche Datenströme.*«

Logan tauschte einen letzten Blick mit Jack, bevor er Aiden das Zeichen zum Start gab. Der junge Mann huschte aus dem Hauseingang, gefolgt von zwölf weiteren Agenten mit weißer Armbinde. Alle waren bis auf die Zähne bewaffnet, was dringend nötig war, da sie dem Wachpersonal im Union Tower zahlenmäßig deutlich unterlegen waren.

Jack und Logan überquerten die Straße und gesellten sich zu ihren Mitstreitern. Logan kannte nur die Hälfte der Männer vom Sehen, aber für eine Vorstellungsrunde war jetzt nicht der richtige Zeitpunkt. Aiden hatte sie bereits nach Logans Vorgaben instruiert. Diese Männer wussten, was sie zu tun hatten.

Die Truppe sammelte sich neben der Tiefgarageneinfahrt und die Agenten aktivierten ihre Funkgeräte auf Logans Frequenz. Dann öffnete Aiden mit seiner Chipkarte das Tiefgaragentor und sie gelangten durch die dämmrig beleuchtete Garage in den schmucklosen Flur des Untergeschosses.

Hier drin war alles ruhig und still. Dank Vasiles Zugriff auf die Überwachungskameras wurden sie nicht erwartet.

Am ersten Treppenaufgang trennten sich ihre Wege. Auf Aidens lautloses Zeichen hin stiegen sieben Agenten hinauf ins Erdgeschoss, um den Vordereingang zu übernehmen. Die restliche Truppe eilte geräuschlos weiter zu den Fahrstühlen und stieg geschlossen in eine Kabine. Kaum hatten die Türen sich hinter ihnen zugeschoben, gaben die anderen beiden Gruppen bereits Meldung.

»*Vordereingang – auf Position.*«

»*Gefängnistrakt – auf Position.*«

Aiden antwortete: »Verstanden. Stand-by.«

Logan wandte sich an ihn. »Sobald ihr auf Position seid, startet ihr die Übernahme. Auf Jack und mich braucht ihr nicht zu warten.«

»Geht klar.«

Der Fahrstuhl hielt im siebten Stock, wo sich die Überwachungszentrale befand. Aiden und die zwei Agenten stiegen aus.

»Viel Erfolg«, wünschte er Logan und Jack.

Dann schoben sich die Türen zwischen sie und Jack atmete geräuschvoll durch. »Wird schon schiefgehen.«

Der Aufzug gewann wieder an Fahrt. Je näher sie der achtzehnten Etage kamen, umso schneller schlug Logans Herz. Bislang hatte ihn sein Adrenalinpegel effektiv, aber besonnen agieren lassen, doch nun spürte er, wie seine Angst um Mila ihn nervös werden ließ.

Sie passierten gerade den elften Stock, als es im Funk knackte.

»*Überwachungszentrale – auf Position*«, gab Aiden durch. »*Zugriff auf – drei – zwei – eins – los!*«

Automatisch lauschte Logan auf Geräusche außerhalb des Fahrstuhls, obwohl er eventuelle Schüsse bis hier hoch gar nicht hören konnte. Nebenbei merkte er, wie auch Jack gespannt den Atem anhielt und die Ohren spitzte.

Die beiden tauschten einen Blick. Dann blieb plötzlich der Aufzug abrupt stehen und ein Alarmton erschallte.

»Was zum Teufel …?«, fluchte Jack.

Logan fasste sich an den Ohrfunk. »Doris! Jemand hat den Gebäudealarm ausgelöst!«

»*Kann nicht sein*«, antwortete sie. »*Warte mal kurz.*«

Was anderes blieb ihm auch gar nicht übrig, denn der Fahrstuhl hing irgendwo zwischen der fünfzehnten und sechzehnten Etage fest.

»*Gefängnistrakt unter Kontrolle*«, meldete in der Zwischenzeit eine fremde Stimme. »*Wo kommt der Alarm her?*«

»*Überwachungszentrale!*«, keuchte Aiden. »*Da sind doppelt so viele Sicherheitsleute drin wie erwartet. Teils in Militäruniform. Wir mussten uns zurückziehen. Stehen unter Beschuss!*«

Jack rieb sich harsch übers Gesicht und murmelte: »So sollte das nicht laufen.«

Der Alarmton verstummte. Logan drückte auf ein paar Knöpfe, doch der Aufzug reagierte nicht.

»*Der Alarm ist nicht nach außen gegangen*«, meldete Doris da. »*Allerdings sagte Vasile, dass erheblich mehr Wachpersonal im Union Tower ist als angenommen. Die haben mit Unionssoldaten aufgestockt.*«

»Das haben wir auch schon mitgekriegt«, antwortete Jack ihr. »Wie konnten wir das übersehen?«

»Egal!«, unterbrach Logan die beiden. »Doris, von wie vielen Soldaten reden wir?«

»Äh … unklar. Aber sie haben begonnen, die Stockwerke zu durchkämmen.«

»Kann Vasile den Fahrstuhl steuern?«

»Nein. Ihr seid aber wohl fast in der sechzehnten Etage. Wenn ihr die Türen manuell aufkriegt, kommt ihr raus.«

Jack knackte mit den Fingerknöcheln. »Um es frei nach Logan Moore zu sagen: Na, dann los!«

Cait hielt das Lenkrad umklammert, obwohl der Motor längst aus war, und starrte Doris angespannt an.

»Wieso wussten wir nichts von der Verstärkung?«, fragte sie Doris.

Sie standen auf einem großen Parkplatz mit spärlicher Beleuchtung. Doris' Basecap warf einen Halbschatten auf ihr Gesicht, was sie fast schon gefährlich aussehen ließ.

»Wahrscheinlich haben sie inzwischen gecheckt, dass das U-Net nicht sicher ist, und den Befehl inoffiziell gegeben«, antwortete Doris. »Da müssen sie jetzt leider durch. So hart es klingt.«

Cait war klar, dass sie Jack und Logan aktuell nicht helfen konnten. Sie mussten sich an ihren Plan halten und ihren eigenen Auftrag ausführen. Und dieser Auftrag ragte in

Form des Fernsehstudios von Edmonton etwa hundert Meter entfernt von ihnen in den nächtlichen Himmel. Die weiße Fassade des modernen Hauptgebäudes wurde beeindruckend von Bodenstrahlern beleuchtet. Hinter der Glasfront des Eingangsbereichs brannte schwaches Licht.

»Hoffen wir mal, dass auf uns keine bösen Überraschungen warten«, sagte Doris und nahm ihre weiße Armbinde ab.

Auch Cait löste ihre Armbinde und wickelte sie sich als Schaltuch locker um den Hals, damit sie ihr Gesicht ein wenig verbergen konnte. Vasile hatte zwar ihren digitalen Fahndungsaufruf löschen können, doch gegen ausgedruckte Steckbriefe konnte er nichts machen, darum musste Cait Vorsicht walten lassen.

Sie setzte sich eine große Hornbrille auf, die sie im Einkaufszentrum gefunden hatte, und sah zu Doris hinüber.

»Lange kann ich die nicht tragen«, sagte sie und kniff die Augen zusammen. »Es ist alles so verschwommen. Da wird mir richtig schlecht.«

»Dann sollten wir uns lieber beeilen«, antwortete Doris.

Die beiden stiegen aus dem Wagen. Da die großen Sturmgewehre viel zu auffällig gewesen wären, mussten sie sich mit den Handfeuerwaffen begnügen, die sie unter ihren Jacken verbergen konnten. Cait betete inständig, dass sie gar nicht erst auf Waffengewalt zurückgreifen mussten.

Doris überquerte forsch den Parkplatz und Cait hatte durch ihre Brille erhebliche Mühe, mit ihr Schritt zu halten. Sie orientierte sich ausschließlich an den schmalen Schultern ihrer resoluten Freundin, die, wie auch damals bei Noscomp, nicht einmal eine Spur von Angst zeigte.

Kurz bevor sie den Eingang erreichten, zog Cait ihren Schal noch ein Stück höher über das Kinn, obwohl ihr furchtbar heiß war. Die Schiebetüren hörte sie eher aufgehen, als dass sie sie sah, und dann betrat sie mit rasendem Puls den Eingangsbereich, dessen bunte Gestaltung durch ihre dicken Brillengläser wie ein abstraktes Gemälde auf sie wirkte.

Sie folgte weiter den Schultern und prallte fast gegen Doris, als diese schließlich stehen blieb. Erst dann erkannte sie verschwommen einen Empfangstresen, hinter dem eine Gestalt saß.

»Guten Abend«, sagte Doris. »Wir möchten zu Eddie West.«

»Eddie West?«, fragte der Mann skeptisch nach.

»Ja«, erwiderte Doris gedehnt. »Er sagte, er hätte heute die Nachtschicht. Hat er doch, oder?«

Der Mann schwieg kurz. Cait konnte ihn ja nicht sehen, doch trotzdem hatte sie das dumpfe Gefühl, dass er sie anstarrte. Sie lächelte scheu in seine ungefähre Richtung und tat dann so, als würde sie sich interessiert umsehen.

»Eine ungewöhnliche Uhrzeit für einen Besuch«, sagte der Mann skeptisch.

Doris lachte. »Tja, das ist wohl der Preis, den man für eine private Tour hier in den Studios zahlen muss.«

Erneut fiel der Mann in Schweigen.

Nach einer gefühlten Ewigkeit hörte Cait endlich, dass er eine Telefonnummer eintippte. »Eddie, erwartest du noch Besuch? Ach, tatsächlich. Deine Tante? Na gut.« Ein Hörer wurde aufgelegt. »Er holt euch gleich hier ab.«

»Vielen Dank!«, flötete Doris. »Huch, ich bin schon ganz aufgeregt!«

Das war Cait auch. Ihr standen vor Aufregung sogar schon Schweißperlen auf der Stirn, während sie im wahrsten Sinne Löcher in die Luft starrte, um dem Wachmann ihr Gesicht abzuwenden.

»Sie kommen mir irgendwie bekannt vor«, meinte der Mann plötzlich.

Cait reagierte nicht. Erst als Doris sie leicht mit dem Ellbogen anstupste, kapierte sie, dass er mit ihr gesprochen hatte.

»Oh!«, rief sie nervös und rückte ihre Brille zurecht. »Ach, na ja, ich arbeite in Georgios Restaurant. Vielleicht haben Sie mich da schon mal gesehen?«

»Nein, da war ich noch nie«, erwiderte er nachdenklich.

»Na, dann wird's aber Zeit«, sagte Cait und brachte sogar ein keckes Grinsen zustande.

Als sich Schritte näherten, drehte sie sich erleichtert von dem Tresen weg. Ein unscharfer Umriss kam auf sie zu.

»Da seid ihr ja!«, erklang die Stimme eines jungen Mannes.

»Eddie!«, rief Doris und ging mit ausgestreckten Armen auf ihn zu, wie es sich für eine Tante gehörte.

Cait lauschte dem Schmatzen zweier obligatorischer Wangenküsschen und machte sich bereits darauf gefasst, den fremden Northstar auf ähnliche Weise zu begrüßen, als auf einmal die aufgebrachte Stimme des Wachmanns hinter ihr ertönte.

»Sofort stehen bleiben!«, rief er. »Caithlyn Evans!«

Cait wurde es heiß und kalt zugleich. Sie drehte sich um und registrierte, wie der Wachmann mit gezogener Waffe hinter dem Tresen hervorsprang. Ihr Herz setzte für einen

Schlag aus und sie riss erschrocken die Arme hoch. Da ertönte ein leises Klicken, das in dem Moment des Entsetzens wie ein Donnerschlag in ihren Ohren hallte.

Er hatte abgedrückt. Sie würde sterben. Jetzt und hier.

Noch während sie sich dessen bewusst wurde, durchfuhr sie ein scharfer Schmerz. Im Bruchteil einer Sekunde schien ihr ganzer Körper in Flammen zu stehen. Ihre Muskeln krampften sich spastisch zusammen. Sie fiel wie ein Stein zu Boden und schlug hart mit dem Kopf auf.

Gleichzeitig wurde ihr eines klar – sie war nicht im Begriff, an einer Schussverletzung zu sterben. Der Wachmann hatte sie mit einer Elektroschockpistole getroffen!

»Sofort aufhören!«, schrie Doris. »Wirf das Ding weg, verflucht!«

Der Schmerz verschwand genauso plötzlich, wie er gekommen war. Cait rang keuchend nach Luft und versuchte sich hektisch zu orientieren. Die Brille war bei ihrem Sturz weggeflogen, aber ihre Sicht war weiterhin benebelt, was vermutlich an dem Elektroschock lag. Jeder einzelne Knochen tat ihr weh, und sie tastete fahrig über ihren Kopf, der jedoch nicht so schlimm verletzt war, wie der Knall auf dem Fliesenboden hatte vermuten lassen.

»Alles okay?«, fragte ein junger Mann und kniete sich neben sie.

Das musste wohl Eddie sein, denn Cait entdeckte ein paar Schritte vor sich Doris, die mit ihrer Pistole einen Mann in Uniform zu einer Tür hinter dem Empfangstresen scheuchte.

»Ja«, antwortete Cait matt. »Es geht gleich wieder.«

Eddie half ihr, sich aufzusetzen. Erst da bemerkte Cait, dass die beiden Taser-Nadeln noch in ihrer Jacke steckten. Sie hatte Glück gehabt, dass die Dinger nicht bis zu ihrer Haut durchgedrungen waren.

Schnaufend warf sie die Haken beiseite und ließ sich von Eddie auf die Beine ziehen. Ihr war ein wenig schwummrig, doch ihr Körper schien sich bereits weitgehend erholt zu haben.

Doris kam wieder aus dem Hinterzimmer und zog nachdrücklich die Tür hinter sich zu. »Ich hab ihn auf einen Stuhl gefesselt. Laufen hier noch mehr schießwütige Wachleute herum?«

Eddie schüttelte den Kopf. »Nein, hier gibt's ansonsten kein Sicherheitspersonal.«

Der junge Mann schien mindestens genauso geschockt von dem Zwischenfall wie Cait. Wahrscheinlich zitterte er sogar ein bisschen mehr. Gut, dass Doris die unerschütterliche Souveränität für eine ganze Armee mit sich brachte, denn sonst hätten sich Eddie und Cait wohl noch lange nicht von der Stelle gerührt.

»Los, weiter, Leute!«, befahl Doris und trieb die beiden vorwärts. »Wir haben noch einiges zu erledigen!«

Mila blickte an die schmucklose Zimmerdecke und lächelte vor sich hin, während Foulder und Grant im Nebenraum hitzig miteinander diskutierten. Sie konnte ihre Worte kaum verstehen, doch ihr war auch so klar, dass die beiden gerade in hellem Aufruhr waren.

Der Alarm war zwar schnell wieder verklungen, aber Mila hatte mitbekommen, dass nicht nur die Kommunikation abgeblockt war, sondern auch die Videoüberwachung im Gebäude nicht mehr funktionierte. Die Abteilung war komplett abgeschnitten. Was als Gefängnis für Mila gedacht war, war nun zur Falle für Foulder und Grant geworden.

Ihnen allen war sofort klar gewesen, dass Logan für das Ganze verantwortlich war. Er war hier, um Mila zu retten. Und wenn es jemand durch die Sicherheitstüren dieser Abteilung schaffen konnte, dann war er es.

Die Stimmen aus dem Nebenraum wurden lauter. Durch die Glastür des Krankenzimmers sah Mila die beiden Männer über den Flur zu ihr hetzen. Grant kam als Erster hereingestürmt.

»Auf gar keinen Fall!«, tobte er. »Ich lasse mir mein Lebenswerk nicht zerstören!«

Foulder war ihm dichtauf gefolgt und riss ihn an einer Schulter zurück. »Ich bin kein Mediziner, aber selbst ich weiß, dass Sie nicht einfach so eine Hirnbiopsie durchführen können, ohne dabei Eves Leben aufs Spiel zu setzen!«

»Wenn sie denen in die Hände fällt, müssen wir wieder von vorne anfangen!«, tobte Grant und riss hektisch mehrere Schubladen auf. »Ihr Blut reicht nicht. Ich brauche anderes Material, um die DNA-Veränderung entschlüsseln zu können.«

Entsetzt sah Mila dabei zu, wie er verschiedene chirurgische Instrumente auf einem silbernen Rolltischchen vorbereitete. Beinahe noch schlimmer als die Zangen und Pinzetten war aber Grants Gesichtsausdruck, der an einen völlig durchgeknallten Professor erinnerte.

Panisch stemmte sie sich gegen ihre Fesseln. »Tom, was hat er vor?«

»Gar nichts«, knurrte Foulder und packte Grant am Kittelkragen. »Haben Sie gehört, Grant? Sie lassen gefälligst Ihre Finger von ihr!«

Er schleifte den Wissenschaftler ruppig mit sich. Grant versuchte sich zu wehren und stieß dabei gegen den Instrumententisch, während Foulder ihn am Nacken aus dem Zimmer zerrte. Die Tür knallte hinter ihnen zu. Und in der nächsten Sekunde rollte der Tisch scheppernd gegen den Rand der Liege. Ein Skalpell blitzte darauf im Schein der Deckenleuchten.

Mila reckte den Kopf und warf einen prüfenden Blick zur Glastür. Foulder und Grant waren nirgends mehr zu entdecken. Rasch streckte sie ihre Hand nach dem Tischchen aus, so weit es ihre Fesseln zuließen. Es fehlten nur wenige Millimeter. Das Leder des Gurtes knirschte und schnitt schmerzhaft in ihre Haut, während sie ihren Arm mit aller Kraft ausstreckte.

»Komm schon«, murmelte sie angestrengt.

Dann spürte sie endlich das kühle Metall unter ihren Fingerspitzen.

Sie unterdrückte einen Jubelschrei und legte das Skalpell zu sich auf die Liege. Anschließend warf sie erneut einen Blick in den Flur hinaus, der immer noch menschenleer war. Schnell gab sie dem Tischchen einen kleinen Schubs, damit es wieder von ihr wegrollte. Als sie gerade die scharfe Klinge am Leder ansetzen wollte, tauchte Foulder hinter der Glastür auf und sie verbarg das Messer hastig unter ihrer Hand.

Er kam in ihr Zimmer und blieb vor der Liege stehen. Das

Tischchen beachtete er gar nicht, sondern starrte einen Moment lang nur auf den Boden, als müsste er seine Gedanken sortieren. Schließlich sah er abrupt zu Mila. »Wie viele Männer befehligt Moore?«

»Ich weiß es nicht«, antwortete sie. »Aber selbst wenn ich es wüsste, würde ich es dir nicht sagen.«

»Schon klar.«

Er wandte sich ab und rieb sich fahrig über die Stirn. Dabei wirkte er so verloren, dass Mila unwillkürlich ein wenig Mitleid für ihn empfand. Er wusste nicht, was er tun sollte, und die Angst stand ihm ins Gesicht geschrieben.

»Es ist vorbei, Tom«, sagte sie. »Sobald Logan durch die Sicherheitstür kommt, bleibt dir keine andere Wahl, als dich zu ergeben.«

Foulder lachte leise. »Das wird ihm nicht gelingen.«

»Doch. Und das wissen wir beide.«

Er schwieg eine Weile. Sie konnte sehen, wie er seine rechte Hand unablässig zur Faust ballte und sie bebend wieder ausstreckte. Auf einmal hob er ruckartig den Blick zu ihr an. »Ja, das wissen wir beide. Und wenn Logan Moore diese Abteilung betritt, werde ich ihn töten.«

Als er das Krankenzimmer wieder verließ, zweifelte Mila nicht an seinem Versprechen. Hastig setzte sie das Skalpell an dem Ledergurt an und säbelte fieberhaft daran. Sie musste Foulder unbedingt aufhalten, bevor er auf Logan traf.

Endlich durchtrennte die scharfe Klinge die Fessel und ihre linke Hand war frei. Blut sickerte aus den kleinen Schnittverletzungen, die sie sich zugefügt hatte, während sie fiebrig die übrigen Gurtschnallen löste.

Mila schwang die Beine über den Rand der Liege und riss

sich die Elektroden des Überwachungsmonitors vom Leib. Eilig durchsuchte sie die Schubladen nach Verbandmaterial und fand eine Mullbinde, die sie sich hektisch um den Unterarm wickelte. Nebenbei behielt sie die Glasfront im Blick, obwohl sie nicht glaubte, dass Foulder noch einmal zurückkehren würde.

Mit langen Schritten durchquerte sie das Krankenzimmer und trat hinaus in den Flur. Früher war das hier eine Büroabteilung gewesen und das Krankenzimmer lag in einer Reihe ehemaliger Einzelbüros. Hinter den Glasfronten war es dunkel. Soweit sie wusste, standen die hinteren Zimmer alle leer und nur die vorderen waren extra für sie zu Untersuchungs- und Trainingsräumen umfunktioniert worden.

Sie wandte sich nach links und schlich zu dem einstigen Großraumbüro, das nur mehr eine leere Halle mit ein paar Trainingsgeräten war. Der Boden bestand aus blankem Beton, genau wie die Stützsäulen, die die Decke trugen. Direkt gegenüber befand sich die Sicherheitstür, der einzige Zugang zu der gesamten Abteilung.

Dort stand Foulder, halb verborgen hinter einer Säule, und hielt seine Waffe im Anschlag. Er hatte Mila den Rücken zugekehrt und starrte die Tür an, bereit, jeden Eindringling sofort zu erschießen.

Lautlos huschte Mila zur nächsten Säule und ging dahinter in Deckung. Foulder war derart auf die Tür fixiert, dass sie ihn vielleicht von hinten überraschen konnte.

Auf leisen Sohlen schlich sie weiter zur nächsten Säule und hielt dort kurz inne. Als sie gerade hervortreten wollte, begegnete ihr Blick dem von Doktor Grant, der mit Handschellen an eines der Trainingsgeräte fixiert war. Seine Augen weiteten sich, und er öffnete schon den Mund, um Foulder eine Warnung zuzurufen, doch dazu kam er nicht mehr.

Völlig aus dem Nichts erschütterte eine Explosion den Raum. Mila duckte sich hinter die Säule und spähte ein paar Sekunden später hervor. Eine dichte Staubwolke wälzte sich durch die Halle. Sie drang durch ein großes Loch, das ein Stück neben der Zugangstür in die Wand gesprengt worden war. Foulder hatte es auf den Boden geschleudert, er rappelte sich gerade wieder auf die Beine. Da zeichnete sich inmitten der Staubwolke eine menschliche Gestalt ab, die Milas Herz augenblicklich höherschlagen ließ. Foulder sah Logan wohl im gleichen Moment, denn schon hallte ein Schuss durch den Raum.

Mila schnappte erschrocken nach Luft, sah jedoch, wie Logan über die Trümmer der eingestürzten Mauer hinwegsetzte und hinter einer Säule in Deckung ging. Der Staub verteilte sich als dichter Nebel im Raum. Mila konnte nicht mehr erkennen, was dort vorn vor sich ging. Auch Logan und Foulder mussten momentan blind sein. Von irgendwo außerhalb der Abteilung konnte Mila Schüsse hören.

Da hallte ein lauter Knall durch die Staubwolke. Mila hatte keine Ahnung, wer von den beiden Männern geschossen hatte. Sie widerstand dem Drang, blindlings in den Nebel zu rennen, und wagte sich nur bis zur nächsten Säule vor, weil gleich darauf mehrere Schüsse hintereinander fielen.

Dann war es kurz still. Auf einmal ertönte ein dumpfes Geräusch, gefolgt von verhaltenem Stöhnen. Der Staub legte sich allmählich und Mila sah, dass Logan und Foulder in ein Handgemenge verstrickt waren. Sie rangen erbittert um Foulders Pistole, bis Logan es schließlich schaffte, sie ihm aus der Hand zu schlagen. Nun waren beide unbewaffnet, doch sie gingen nahtlos dazu über, sich mit bloßen Fäusten zu bekämpfen.

Mila hielt sich im Hintergrund, da Logan zweifellos alles im Griff hatte. Foulder war ein guter Kämpfer, keine Frage, aber Logan …

Er hatte ja sogar ihr vor einigen Tagen am Güterbahnhof Paroli geboten. Das hatte sie auch als Eve registriert, aber jetzt wurde ihr erst klar, wie sehr er sich damals zurückgehalten haben musste.

Seine Bewegungen waren flink, seine Schläge kraftvoll. Obwohl er ein paar Gegenschläge einkassierte, behielt er absolut die Oberhand, blockte Foulder immer wieder behände ab und trieb ihn quer durch den Raum, bis er ihn schließlich mit einem geschickten Handgriff gegen eine Säule schleuderte. Foulder knallte mit der Stirn gegen den Beton und sackte ächzend in sich zusammen. Bevor er auf dem Boden aufkam, hatte Logan ihn aber schon am Hals gepackt, presste ihn kraftvoll mit dem Rücken gegen die Säule und schnürte ihm mit beiden Händen die Luft ab.

Foulder hatte kaum mehr Kraft, um sich dagegen zu wehren. Er schlug schwach gegen Logans Arme und zog röchelnd an den unerbittlichen Händen an seiner Kehle.

Logan starrte Foulder direkt in die Augen. Purer Hass stand in seinem Gesicht. Er würde nicht loslassen, bis Foulders Herz zu schlagen aufhörte, das stand außer Frage.

Aber plötzlich ging ein Ruck durch Mila.

»Logan«, sagte sie laut und eilte zu ihm. Weil er nicht reagierte, rief sie: »Logan, hör auf!«

Sie stand direkt neben ihm. Logan wandte ihr den Kopf

zu und sah sie verwirrt an, als würde er gerade aus einem Traum erwachen. Dann ließ er Foulder abrupt los und trat schwer atmend einen Schritt zurück. Foulder rutschte leblos die Säule hinab und blieb am Boden liegen.

Sofort tastete Mila nach seinem Puls. Sie fand ihn, schwach, aber regelmäßig, und sie war erleichtert, obwohl sie sich gleichzeitig fragte, warum sie diesen Mann immer noch nicht sterben lassen wollte, nach allem, was er ihr und der ganzen Menschheit angetan hatte.

Mila richtete sich auf. Sie zog ihren Ehering ab und ließ ihn vor Foulder auf den Boden fallen. Erst dann drehte sie sich zu Logan um. Er wirkte zerstreut und sah auf Foulder hinab, als könnte er nicht fassen, was er beinahe getan hätte. Sie schob sich vorsichtig in sein Blickfeld. Ihr Herz flatterte, als seine grünen Augen weich wurden, sobald sie auf die ihren trafen. Sie verzichtete auf Worte, schloss nur die Arme um ihn und schmiegte sich an seine Brust. Die Umarmung war endlich klar und rein, ohne die letzten Anhaftungen von Zweifeln. Mila wusste, wer sie war, sie wusste, wer er war, und sie wusste, dass sie zusammengehörten.

»Ich erinnere mich«, flüsterte sie in seine Halsbeuge. »Ich erinnere mich an alles, Logan.«

Er umfasste sanft ihr Kinn und hob ihr Gesicht leicht an, um sie anzulächeln. »Das wurde aber auch langsam Zeit.«

Sein darauf folgender Kuss war zärtlich, fegte aber dennoch wie ein Wirbelsturm durch sie hindurch. Es wäre leicht gewesen, sich darin zu verlieren, doch Doktor Grant, der immer noch an die Trainingsgeräte gefesselt war, hielt sie davon ab.

»*Liebe …*«, sagte er verächtlich. »Ein Phänomen, das sich

immer wieder den wissenschaftlichen Erkenntnissen entzieht.«

Mila und Logan tauschten einen kurzen Blick, sie beschlossen wortlos, dass Grant keine Antwort verdient hatte.

»Wir müssen weiter«, sagte Logan zu Mila und begann, den Boden nach seiner Waffe abzusuchen. »Wir sind nämlich nicht nur deinetwegen hier.«

»Das hatte ich auch nicht erwartet«, antwortete Mila. Sie entdeckte ein Sturmgewehr nahe den Trümmerteilen und hob es auf.

»Das ist leer«, sagte Logan, noch bevor sie das Magazin überprüfen konnte. Er hatte seine und Foulders Pistole gefunden und trat damit zu ihr. »Mehr haben wir nicht.«

Er reichte ihr Foulders Waffe, als ein Knirschen sie aufhorchen ließ. Sofort richtete Logan die Pistole auf das Loch in der Wand, doch es war nur Jack, der über die Trümmerteile hinwegbalancierte und beim Anblick der auf ihn gerichteten Pistole tadelnd mit der Zunge schnalzte.

»Spar dir die Patronen mal lieber«, sagte er lässig und grinste Mila an. »Schön, dich zu sehen! Aber wir verschieben unsere Begrüßungsrunde lieber auf später. Schließlich wartet noch ein Präsident auf uns, der seines Amtes enthoben werden will.«

KAPITEL 18

In dem Büroraum auf der anderen Seite der gesprengten Wand ließ Mila sich ein kurzes Update von Logan und Jack geben. Ihr Ziel war nun die Gefangennahme des Präsidenten. Inzwischen waren alle Fahrstühle deaktiviert und die Überwachungszentrale schien noch nicht unter Kontrolle zu sein. Die Sicherheitsleute hatten bemerkt, dass sie gehackt worden waren und die Kameraüberwachung ausgeschaltet. So konnten sie das Geschehen nicht mehr verfolgen, aber auch die Northstars waren blind. Mehrere Unionssoldaten streiften durch den Tower, um die Eindringlinge aufzuspüren. Insgesamt war die Lage für die Northstars also alles andere als rosig.

»Der Wachschutz des Präsidenten wurde bestimmt auch verstärkt«, sagte Logan. »Wir wissen weder, wie viele Leute uns dort oben erwarten, noch, wie wir überhaupt in Stratons Penthouse kommen sollen. Es gibt nur einen Treppenaufgang zu den beiden obersten Etagen und der wird sicher schwer bewacht.«

»Vielleicht über das Lüftungssystem?«, überlegte Jack.

»Das geht nicht«, entgegnete Mila schnell. »Da sind überall Fallen eingebaut. So haben sie mich gekriegt.« Sie deutete mit dem Daumen auf das Loch in der Wand. »Habt ihr noch mehr Sprengstoff?«

Logan schüttelte den Kopf, doch Jack klopfte auf seine Jackentasche. »Ich hab noch zwei C4-Ladungen.«

»Kommen wir damit durch die Betondecke?«, fragte Mila.

Die beiden verstanden sofort, worauf sie hinauswollte. Logan durchquerte das zerstörte Zimmer und ging in dem danebenliegenden Büroraum zum Schreibtisch. Mila und Jack folgten ihm. Keiner machte sich die Mühe, das Licht anzuschalten, darum leuchtete Logans Gesicht im Schein des erwachenden Computers unheilvoll auf.

Das Intranet des Union Towers war frei zugänglich und darin befanden sich auch die Gebäudepläne. Sie dienten nur als Übersicht und um die Fluchtwege aufzuzeigen, doch die eingezeichneten Wände sollten der Realität entsprechen. Die beiden Etagen des Präsidenten waren im öffentlichen Plan nicht enthalten, aber das Stockwerk darunter, und Mila rief sich den Teil des Penthouse in Erinnerung, den sie bei ihrem damaligen Abendessen mit Straton betreten hatte.

»Hier ist sein Eingangsbereich«, erklärte sie und tippte mit dem Zeigefinger auf die entsprechende Stelle am Monitor. »Er geht ungefähr bis hier. Da ist ein Salon. Und hier ein Esszimmer.«

Logan nickte und deutete ebenfalls auf den Plan. »Hier ist sein Arbeitszimmer. Ein Besprechungsraum. Ein Bad.«

Jack sah die beiden abwechselnd an. »Ich bin wohl der Einzige, der diese erlesenen Hallen noch nie betreten hat.«

»Dazu hast du ja jetzt die Gelegenheit«, antwortete Logan schmunzelnd und zeigte schließlich auf einen Lagerraum im dreißigsten Stockwerk. »Das ist die beste Stelle, direkt unter dem Eingangsbereich. Es gibt einen verborgenen Panikschalter unter der Wandleuchte, links neben der Tür. Wenn wir schnell genug sind, können wir das Penthouse mit diesem Schalter von innen abriegeln und die Wachposten in der Sicherheitsschleuse einsperren, bevor sie kapieren, was gerade läuft.«

»Das klingt doch ganz nach einem Plan«, sagte Jack zufrieden. »Dann heißt es jetzt also Treppen steigen. Dreizehn Stockwerke!«

Sie wandten sich zum Gehen und betraten den Flur vor der Trainingsabteilung. Mila hielt Foulders Pistole in den Händen, obwohl sie hoffte, sie nicht benutzen zu müssen. Immerhin machten die Wachleute einfach ihren Job, ohne auch nur den blassesten Schimmer von den Gräueltaten der Union zu haben. Es fühlte sich nicht gut an, diese Leute im Ernstfall töten zu müssen. Das hatten sie nicht verdient.

Logan führte das kleine Team in Richtung West-Treppenhaus, das im dreißigsten Stock endete. Aktuell war es still in den Fluren um sie herum. Nur ihre eigenen Schritte waren zu hören.

Plötzlich horchte Mila auf und hielt Logan an der Schulter zurück.

»Zwei Männer«, flüsterte sie. »Sie nähern sich von links.«

»Woher weißt du …?«, wollte Jack fragen, doch sie würgte ihn mit einer unwirschen Handbewegung ab und bedeutete Jack und Logan, einen Schritt zurückzutreten.

Mila klemmte sich die Waffe hinten in den Hosenbund und presste sich gegen die Wand. Die Schritte kamen näher. Die Männer gingen leicht hintereinander versetzt. Sie musste nur den richtigen Moment abwarten …

Dann sprang sie blitzschnell hinter der Ecke hervor, griff nach dem Lauf des Sturmgewehrs des ersten Soldaten und schubste ihn gegen seinen Kollegen, der rückwärtsstolperte. Das verschaffte ihr die Zeit, den Ersten mit einem heftigen Hieb auszuknocken. Er brach zusammen, noch ehe der zweite Soldat sein Gleichgewicht wiedergefunden hatte. Er kam nicht mehr dazu, sein Gewehr auf Mila zu richten, denn da griff sie ihn auch schon an und schlug ihm seine eigene Waffe ins Gesicht. Mila zwang ihn mit einem Tritt zu Boden und knallte seinen Kopf gegen die Wand. Sofort sackte er bewusstlos in sich zusammen.

Mila nahm ihm das Gewehr ab und durchsuchte seinen Gürtel nach Handschellen. Erst als sie ihn damit fesselte, bemerkte sie, dass Logan und Jack sie wie versteinert anstarrten.

»Was ist?«, fragte sie verdutzt.

Jack kratzte sich am Kinn. »Daran muss ich mich wohl erst gewöhnen.«

Logan nickte kaum merklich und riss sich aus seiner Starre, um den anderen Soldaten zu entwaffnen und zu fesseln. Anschließend schleiften sie die beiden bewusstlosen Männer in einen nahe gelegenen Archivraum. Logan schulterte eines der Sturmgewehre und Mila reichte das andere an Jack weiter.

»Das brauche ich nicht«, sagte sie.

»Sieht mir ganz danach aus«, erwiderte er und grinste.

Sie gingen weiter. Logan ließ Mila nun den Vortritt und sie führte die Truppe zum Treppenhaus. Bevor sie den Aufstieg begann, blieb Mila kurz stehen und lauschte. Weit unter ihnen konnte sie gedämpfte Schüsse hören. Im Treppenhaus war es mucksmäuschenstill.

»Los«, wisperte sie und eilte leise die Stufen hinauf.

Logan bemühte sich, mit Mila Schritt zu halten, die geschmeidig wie eine Katze die Treppe hinaufhuschte. Sie hatten noch drei Etagen vor sich und seine Kräfte ließen allmählich nach, während Mila nicht einmal außer Atem zu sein schien. Dafür keuchte Jack hinter ihnen umso mehr.

Mila blieb immer wieder stehen, um zu lauschen, während Logan und Jack zu ihr aufschlossen. Logan fragte sich, ob die furchtlose Frau mit der professionellen Miene überhaupt noch Mila war oder doch eher Eve. Ihm fiel es irgendwie schwer, die beiden so unterschiedlichen Persönlichkeiten zu vereinen, doch insgesamt machte das Mila noch um einiges faszinierender. Die Aussicht darauf, diese neue Mila endlich richtig kennenzulernen, trieb ihn weiterhin zur Höchstleistung an. Seine Entschlossenheit, Präsident Straton hier und heute ein Ende zu setzen, festigte sich mit jeder einzelnen Stufe nur noch mehr.

Plötzlich blieb Mila wie angewurzelt stehen und bedeutete ihnen hastig, sich an die Wand zu stellen. Nur einen Moment später hörte er ein paar Etagen tiefer schwere Schritte durch das Treppenhaus hallen. Sie bewegten sich ein Stockwerk weiter hinauf und verklangen dann wieder.

Mila horchte noch einen Augenblick, bevor sie das Zeichen zum Weitergehen gab. Kurz darauf hatten sie endlich die dreißigste Etage erreicht und blieben vor der Tür stehen, die in das Stockwerk hineinführte.

Logan hob seine Waffe und nickte Mila zu. Sie riss die Tür auf und er erfasste blitzschnell die Lage.

»Flur gesichert«, sagte er leise.

Die Deckenbeleuchtung war nur teilweise eingeschaltet und hüllte den Gang in ein düsteres Zwielicht. Jack rang nach Atem und Logan gewährte ihm eine kleine Verschnaufpause, während er kurz innehielt, um sich zu orientieren. Mila trat an ihm vorbei und horchte in den Gang hinein.

»Ich kann niemanden hören«, sagte sie und sah Jack an. »Geht's wieder?«

»Mir ging's nie besser!«, stieß er hervor. »Lasst uns weitergehen.«

Mila führte das Feld weiter an und im Nu hatten sie ohne jeglichen Zwischenstopp die schlichte Tür erreicht, die zu dem gesuchten Lagerraum führte.

Der Raum war mit einigen Regalen bestückt, auf denen allerhand Büromaterialien lagen. Diese Regale konnten ihnen als perfekte Leiter dienen.

Logan schritt das gesamte Zimmer ab und versuchte sich noch einmal an den Gebäudeplan zu erinnern. Schließlich blieb er stehen und deutete nach oben. »Hier ist es.«

Mila verharrte an der Tür und behielt den Flur im Auge, während Logan auf eines der Regale kletterte und ein paar

Deckenplatten löste. Dahinter kam die Betondecke zum Vorschein. Jack gab ihm die zwei Plastiksprengsätze, die Logan an der Decke fixierte. Er kannte die Statik des Gebäudes nicht und hoffte, dass der Sprengstoff überhaupt reichte, um ein ausreichend großes Loch zu erzeugen.

»Bereit?«, fragte Logan, nach unten gewandt.

»Bereit«, antwortete Jack und zog sich zurück.

Logan aktivierte die zeitverzögerten Sprengkapseln der Ladungen, sprang vom Regal und rannte hinaus in den Flur zu den anderen. Mila schloss eilig die Tür hinter ihm.

»Siebzehn, achtzehn«, zählte Logan leise mit, »neunzehn, und …«

Ein Knall ertönte und brachte den Boden unter ihnen zum Erzittern. Mila riss die Tür wieder auf und preschte voran in die Staubwolke. Die Sprengladung hatte eine Öffnung in die Decke gerissen. Ein Teil des Betons hing wie eine Klappe nach unten. Mila sprang auf das nächste Regal und zwängte sich geschickt durch die Öffnung.

»Mila!«, rief Logan gehetzt. »Warte!«

Er kletterte ihr hinterher, so schnell er konnte. Kaum hatte er seinen Kopf durch das Loch gestreckt, fegte ein Schuss über ihn hinweg. Er sah, wie Mila zur Eingangstür des Penthouse sprintete und zwei Soldaten aus dem Empfangsbereich auf sie schossen.

Logan griff mit einer Hand nach dem Sturmgewehr, während er sich mit der anderen an einem herausstehenden Stück Eisen festklammerte, und feuerte auf Milas Angreifer. Einen Soldaten traf er ins Bein, der andere konnte rechtzeitig in Deckung gehen. Gleich darauf hörte Logan hinter sich ein dumpfes mechanisches Geräusch, das nur von der Verriegelung der Hochsicherheitstür stammen konnte. Er behielt weiterhin die Salontür im Auge, als Mila auch schon von hinten über ihn hinwegsetzte und darauf zurannte.

»Nicht!«, wollte er noch rufen, doch das Wort blieb ihm im Hals stecken, da Mila im selben Moment bereits im Salon des Präsidenten verschwunden war.

Schüsse erklangen. Ein gedämpfter Schmerzenslaut.

Wie von Sinnen hievte sich Logan durch das Loch im Boden. Dabei rutschte er ab und zog sich eine Schnittwunde am Schienbein zu. Doch er konnte an nichts anderes denken als an Mila. Sekunden später stürmte er in den Salon und sah sich hektisch um.

Mila stand neben dem riesigen Ledersessel und schaute Logan beinahe unbekümmert an. Zu ihren Füßen lagen die beiden Soldaten. Der eine war bewusstlos, der andere hielt mit schmerzverzerrtem Gesicht seinen Oberschenkel umklammert.

»Tu so was nie wieder!«, herrschte Logan Mila an.

Sie runzelte die Stirn. »Was meinst du?«

Logan starrte sie an. Ihr schien tatsächlich nicht klar zu sein, dass sie sich gerade wie bei einem Himmelfahrtskommando verhalten hatte. Allerdings war jetzt nicht der richtige Zeitpunkt, um sie darüber aufzuklären. Darum schüttelte er nur den Kopf und ging zu dem verwundeten Soldaten.

»Wo ist Straton und wie viele Wachen sind bei ihm?«, brüllte er ihn an.

Der Soldat presste die Lippen zusammen. Logan atmete geräuschvoll ein, nahm sein Sturmgewehr und drückte den Lauf gegen die Wunde an seinem Bein. Der Mann schrie auf. »Schon gut, schon gut!«

Logan zog sein Gewehr wieder zurück und blickte ungeduldig zu ihm hinab.

»Im Arbeitszimmer«, keuchte der Soldat. »Fünf Personenschützer.«

Hinter ihnen klickte es, weil Jack im Türrahmen stand und mit kampflustiger Miene seine Waffe durchlud. Mila schnappte sich einen Tischläufer und knotete ihn um die Schusswunde des Soldaten, bevor sie ihm seine Hände auf den Rücken fesselte. Unterdessen sammelte Logan die Waffen ein. Diesmal nahm Mila nach kurzem Zögern eines der Sturmgewehre an sich.

Anschließend umrundeten die drei das Loch im Boden des Eingangsbereichs. Lautes Gepolter erklang hinter der verriegelten Eingangstür. Es war nur eine Frage der Zeit, bis die Wachleute sich auf die Suche nach dem gesprengten Zugang machten und das Penthouse stürmten.

Logan, Jack und Mila versammelten sich mit angelegten Waffen neben der doppelflügeligen Tür zum Arbeitszimmer des Präsidenten.

»Ich vermute, Straton hat sich hinter seinem Schreibtisch verschanzt«, sagte Logan leise. »Standardvorgehensweise. Zwei der Wachen stehen rechts und links von ihm, die anderen drei davor. Sie werden sofort das Feuer auf uns eröffnen. Jack, du übernimmst die linke Seite, Mila, du die rechte. Ich übernehme die Mitte. Alles klar?«

»Verstanden«, antworteten Jack und Mila gleichzeitig.

Logan umfasste sein Sturmgewehr mit festem Griff und spannte seine Muskeln an. Dann befahl er leise: »Los!«

Er trat mit aller Kraft gegen die Türen und traf genau die richtige Stelle. Das Schloss brach aus dem Holz und die Flügel schwangen nach innen auf. Wie erwartet hatte er damit wahrlich die Hölle losgetreten, denn er konnte sich gerade noch auf die Knie werfen, als auch schon der Kugelhagel über seinen Kopf hinwegfegte.

Die Wachen hatten sich genau so postiert, wie er geahnt hatte. Logan traf den mittleren Personenschützer am Bein, der zwar in die Knie ging, aber weiter auf ihn feuerte. Logan spürte einen scharfen Schmerz am Oberarm und warf sich hinter einer Kommode in Deckung. Aus dem Augenwinkel entdeckte er Mila, die sich geschickt über den Boden rollte, in einer einzigen Bewegung wieder aufsprang und damit aus seinem Blickfeld verschwand.

Holzsplitter rieselten auf Logan herab, während sein Gegner wie besessen auf die Kommode feuerte. Er robbte ein Stück zur Seite, schätzte den ungefähren Standort des Schützen ein und schnellte schließlich aus seiner Deckung hervor, um den Mann mit einem Schuss in die rechte Schulter kampfunfähig zu machen.

Logan drehte sich in Richtung Schreibtisch und stellte erstaunt fest, dass Mila bereits dort angekommen war. Nicht nur das. Sie schien einen der beiden Wachmänner schon ausgeschaltet zu haben und war gerade dabei, den zweiten zu entwaffnen und unschädlich zu machen.

Milas Nahkampffähigkeiten waren mehr als nur verblüffend. Sie bewegte sich derart schnell und präzise, dass sie schier übermenschlich anmutete. Kein Wunder, dass die Union so ein Aufhebens um sie veranstaltet hatte. Mila war eine Waffe, die ihresgleichen suchte.

Als der letzte Personenschützer ächzend zu Boden fiel, ließ Logan seine Waffe sinken und stand auf. Jack warf einen staunenden Blick zu ihm hinüber. Mila registrierte die Bewunderung der beiden vermutlich nicht, denn sie starrte mit düsterer Miene etwas vor sich auf dem Boden an. Schließlich bückte sie sich hinter den Schreibtisch und zerrte Präsident Straton am Nacken auf die Beine.

Straton war in einen roten Morgenmantel gehüllt. Sein graues Haar stand ihm zu Berge und in seinem Gesicht spiegelte sich eine Mischung aus Panik und Zorn. Er schüttelte Milas Hand ab und sortierte mit fahrigen Bewegungen seinen Morgenmantel, während er sich fiebrig umsah. Sein unruhiger Blick blieb kurz an Logan haften. Schließlich sog er lautstark die Luft ein, straffte seine Gestalt und schaffte es sogar, seine Angst hinter einer Mauer der Überheblichkeit zu verbergen. Beinahe würdevoll zog er seinen Bürosessel heran, setzte sich darauf und legte die verschränkten Arme auf den wuchtigen Schreibtisch, als wäre er mitten in einer Amtshandlung.

Jack befahl den verletzten Personenschützern, sich an der Wand aufzustellen, während Logan die Türen schloss und einen schweren Eichenschrank davorschob. Mila verharrte unterdessen wie ein Schatten neben dem Präsidenten, der ihnen mit zusammengepressten Lippen zusah.

»Warum erschießt ihr mich nicht einfach?«, fragte Straton, als Logan sich ihm zuwandte. »Darum seid ihr doch hier, oder?«

»Nicht ganz«, antwortete Logan und trat vor den Schreibtisch.

Er blickte schweigend auf Straton hinab und fragte sich, wie er sich so in diesem Mann hatte täuschen können. Von dem bewundernswerten Staatsoberhaupt von damals war nichts mehr übrig. Das hier war nur mehr ein Abklatsch des einstigen Vizepräsidenten der Vereinigten Staaten, dessen Machtgier ihn aufgefressen hatte.

Straton lehnte sich zurück und betrachtete Logan, Jack und Mila der Reihe nach. »Es ist ein Jammer, dass ausgerechnet die Leute, in die ich die größte Hoffnung und das tiefste Vertrauen gesetzt hatte, mich nun so hintergehen.«

Logan lachte auf. »Der wahre Jammer ist, dass das Ihr Ernst ist.«

»Natürlich ist es das«, erwiderte Straton scharf. »Schließlich war ich es, der Ihr Talent erkannt hat, Logan. Ich habe es gefördert und Sie zu dem Mann gemacht, der Sie heute sind.«

Logan knallte seine Faust auf den Schreibtisch und deutete drohend auf den Präsidenten, der zusammengezuckt war. »Sie haben mich zu gar nichts gemacht, Straton! Sie haben mich ausgenutzt und betrogen, und sobald ich Ihrer Kontrolle entglitten bin, wollten Sie mich aus der Welt schaffen. Genauso wie Sie und Ihre verlogenen Verbündeten den Großteil der Bevölkerung aus der Welt geschafft haben, um dieses diktatorische Regime aufzubauen!« Er mahnte sich innerlich zur Ruhe und fügte düster an: »Die *New World Order* … Sagen Sie, Straton: Wie kann man eigentlich nachts ruhig schlafen, wenn man Milliarden von Menschenleben auf dem Gewissen hat?«

Straton sah mit kaltem Blick zu ihm auf. »Wie heißt es noch gleich? Der Zweck heiligt die Mittel.«

Mila hatte sich die ganze Zeit nicht gerührt, doch nun ging ein Beben durch ihre Gestalt. Sie riss den Präsidenten an der Schulter zu sich herum und schrie ihn an: »Absolut nichts rechtfertigt, was Sie getan haben! Sie haben ganze Völker ausgerottet, Familien ermordet, die Erde zerstört -und wofür? Damit Sie jetzt hier in Ihrem schicken Penthouse sitzen, während immer noch unzählige Menschen dort draußen um ihr Überleben kämpfen?«

»Die Menschheit hat sich doch bereits selbst ausgerottet!«, platzte Straton heraus. »Wir haben es nur beschleunigt, um das Fortbestehen der Menschheit sicherzustellen. Wir haben getan, was notwendig war! Bevor etwas Neues entstehen kann, muss das Alte weichen, und nun seht euch doch an, welch einzigartige Zukunft wir damit geschaffen haben. Wir haben eine globale Einheit erschaffen, die ansonsten niemals möglich gewesen wäre. Ob ich nachts ruhig schlafen kann? Ja, verdammt noch mal, denn ich habe diese Welt nicht zerstört, ich habe sie gerettet!«

Es war erschütternd, aber aus Straton sprach die absolute Überzeugung. Keine Spur von Reue schwang in seiner inbrünstigen Rede mit. Logan konnte es nicht länger ertragen, sich mit diesem Mann abzugeben, und es war offensichtlich, dass Mila kurz davorstand, ihn ihren gesamten Zorn spüren zu lassen.

»William Straton«, sagte Logan mit klarer Stimme. »Im Namen des Volkes enthebe ich Sie hiermit Ihres Amtes und nehme Sie in Gewahrsam.«

Straton schnaubte abschätzig. »Im Namen des Volkes? Wie kommen Sie darauf, dass das Volk Ihre Aktion billigen wird?«

»Nur so eine Vermutung«, meinte Logan und aktivierte seinen Ohrfunk. »Doris, hast du alles?«

Während er auf eine Antwort wartete, tippte er auf ein

kleines Kästchen, das an seiner Weste fixiert war, und flüsterte Straton grinsend zu: »Sehr praktisch, diese Actioncams …«

Stratons Nasenflügel zitterten vor Wut und er presste den Kiefer fest aufeinander.

»*Okay, Logan, es ist alles geladen und geschnitten*«, antwortete Doris schließlich fröhlich. »*Wir gehen auf Sendung in drei, zwei …*«

Jack ging zum Fernseher an der Wand und schaltete das Gerät ein. Alle wandten sich dem Bildschirm zu, auch die verwundeten Wachmänner reckten die Köpfe.

Erst war nur das Logo der Union zu sehen. Dann erschien Doris vor einem schlichten blauen Hintergrund, den Blick in die Kamera gerichtet.

»Sehr geehrte Mitbürgerinnen und Mitbürger«, sagte sie. »Dies ist eine Sondersendung aus aktuellem Anlass, die Ihnen in Dauerschleife zur Verfügung gestellt wird. Ich bitte Sie, sich die gesamte Sendung anzusehen, bevor Sie sich ein Urteil bilden, und vor allem bitte ich Sie, Ruhe zu bewahren. Was ich Ihnen nun sagen werde, betrifft uns alle …«

Logan blickte zu Straton, der mit wutverzerrter Miene auf den Fernseher starrte. Er wusste, dass er verloren hatte, das konnte Logan ihm deutlich ansehen. Nur sein Zorn half ihm wohl, überhaupt noch aufrecht zu sitzen.

»Herzlichen Glückwunsch, Logan Moore«, sagte Straton leise. »Sie haben unsere Welt gerade in die Anarchie gestürzt.«

»Sie sind nicht der Einzige, der globale Pläne schmieden kann«, erwiderte Logan kühl.

Dann sah er zu Mila. Sie lächelte.

Und Logan wusste mit absoluter Sicherheit, dass ihm dieses Lächeln stets den Weg weisen würde, ganz gleich wohin der heutige Schritt auch führte.

EPILOG

Straton sollte vorerst nicht recht behalten. In Edmonton war keinerlei Anarchie zu spüren. Die Machtübernahme der Northstar Brigade war derart lautlos in dieser Nacht geschehen, dass ein Großteil der Bürger erst beim morgendlichen Blick durch das Fenster etwas davon mitbekam.

Die Sondersendung lief in Dauerschleife auf allen Kanälen des Union TV, doch zunächst noch nicht über die Grenzen der Safetown hinaus. Nach Veröffentlichung der Wahrheit liefen alle Militäreinheiten in Edmonton zu den Northstars über und sorgten unter Jacks Kommando für Ruhe innerhalb der Stadtbevölkerung. Es gab allerdings nur wenige Ausreißer, die glaubten, sie könnten straffrei auf Raubzug gehen oder Ähnliches. Der Großteil der Bürger machte keine Anstalten, sich gegen das vorübergehende Militärregime zu wehren.

Dafür gab es umso mehr Menschen, die versuchten in die Sky Residences zu gelangen, um ehemalige Regierungsbeamte zu lynchen. Die Northstar-Soldaten hatten alle Hände voll zu tun, das zu verhindern. Immerhin waren nur die wenigsten dieser Beamten tatsächlich schuldig, und bis sie ein ordentliches Gerichtsverfahren hinter sich hatten, würden sie zu ihrer eigenen Sicherheit in ihren Wohnungen unter Arrest stehen.

Und nun wurde es Zeit für eine klärende Ansprache des Oberhauptes der Northstar Brigade – Logan Moore.

Der saß vor Mila in der Garderobe des Fernsehstudios und starrte wie versteinert auf die ausgedruckte Rede, die Doris für ihn verfasst hatte. Mila tupfte mit einer Kompresse über die Wunde an seinem Oberarm, was er gar nicht zu spüren schien.

Mila räusperte sich leise. »Nächstes Mal sagst du es mir gleich, wenn du angeschossen wurdest.«

»Hm?« Logan blickte sie verwundert über den Garderobenspiegel an, als würde er ihre Anwesenheit jetzt erst bemerken.

»Du solltest inzwischen wissen, dass ich eine Meisterin im Versorgen von Schusswunden bin«, erwiderte sie augenzwinkernd.

»Ja«, sagte er nur und blickte wieder auf das Papier.

Seufzend klebte Mila ein Pflaster über die Wunde. Dann zupfte sie Logan die Rede aus den Händen und drehte seinen Stuhl in ihre Richtung.

»Vergiss diese Rede«, sagte sie ernst.

»Was? Aber ich …«

»Doris hat es gut gemeint, aber du brauchst keine vorgefertigte Rede, Logan. Sag einfach, was du zu sagen hast. Zeig, wer du wirklich bist, und ich garantiere dir, die Menschen werden dir überallhin folgen. Genauso wie ich dir damals auch gefolgt bin. Und Doris und Cait, und Jack. Die Leute da draußen brauchen jetzt keinen Politiker. Sie brauchen dich. Logan Moore, den Mann, der für die Freiheit kämpft.«

Er entspannte sich sichtlich und erwiderte ihren eindringlichen Blick mit einem sanften Lächeln. »Ich liebe dich, Mila.«

»Und ich liebe dich, Logan.«

Sie beugte sich vor, um ihn zu küssen. Kaum trafen ihre Lippen aufeinander, flog die Tür auf und Doris platzte herein.

»Hoppla!«, rief sie und rückte ihr Headset gerade. »Ich störe ja nur ungern, aber ohne unseren Star können wir nicht auf Sendung gehen. Ja, und du solltest dir vielleicht ein Hemd anziehen, Logan. So hübsch du auch anzusehen bist – ein bisschen Professionalität sollten wir schon an den Tag legen.«

Und damit war sie auch schon wieder im Flur verschwunden. Die Tür hatte sie weit offen stehen lassen und mehrere Stimmen wehten aus der Ferne zu ihnen.

Logan atmete tief durch, stand auf und griff nach seinem Hemd, das über der Rückenlehne hing. Mila beobachtete ihn, wie er sich selbst im Spiegel betrachtete, während er langsam das Hemd zuknöpfte. Sie hatte ihn noch nie so nervös gesehen, und gleichzeitig wirkte er stärker als je zuvor. Trotz seiner Aufregung bestand kein Zweifel daran, dass er genau wusste, was er jetzt zu tun hatte. Auch wenn sie es nicht für möglich gehalten hätte, so verliebte sie sich in diesem Moment sogar noch ein Stückchen mehr in ihn.

Mila blickte auf, als jemand an den Türrahmen klopfte. Es war Cait, die bis über beide Ohren strahlte.

»Ein ganz besonderer Studiogast ist gerade eingetroffen.« Sie winkte jemanden zu sich heran.

»Hootch!« Mila sprang auf und stürmte auf den bärtigen Mann zu. Hootch umarmte sie lachend und trat schließlich ein Stück zurück, um sie eingehend zu mustern.

»Grundgütiger, Mila«, staunte er. »Bist du etwa größer geworden? Womit haben sie dich denn gefüttert?«

»Mit Entschlossenheit«, sagte sie grinsend.

Sie hatten entschieden, dass niemand von Programm Eden erfahren sollte. Eve sollte für immer der Vergangenheit angehören und HI-384 mit dem Unions-Regime endgültig begraben werden. Alle Anhänger der *New World Order*, einschließlich Doktor Grant und Tom Foulder, würden den Rest ihres Lebens hinter Gittern verbringen und keine weitere Gelegenheit mehr bekommen, eine Armee aus Supersoldaten herzustellen.

Hootch blickte an Mila vorbei zu Logan, und die beiden Männer nickten sich nur in stillem Einvernehmen zu.

»Ich wusste gar nicht, dass du herkommen würdest«, sagte Mila schließlich.

»Nun, ich auch nicht«, antwortete Hootch. »Bis plötzlich ein Hubschrauber vor unserem Gemeindehaus gelandet ist und zwei Soldaten mit weißer Armbinde behaupteten, Doris würde mich erwarten. Dass ich eines Tages in eine Safetown eingeflogen werde, hätte ich wirklich nicht gedacht.«

»Apropos Doris«, meldete Cait sich aus dem Türrahmen zu Wort. Sie blickte den Flur entlang und sah anschließend zu Logan. »Ich glaube, ihr wildes Armgewedele gilt dir.«

Logan verzog das Gesicht und schlüpfte in sein Jackett.

»Wir reden später«, sagte Hootch zu Mila. Bevor er mit Cait im Flur verschwand, fügte er noch hinzu: »Ricco lässt dich übrigens schön grüßen.«

Mila lächelte traurig. Nur zu gern hätte sie ihr Gesicht in das kuschelige Fell des Waschbären gedrückt, doch ihr Wiedersehen würde wohl noch eine Weile auf sich warten lassen.

Strike One war ein Erfolg gewesen, aber der Kampf gegen die Union war längst nicht vorbei. Im Grunde fing er gerade erst an. Noch wusste die Welt jenseits von Edmonton nichts von der Northstar Brigade, doch das würde sich mit Logans Ansprache in Kürze ändern. Vasile und seine Hackerkollegen würden dafür sorgen, dass die Sendung zunächst in jeder militärischen Einrichtung weltweit zu sehen war. Edmonton sollte als Beispiel einer friedlichen Machtübernahme vorangehen, und die Northstar Brigade wollte möglichst alle Truppen an ihrer Seite haben.

Im Anschluss an die Sendung würde eine Konferenzschaltung stattfinden, zu der alle Generäle eingeladen waren, um das weitere Vorgehen zu besprechen. Am wichtigsten war es jetzt, die Kontrolle über die Situation zu behalten und den Alltag der Menschen zu stabilisieren, bis die Strukturen für eine neue Regierung angelegt waren.

So unentschuldbar und entsetzlich die Taten der Union auch gewesen waren, sie hatten letztlich den Weg für etwas geebnet, das es bisher noch nie gegeben hatte – eine weltweite Demokratie.

Die Northstar Brigade hatte sich zum Ziel gesetzt, schnellstmöglich geeignete Regierungsvertreter für die einzelnen Unionsländer zu finden und Wahlen zu organisieren.

Sobald die neuen Staatsführer feststanden, würden nach und nach die alten Strukturen der Union abgeschafft werden, damit man endlich eine Welt der Gleichberechtigung aufbauen konnte.

Um diesen Plan durchzuführen, wollte die Northstar Brigade vor allem auf eins setzen … Offenheit. Nichts sollte mehr verborgen bleiben. Die neue Regierung musste von Beginn an in die Wahrheit investieren. Machtgier und heimliche Kontrolle durften in dieser neuen Welt nicht mehr vorkommen.

Ob die Menschen tatsächlich dazu bereit waren?

Das würde sich zeigen. Den Generälen würden die Northstars keine Wahl lassen, denn vier Stunden nach der jetzigen Sendung würde Logan das Wort auch weltweit an die Bevölkerung richten. Ungeachtet dessen, ob die Militärs da schon kooperierten oder nicht.

Als Logan von seinem Stuhl in der Garderobe des Senders aufstand, trat Mila zu ihm und richtete seinen Kragen. Sie blickte ihm tief in die Augen. Wenn jemand die Welt vereinen konnte, dann war es Logan Moore. Er würde nicht nur ihr Nordstern sein, sondern ganze Nationen aus der Dunkelheit führen. Das wusste sie, aus tiefstem Herzen. Ganz gleich welche Herausforderungen nun auf sie zukommen würden, Logan würde sie meistern. Und Mila würde ihm folgen, wohin auch immer er gehen musste.

Denn die Northstar Brigade würde dafür sorgen, dass der blaue Himmel sich nie wieder schwarz färbte.

ENDE